DONGSUH MYSTERY BOOKS 151

WHIP HAND

채찍을 쥔 오른손

딕 프랜시스/허문순 옮김

동서문화사

옮긴이 허문순(許文純)

춘천사범 졸업. 경남대학 불교학 수학. 월간 〈희망〉 편집인. 1962년 동아일보신춘문예 〈세 번째 사람〉 당선. 지은책 역사소설 《대신라기》 미스터리 《백설령》 《너를 노린다》 《일지매》 하드보일드 《번개탐정시리즈 총20권》, 옮긴책 세이어스 《나인 테일러스》, 데안드리아 《호그 연쇄살인》, 메클린 《여왕폐하 율리시즈호》, 히긴스 《독수리는 날개치며 내렸다》. 한국미스터리클럽 창립을 주도하다.

DONGSUH MYSTERY BOOKS 151

채찍을 쥔 오른손

딕 프랜시스 지음/허문순 옮김

초판 발행/1977년 12월 1일

중판 발행/2004년 5월 1일

발행인 고정일/발행처 동서문화사

창업 1956. 12. 12. 등록 16-345(윤)

서울강남구신사동540-22 ☎546-0331~6 (FAX) 545-0331

www.epascal.co.kr

*

사업자등록번호 211-90-02201

ISBN 89-497-0247-9 04800

ISBN 89-497-0081-6 (세트)

채찍을 쥔 오른손

차례

등장인물

시드 하레이　전직 기수, 외팔이 의수 조사원, 사설 탐정

티코 번스　유도 강사, 시드의 친구

제니(제니퍼)　시드의 전처

찰스 롤랜드　제니퍼의 아버지

루이스 맥키니스　제니퍼의 친구

니콜라스 애시(노리스 애보트)　사기꾼

조지 캐스퍼　일류 조교사

로즈마리 캐스퍼　조지의 아내

토마스 얼라스튼 경　기수클럽 이사

루커스 웨인라이트　기수클럽 보안부장

에디 키스　기수클럽 보안차장

프라이어리 경

피터 라미리스

트레버 딘스게이트(트레버 슈맥)

} 마주(馬主)

배리 슈맥　트레버의 동생

캔 아마테일　말 병리연구소 연구원, 수의사

존 바이킹　기구(氣球) 애호가

프롤로그

레이스에 출장한 꿈을 꾸었다.

사실 이상할 것은 없다. 이미 몇 천 번이나 출장했으니까.

장애가 있다. 말과 갖가지 색깔의 옷을 입은 기수들이 있으며, 푸른 잔디가 몇 마일이나 이어져 있다. 스탠드는 핑크색 얼굴의 관중으로 메워져 있지만, 말 위에 웅크리고 스피드를 올리는 데 기력과 체력을 쥐어짜며 그 앞을 달려가는 나에게는 몽롱한 핑크빛으로밖엔 보이지 않는다.

목소리는 전혀 들리지 않지만 모두의 입이 벌어져 있어서 외치고 있다는 것은 알았다.

이기라고 내 이름을 외치고 있는 것이다.

이기는 것이 전부다. 이기는 것만이 나의 할 일이다. 레이스에 출장한 것은 그 때문이다. 그것은 내가 바라는 것이고, 그 때문에 나는 살아왔다.

꿈속에서 나는 그 레이스에서 이겼다. 외침이 환호성으로 바뀌고, 그 환호성이 파도처럼 나를 들어올렸다. 그러나 모든 것은 이기는 데에 있다. 환호성이 목적은 아니다.

어둠 속 새벽 4시에 눈을 떴다. 요즘은 자주 있는 일이다.

정적——환호성은 없다. 오직 정적으로 둘러싸여 있을 따름이다.

말과 내 몸의 움직임이 아직 느껴진다. 힘을 쥐어짜고 있는 두 몸뚱이의 근육의 약동이 하나가 되고 있다. 쇠로 된 둥그스럼한 등자(鐙子), 말의 허리를 단단히 조르고 있는 나의 장딴지, 균형, 있는 힘껏 내뻗쳐진 흑갈색 목, 입김에 휘날리는 갈기, 고삐를 단단히 쥐고 있는 나의 손, 그런 모든 것들의 감촉이 아직도 남아 있다.

그 시점에서 두 번째로 정신이 들었다. 진정한 깨어남이다. 내가 몸을 움직이고 눈을 뜨면서 영원히 레이스에 출장할 수 없음을 상기하는 순간이다. 새로운 슬픔 같은 깊은 상실감이 가슴을 후벼판다. 그 꿈은 사지가 멀쩡한 사내의 꿈이다.

나는 그 꿈을 자주 꾼다.

어차피 무의미한 일이다.

물론, 산다는 것은 완전히 별개의 문제이다. 인간은 꿈을 머리에서 털어내고, 채비를 한 다음 하루를 되도록 유효하게 보낸다.

채찍을 쥔 오른손

1

나는 팔에서 전지를 빼내 충전장치에 넣은 10초 뒤에야 손가락이 움직이지 않게 되어 비로소 내가 한 일을 알아챘다.

이상한 일이다. 전지 충전에 수반되는 여러 동작이 제2의 천성이 되어 버려서 마치 이를 닦는 것과 마찬가지로 의식적인 결단 없이 본능적으로 행해진다. 비로소 나는, 적어도 눈을 뜨고 있는 동안은 지금의 내 왼팔이 근육, 뼈, 피와는 전혀 관계가 없는 금속과 플라스틱으로 만들어졌다는 잠재의식을 마침내 털어냈음을 깨닫는다.

넥타이를 풀어서 가죽소파의 팔걸이에 걸쳐져 있는 윗옷 위로 던졌다. 기지개를 켜면서 집으로 돌아온 데 대하여 나는 안도의 한숨을 내쉬었다. 언제나 변함없는 아파트의 고요함에 귀를 기울이고, 여느 때처럼 고마운 평안이 바깥 세계의 팽팽한 긴장을 풀어주는 것을 느낀다.

이 아파트는 거처라기보다는 피난장소라는 편이 맞을지도 모른다. 살기에 편안한 것은 분명하지만, 오랜 세월 동안 애정을 담아 꾸민

집은 아니다. 가구와 조명은 어느 추운 날 오후에 남의 일처럼 한 가게에 가서 몽땅 사다가 갖춰놓은 것이다——"저것, 저것, 저것, 저것을 주시오…… 되도록 빨리 배달해 주었으면 하오."

이렇게 들여다 놓은 것이므로 그것을 하나쯤 잃는다 해도 가슴이 아플 만한 것은 한 가지도 없게 되었다. 설령 이것이 일종의 방어반응이라고 해도 나 역시도 충분히 잘 알고 있는 사항이다.

윗옷을 벗고 양말을 신은 채로 어슬렁어슬렁 돌아다니면서 테이블라이트를 켜고, 언제나처럼 텔레비전을 툭툭 쳐 기력을 북돋우고, 스카치를 따른 다음, 어제의 세탁물은 그대로 놔두기로 한다. 냉장고에 스테이크가 있고 은행에는 돈이 있다. 그럼 된 것이다. 대다수의 인생에 목적 같은 것은 필요치 않으니까.

요즘은 대개 한쪽 팔로 모든 것을 해치운다. 그 편이 손쉽기 때문이다. 팔뚝의 남은 부분에 전해지는 신경전류가 원통형으로 말린 유도선을 타고 정교한 의수에 작용하는데, 상당히 강한 힘으로 열리고 닫히지만 그 속도를 바꾸지는 못한다. 그러나 때로는 알아채지 못하는 사람이 있을 정도로 진짜와 비슷한 모양이다. 손톱, 부풀어 오른 근육, 정맥을 대신하는 푸른 힘줄도 있다. 혼자 있을 때는 쓰는 일도 차츰 적어져 떼어놓고 있을 때가 많지만 붙이고 있는 편이 훨씬 기분이 좋다.

오늘 저녁도 여느 저녁과 거의 다름없이 보냈다. 소파에 앉아서 다리를 올리고 무릎을 굽힌 다음, 커다란 컵을 손에 든 채로 작은 스크린을 통해서 보이는 다른 사람의 인생을 즐긴다. 때문에 상당히 잘 만들어진 코미디를 보는 도중에 벨이 울릴 때는 얼마간 화가 난다.

호기심보다는 불쾌감을 품으면서 일어나 컵을 놓고, 윗옷 주머니를 뒤져 늘 들고 다니는 예비용 전지를 꺼내 팔에 짤칵 끼워 넣는다. 플라스틱 손목 위로 셔츠 소매의 단추를 채우고는, 작은 현관으로 나가서 문 구멍으로 밖을 내다본다.

현관 앞 매트 위에는 별로 다툴 일 같은 것도 없어 보이는 진한 청색 스카프를 두른 중년 여성이 서 있다. 문을 열고 예의바르게 말했다. "안녕하십니까, 뭔가 제게 볼일이라도?"

"시드," 그 여자가 말했다. "들어가도 돼?"

모르는 사람이라는 생각을 하면서 그녀를 보았다. 나는 잘 모르지만 나를 시드라 부르는 사람들은 많다. 나도 그것을 호의적인 인사로 받아들인다.

스카프를 눌러쓴 밑으로 뻣뻣하고 새카만 웨이브가 들여다보이고, 색이 있는 안경을 쓰고 있어서 눈은 보이지 않는다. 다만 새빨갛고 진한 입술연지로 인해 자연스레 입가로 눈길이 간다. 그녀는 부끄러워하며, 헐렁한 황갈색 레인코트 속에서 몸이 떨고 있는 것 같다. 그녀는 내가 당연히 알겠거니 생각한 모양이지만, 그녀가 불안하게 어깨 너머로 뒤돌아 보면서 불빛을 받은 옆얼굴이 보일 때까지 나는 그녀가 누구인지 몰랐다.

그런데도 믿어지지가 않아 주뼛주뼛 물어보았다. "로즈마리?"

문을 조금 더 열자 내 옆을 지나 들어서면서 그녀가 말했다. "당신과 꼭 할 얘기가 있어서."

내가 문을 닫는 동안 그녀는 현관 거울 앞에 멈춰 서서 스카프의 매듭을 풀기 시작했다.

"차림새가 왜 그래요?"

보고 있으려니 손이 심하게 떨려서 매듭을 좀처럼 풀지 못했다. 그러는 사이에 초조한 듯 신음소리를 내면서 팔을 올려 스카프 끝을 쥐고 획 앞으로 잡아당겼다. 스카프와 함께 검은 웨이브도 떨어졌고, 그 밑으로 나를 15년 동안 시드라 불렀던 로즈마리 캐스퍼의, 눈에 익은 풍성한 밤색 머리칼이 확연하게 드러났다.

"무슨 일이 있었어요?" 내가 다시 말하자 로즈마리는 색안경을 벗어 핸드백에 넣고 티슈를 뽑아 진한 입술연지를 닦아냈다. "오지 않을 수가 없었어. 정말이야."

그녀의 떨리는 손끝과 굳어진 말투로부터, 남의 트러블이나 재난을 해결하는 이 길로 어찌어찌 들어온 이래 내가 보아온 숱한 인간들이 머릿속에 떠올랐다.

"자, 안으로 들어가서 한 잔 마시지요."

그녀가 두 가지를 모두 필요로 하며 기대하고 있음도 알았지만, 조용한 저녁 시간이 엉망이 되어버린 것을 나는 속으로 탄식했다.

"위스키? 아니면 진?"

"진…… 토닉…… 뭐든 괜찮아."

여전히 레인코트를 입은 채로 나를 따라 거실로 들어선 그녀는 갑자기 무릎의 힘이 빠지기라도 했는지 털썩 소파에 앉았다. 나는 그녀의 멍한 눈을 보고는 연신 웃음소리가 흘러나오고 있는 텔레비전을 끄고 진을 가득 따랐다.

"여기." 잔을 건넸다. "그런데, 문제가 뭡니까?"

"문제?" 발끈 내 말을 되받았다. "그런 간단한 일이 아니야!"

나도 잔을 들고 그녀 맞은편 팔걸이의자에 앉았다.

"오늘 레이스에서 멀리 있는 당신을 보았습니다. 그 시점에 이미 문제는 존재하고 있었던 것 아닙니까?"

그녀가 단숨에 많은 양을 들이켰다.

"그래, 존재했어. 그때 당신에게로 가서 얘기할 수 있었다면 내가 이런 까마귀 털 같은 가발을 뒤집어쓰고 남의 눈을 피해 야밤에 이런 아파트로 올 리가 없지 않겠어?"

"그렇다면…… 어째서?"

"경마장이든 어디서든 내가 얘기하는 것을 절대로 보여선 안 될 상대가 시드 하레이니까."

나는 오래전에 그녀의 남편을 위해 몇 번인가 말을 탄 적이 있었다. 내가 기수였던 시절의 일이다. 아직은 평지 경마에 출장할 수 있을 정도로 체중이 가볍고, 장애물 경주에 열중하기 전의 일. 성공, 영광, 낙마, 팔 부상…… 그런 일들이 있기 전의 얘기다. 시드 하레이가 지금도 기수라면 그녀는 공공연하게 그와 이야기할 수 있을 터였다. 하지만 오래전에 이른바 만능조사원으로 변신한 시드 하레이를 만나기 위해서는 어둠을 틈타 잔뜩 겁에 질린 모습으로 만나러 와야 했다.

45살 전후쯤 되겠다 싶어 곰곰 생각해 보니, 그토록 오랜 세월을 알고 지냈는데도 특별하게 주의를 기울여 그녀의 생김새를 본 적이 없음을 비로소 깨달았다. 날씬하고 우아하다는 전체적인 인상은 여전히 변함없었지만 눈썹과 눈꺼풀이 처진 느낌이고, 턱에 작은 흉터가 있으며, 입술 양 가장자리에 가느다란 주름이 생긴 것은 처음 보는 것이었다.

그녀도 나를 자세히 보는 것은 이번이 처음이라는 듯, 갑자기 눈을 들어 나를 물끄러미 바라보고 있었다. 그녀의 눈에 비친 차이는, 내가 그녀에게서 받은 느낌보다 훨씬 강한 게 틀림없으리라. 나도 이제는 그녀가 약간 쌀쌀맞은 말투로 기승(騎乘) 지시를 내리던 소년이 아니라, 분쟁에 관한 상담을 들어 줄 어엿한 어른이 된 것이다. 이제 나는 그러한 새로운 견해가 과거의 익숙했던 관계에 변화를 일으키는 것을 보는 데 익숙해졌으며, 그것을 자주 유감스럽게 생각하지만 예전의 상태로 되돌아갈 방도는 없었다.

"모두 그러더군." 그녀는 자신 없어하면서 말을 꺼냈다. "그러니까 …… 지난 1년 동안 줄곧 듣고 있었다는 소리지." 그녀는 헛기침을 했다. "우수하다고, 당신은 굉장히 우수하다고 하더군…… 이런 사건을 다루는데. 하지만 난 모르겠어…… 막상 이렇게 와서 보니…… 그런 것 같지가 않아…… 그러니까…… 당신은 기수이기 때문에."

"기수였지요."

그녀가 힐끗 내 왼손을 보았으나 나는 아무 말도 하지 않았다. 이 손에 관해선 잘 알고 있는 것이다. 경마계의 이야깃거리가 되기에는 이미 작년의 뉴스나 마찬가지였다.

"어떻게 해주길 바라는지 이야기하는 게 어떻겠습니까? 도움이 될 수 없을 것 같으면 그렇다고 솔직히 말하겠어요."

나의 도움을 받지 못할 가능성을 생각하니 다시 공포심이 일어나는지 여자는 떨기 시작했다.

"달리 아무도 없어. 다른 사람에게 부탁하러 갈 수도 없는걸. 나로선 믿을 수밖에 없어…… 어떻게든…… 당신은 할 수 있다고…… 모두 그렇게 말했어."

"난 슈퍼맨이 아니에요." 나는 이의를 달았다. "단지 조사하고 다닐 따름이지요."

"오, 신이시여……!" 남은 진을 들이마실 때, 가장자리가 이에 부딪쳐 덜그럭 소리를 냈다. "하느님께 부탁하고 싶어……."

"코트를 벗지요." 내가 강한 어조로 말했다. "진을 한 잔 더 마시고 소파에 앉아서 처음부터 말해 주십시오."

그녀는 멍하니 일어나서 단추를 풀어 코트를 벗고는 다시 앉았다.

"처음 같은 건 없어."

다시 술을 따른 잔을 받아들더니 꼭 끌어안듯이 가슴에 대고 눌렀다. 코트 속으로 나타난 크림색 실크 셔츠 위로 초록색 캐시미어인 듯한 스웨터, 두꺼운 쇠사슬, 고급스런 소재의 검정 스커트가 금전적인 고통이 없음을 자연스레 나타내주고 있었다.

"조지는 만찬회에 갔어. 우린 오늘밤 런던에 머무를 거야……. 그는 내가 영화를 보러 간 걸로 알아."

그녀의 남편 조지는 영국의 3대 조교사 가운데 한 사람으로 국제적으로도 열 손가락 안에 들 것이다. 홍콩에서 켄터키에 이르는 모든 경마장에서 거물로 존경받고 있으며, 그가 살고 있는 뉴마켓에선 왕이나 다름없었다. 그의 말이 더비(Derby. 영국 엡섬에서 열리는 대경마대회), 개선문상, 워싱턴 인터내셔널에서 우승을 하더라도 아무도 놀라지 않는다. 해마다 전 세계에서 가려 뽑은 우수한 혈통마 몇 마리가 그의 마구간으로 들어가며, 그의 마구간에 말을 맡긴 것만으로도 마주(馬主)의 사회적 지위에 관록이 붙었다. 조지 캐스퍼는 그 어떤 말이나 마주도 거부할 수 있는 사람이지만, 소문에 따르면 여자 마주를 거부한 경우는 거의 없다고 한다. 그것이 로즈마리가 안고 있는 문제라면 나는 해결할 수가 없다.

"그에게 절대로 알려지면 안돼." 신경이 날카롭게 곤두선 말투였다. "내가 여기에 온 것을 그에게 말하지 않겠다고 약속해 주어야만 해."

"조건을 붙여서 약속하겠습니다."

"그걸로는 충분치 않아."

"그렇게 해야 합니다."

"당신도 알 거야. 반드시 이유를 알 거라고." 술을 한 모금 마셨다. "그는 이렇게 말하는 걸 싫어하겠지만 죽을 만큼 걱정하고 있어."

"누가…… 조지를?"

"물론, 조지야. 달리 또 누가 있겠어? 바보 같은 소리 하지 마. 달리 누구 때문에, 내가 이런 꼴로 위험을 무릅쓰고 여기에 왔겠어?"

분노가 뒤섞인 새된 목소리에 그녀 스스로도 놀라는 것 같았다. 몇 번인가 커다랗게 숨을 쉬고는 다시 이야기를 시작했다.

"그리너를 어떻게 생각해?"

"그래요…… 기대를 저버린 느낌이었죠."

"아니, 엄청난 재앙이야! 당신도 알 텐데?"

"흔한 일이지요."

"안 그래, 자주 있을 법한 그런 일이 아니었어. 지금까지 조지가 취급한 말 가운데 최고가는 3살짜리 말의 하나야. 올해 들어서만 3살짜리 경마 레이스에서 세 차례나 멋지게 이겼으니까. 그래서 겨우내 기니 레이스와 더비의 인기마로 톱 클래스는 약속된 거나 마찬가지라고 모두들 말했지. 훌륭한 말이 되리라고."

"그래요, 기억하고 있습니다."

"그런데 그게 어떻게 되었는지 알아? 올 봄 기니에 출장했으나 용두사미로 추락했어. 완전한 실패였지. 더비 출장 같은 건 꿈도 꿀 수 없게 되었다고!"

"그런 예는 많습니다."

그녀는 입을 꾹 다물고 화가 난 듯 나를 보았다. "게다가 우승후보마 징갈. 그것도 자주 있는 일인가? 전국에서 최고 가는 젊은 말 두 마리가 3살 때에는 훌륭한 성적을 올렸고, 두 마리 다 우리 마구간의 말이었어. 그런데 4살이 되자 단 한 푼도 상금을 받지 못했어. 두 마리 모두 월등 뛰어난 말이고, 겉모습도 건강하며 식욕도 왕성한데도 완전히 무익한 말이 되어 버렸단 말이야."

"받아들이기가 힘들었겠군요." 나는 그다지 확신 없이 말했다. 말이 사람들의 기대에 어긋나는 일은 일요일에 쏟아지는 비처럼 흔해 빠진 일인 것이다.

"그럼 그 전 해의 베세스더는 어땠지?" 무서운 눈초리로 나를 흘겨보았다. "톱 클래스인 3살짜리 암말. 몇 달이나 전부터 천 미터 기니 레이스와 우수 암말 경주의 인기마. 정말 멋있었어! 천 미터 기니 레이스에서 백만 달러 짜리 명마처럼 당당하게 출발선을 향했는데 결과는 10등, 10등이었어! 너무 하잖았나?"

"조지 씨는 어느 말이나 완벽하게 검사해 보았을 겁니다."

"물론 그렇게 했지. 시시한 수의사들이 몇 주일 동안이나 마구간에서 살다시피 했어. 약물 테스트니 뭐니 하면서 말이야. 하지만 모두가 음성 반응을 보였어. 뛰어난 말이 세 마리나 무용지물이 되고 만 것이지. 그것도 전혀 원인도 모른 채, 어느 것 하나도!"

나는 희미하게 한숨을 쉬었다. 얘기는 대개 조교사의 인생담이나 다름없을 뿐 가발을 쓰는 은밀한 행동을 할 만한 일 같지는 않았다.

"그리고 이번엔," 그녀가 아무렇지도 않게 폭탄을 내던졌다. "트라이 나이트로야!."

나도 모르게 신음에 가까운 탄식이 절로 나왔다. 트라이 나이트로는 최근 모든 경마란을 채우고 있을 정도로 지난 10년간을 통틀어 최고의 말로 칭송받고 있는 젊은 말이다. 작년 가을의 3살짜리 말의 성적은 모든 경쟁상대를 월등히 능가하며, 다가오는 여름에는 압도적인 좋은 성적을 올리리란 것은 거의 모든 사람들이 당연하게 생각하고 있었다. 나는 작년 9월에 뉴마켓의 미들 파크 레이스에서 기록을 깨는 놀라운 스피드로 우승할 것으로 보았고, 그 당시 믿기 어려운 속도로 잔디를 힘차게 딛고 내달리던, 공기를 찢는 듯한 큰 걸음을 분명히 기억하고 있다.

"기니까지 앞으로 겨우 2주일밖엔 없어. 정확히는 2주일 뒤의 오늘이야. 가령 뭔가…… 또 전 같은 일이 있어서 다른 말들과 마찬가지로 참혹한 레이스로 끝난다면……?"

다시 떨기 시작했으나 내가 입을 열자 지금까지 이상으로 훨씬 새된 목소리로 빠르게 지껄였다. "오늘밤이 유일한 기회였어. 이리로 올 수 있는 유일한 밤…… 게다가 조지가 알면 엄청 화를 낼 거야. 그는 말에게 어떤 일도 일어날 수 없다, 근접이 가능한 사람은 단 한 명도 없다, 경비태세는 완벽하다는 거야. 하지만 겁내고 있었어. 난 알아. 긴장하고 있어. 신경이 팽팽하게 긴장되어서. 당신에게 부탁해서 말의 경비를 맡아달라고 하면 어떻겠느냐고 했더니 꼭 미친 사람처럼 화를 내더군. 왜 그러는지는 모르지만, 그렇게 화를 내는 것은 처음 봤어."

"로즈마리!" 고개를 흔들면서 내가 말했다.

"들어봐." 그녀는 내 말을 가로막았다. "기니에 출장할 때까지 트라이 나이트로에 아무 일도 일어나지 않도록 당신이 만전을 기해주었으면 해. 그것뿐이야."

"그것뿐이라고요?"

"나중에 후회해봤자 아무 소용없어…… 누군가가 무슨 짓을 한 뒤에야 당신에게 부탁했더라면 좋았을걸 하는 후회 따윈. 그렇게 되는 건 견딜 수 없어. 때문에 이렇게 오지 않을 수 없었어, 어떻게 해서든지. 그러니 해 줘. 돈이 얼마나 들지 말해주면 내가 지불할 테니."

"문제는 돈이 아닙니다. 그걸 아십니까? 조지가 모르게, 허락도 받지 않고 내가 트라이 나이트로를 경비할 방법은 없어요. 불가능하단 말입니다."

"당신은 할 수 있어. 난 확신해. 당신은 지금까지도 사람들이 불가능하다고 하는 것을 해냈어. 나는 오지 않고는 견딜 수 없었어…… 조지도 마찬가지야. 내리 3년을 같은 일이 일어난다면……! 트라이 나이트로는 어떻게 해서든 이겨야만 해. 그러니 당신이 아무 일도 일어나지 않도록 절대적인 확실성을 기해주어야만 한다고. 당신이 꼭 받아들여 주었으면 해."

그녀는 갑자기 지금까지 이상으로 격렬하게 떨기 시작했고, 당장이라도 히스테리를 일으킬 것 같았다. 지금 그녀의 기대에 부응할 수 있다는 생각이 들어서라기보다는 어떻게든 그녀를 진정시키기 위해 나는 이렇게 말했다. "로즈마리…… 알았습니다. 어떻게든 손을 써 보겠습니다."

"그 말은 반드시 이기지 않으면 안돼."

내가 달래듯이 말했다.

"꼭 이기지 못한다고 정해져 있는 건 아니지요."

나의 말투에서 배어 나온, 나 자신도 미처 알아채지 못했던 말 뒤에 가리워진 기분을 그녀는 정확히 읽어냈다. 너무나도 절박한 위험을 느끼고 털어놓는 그녀의 이야기를 쉽사리 흥분하는 여자의 환상이라고 깎아내리려는 안이한 사고방식, 또는 의심 말이다. 나 스스로도 그런 분위기를 눈치챘으며, 그녀의 눈에서 불안을 느꼈다.

"바보였어! 여기 온 것은 시간 낭비에 지나지 않은 것 같군, 그렇지?" 로즈마리는 씁쓸하게 말하면서 일어났다. "남자는 모두 똑같아. 두뇌에서 갱년기 장애를 일으키고 있거든."

"그렇지 않아요. 그리고 난 해보겠다고 했습니다."

"그랬지."

그 말 자체가 비웃음이었다. 그녀는 스스로 분노를 긁어 일으키고 폭발의 실마리를 찾고 있는 것이다. 텅 빈 잔을 건네는 대신에 나에게 집어 던졌다. 내가 그걸 놓쳐 커피 테이블 옆에 부딪쳐 깨졌다.

그녀는 반짝반짝 빛나는 파편을 내려다보면서 분노를 가슴속으로 내리눌렀다.

"실례했어." 싸늘한 목소리였다.

"아니, 괜찮습니다."

"스트레스 탓이라고 해두지."

"압니다."
"지금부터 가서 그 영화를 보아야만 해. 조지가 물어볼 테니까……."
그녀는 레인코트를 입고는 어색한 걸음걸이로 문께로 걸어갔다. 긴장으로 온몸이 떨리고 있었다.
"이리로 오는 게 아니었어. 하지만…… 당신이 떠올랐어."
"로즈마리!" 내가 단호히 말했다. "나는 해보겠다고 말했고, 또 반드시 해낼 것입니다."
"내가 어떤 기분인지 아무도 알지 못해."
나는 그녀의 가슴속을 내달리고 있는 절망감이 실제로 공기를 휘젓고 있는 듯한 느낌을 받으면서 따라갔다. 그녀는 현관의 작은 테이블에서 가발을 집어들어 쓰면서 자신을, 변장을, 나를 증오하면서 분노에 휩싸여 찌를 듯한 격렬한 손놀림으로 밤색 머리칼을 가발 밑으로 밀어 넣었다. 여기에 온 것, 조지에게 거짓말을 해야만 했던 일, 남의 눈을 피한 자신의 구정물 같은 행동을 증오하고 있었다. 마치 자기 자신을 학대하는 것처럼 필요 이상의 힘을 주어 진한 입술연지를 덧바르고, 잡아뜯을 듯한 기세로 스카프를 매고, 핸드백을 나꿔채더니 색안경을 집어들었다.
"지하철 화장실에서 변장했어. 구역질이 날 듯한 불쾌한 기분이었지. 하지만 여기서 내가 나가는 것을 남에게 알릴 생각은 추호도 없어. 뭔가가 일어나고 있어. 난 알아, 그리고 조지는 무서워하고 있고……."
내가 문을 열기를 기다리며 그녀는 문 옆에 서 있었다. 가능한 한 추하게 보이지 않으려는 늘씬하고 품위 있는 여자. 남의 이목에 신경 쓰지 않을 만큼 중대한 이유가 아니라면 그런 일을 할 여자는 아무도 없을 것임을 나는 깨달았다. 그런데도 나는 그녀의 고뇌를 완화시킬 만한 일은 무엇 하나 하지 않았다. 설령 그것이 오랜 세월 동안 지금과는 전혀 다른 입장에 서 있던 사람이 상대였기 때문임을 비로소 알게 되었다 한들 지금은 아무런 도움도 되지 않았다. 옛날부터 조심스럽기는 하지만 주도권을 행사하고 있는 것은 그녀였고, 열 여섯살 시절 이래로 나는 경의를 가지고 순순히 그녀의 지시에 따라 왔다. 오늘 밤 그녀에게 울 기회를 주고, 따뜻한 마음씀씀이를 보이고, 손을 잡고, 입맞춤까지 했더라면 그녀에게 위안이 되었을 게 틀림없지만, 그러기에는 둘 사이에 좀처럼 허물 수 없는 장벽이 존재하고 있었다.

"이리로 오는 게 아니였어. 이제야 그걸 알다니."

"내가…… 조치를 강구해 주길 바랍니까?"

얼굴이 굳어졌다. "그래, 그러길 바랐어. 하지만 난 바보였어. 스스로에게 속은 거야. 누가 뭐라 해도…… 당신은 그저 기수에 지나지 않아."

내가 문을 열었다.

"나도," 가벼운 어조로 말했다. "그랬더라면 좋았을 거라고 생각하고 있습니다."

그녀는 나를 보았지만, 이미 돌아가는 길과, 영화 얘기를 조지에게 해야만 한다는 것 등에 정신이 팔려 내 얼굴은 눈에 들어오지 않았다.

"나는 미친 사람이 아냐."

휠쩍 등을 돌려 뒤도 돌아보지 않고 걸어갔다. 계단으로 가서 망설이지도 않고 내려가 보이지 않게 될 때까지 나는 배웅을 하고 있었다. 나는 대응할 방법이 불충분했다는 기분에 휩싸인 채 문을 닫고 거실로 돌아왔다. 그녀의 세찬 언동으로 방 안 공기마저 어딘가 들뜨고 불안정한 느낌이 들었다.

쭈그리고 앉아서 깨진 잔의 커다란 파편을 주웠지만, 날카로운 작은 조각이 수없이 많아서 부엌에서 쓰레받기와 빗자루를 들고 왔다.

쓰레받기를 드는 것은 왼손으로 충분히 가능하다. 없는 진짜 손을 펴려고 생각만 하면 의수가 엄지손가락부터 펴지기 시작한다. 그리고 쥔다는 메시지를 보내면 닫힌다. 뇌로부터의 지시와 전기적인 반응 사이에 늘 2초의 차가 있어서 의수를 쓰는 방법을 익히면서 가장 어려움을 겪은 것은 그 시간차를 계산에 넣는 것이었다.

깨진 술잔의 파편을 빈틈없이 쓸어 담는 동안, 물론 손가락은 아무것도 느끼지 않는다. 의수를 붙여준 사람들은 달걀을 쥘 수 있으면 성공이라고 했다. 처음에는 연습하느라 달걀을 2,30개는 깨뜨렸다. 그 뒤로 멍하니 있다가 전구가 파열되거나 담뱃갑을 우그려뜨리기나 한 것이 이유가 되어 과학의 틀을 이용하는 일이 차츰 적어졌다.

유리 파편을 쓰레기통에 넣고 다시 텔레비전 스위치를 켰지만 코미디는 이미 끝났고, 경찰 드라마를 보고 있으려니 로즈마리가 머리에 떠올랐다. 한숨을 쉬면서 텔레비전을 끄고 스테이크를 구워 먹은 다음, 〈데일리 플래닛〉지에서 일하는 보비 앤윈에게 전화를 걸었다.

"정보는 공짜가 아니야." 나라는 것을 알고도 그는 곧장 그렇게 말했다.

"대가는 뭔데?"

"그에 상당하는 반대급부지."

"좋아."

"그럼 뭘 알고 싶은 거지?"

"음, 두 달쯤 전의 토요일판 컬러 부록으로 조지 캐스퍼에 관한 특집기사를 썼지. 몇 쪽이나 되는 긴 것을 말야?"

"썼지. 특별기사였어. 성공한 사람의 철저한 분석. 〈플래닛〉은 한 달에 한 번 유명인, 대부호, 팝 스타 등의 시리즈물을 쓰고 있지. 진부한 문구를 늘어놓아 쏟아지는 하품을 끝내주는 폭로기사로 만들어 내는 거야."

"지금 누워 있어?"

침묵이 이어지다가 킥킥대는 여자의 웃음소리가 들려왔다.

"눈치 한번 빠르군. 어떻게 알았지?"

"감히 말한다면 선망 때문이지."

그러나 사실은 중요한 얘기라는 인상을 주지 않으면서 혼자인지 어떤지를 알고 싶어서였다.

"내일 켐프턴에 가나?"

"그럴까 해."

"그 잡지를 한 부 갖다주면 자네가 바라는 술을 한 병 내겠어."

"헤엣, 놀랐는걸! 갖다주고말고."

그가 그대로 전화를 끊었고, 나는 평지경마 자료집에서 지난 몇 년 동안의 베세스더, 그리너, 징갈, 트라이 나이트로의 경력을 조사하느라 하룻저녁을 소비했으나 아무것도 건지지 못했다.

2

요즘은 목요일에 장인과 점심 식사를 하는 것이 습관이 되어 있다. 정확히는 예전의 장인으로, 퇴역 해군소장 찰스 롤랜드는 내 인생에 있어서의 최대 실패의 아버지이기도 하다. 나는 그의 딸 제니에게 할 수 있는 모든 것을 헌신했으나 그녀의 유일한 소원을 거절했다. 바로 레이스 출장을 그만두는 것이다.

우리는 5년 동안의 결혼생활을 보냈다. 2년은 행복에 싸였고, 2년은 불화 속에서, 마지막 1년은 고통으로 가득 차 있었다. 그리하여 지금은 다 아물 무렵의 근질근질한 상처만 남아 있을 따름이다. 그런 상처 외에 또 남아 있는 것은 고생 끝에 얻은, 지금은 결혼생활의 폐허에서 무사히 건져 올릴 수 있었던 유일한 보물로 소중히 하고 있는 그녀 아버지와의 우정이다.

우리는 대개 캐빈디시 호텔 2층 바에서 정오에 만났다. 지금 그의 분홍색 진과 물에 탄 내 위스키가 작은 받침 위에 놓여 있고, 그 옆에는 땅콩이 든 접시가 있다.

"이번 주말엔 에인스포드에 제니가 있네." 그가 말했다.

에인스포드는 옥스퍼드셔에 있는 그의 집이다. 목요일엔 비즈니스차 런던에 있다. 그 두 군데를 그는 롤스로이스로 왕복한다.

"자네가 와 주면 대단히 기쁘겠네만?"

나는 위엄과 품위를 겸비한 그의 얼굴을 바라보면서 자연스럽게 귀를 기울이고 있었다. 매우 예민하고 매력이 있으며, 필요하다고 생각되면 레이저 광선처럼 남의 가슴을 꿰뚫을 수 있는 인물이다. 나는 그 성실성은 지옥에 떨어져도 여전히 믿겠지만 잠시라도 방심할 수는 없었다.

나는 악의 없는 어조로 신중하게 말했다.

"사격의 표적이 되려고 가는 건 딱 질색입니다."

"그 애도 자네를 초대하는 데 동의했는걸."

"믿어지지 않는군요."

그는 무척이나 이상한 모습으로 잔을 물끄러미 보고 있었다. 나는 오랜 경험에서 내가 싫어하는 일을 하기 바랄 때는 그가 내 얼굴을 보지 않는다는 것을 알고 있었다. 게다가 그가 도화선에 불을 붙일 마음이 내킬 때까지 지금처럼 침묵이 계속된다. 그 침묵의 길이에 나는 불안한 기분이 되었다.

"아무래도 그애는 성가신 일에 휘말린 모양이야."

나는 물끄러미 그를 보고 있었으나, 여전히 눈을 들지 않았다.

"찰스!" 나는 어쩔 줄 몰라하며 말했다. "너무합니다…… 그런 것을 부탁하다니…… 요즘 그녀가 내게 어떻게 말을 하는지 알고 계실 텐데."

"내가 기억하는 바로는 자네도 지지 않고 되받던걸?"

"제정신으로 호랑이 굴에 들어갈 자는 없습니다."

힐끗 눈을 올려 뜨고 나를 보았다. 입가가 희미하게 실룩대고 있었다. 남의 예쁜 딸에 대한 표현치고는 최선의 것은 아니었으리라.

"나는 알고 있네, 시드." 그가 말했다. "자네가 호랑이 굴로 들어간 것이 한두 번이 아님을."

"그럼 암호랑이로 하지요." 다소 농담을 섞어 말했다.

그가 달려들었다. "그럼 와주는 건가?"

"아니오, 정직하게 말해서 모든 일엔 한계가 있습니다."

그는 한숨을 쉬면서 의자에 기대어 진이 담긴 잔 너머로 나를 보고 있었다. 나는 그 멍한 눈길이 마음에 들지 않았다. 아직 뭔가를 꾸미고 있다는 증거였다.

"도버 카레 어떤가?" 그가 교묘하게 사이를 틈타 물었다. "웨이터를 부를까? 이제 곧 식사를 해야 할 것 같은데, 어떤가?"

그가 카레를 2인분, 그것도 습관적으로 뼈를 제거한 것을 주문했다. 지금은 사람들 앞에서 남들처럼 식사를 할 수가 있지만, 전에는 팔을 쓰는데 익숙지 않아서 나는 오랫동안 창피한 생각을 한 적이 있었다. 당시는 남의 눈을 피해서 왼손을 호주머니에 감추고 있었던 것이다. 그게 간신히 익숙해졌을 무렵, 다시 위궤양이 일어나 수술로 절단하고 말았다. 인생이란 그런 것인가 하고 생각했다. 사람은 획득하고 잃는다. 폐허에서 뭔가를, 비록 한 조각의 자존심이라 하더라도 구해낼 수가 있으면 다음 재액까지는 지탱이 된다.

웨이터가 10분 뒤에 우리 테이블이 준비된다고 하면서 회색 넥타이를 맨 디너 재킷의 가슴 언저리에 메뉴와 주문장을 안고 조용히 물러갔다. 찰스가 시계를 보더니 환하게 넓은 조용한 실내를 천천히 둘러보았다. 우리처럼 둘이서 온 사람들이 베이지색 팔걸이의자에 앉아서 세상 얘기를 하고 있었다.

"오늘 오후에 켐프턴에 갈 건가?"

나는 고개를 끄덕였다. "첫 번째 레이스는 2시 반입니다."

"지금 뭔가 일이 걸려 있는 겐가?"

질문에 비하면 조금도 관심이 없는 듯한 말투였다.

"에인스포드엔 가지 않겠습니다, 제니가 있는 동안은."

잠깐 사이를 두었다가 찰스가 말했다.

"와 주면 고마울 텐데, 시드?"

나는 잠자코 그를 보고 있었다. 찰스의 눈은 멀리 손님에게 마실 것을 날라 가고 있는 웨이터의 뒷모습을 쫓고 있었다. 아무래도 다음 말을 생각하는데 시간을 너무 많이 잡아먹는 것 같았다.

헛기침을 하고 나서 누구에게랄 것도 없이 말했다. "제니가 돈을 좀 빌려 썼네. 게다가 이름도…… 아무래도 사기인 듯 싶은 사업에."

"제니가 그런 일을?" 찰스가 이상하리만큼 재빠르게 시선을 내게로 돌렸으나 뭔가 말하려는 것을 내가 막았다. "아닙니다. 그런 일을 했다면, 해결하는 것은 당신 분야의 사업입니다."

"제니가 사용한 것은 물론 자네 이름이야. 제니퍼 하레이."

나는 덫이 서서히 좁혀들고 있음을 느꼈다. 찰스는 잠자코 있는 내 얼굴을 보고 있었으나, 그러는 동안에 희미하게 안도의 한숨을 내쉬며 내심의 불안과 긴장을 허물었다. 나를 걸려들게 할 방법에 있어서 찰스는 너무나도 뛰어나다고 나는 씁쓸한 기분으로 감탄했다.

"제니는 어떤 사내에게 빠졌어." 찰스가 무표정하게 말했다. "나는 그 남자가 그다지 마음에 들지 않았어. 자네도 처음엔 그랬지만. 그래서 솔직히 말해 그 당시의 판단 착오에 얽매이게 되었지. 이제 나의 첫인상을 신뢰할 수가 없게 된 때문에."

나는 땅콩을 하나 먹었다. 찰스는 내가 기수여서 싫어했던 것이다. 곱게 자란 자기 딸의 남편으로 기수 따위는 당치도 않다고 생각했다. 그래서 나도 즉각 지적이고 사회적으로 잘난 체하는 속물이라며 찰스를 싫어했다. 그런 그가 지금은 내가 이 세상에서 가장 소중하게 생각하는 인물임을 생각하면 묘한 기분이 든다.

찰스가 말을 계속했다. "그 사나이가 어떤 통신판매 사업에 참여하도록 제니를 설득했다네. 적어도 표면적으로는 꽤나 앞뒤가 통하는 튼실한 사업이지. 자선용 기금을 모으기에 유효한 방법이거든. 자네도 알 만한 것이라네. 이를테면 크리스마스 카드 같은 것인데, 이번 경우는 골동품 가구를 닦는 왁스인 모양이야. 이익의 대부분이 훌륭한 목적을 위해 쓰인다는 것을 이해시키고 비싼 왁스를 사도록 남에게 권하는."

그는 어두운 표정으로 나를 보았다. 나는 도망칠 희망도 없는 채로 잠자코 이야기가 계속되기를 기다리고 있었다.

"주문이 쉴새없이 들어왔네. 물론 대금도 함께지. 제니와 여자친구 한 명이 열심히 왁스를 발송했어."

"그 왁스는," 내가 추측했다. "제니가 미리 사 놓았던 것이겠지요?"

찰스가 한숨을 쉬었다. "자넨 설명을 필요로 하지 않는 사람이로군."

"그래서 제니는 우송료, 포장비, 광고비, 설명서 따위의 대금을 지불했고요?"

고개를 끄덕였다. "수취한 대금은 모두 그 자선사업 명의로 특별히 개설한 계좌로 들어갔네. 그 대금 전액이 인출되었고, 사내가 모습을 감추면서, 그 모든 자선사업은 존재하지 않는다는 것이 판명되었네."

나는 깜짝 놀라 찰스의 얼굴을 보았다.

"그래서 제니의 입장은요?"

"유감이네만, 대단히 나빠. 고소를 당할지도 모르네. 더구나 모든 일에 그 애의 이름이 실려 있을 뿐 사내의 이름은 전혀 나와 있질 않거든."

나는 저주의 말을 토할 마음도 내키질 않았다. 내가 망연자실, 침묵만 지키고 있는 것을 보고 찰스가 천천히 고개를 끄덕였다.

"그 애는 너무나도 어리석은 짓을 했어."

"그만두게 할 수는 없었습니까? 하다못해 주의를 준다든가?"

유감스러운 듯 고개를 저었다. "그 애가 어제 공황 상태로 에인스포드로 올 때까지 나는 아무것도 몰랐다네. 옥스퍼드에서 빌린 아파트를 본거지로 모든 일을 하고 있었던 게야."

둘이서 점심식사를 했지만 나는 나중에도 그 카레 맛을 떠올릴 수가 없었다.

"그 남자의 이름은 니콜라스 애시라네." 커피를 마시면서 찰스가 말했다. "적어도 스스로는 그렇게 말했다는군."

한참 사이를 두었다. "내 변호사는 자네가 그 남자를 찾아내 준다면 상황이 대단히 좋아질 거라고 하더군."

나는 시각과 근육반응을 자동조종으로 전환하고, 가라앉지 않은 마음으로 제니의 일에 생각을 집중시킨 채 켐프턴으로 차를 달렸다.

이혼을 했다고 달라진 것은 하나도 없어 보였다. 최근의 정연하고도 사무적인 일들, 둘 다 출정하지 않았던 냉담한 재판소——자녀 없음, 사회보장 문제 없음, 화해 가능성 전무, 이혼 신청 승인, 다음 사건 나오시오——는 우리 두 사람의 생활에 종지부를 찍기는커녕 고작해야 쉼표를 찍은 정도에 지나지 않는 것 같다. 법적 조치가 해방의 문을 크게 열어주지는 않았다. 감정적인 커다란 변동에서 회복하는 데는 긴 세월이 필요했고, 재판소의 증명서는 아스피린 정도의 도움도 되지 않았다.

전엔 환희와 열정에 넘쳐 서로를 끌어안았지만, 지금은 가끔 얼굴을 마주치면 발톱을 곤두세우고 서로 싸운다. 나는 제니를 사랑하고, 잃고, 슬퍼하는 데 8년을 소비했고, 그녀에 대한 감정의 소멸을 바라면서도 아직도 여전히 살아 있다. 완전히 무관심해질 수 있는 날은 아직도 머나먼 일인 것만 같다.

지금의 궁지에서 빠져나오는데 힘을 빌려주면 제니는 나를 몹시 싫어할 게 틀림없다. 그러나 도와주지 않으면 이번에는 내가 스스로를 책망하게 되리라. 대체 어째서 그 아둔한 여자는 그런 바보 같은 짓을 했단 말인가! 딱히 쏟을 데도 없는 부아가 솟아 올랐다.

켐프턴은 4월의 평일치고는 상당한 관중이 들어와 있었으나, 영국에선 경마장이 런던에 가까울수록 무관심의 대상이 되기 십상임을 나는 언제나 그렇듯 유감스럽게 여겼다. 도시 거주자는 내기에 열중할지는 모르지만, 신선한 공기와 말에는 관심이 없다. 꽤 오래 전의 일이지만 버밍엄과 맨체스터는 사람들의 무관심 탓에 경마장을 잃고 말았고, 리버풀이 살아남은 것은 순전히 그랜드 내셔널 덕택이었다. 초만원을 이루고, 공식 출마표가 다 팔리는 것은 대개의 경우 시골의 경마장이다. 힘있게 생장하는 식물은 어김없이 가장 오랜 뿌리에서 자라난 것이다.

검량실 바깥에서는 눈에 익은 멤버들이 기본적으로는 몇 세기 동안이나 달라지지 않은 얘기를 서로 지껄여대고 있다. 아무개가 어떤 말을 탄다, 아무개가 이길 게 분명하다, 규칙을 바꿔야만 한다, 내 말이 진 것에 관해 아무개가 한 말을 들었느냐, 미리 예측하는 것은 힘들지 않겠느냐, 저 젊은 아무개가 아내와 헤어진 사실을 아느냐? 비천한 애기, 과장된 말들, 새빨간 거짓말 등등이 뒤섞여 있다. 옛날과 변함이 없는 명예와 추락, 기본이념과 편의주의의 혼합이다. 매수할 예정인 사람과 받아들일 작정인 사람, 다소 장래성은 있지만 고뇌로 가득 찬 송사리와 오만한 거물, 실패한 자가 위세 좋게 변명을 늘어놓고, 성공한 자는 눈 속에 불안을 감추고 있다.

나는 이제 검량실 입구에서 어슬렁댈 자격은 없지만 쫓아내는 사람도 없다. 나는 전에 기수라는 회색의 세계에 속해 있었으므로 검량실에 드나드는 것은 허락되지 않지만, 다른 것은 대강 눈감아 준다. 반톤은 나가는 말이 나의 손뼈 위로 다리부터 떨어져 왔던 날 이후로 즐거운 성역과는 인연이 없는 존재가 되었다. 그 뒤로는 그저 친목회의 일원인 것에서 기쁨을 찾아야 했고, 말을 타고 싶다는 열망은 총체적인 미련의 일부에 지나지 않게 되었다. 전에 챔피언이었던 한 기수가 말을 타고 레이스에 나가고 싶다는 바람이 완전히 사라지기까지 20년이 걸렸다고 말하기에 나는 예를 표하기는 했지만 쓸데없는 소릴 하는 녀석이라고 생각했다.

오늘 오후에 자기 마구간의 말 3마리가 출전키로 되어 있는 조지 캐스퍼가 기수와 이야기하고 있었다. 아내인 로즈마리도 보였다. 열 발짝쯤 떨어져 있는 나를 알아보고는 움찔 몸을 움츠리며 재빨리 등을 돌렸다. 언제나처럼 세심하게 단장한 우아한 모습——바람이 차가워서 밍크 코트에 반짝이는 부츠, 비로드 모자 차림이었으나 심한 불안에 휩싸여 있음을 상상할 수 있었다. 그녀의 방문에 관해 내가 떠들어댈 것을 두려워하고 있는 것이라면 대단한 착각이다.

누군가가 나의 팔꿈치를 가볍게 잡고 경쾌한 어조로 말했다.

"잠깐 애기 좀 하고 싶은데, 시드?"

나는 방향을 바꾸기 전부터 미소를 짓고 있었다. 대지주에 무척이나 인품이 훌륭한 프라이어리 백작은 과거 내가 여러 차례 기승 의뢰를 받았던 마주의 한 사람이다. 보수적인 귀족으로 60살 전후이며, 몸가짐은 매우 기품 있고 진심으로 배려하는 마음이 깊다. 마음 씀씀이에 유별난 데가 있고, 사람들이 생각하는 것보다 훨씬 두뇌가 명석하다. 말을 약간 더듬는 것은 언어장애와는 전혀 관계가 없이, 지금 같은 평등 사회에서 신분을 구실로 뻐기는 듯한 인상을 주고 싶지 않아서 주저하면서 말하기 때문이다.

오랜 세월 동안 나는 몇 차례나——북부의 경마장으로 향하는 도중이 대부분이지만 슐로프셔에 있는 그의 저택에 머문 적이 있으며, 대를 물려가며 쓰는 그의 오래된 차로 함께 여행을 한 적도 수없이 많다. 낡아빠진 차를 그대로 타는 것은 남의 눈을 끄는 것을 피하기 위해서가 아니라, 그리 중요하지 않은 것에 돈을 낭비하고 싶지 않다는 생각에 기인한 것이다. 소득의 관점에서 보아 백작에게 중요한 것은 프라이어리 저택을 유지하는 것과, 되도록 많은 경주마를 소유하는 것이었다.

"만나 뵙게 되어 대단히 기쁩니다, 각하."

"필립이라고 불러달라고 한 것 같은데?"

"네…… 송구합니다."

"그런데, 자네가 해 주었으면 하는 일이 있네. 자넨 여러 가지를 조사하는 데 대단히 능숙하다더군. 물론 난 놀라지는 않았지. 내가 전부터 자네의 의견을 존중했다는 것은 자네도 잘 알 테니까."

"물론 제가 할 수 있는 일이라면 기꺼이 도와드리겠습니다."

"나는 어쩐지 이용당하고 있는 듯한 뭔가 불안한 느낌을 안고 있네. 내가 내 말의 레이스를 분별 없이 즐거워하며 열중하는 성격에다, 소유마는 숫자가 많을수록 즐거워한다는 건 자네도 아는 바야. 그런데 말야, 난 지난 1년 동안에 어떤 신디케이트의 등록 마주가 되는 데 동의했네. 자네도 알겠지만 8명에서 10명의 사람들이 비용을 공동부담하여 말을 사는 것이지. 그렇지만 말은 내 이름 아래, 내 복장으로 출장을 하네."

"네," 내가 고개를 끄덕이며 말했다. "알고 있었습니다."

"그런데…… 나는 다른 공동 마주를 모두 직접 아는 건 아니야. 그 신디케이트는 그런 일을 전문으로 하는 어떤 사람이 만든 것이라네. 회원을 모으고, 그 신디케이트에 말을 팔지. 그것도 아나?"

나는 고개를 끄덕였다. 지금까지 신디케이트 조직자가 적은 금액으로 말을 산 다음, 그 말을 회원들에게 때로는 4배나 되는 비싼 값으로 팔아치운 예는 얼마든지 있다. 대단히 유리한 장사로 현재로선 합법적이다.

"그런데 말들이 실력에 상응하는 성적을 올리지 못하거든, 시드." 백작이 단도직입적으로 말했다. "신디케이트 안에 말의 주행을 조절하는 사람이 있는 듯한 이상한 기분이 들어. 그 점을 조사해 주지 않겠나? 은밀하게, 일을 시끄럽게 만들지 않으면서?"

"조사해 보겠습니다."

"좋아." 백작이 만족스럽게 말했다. "받아들여 주리라고 생각했네. 그래서 명단을 갖고 왔어. 그 신디케이트에 참가한 사람들이야." 안주머니에서 접은 종이를 꺼냈다.

"이거야." 종이를 펼치고 나서 말을 계속했다. "말은 네 마리. 신디케이트는 모두 기수클럽에 등록되어 있고, 회계감사 기타 모든 것이 빠짐없이 이루어지지. 서류상으로는 틀림이 없는 것처럼 보이지만, 솔직히 말해서 난 영 불만이야."

"조사해 보도록 하겠습니다."

내가 약속하자 진심에서 우러나오는 고마움을 표하고 그 자리를 떠났다. 그리고 1, 2분 뒤에는 로즈마리와 조지를 상대로 이야기하고 있었다.

그 맞은편에서 보비 앤윈이 노트와 연필을 손에 들고 중류급 조교사에게 질문 공세를 펴고 있었다. 북부인 특유의 덤벼들 듯한 날카로운 말투에, 텔레비전 인터뷰처럼 따져 묻는 듯한 말투가 뒤섞인 목소리가 귀에 들어왔다.

"그러면 당신은 당신 마구간 말의 달리기에 완전히 만족하고 있다고 보아도 되겠군요?"

조교사는 달아날 구실을 찾아 주위를 두리번거리면서 불안스레 다리를 움직이고 있었다. 직접 피해자와 마주해 상대를 위협하는 즐거움을 체험하지 않는 경우의 보비 앤윈의 기사는 면담한 경우보다 훨씬 혹독해지는 경향은 있지만, 그래도 조교사가 참고 있는 것이 놀랄만한 일이라고 나는 생각했다. 그는 훌륭한 기사를 쓰며, 즐겨 읽히고, 대다수의 경마 관계자에게 미움을 받고 있다. 그와 나 사이에는 오랜 시간에 걸쳐 권투의 스파링 같은 휴전상태가 성립되어 있다. 즉, 내가 진 레이스에 관해 그가 쓸 경우에는 '장님'이나 '얼간이' 따위의 표현을 한 단락에 두 번 정도만 쓴다는 식이다.

레이스에 나가지 않게 된 뒤로 나는 이제 그의 표적이 아니었고, 그 결과 서로 이야기할 때 가려운 데를 긁는 듯한 빈정대는 즐거움을 맛보는 사이가 되었다. 언제 나를 발견했는지 가련한 조교사를 석방시키고 매부리코를 이쪽으로 향했다. 큰 키에 40살 전후로, 아무리 시간이 지나도 그랜드포드의 초라한 집에서 태어났음을 전면에 내세우고 있다. 고생 끝에 현재의 지위에 이른 싸움꾼이며, 그것을 사람들에게 되새기게 한다. 나도 볼품 없는 뒷골목에서 태어났으므로 서로에게 여러 가지 공통점이 있어서 좋기는 하지만 성격은 사실 환경과는 무관하다. 운명에 대해 그는 노여움을 폭발시키고, 나는 침묵으로 맞선다. 따라서 그는 대체로 말을 하고 내가 듣는 그런 식이다.

"그 잡지는 프레스룸에 놓고 온 서류가방에 들어 있네. 그런데 뭣

땜에 그게 필요한 거야?" 보비 앤윈이 말했다.

"일반적인 관심을 가진 데 지나지 않아."

"헛소리하지 마. 뭘 조사하고 있지?"

"그럼 자넨 요 다음 특종을 미리 알려줄 건가?"

"좋아, 알았어. 그럼 난 회원 전용 바에서 최고급 샴페인을 한 병 내겠어, 첫 번째 레이스 뒤에. 괜찮지?"

"거기에 훈제 연어 샌드위치를 덤으로 얹으면, 활자가 되지 않은 배경 정보도 약간 제공받을 수 있겠군?"

보비 앤윈이 심술궂은 미소를 띄우면서 제공하지 못할 이유는 없다고 했고, 첫 번째 레이스 뒤로 약속을 했다.

"이 정도야 자네에겐 문제도 아닐 텐데, 시드?" 분홍빛 연어 살이 듬뿍 끼워져 있는 샌드위치를 먹으면서 바 카운터에 놓여 있는 금색 포일로 감싼 병을 지키듯 손을 얹고 보비 앤윈이 말했다. "그래서 뭘 알고 싶은 거야?"

"이 특집기사를 쓰기 위해 뉴마켓에 갔었겠지? 조지 캐스퍼의 마구간에?"

병 옆에 세로로 접혀 있는 컬러잡지를 가리키며 내가 물었다.

"물론, 갔었지."

"그러니까 쓰지 않은 걸 얘기해 줘."

씹다 말고 보비 앤윈이 물었다. "어떤 분야?"

"자넨 인간으로서의 조지를 어떻게 생각하지?"

빵의 남은 부분을 입에 넣은 채 그가 대답했다. "그 점은 거의 다 썼어." 잡지를 보았다. "말이 완전하게 준비되어 있는지 어떤지, 어떤 레이스에 나갈 것인지 하는 문제들을 그 사람만큼 잘 아는 조교사는 현재 경마계에는 없어. 게다가 사람들에 대한 감정은 돌멩이만큼도 갖고 있지 않아. 그는 마구간의 120여 마리 말의 이름과 혈통을 완벽하게 기억하고, 쏟아지는 빗속에서 자기에게 엉덩이를 향하고 떠나간 말을 분간하는 불가능에 가까운 일을 할 수 있지만, 부리는 40여 명의 직원은 분간을 하지 못해 누구에게나 토미라고 부르지."

"직원은 변동이 심해." 내가 조심스럽게 말했다.

"그 점은 말도 마찬가지야. 그의 머리가 그런 식으로 되어 있거든. 남 얘기 따윈 거들떠보지도 않아."

"여자는?"

"그냥 이용만 당하는 거지, 가련하게도. 여자랑 자면서도 다음 날 출장할 말 생각만 하는 게 분명해."

"그럼 로즈마리는…… 그녀는 어떤 생각의 소유자라는 건가?"

나는 그의 잔을 채워주고 내 것을 조금 마셨다. 보비는 샌드위치를 다 먹고는 트림을 하고, 손가락 끝에 붙어 있는 빵부스러기를 핥아먹었다.

"로즈마리? 머리가 꽤 이상해지고 있는 중이지."

"어제 레이스에선 괜찮은 것처럼 보이던걸? 오늘도 왔던데 그다지 유별난 점은 없었어."

"그래, 아직까진 남 앞에서 일류부인인 듯한 태도를 유지할 수는 있어. 그 점은 인정하는데, 나는 사흘 동안 그 집을 드나들었어. 그곳 상황은 얘기를 듣지 않으면 절대로 믿지 못할 그런 형국이야. 거짓말이 아냐."

"예를 들면?"

"예를 들면, 로즈마리가 끊임없이 경비가 불충분하다고 아우성치고 돌아다니는 것을 조지가 시끄럽다고 고함을 치는 거야. 로즈마리는 지금까지 자기들의 말 몇 마리인가에 누군가가 손을 댔다는 기묘한 생각에 휩싸여 있는데, 그 점은 솔직히 말해서 나도 그녀의 생각이 옳다고 생각해. 그만한 규모에 그 정도로 성공을 거둔 마구간이,

승률을 바꾸려는 악당들의 표적이 되지 않을 리가 없거든. 그건 그렇고," 그는 단숨에 술을 벌컥 마시고는 다시 듬뿍 따랐다. "……그녀가 어느 날, 그 집 객실에서 내 멱살을 잡더군. 그 객실은 상당히 큰 가축우리만한 넓이는 되는데…… 글자 그대로 내 멱살을 잡고는, 기사로 무슨 일이 있어도 누군가가 그리너와 징갈에게 손을 댄 것을 나더러 써야만 한다는 거야! 기억하고 있겠지? 결국 제구실을 하지 못한 두 마리의 훌륭한 3살자리 말이야. 그때 조지가 사무실에서 나와서 부인이 지금 갱년기여서 노이로제 기미가 있다고 하면서 그 자리에서 두 사람이 꽤나 맹렬한 말다툼을 하는 거야. 내 눈앞에서," 잠깐 쉬었다가 다시 한 모금을 마셨다. "묘하게도 난 두 사람이 서로 애정을 가지고 있다는 인상을 받았어. 그 남자로서는 있는 힘껏 최선을 다한 그런 애정이라는."

나는 혀끝으로 이를 핥으면서, 사실은 다른 생각을 하는데 약간은 흥미가 당긴다는 시늉을 했다. "그리너와 징갈에 관한 그녀의 견해에 대해 조지는 뭐라고 하던가?"

"부인이 한 말을 내가 진정으로 받아들일 리가 없다고 확신하고 있었으면서도 그는 누군가가 트라이 나이트로에게 마약이나 뭔가로 조작한 게 틀림없다고 부인이 신경과민이 되어 있으며, 모든 것을 과장해서 생각한다고 변명했어. 나이 탓이지. 여자는 그 나이가 되면 반드시 이상한 생각을 하게 되거든. 과민하게 반응하면서 잔소리가 심한 그녀 때문에 트라이 나이트로의 경비는 이미 자신이 적당하다고 생각하는 정도의 배나 엄중하게 하고 있으며, 시즌이 개막하면 개를 딸린 경비원들도 배치할 계획이라고 하더군. 그러니까, 현재는 그렇게 하고 있다는 말이지. 어쨌거나 그리너와 징갈에 관한 로즈마리의 생각은 완전히 틀렸지만, 그녀가 그 점에 관해 망상에 휩싸여 있으므로 진짜로 미치지 않도록 어느 정도 박자를 맞출 생각이라고 내게 말했어. 아무래도 양쪽 다…… 말 얘긴데…… 심리적으로 어떤 문제가 있었다고 생각하는 것 같았어. 만약 그렇다고 하면 말이 성숙하면서 체중이 불어나고, 그와 더불어 상태가 떨어진 것도 충분히 설명이 되지. 뭐, 그런 얘기야. 별 것 아니라고." 잔을 비우고 다시 따랐다. "그런데 시드, 조지 캐스퍼에 관해 정말은 뭘 알고 싶은 거지?"

"음, 그가 뭔가를 두려워하고 있다고 생각하나?"

"조지가?" 자신의 귀를 의심하는 듯한 말투로 말했다. "어떤 것을?"

"뭐든지."

"내가 거기에 있을 때는 마치 커다란 바위처럼 태연하던데."

"걱정하는 듯한 분위기는?"

"전혀."

"혹시 초조해하는 듯한 느낌은?"

어깨를 으쓱했다. "아내에 대해서만 그렇더군."

"그곳에 간 것이 언제지?"

"글쎄…… 크리스마스 뒤……? 그래, 1월 두 번째 주였어. 그런 사진잡지는 마감이 꽤 이르거든."

"그렇다면," 내가 실망한 어조로 천천히 말했다. "그는 트라이 나이트로의 경비를 증강할 계획은 없다는 건가?"

"뭐야, 목표는 그거였어?" 비웃는 듯한 웃음을 띄웠다. "절대로 안돼, 시드. 어딘가 좀더 작은 곳을 겨냥하도록 해. 조지는 그 마구간을 완벽하게 지키고 있어. 우선 그곳은 요새처럼 높은 벽으로 둘러싸인 구식 마구간이야. 더구나 입구에는 높이가 10피트나 되는 양쪽으로 여는 문이 있고, 그 위에는 끝이 날카로운 철봉이 달려 있거든."

나는 고개를 끄덕였다. "그래…… 본 적이 있지."

"뭐, 그렇다는 얘기야." 그걸로 얘기가 끝났다는 듯 그가 어깨를 으쓱해 보였다.

켐프턴 경마장에서는 술꾼들이 바깥 레이스 모습을 볼 수 있도록 어느 바에나 폐쇄회로 텔레비전이 놓여 있다. 보비 앤윈과 나는 가까운 텔레비전으로 두 번째 레이스를 보았다. 6마신(馬身)의 차로 이긴 말은 조지 캐스퍼가 훈련한 말이었다. 보비가 뭔가 생각하면서 5분의 1쯤 남은 샴페인 병을 물끄러미 바라다보고 있을 때, 당사자인 조지가 문으로 들어왔다. 그의 뒤를 이어서 낙타색 오버를 입은, 과연 승리마의 마주다운 만족스런 모습의 풍채 좋은 사내가 들어왔다. 크림을 잔뜩 얻은 고양이 같은 웃음, 화려한 몸짓, 모두 한 잔 마셔 달라는 느낌이었다.

"병을 비워 버려, 보비." 내가 말했다.

"자넨 안 마셔?"

"자네 병이야."

반대는 하지 않았다. 잔에 부어서 마시고는 기분 좋은 트림을 했다. "이제 그만 가봐야겠어." 보비 앤윈이 말했다. "세 번째 레이스의 시시한 어린 말의 기사를 써야만 하거든. 내가 두 번째 레이스를 바에서 봤다는 얘기 따윈 우리 편집장에게 하지 말아 줘. 목이 날아갈 거라구."

진정으로 하는 말은 아니다. 그는 많은 레이스를 바에서 본다. "그럼 또 보세, 시드. 샴페인, 고마웠어."

가볍게 목례를 하고는 돌아서서, 30분이 채 못되어 샴페인을 거의 한 병이나 마신 모습으로는 전혀 보이지 않는 빈틈없는 발걸음으로 문 쪽으로 걸어갔다. 그저 입술을 적신 정도에 지나지 않으리라. 그의 주량은 믿기 어려울 정도로 엄청나니까.

나는 잡지를 윗옷 안주머니에 넣고, 그가 해 준 얘기를 생각하면서 천천히 문으로 향했다. 조지 캐스퍼의 옆을 지날 때 예법에 따라 "축하합니다"라고 했고, 그가 가볍게 고개를 끄덕이면서 "오, 시드"라고 한 것으로 인사가 끝났다. 나는 그대로 계속 걸어갔다.

"시드……." 그가 목소리를 약간 높여서 나를 불렀다.

내가 돌아보았다. 그가 손짓을 했다. 나는 되돌아갔다.

"트레버 딘스게이트를 소개하겠네." 그가 말했다.

나는 악수를 했다. 순백의 커프스, 금고리, 매끄럽고 희푸른 피부가 희미하게 촉촉함을 띠고 있다. 손질이 잘된 손톱, 새끼손가락에 오닉스와 금으로 된 시그넷 반지.

"당신의 경주마입니까? 축하드립니다."

"내가 누군지 알고 있는지?"

"트레버 딘스게이트?"

"그것말고."

가까이서 보는 것은 처음이었다. 유력자 가운데는 언뜻 보아 내면의 우월감이 드러나는 눈을 희미하게 감춘 듯한 눈꺼풀을 한 인간이 자주 있는데 그도 그랬다. 게다가 진한 회색 눈, 흐트러짐 없는 검은 머리칼, 끊임없이 결단을 내림으로써 발달한 근육이 보이는 엄격한 입가.

"망설일 것 없어, 시드."

내가 주저하는 것을 보고 조지가 말했다. "알고 있으면 말해. 자넨 뭐든지 안다고 트레버에게 말했거든."

나는 상대를 힐끗 보았으나 풍상을 거친 그의 완강한 표정에서 읽을 수 있는 것은 조롱하는 듯한 기대감뿐이었다. 많은 사람들에게 나의 새로운 직업이 놀이의 대상임을 나는 알고 있었다. 지금의 경우는 앞에 놓인 구덩이를 얌전히 건너뛰어도 별로 해는 없을 것 같았다.

"도박사?" 약간 주저하면서 말하고는 트레버 딘스게이트를 향해 덧붙였다.

"빌리 본즈?"

"어떤가?" 조지가 기쁜 듯이 말했다. "내 말이 맞지?"

트레버 딘스게이트는 그다지 신경에 거슬려 하는 모습은 없었다. 나는 한층 상대의 반응을 시험하지는 않았다. 다음은 지금처럼 아무렇지 않은 반응이 아닐지도 모른다. 그의 출생 당시의 이름은 슈맥이었다고 한다. 면도날 같은 두뇌를 지니고 빈민가에서 태어난 맨체스터 출신의 트레버 슈맥은 사회적인 지위가 오르면서 이름과 사투리와 교제 상대를 바꿔 왔다. 보비 앤윈은 우리 모두가 그런데 그것이 무슨 상관이냐고 할 게 틀림없다.

트레버 딘스게이트는 역사는 오래지만 업적이 나쁜 '빌리 본즈'라는 회사를 매수함으로써 큰 리그의 무리 속에 끼게 되었다. '빌리 본즈'란 루벤스타인이라는 형제와 그들의 숙부 소리이가 쓰던 회사명이다. 지난 몇 년 동안에 '빌리 본즈'는 커다란 회사가 되었다. 스포츠 신문을 펴거나 경마장에 가거나 하면 반드시 눈이 부실 정도의 분홍 형광색 광고가 눈으로 날아들었고, '누구나 인정한다, 빌리가 최고다'라는 광고가 일요일의 평온을 깨뜨렸다. 만약 실적이 선전과 마찬가지로 활발하다면 트레버 딘스게이트의 장사는 호조라고 할 수 있다.

우리는 젊은 말의 레이스를 보러 밖으로 나갈 시간이 될 때까지 그의 승리마에 관해 붙임성 있게 이야기를 나누었다.

"트라이 나이트로는 어떻습니까?" 출구로 향하면서 내가 조지에게 물었다.

"호조야. 아주 좋아."

"문제는 없군요?"

"전혀 없어."

밖에서 헤어진 뒤로 나는 레이스를 구경하거나 사람들과 이야기했고, 그리 중요하지 않은 일을 생각하면서 언제나처럼 여유롭게 보냈다. 로즈마리의 모습이 보이지 않았으므로 나를 피하는가 보다고 생각했다. 다섯 번째 레이스가 끝나면 돌아가기로 했다.

경마장 직원 하나가 나가는 문에서 더 이상은 기다리지 못하겠다는 듯, 무척이나 안도한 모습으로 나를 불러 세웠다.

"당신 앞으로 편지입니다, 미스터 하레이."

"그래? 고맙군."

흔한 갈색 봉투를 건넸다. 호주머니에 넣고 그대로 자동차까지 걸어갔다. 차에 올라탔다. 꺼내서 봉투를 뜯고 편지를 읽었다.

시드

나는 오늘 오후에 대단히 바쁘지만 자넬 꼭 만나고 싶군. 티 룸에서 만나주지 않겠나? 마지막 레이스가 끝난 다음에?

루커스 웨인라이트

들릴락 말락한 저주의 말을 늘어놓으면서 주차장을 가로질러 문을 지나 레스토랑으로 들어갔다. 점심식사를 대신해 샌드위치와 케이크가 제공되고 있다. 마지막 레이스가 막 끝나서 목마른 손님이 차를 마시러 삼삼오오 들어와 있었지만 기수클럽 직속의 보안부장 루커스 웨인라이트 예비역 해군중령의 모습은 어디에도 없었다.

조금 기다리고 있으려니 불안한 표정으로 서둘러 들어와서는 상당히 지친 모습으로 사과를 했다.

"차를 마시겠나?" 숨을 헐떡이고 있었다.

"아니, 그다지 마시고 싶지 않은데."

"뭐, 괜찮아, 마셔. 여기라면 방해를 받지 않고 얘기할 수 있지. 바는 늘 사람들이 너무 많단 말이야."

테이블로 안내하고 손을 내밀어 의자를 권했다.

"그런데 시드, 우리를 위해 일을 한 가지 맡아줄 생각은 없나?"

웨인라이트 중령은 시간낭비를 싫어한다.

"'우리'란 보안부를 의미합니까?"

"그렇지."

"공식적 의뢰?"

놀라서 내가 물었다. 경마장의 보안관계자는 내가 요즘 하고 있는 일을 상당히 자세하게 알고 있으면서도 반대를 표명한 적은 없지만, 진정으로 인정해 주리라고는 상상도 하지 않았던 것이다. 어떤 면에서 나는 그들의 분야 안에서 일을 하고 있는데, 말하자면 영역 침범을 하고 있는 것이다.

루커스가 손가락 끝으로 테이블보를 톡톡 쳤다.

"비공식이야." 그가 말했다. "내 개인적인 생각이지."

루커스 웨인라이트가 기수클럽의 조사와 방범업무를 담당하는 보안부의 최고책임자이므로 비공식 요청이라 하더라도 그가 한다면 권위 있는 근거에 바탕한 것이라고 생각할 수 있다. 적어도 그렇지 않다는 것이 명확해질 때까지는.

"어떤 일입니까?"

일의 성격과 내용 문제로 들어가자 비로소 그는 생각하는데 시간을 소비했다. '으음'이나 '에, 그러니까'를 연발하면서 끊임없이 손끝으로 테이블을 두드려댔다. 그러다가 마침내 매우 어려운 문제의 설명 방식을 결정했다.

"알겠나, 시드? 이건 절대로 입 밖에 내지 말아주게."

"알겠습니다."

"이렇게 자네와 이야기하는 것에 대해 상사의 양해를 얻지 않았거든."

"그렇다면……" 내가 말했다. "아니, 말씀 계속하십시오."

"내게 그럴 권한이 없는 이상 수수료 지불 약속은 할 수 없네."

나는 한숨을 쉬었다.

"내가 지금 약속할 수 있는 것은…… 그래…… 지원, 협력뿐이야. 자네가 필요로 할 경우에."

"그건, 수수료보다 가치가 있군요."

안도하는 것 같았다. "좋아, 그럼…… 지금부터가 어려워. 극히 미묘한 일이거든." 다시 망설이다가 신음에 가까운 한숨을 내쉬더니 마침내 말했다. "내가 부탁하려는 건…… 그러니까…… 남에게 알려지지 않게 조사해 달라는 거야……. 음…… 신변을…… 내부의 한 사람의."

순간 둘 다 침묵하고 말았다. 그러다가 내가 말했다. "여러분 가운데 한 사람이란 뜻입니까? 보안관계자를?"

"유감이네만 그렇다네."

"정확히 말해서 무엇을 조사하는 겁니까?"

고통스러운 표정이었다. "수뢰, 횡령. 그런 거야."

나는 잠깐 생각을 했다. "어째서 직접 조사하지 않는 겁니까? 부하 한 명을 시키면 될 텐데."

"그래, 맞아." 헛기침을 했다. "하지만 어려운 점이 있어서 그래. 내 생각이 틀릴 경우에 내가 의심을 품었던 사실이 남들에게 알려지는 건 아무래도 껄끄럽거든. 무척 복잡한 사태를 일으킬지도 모르고. 또한 내 생각이 옳을 경우에, 유감이지만 나는 그렇게 믿고 있네만, 우리는…… 즉, 기수클럽은…… 사건을 조용히 처리하고 싶기 때문이야. 보안부의 불상사가 공공연히 드러나면 경마사업에 크게 나쁜 영향을 미치게 되거든."

조금은 지나치게 부풀려서 생각하는 게 아닐까 싶었지만, 그렇지는 않았다.

"문제의 사내는," 상당히 고통스럽게 말했다. "에디 키스야."

또다시 두 사람 다 침묵에 빠졌다. 현재 보안부의 조직상 루커스 웨인라이트가 최고위이고, 그 밑으로 동격의 차장이 두 사람 있다. 둘 다 은퇴한 경찰간부로, 그 중 한 명이 전 총경인 에디 키스다.

그하고는 몇 차례나 서로 이야기를 한 적이 있어서 나는 그의 생김새가 또렷하게 떠올랐다. 싹싹하고 쾌활한 덩치 큰 사내로, 커다란 손으로 남의 어깨를 툭 치는 버릇이 있다. 타고난 우렁찬 목소리는 써포크 사투리가 꽤나 심하다. 두텁고 풍성한 보리색 수염을 길렀으며, 푹신한 옅은 갈색의 털 밑으로 혈색 좋은 핑크색 피부가 보이고, 살집 있는 눈꺼풀 밑의 눈은 언제나 사람 좋은 웃음을 띤 것처럼 보이지만 실제로는 그렇지 않은 경우가 종종 있다.

나는 그 눈이 크레바스(crevasse. 빙하나 설곡의 깊은 틈. 지표의 갈라진 틈)처럼 냉담하고 무자비한 번뜩임을 방출하는 것을 몇 번인가 보았다. 얼음을 비추는 태양 같은 느낌이었다. 그냥 보기에는 아름답지만 사방에 올가미가 있다. 상냥한 미소를 띠며 수갑을 채우는 사람, 그게 에디 키스다.

그런데 부정을 저질러? 말을 듣지 않았더라면 나는 상상조차 하지 못했을 게 분명하다.

"근거는요?" 내가 말했다.

루커스 웨인라이트는 한동안 아랫입술을 깨물고 있다가 이윽고 입을 열었다. "지난 1년 동안 그가 수행한 조사 가운데 4건의 결과가 잘못되어 있었어."

나도 모르게 눈이 휘둥그래졌다. "그리 결정적인 증거는 아니로군요."

"그래, 맞아. 확신이 있으면 난 이렇게 자네와 얘기하고 있지도 않을 걸세."

"그거야 그렇지요." 나는 한동안 생각했다.

"어떤 조사였습니까?"

"모두가 신디케이트야. 말을 소유하기 위해 신디케이트를 조직하고 싶어하는 사람의 적격 심사지. 탐탁치 않은 자들이 뒷구멍으로 경마계에 잠입하지 못하도록 하기 위한 조사야. 에디는 신청을 받은 신디케이트 4건에 관해 적격이라는 보고를 내놓았지만, 실제로는 그 4건 전부에 경마장 출입이 금지될 게 분명한 사람이 하나 내지 그 이상 참가해 있었어."

"어째서 그렇게 판단하셨습니까? 어떤 식으로 조사해 내신 겁니까?"

그는 떨떠름한 표정을 지었다.

"지난주에 나는 약물을 사용한 관계자에게서 여러 가지 이야기를 들었어. 그 사람은 자신을 배반한 어떤 그룹에 깊은 원한을 품고 있었고, 그들이 모두 가명으로 말을 소유하고 있다고 내게 털어놓았지. 그 사람들의 이름을 가르쳐 주기에 내가 조사했더니 그들이 참가하고 있는 네 개의 신디케이트는 에디가 적격이라고 보고한 것들이었다네."

"설마……" 내가 느리게 말했다. "그 넷이 프라이어리 경 명의로 되어 있는 신디케이트가 아닌가요?"

너무나도 우울한 표정이 되었다. "유감이지만 그렇다네. 오늘 오후 일찍 프라이어리 경이 자네에게 조사를 의뢰했음을 내게 알려주더군. 일단 예의상 말해 준 것이지. 그럼으로써 그 전부터 내가 자네에게 부탁할 작정이던 생각이 한층 강해진 데 지나지 않아. 하지만 이것은 아무에게도 말하지 말아 주게나."

"프라이어리 경도 같은 생각이었어요." 내가 힘을 북돋우듯 말했다. "에디의 보고서를 보여주시겠습니까? 사본이라도? 그리고 그

탐탁치 않은 사람들의 가명과 본명도요?"

고개를 끄덕였다. "전달하도록 조치하겠네." 손목시계를 보고 그는 일어섰다. 늘 입어 익숙한 코트처럼 절도 있는 태도로 돌아섰다. "말할 것도 없겠지만…… 신중하게 해주게."

빠른 걸음의 그를 따라서 출구에 이르자 그는 눈에 띄지 않을 정도로 희미하게 손을 흔들어 작별을 고했고, 지금까지보다 훨씬 빠른 걸음으로 걸어갔다. 곧게 등을 편 뒷모습이 검량실 안으로 사라져갔다. 나는 이런 추세로 계속해서 사건 의뢰를 받으면 지원을 받을 필요가 있겠다는 생각을 하면서 차를 둔 쪽으로 걸어갔다.

3

나는 북런던 종합중등학교로 전화를 걸어 티코 번스를 바꿔달라고 했다.

"지금 유도를 가르치는 중입니다." 위압적인 대답이 돌아왔다.

"그의 반은 이미 끝났을 시간 같습니다만?"

"잠깐 기다리시오."

오른손으로 핸들을 붙들고 왼손으로 수화기를 쥔 채, 앞창으로 비가 퍼붓는 가운데 런던을 향해 차를 몰면서 기다렸다. 차는 핸들에 손잡이를 달아 한 손으로 운전이 가능하게 되어 있다. 매우 간단하고 효과적이며, 경찰도 인정하고 있다.

"누구?" 세상 일반에 대한 불손한 견해를 표명하는 그 한 마디조차도 티코의 말투는 쾌활하고 활력으로 가득 차 있다.

"일을 하고 싶은가?"

"좋지!" 그의 미소가 분명하게 전해져 왔다. "지난 일주일은 너무 조용했거든."

"내 아파트로 올 수 있겠나? 거기서 만나지."

"수업이 아직 하나 있어. 떠밀렸지. 다른 녀석이 맡은 뚱보 아줌마들의 저녁 수업이야. 그 놈이 병이 났거든. 무리도 아니지만. 어디서 전화하는 거야?"

"차 속이야. 켐프턴에서 런던으로 가고 있어. 가는 길에 로햄프턴의 의족센터에 들르기로 되어 있는데, 자네 학교에…… 그렇겠군……. 1시간 반쯤이면 갈 수 있어. 거기서 만나지. 오케이?"

"좋아. 왜 의족센터를 가는데?"

"앨런 스티븐슨을 만나러."

"벌써 퇴근했을걸?"

"있겠다고 했어, 잔업 때문에."

"또 팔이 아픈 거야?"

"아니…… 나사랑 뭐 그런 거야."

"그래? 오케이. 그럼, 이따 보자구."

나는 티코와 얘기를 나누는 대개의 경우에 솟아나는 만족감을 느끼면서 수화기를 놓았다. 일의 동료로서 그가 더없이 마음에 드는 사람임에는 의심의 여지가 없다. 해학적이고 창의성이 풍부하며, 끈기가 강하고, 겉보기보다 엄청나게 힘이 세다. 어린애 같은 미소를 띠는 젊고 호리호리한 몸집의 티코가 280파운드의 덩치 큰 사내를 손쉽게 어깨너머로 내던질 수 있다는 것을 뒤늦게 깨달은 악한들이 많다.

처음 알고 지내던 때는 그도 나와 마찬가지로 래드너 탐정회사에서 근무하고 있었다. 나는 지금의 일을 거기에서 익혔다. 어느 시점에서 내가 먼저 공동경영자가 되었고, 마침내는 탐정회사의 사주가 될 기회가 있어서 래드너와 내가 합의해 탐정회사의 명칭을 래드너-하레이로 바꾸기에 이르렀으나, 생각지도 않은 변고가 생겨 사정이 달라지고 말았던 것이다. 출자금 얘기가 끝나 샴페인을 준비하여 계약서에 서명하기로 한 날 바로 하루 전에, 래드너가 자기 집 안락의자에 앉아 잠깐 졸았는데 그 길로 끝내 눈을 뜨지 못했다.

마치 고무줄 끝에 묶여 있기라도 했던 것처럼, 그 존재조차 알지 못했던 래드너의 조카가 들이닥쳐 유언장을 휘두르며 권리를 주장했다. 자기의 상속분을 외팔이 전직 기수에게, 특히 이미 얘기가 끝난 그 금액으로 팔 생각은 전혀 없다고 분명히 말했다. 그 스스로가 사주가 되어 탐정회사 전체에 새로운 생명을 불어넣겠다, 크롬웰 로드의 폭탄으로 파손된 오두막이 아니라 새롭고 현대적인 사무실로 옮길 것이며, 그것이 마음에 들지 않는 자는 누구든지 다리를 치켜들어 의사표시를 하는 것은 자유라고 말했다.

전부터 있던 사람들은 대부분 남았지만 티코는 그 조카와 격렬한 언쟁을 한 끝에 실업보험을 받는 신세가 되었다. 그는 그 뒤에 그다지 고생하지 않고 유도를 가르치는 시간제 일을 얻었고, 내가 처음으로 협력을 요청했을 때 크게 기뻐하며 도와주었다. 그 이후로 나는 경마계에서 가장 의뢰인이 많은 조사원이 되었고, 설령 래드너의 조카가 그 점에 불만을 품는다 하더라도――격분하고 있다는 소문이 있지만――안됐다는 말밖엔 할 말이 없었다.

티코가 학교의 유리 자동문에서 뛰어나오는 찰나, 등 뒤의 광선으로 곱슬곱슬한 머리칼 주위로 후광이 생겨났다. 성인(聖人) 같다는 느낌은 거기까지일 뿐, 곱슬거리는 머리칼 아래의 사람은 장구한 고난과 신앙심, 순결 같은 것과는 전혀 인연이 없는 사내다.

티코는 훌쩍 차에 오르더니 빙긋 웃으며 말했다. "저기 모퉁이를 돌면 훌륭한 유방이 한 쌍 있는 선술집이 있어."

체념한 나는 그 술집 주차장에 차를 넣고 그를 따라서 안으로 들어갔다. 마실 것을 나르는 아가씨는 그가 말한 것처럼 축복받은 가슴을 지녔을 뿐만 아니라, 따뜻한 태도로 티코를 맞았다. 나는 달콤한 대화를 들으면서 마실 것의 대금을 지불했다.

벽 쪽의 의자에 앉아 티코는 건강한 운동에 의한 갈증을 풀어줄 맥주를 들이켰다.

"야아!" 잠깐 쉬듯이 맥주 글라스를 내려놓더니 티코가 말했다. "이제 기분이 좋아졌어." 내 잔을 보았다. "그건 말 그대로 오렌지주스인가?"

나는 고개를 끄덕였다. "오늘은 하루 종일 마셨어."

"잘도 참아내는군, 그런 기품 있고 사치스런 생활을."

"간단해."

"아하!" 글라스를 비우자 다시 채우고 아가씨와 이야기를 하기 위해 플로어로 나갔다가 조금 뒤 의자로 돌아왔다. "어디로 가면 좋을까, 시드? 뭘 할 거야?"

"뉴마켓. 술집들을 한 번 둘러봐."

"나쁘지 않을 것 같군."

"퍼디 영이라는 마구간 사무장을 찾아내는 거야. 조지 캐스퍼의 사무장이지. 그가 어디서 마시는지 알아내고, 넌지시 얘기의 실마리를 끌어내는 거야."

"알았어."

"전에 그의 마구간에 있던 3마리 말이 현재 가 있는 곳도 알고 싶어."

"엉?"

"그가 네게 말하지 않을 이유는 없어. 적어도 난 그렇게 생각하는데."

티코가 물끄러미 나를 보았다. "어째서 직접 조지 캐스퍼에게 묻지 않는 거지? 그러는 편이 훨씬 간단할 텐데."

"지금으로선 그의 말에 관해 묻고 돌아다니는 것을 조지 캐스퍼에게 알리고 싶지 않아서야."

"아하, 그런 거였어?"

"나도 잘 모르겠어." 나는 한숨을 내쉬었다. "어쨌든 그 3마리는 베세스더, 그리너, 징갈이야."

"오케이. 내일 알려주지. 그리 어려운 일은 아닐 거야. 전화로 보고할까?"

"가능한 한 빨리."

그는 곁눈으로 나를 보았다. "의족가게 남자는 뭐라고 했어?"

"'안녕하시오, 시드? 오랜만이군요'라고 했어."

체념한 듯한 목소리를 냈다. "바람벽에 대고 묻는 게 낫겠군."

"배는 물이 새지 않으며, 항해를 계속할 수 있겠다고 했어."

"그저 그렇다는 거로군."

"그렇지."

나는 찰스의 예상대로 토요일 오후에 에인스포드로 차를 몰았지만, 가까이 다가감에 따라 불안하고 어두운 기분이 차츰 깊어졌다. 기분을 전환하기 위해 점심 식사 때 뉴마켓에서 전화를 한 티코의 보고내용에 생각을 집중했다.

"찾아냈어." 그가 말했다. "금요일 밤은 월급을 봉투째 들고 곧장 돌아가야만 하는 공처가인데, 바로 지금 꽤나 서두르면서 한잔 마시러 빠져나왔더군. 술집은 마구간의 이웃집 같은 곳이야. 상당히 편리하더군. 그건 그렇고, 그가 하는 말을 당신이 이해할 수 있을까 모르겠네. 여하튼 아일랜드 사투리가 심해서 꼭 외국인하고 말하는 것 같더구먼. 요는 그 3마리 다 종마가 되었다고 하네."

"어디로 갔는지 알고 있던가?"

"물론이지. 베세스더는 글로스터셔의 가비라는 곳으로 갔고, 나머지 2마리는 뉴마켓 교외로. 퍼디 영 말로는 트레이시스라는 곳에 가 있다더군. 적어도 그렇게 말했다고 난 생각하는데 사투리가 너무 심해서 말야."

"슬레이스야." 내가 말했다. "헨리 슬레이스."

"그래? 그럼 당신이 들었더라면 그가 한 다른 말도 알지 모르겠군. 그리너는 트라이터스에, 징갈은 바이러스에 걸려서 브락터스미트가 곧장 그 2마리를 안락사시켰대."

"그리너는 뭐라고?"

"트라이터스."

나는 '그리너는 트라이터스였다'는 문구를 머릿속에서 아일랜드 사투리로 바꿔서 생각했다. 그리너는 관절염(애슬라이티스)에 걸렸다고 해석했다. 그거라면 앞뒤가 통한다. 티코에게 말했다.

"……그래서 블래저스미스가 끝났다고 진단한 거야."

"그렇군, 그런 거였어!"

"어디서 전화하고 있지?"

"길거리 공중전화야."

"아직 마실 시간은 있군. 그 블래저스미스가 조지 캐스퍼가 쓰는 수의사인지 아닌지 알아보고, 만약 그렇거든 전화번호부를 찾아서 그의 주소와 전화번호를 적어다 줘."

"알았어. 다른 것은?"

"없어." 사이를 두었다. "티코, 퍼디 영은 그 3마리가 이상해진 것에 관해 뭔가 의심을 품은 듯한 인상을 주지 않던가?"

"그렇지는 않았어. 어떻게 되든 그다지 신경을 쓰지 않는 것 같더군. 난 넌지시 3마리가 어디로 갔느냐고 물었을 뿐이고, 그가 가르쳐 주었고, 뒷얘기는 덤으로 얹어준 거야. 사소한 일까지 고시랑고시랑 걱정하는 성격 같지는 않았어."

"좋아, 알았어. 고마워."

우리는 전화를 끊었는데, 1시간 뒤에 그가 다시 걸어와서 블래저스미스는 분명히 조지 캐스퍼가 쓰고 있는 수의사라고 하면서 주소를 가르쳐 주었다.

"시드, 용건이 그것뿐이라면 30분 뒤에 출발하는 기차가 있는데 웸블리에서 나를 기다리는 귀여운 아가씨가 있거든. 내가 가지 않으면 그 아가씨의 즐거운 토요일 밤이 엉망이 되어 버릴 거야."

티코의 보고와 보비 앤원의 말에 관해 생각하면 생각할수록 로즈마리의 의심은 근거가 없는 것처럼 여겨졌다. 하지만 할 수 있는 모든 일을 하겠다고 약속을 한 일이기도 해서 좀더 조사해 보기로 했다. 어쨌든 베세스더, 징갈, 그리너에 대해 알아보고, 수의사 블래저스미스와 이야기를 하는 데까지는 가야겠다.

에인스포드는 여전히 너무나도 차분한 분위기가 감돌고 있었지만, 나팔 수선화로 채색된 고요함은 외관뿐이었다. 나는 집 앞에서 조용히 차를 세우고 운전석에 앉은 채, 안으로 들어가지 않고 어떻게 넘어갈 수는 없을까 생각하고 있었다.

여기까지 와서조차 내가 꽁무니를 빼고 달아날 가능성이 있음을 감지하기라도 한 것처럼 찰스가 현관에서 나와 자갈길을 큰 걸음으로 걸어왔다. 바깥을 내다보며 기다리고 있었으리라. 내가 오기를 바라면서.

"시드!" 찰스는 문을 열고 몸을 숙여 웃으면서 말했다. "꼭 와줄 거라고 생각했네."

"바라고 있었겠죠."

차에서 내렸다.

"그렇지." 눈에 아직도 웃음기가 떠올라 있었다. "바라고 있었네.

하지만 난 자네를 잘 알아."

나는 집의 앞모습을 올려다보았지만 회색을 배경으로 창이 보일 따름이었다.

"제니는 있습니까?"

찰스가 고개를 끄덕였다. 나는 차 뒤로 돌아가서 슈트케이스를 꺼냈다.

"그럼, 가시지요. 싫은 얘긴 빨리 끝내는 편이 좋습니다."

"그 애는 제정신이 아니라네." 나란히 걸으면서 찰스가 말했다. "자네의 이해가 필요한 상태야."

나는 힐끗 그를 보고 "흐음"이라고만 했다. 그 뒤로는 둘 다 말없이 걸어서 현관에 이르렀고, 집으로 들어갔다.

제니는 현관 객실에 서 있었다.

나는 헤어진 이후로 아주 가끔 만날 때마다 아직도 가슴에 통증을 느끼지 않을 수 없다. 내가 처음으로 사랑했던 때의 그녀를 보기 때문이다. 절세미인이랄 수는 없지만 웨이브진 갈색 머리칼이 단아하고 사랑스러운 여자가, 주위를 경계하는 새처럼 고개를 꼿꼿이 세우고 있는 모습이 떠오른다. 지난날 따스했던 미소와 눈길은 사라지고 없지만, 나는 만날 때마다 그것을 볼 수 있기를 기대한다. 가망 없는 향수다.

"정말 왔군요." 제니가 말했다. "난 오지 않을 게 틀림없다고 말했거든요."

나는 슈트케이스를 놓고 언제나처럼 크게 심호흡을 했다. "아버님이 부탁하셨어." 제니에게 걸어가서 언제나처럼 서로의 볼에 가볍게 키스를 했다. 일단은 이성적인 이혼이라는 모양새를 유지하기 위해 둘이서 습관적으로 하는 것이지만, 속으로 나는 결투 전의 의례적인 목례라는 쪽이 맞을 거라고 생각하는 때가 자주 있다.

완전한 애정의 결여에 찰스는 애가 타는지 고개를 흔들면서 앞장서서 응접실로 들어갔다. 지금까지 그는 우리가 헤어지는 것을 막으려 노력해 왔지만, 그 어떤 결혼이든지 함께 있기 위한 접착제는 두 사람의 마음 속에서 우러나와야만 하는 것인데 우리 것은 말라붙어 먼지가 되어버렸다.

제니가 말했다. "이번의 하찮은 일로 당신에게서 설교를 듣는 건 사양하겠어요, 시드."

"그래."

"당신도 나무랄 데 없는 사람은 아니니까, 비록 당신이 그렇게 생각하고 싶지 않다고 하더라도."

"그렇게 흥분할 건 없어, 제니."

그녀가 홀쩍 발걸음을 옮겨 응접실로 들어갔고, 나는 아주 느린 걸음으로 뒤를 따랐다. 그녀는 나를 이용하다 볼일이 없어지면 다시 버릴 게 분명하며, 나 자신은 찰스 때문에 다 알고도 이용을 당하는 것이라고 여겨졌다. 위로해주고 싶은 마음이 그리 내키지 않는 것에 스스로도 놀랐다. 아마도 이제는 화가 나는 쪽이 동정을 훨씬 웃돌고 있는 모양이다.

응접실에 있는 것은 그녀와 찰스만이 아니었다. 내가 들어가자 그녀는 방을 가로질러 전에 만난 적이 있는 큰 키에 금발 사내의 옆에 섰다. 찰스 옆에는 또다른 초면의 사내가 서 있었다. 다부진 체격에 젊은 것 같기도 하고 나이든 것 같기도 한 사내로, 혈색이 좋은 시골 사람 같은 얼굴 속에 매서운 눈이 이상하게 거슬렸다.

찰스가 그로서는 최고로 품위 있고 세련된 말투로 말했다. "토비는 알지, 시드?" 제니의 보호자 겸 지지자인 사내와 나는 서로가 얼굴을 모르는 편이 나았겠지만, 어쨌든 아는 얼굴임을 나타내는 희미한 미소로 목례를 교환했다. "이쪽은 시드, 그리고 이쪽은 나의 변호사

올리버 퀘일일세. 예정된 골프를 취소하고 와주셨네. 감사해하고 있지."

"자네가 바로 시드 하레이로군." 젊은지 나이가 들었는지 분간이 가지 않는 사내가 말하면서 악수를 청했다. 그 말투에는 나타나 있지 않았지만, 눈이 아래에서 좌우로 움직이더니 모를 경우라면 쳐다볼 리가 없는 나의 반쯤 가려진 손을 보려고 했다. 자주 있는 일이었다. 시선을 내 얼굴로 되돌렸을 때, 그는 내가 상대의 의도를 파악하고 있음을 알아챘다. 눈 밑 아래가 희미하게 움직였지만 아무 말도 하지 않았다. 서로가 판단을 보류하고 있다는 생각을 했다.

찰스가 입 가장자리를 일그러뜨리며 매끄럽게 중재를 했다. "경고했을 텐데, 올리버. 그에게 생각을 읽히고 싶지 않다면 눈동자를 움직이지 말아야 하네."

"당신의 눈은 움직이지 않습니다." 내가 찰스에게 말했다.

"그 점은 몇 년이나 전에 경험으로 알았다네."

그가 정중하게 몸짓으로 의자를 권했고, 우리 다섯 사람은 옅은 색 금실로 짠 의자에 앉았다.

"내가 올리버에게 말했네." 찰스가 말했다. "그 니콜라스 애시란 자를 찾아낼 수 있는 사람이 있다면 그건 바로 자네라고."

"매우 좋은 상황이로군요." 토비가 느릿한 말투로 말했다. "파이프가 파열되었는데 가족 중에 배관공이 있다는 것은 말이죠."

무례와 종이 한 장 차이나는 말본새였다. 나는 신경 쓰지 않기로 하고 무심하게 경찰 쪽이 훨씬 조속하게 찾아내 주지 않겠느냐고 했다.

"문제는," 퀘일이 말했다. "법률적으로는 재물 사취죄가 있는 것이 제니뿐이라는 점이지. 물론 경찰은 그녀의 얘기를 들었고, 사건 담당자는 대단히 동정적이긴 하지만……." 두터운 어깨를 천천히 움츠리면서 동정과 체념, 모두를 교묘하게 나타냈다. "……현재 상태대로 사건을 해결하는 길을 택하지 않을까 싶은데."

"하지만," 토비가 이의를 제기했다. "모든 것은 그 애시의 아이디어였어요."

"입증할 수 있나?" 퀘일이 말했다.

"제니가 그렇게 말했거든요."

그것만으로 충분한 증거가 된다는 듯한 어조로 토비가 말했다.

퀘일이 고개를 저었다. "찰스에게 말했던 것처럼 서명한 모든 서류로 판단컨대 그녀는 사기임을 알았던 것으로 보여. 게다가 몰랐다는 것은, 그게 비록 진정한 무지였다 하더라도 전혀 무익하지는 않을지언정 대개의 경우는 변호인측에 도움이 되지는 않아."

내가 말했다. "그에 대한 증거가 없다고 한다면, 가령 내가 그를 찾아냈을 경우에 당신은 어떻게 할 생각이지요?"

퀘일이 나를 빤히 쳐다봤다. "나는 당신이 그를 찾아내면서 동시에 증거도 찾아내 주기를 기대하고 있지."

제니가 자리에서 벌떡 일어나 불안이라기보다는 분노를 여실히 드러낸 날카로운 말투로 말했다.

"너무 어처구니없는 일이에요, 시드. 도저히 당신 능력으론 부치는 일이라고 분명하게 인정하는 게 어때요?"

"그럴지 어떨지 모르겠는데?"

"정말 불쌍하죠?" 제니가 퀘일에게 말했다. "외팔이가 된 지금은 머리가 좋다는 걸 입증하려고 억지를 쓰고 있는 거라구요."

그런 비웃음이 담긴 말투에 퀘일과 찰스는 충격을 받고 상당히 불안한 표정을 지었다. 내가 그녀를 이렇게 만들었다, 남의 마음을 상하게 하지 않고는 배기지 못하는 여자로 만들었다고 생각하면서 나는 완전히 낙심하고 말았다. 제니가 한 말은 마음에 걸리지 않았으나,

나라는 인간이 나타나지 않았더라면 그녀는 지금껏 쾌활한 성격일 것이며, 그런 호감 가는 모습을 지금 퀘일에게 보이지 않는 것이 내 탓이라는 게 분해서 견딜 수가 없었다.

"니콜라스 애시를 찾아내면," 내가 냉엄한 어조로 말했다. "제니에게 인계하겠소. 그에겐 안됐지만."

사내들은 모두 그 말을 불쾌하게 느꼈다. 퀘일은 환멸을 느낀 듯한 표정을 지었고, 토비는 경멸을 겉으로 드러냈으며, 찰스는 슬픈 듯이 고개를 내젓고 있었다. 제니만이 분노의 표정 뒤로 남모르게 기뻐하고 있었다. 요즘은 내가 도발을 하는 경우는 거의 없기 때문에, 도발에 성공하여 내가 사람들의 불쾌감을 사면 승리를 얻었다는 생각이 드는 것이다. 여하튼 지금 것은 나의 아둔한 실패였다. 그녀가 던진 가시가 가슴을 찔렀음을 알리지 않고 놓아둘 방법은 단 한 가지밖에 없는데……. 그것은 미소를 짓는 일이다. 그러나 방금 일어난 일은 절대 그리 유쾌한 것이 아니었다.

내가 어조를 약간 누그러뜨려 말했다. "그를 찾아낸다면 뭔가 방법이 있을지도 모릅니다. 어쨌든 할 수 있는 한은 노력해보겠습니다. 내가 할 수 있는 게 있다면…… 어떤 일이든지 하겠습니다."

제니는 내 말을 무시하고 있었고, 다른 사람들은 아무 말도 하지 않았다. 나는 속으로 한숨을 쉬었다. "그 사람의 인상은?"

사이를 두었다가 찰스가 말했다. "나는 넉 달 전에 단 한 번, 30분가량 만난 적이 있네. 전체적인 인상만 남아 있는 데 지나지 않아. 젊고, 붙임성이 있고, 머리는 검으며, 깔끔하게 수염을 깎았더군. 어딘가 지나치게 붙임성이 좋다는 점이 나의 취향에 맞지 않았지. 내 함대에 하급장교로 맞이하는 것은 거절하겠어."

제니는 입을 꾹 다물고 찰스에게서 눈을 돌렸으나 그의 판단에 이의를 제기할 수는 없었다. 처음으로 그녀에 대해 희미하게 동정심을 갖게 되었지만 의식적으로 지워버렸다. 동정하면 나의 연약함이 증대될 뿐이며, 그런 위치에 나를 놓아 둘 수는 없었다.

내가 토비에게 물었다. "그를 만난 적은?"

"없어." 건방진 말투로 대답했다. "만나지 않았어."

"토비는 오스트레일리아에 가 있었다네." 찰스가 설명했다.

모두가 기다리고 있었다. 피할 방도는 없었다. 내가 감정 없는 말투로 직접 그녀에게 말했다. "제니?"

"그는 유쾌한 사람이야." 생각지도 않은 격한 말투였다. "무척 재미있었어. 게다가 당신 뒤로는……." 말이 끊겼다. 미워 죽겠다는 듯 나를 보았다. "유머가 많고 활기에 넘쳤어. 나를 자주 웃게 만들었지. 멋있었어. 주위가 밝아졌지. 마치…… 마치……."

돌연 말이 막혔다. 나는 제니가 무슨 생각을 하는지 알고 있었다. 마치 우리가 처음 만나던 때 같았던 것이다. 부탁이야, 제니! 말하지 말아 줘. 나는 속으로 그렇게 필사적으로 애원했다.

분명 그녀도 말로 할 수 없었으리라. 어떻게 인간이, 그렇게나 서로 사랑하던 두 사람이, 어떻게 이렇게나 황폐한 상태에 도달할 수 있단 말이냐고 나는 몇 만 번이나 거듭 되뇌어 왔던 무익한 생각을 했다. 그러나 우리 두 사람에게는 이제 원래대로 돌아갈 수 없는 변화가 생겼고, 둘 다 돌아갈 길을 찾을 마음도 전혀 없다. 불가능하다. 불꽃은 사그라들어 버렸다. 타다 남은 몇 개인가의 불씨가 재 속에 묻혀 있어 조심성 없이 댄 손가락이 생각지도 않게 화상을 입을 따름이다.

나는 마른침을 삼켰다. "그의 키는?"

"당신보다 커."

"나이는?"

"29살."

제니와 동갑이다. 나보다 2살 아래다. 다만 그것은 그가 사실을 말했을 때의 얘기다. 사기꾼은 만약을 대비해 매사 거짓말을 할 가능성이 있다.

"그는 어디에 살고 있었지? 그러니까…… 일을 하는 동안?"

제니는 협력할 마음이 없는지 찰스가 대답했다.

"고모 집에 살고 있다고 제니가 말하기에 자취를 감춘 뒤 올리버와 내가 조사를 해보았지. 유감스럽게도 그 고모란 이는 북옥스퍼드에서 학생들에게 하숙을 치는 여주인이더군. 그야 어쨌든……." 그는 헛기침을 했다. "벌써 오래 전에 하숙집을 나와, 제니가 옥스퍼드에서 다른 젊은 여자와 함께 쓰고 있는 아파트로 이사했다네."

"당신 아파트에 살고 있었다는 건가?" 내가 제니에게 말했다.

"그게 어쨌다는 거죠?" 반항적인 말투로 말했다. 반항 말고 뭔가가 더 있다…….

"그래, 떠나면서 뭔가를 남기고 갔나?"

"아니."

"아무것도?"

"그래요."

"그가 붙잡히기를 당신은 바라는 거야?"

찰스, 퀘일, 토비의 대답은 당연히 그렇다고 단정짓고 있었으나, 제니는 대답하지 않았다. 목에서 시작해 광대뼈 언저리까지 급속히 빨개졌다.

"당신에게 엄청난 해를 끼쳤는데?" 내가 말했다.

제니는 목덜미에 힘을 주고 꼿꼿이 세웠다. "나는 교도소에 가지 않아도 될 거라고 올리버가 말했어요."

"제니!" 나는 몹시도 애가 탔다. "사기로 유죄가 성립되면 당신의 인생은 모든 면에서 심각한 영향을 받게 돼. 당신이 그를 좋아한다는 건 잘 알아. 아니면 사랑을 한 건지도 모르지. 하지만 그는 장난삼아 잼 병을 훔친 장난꾸러기가 아니야. 냉정하게 자기 대신 당신이 벌을 받도록 꾸민 사람이라고! 가령 내가 할 수 있는 일이라면 나는 있는 힘을 다해 그를 붙잡겠어. 설령 당신이 바라지 않는다 해도."

찰스가 힘주어 반박했다. "시드, 그건 크게 잘못된 생각일세. 저 아이도 물론 그가 벌을 받기를 바라고 있네. 자네가 그 놈을 붙잡는 노력을 하는데 동의했단 말일세. 당연히 자네가 그를 붙잡아주길 바라고 있을 거야."

나는 한숨을 쉬면서 어깨를 으쓱했다. "그녀가 동의한 것은 당신을 안심시키기 위해서입니다. 그리고 내가 성공하리라고는 생각지 않기 때문이죠. 그 점은 그녀의 생각이 맞을지도 모릅니다. 하지만 내가 성공한다고 한 말만으로도 그녀는 불안에 휩싸이고, 화를 냈어요. 게다가 여자가 자기 신세를 파멸시킨 악당을 여전히 사랑하는 예는 얼마든지 알려져 있습니다."

제니가 일어나서 얼빠진 눈길로 나를 보더니 훌쩍 방에서 나갔다. 토비가 한 발짝 뒤를 따르려 했고 찰스도 일어섰지만, 내가 상당히 단호한 말투로 말했다. "퀘일 씨, 그녀에게 가서 유죄가 될 경우 어떻게 되는지 말해 주십시오. 이해시키기 위해서는 냉혹하게 말해야 합니다. 충격을 받도록 말이죠."

퀘일도 이미 그럴 생각이었으므로 내 말이 끝나기도 전에 제니의 뒤를 따르고 있었다.

"그다지 친절한 방법이랄 순 없겠군." 찰스가 말했다. "우린 제니에게 고통을 주지 않으려 노력해 왔다네."

"하레이가 제니에게 동정을 보이는 일 따위는 있을 수 없지요."

악의를 담은 말투로 토비가 말했다.

나는 빤히 그를 쳐다봤다. 그리 영리해 보이는 사내는 아니지만 제니가 반려자로 선택한 태풍 뒤의 평온한 바다 같은 느낌을 주는 점잖은 사내다. 몇 달 전에 제니는 그와 결혼할 생각을 했지만, 애시 사건 뒤인 지금은 결혼할지 어떨지 의심스럽다. 늘 그렇듯 아무것도 이해하지 못한다는 그런 오만한 표정으로 나를 쳐다보더니, 제니는 지금 자신을 필요로 한다는 느낌을 주면서 나갔다.

토비의 뒷모습을 보면서 찰스가 절망감을 담은 꽤나 지친 듯한 말투로 말했다.

"나는 아무리 해도 저 아이를 이해할 수가 없네. 하지만 자네는 10분도 지나지 않아서 간파해 냈어…… 내가 전혀 알아채지 못했을 게 분명한 것을." 어두운 표정으로 나를 보았다. "이렇게 되면 내가 저 아이를 안심시키고자 노력해 왔던 것은 완전히 허사가 되었다는 얘긴가?"

"허 참, 어렵게 되었군요…… 당신이 하신 지금까지의 노력은 그다지 해를 미치지는 않습니다. 다만 그를…… 애시를 용서할 수단을 그녀에게 부여하고, 자신이 파멸적인…… 부끄러워해야 할 실수를 저지른 것을 스스로 인정하지 않을 수 없는 시간을 연장해 준 것뿐입니다."

심한 고뇌로 그의 얼굴 주름이 깊어졌다. 우울한 투로 말했다.

"심각하군! 내가 생각한 것보다 훨씬 심각한 사태야."

"슬프다고 해야겠지요. 심각하다는 것은 맞지 않습니다."

"그를 찾아낼 수 있을 거라고 생각하나? 대체 어디서부터 손을 댈 텐가?"

4

나는 다음 날 아침부터 행동을 개시했다. 제니는 만나지 않았다. 그녀는 어젯밤 토비와 옥스퍼드를 향해 차로 떠나, 찰스와 나 둘이서

만 저녁식사를 하였다. 그러나 그들은 밤늦게 다시 돌아와 아침식사에는 물론 내가 집을 나올 때까지 모습을 보이지 않았다.

찰스에게 들은 대로 옥스퍼드의 제니 아파트를 찾아가서 벨을 눌렀다. 자물쇠를 보고 안에 아무도 없다면 여는 것은 그리 어렵지 않겠다는 생각을 했지만, 두 번째 벨을 누르자 자물쇠가 걸린 채로 문이 조금 열렸다.

"루이스 맥키니스?"

충혈된 눈, 푸석한 머리, 맨발인 한쪽 발, 진한 감색의 드레싱 가운 자락을 보면서 내가 물었다.

"그런데요."

"얘기 좀 하고 싶은데요? 나는 제니의…… 그러니까…… 전남편입니다. 제니의 아버지가 내가 도움이 될지 어떨지 해보지 않겠느냐고 부탁했습니다."

"당신이 시드?" 깜짝 놀란 듯한 말투로 말했다. "시드 하레이?"

"그렇소."

"그럼…… 잠깐 기다려요." 문이 다시 닫혔고, 오랫동안 닫힌 채로 있었다. 이윽고 문이 활짝 열리면서 상대의 전신이 나타났다. 이번엔 청바지에 체크 셔츠, 헐렁한 스웨터에 슬리퍼 차림이었다. 머리를 빗고 입술을 칠했다――연한 핑크로 얌전하게.

"들어오세요."

들어가서 문을 닫았다. 상상은 할 수 있는 일이지만, 제니의 아파트는 석고보드를 붙인 그런 곳은 아니다. 건물 전체는 부자가 사는 골목에 있는 빅토리아식 커다란 집으로, 뒤에 반원형 차도와 주차장이 있다. 제니가 사는 부분은 상하좌우가 둘러싸인 전용 계단이 뒤에 달려 있는 널찍한 2층 전체를 차지하고 있다. 이혼할 때 내가 지불한 돈의 일부로 산 것이라고 찰스가 말했다. 내 돈이 대체로 현명하게 쓰이고 있음을 보는 것은 기분 좋은 일이다.

여기저기 불을 켜더니 그녀가 활처럼 튀어나온 넓은 거실로 나를 안내했다. 커튼은 아직 닫힌 채이고, 전날 어질러 놓은 것들이 테이블과 의자에 그대로 널려 있었다. 신문, 코트, 벗어 던진 부츠, 커피잔, 과일용 접시 안에 빈 요구르트 용기와 스푼, 말라붙은 수선화, 커버가 벗겨진 타자기, 등갓에서 떨어진 둥근 종이.

루이스 맥키니스가 커튼을 젖히자 회색 아침 햇살에 전등 불빛이 희미해졌다.

"아직 일어나지 않았었거든요." 그녀가 불필요한 설명을 했다.

"실례했습니다."

어질러 놓은 것은 그녀다. 제니는 언제나 잠자리에 들기 전에 깔끔하게 정리를 한다. 그러나 방 그 자체는 어디까지나 제니의 것이었다. 에인스포드에서 가져온 가구가 한둘 있고, 전체적인 분위기는 우리가 함께 살던 집의 거실과 비슷하다. 사랑에 변화는 생길지 모르지만, 취향은 바뀌지 않는다. 나는 낯선 느낌과 동시에 편안함을 느꼈다.

"커피 드시겠어요?" 루이스가 말했다.

"글쎄요, 귀찮으실 텐데……."

"그렇지 않아요. 드세요, 저도 마실 거니까."

"도와드릴까요?"

"좋으실대로."

루이스가 앞장서서 복도를 지나 텅 빈 느낌의 부엌으로 들어갔다. 그다지 뚱한 태도는 아니었지만 냉랭한 점은 변함이 없었다. 솔직히 말해서 특별히 놀랄 만한 일은 아니다. 나에 대해서는 제니가 말했을 게 분명하고, 좋은 얘기는 그다지 하지 않았을 테니까.

"토스트, 어때요?" 일정하게 자른 흰 빵 봉지와 인스턴트 커피 병을 꺼내면서 말했다.

"먹겠습니다."

"그럼, 빵 두 장을 토스터에 넣으세요. 거기 있어요."

시키는 대로 하자 그녀는 전기 주전자에 물을 채우고, 찬장에서 버터와 마멀레이드를 꺼냈다. 버터는 기름이 배지 않는 포장지를 뜯은 용기 그대로 반쯤 먹었으며, 한가운데가 움푹 패여 있고, 가장자리로 버터가 온통 덕지덕지 묻어 있었다. 내 아파트의 버터와 똑같았다. 제니는 버터 포장을 열면 반드시 접시에 담는다. 혼자일 때에도 그렇게 할까 생각했다.

"우유하고 설탕?"

"설탕은 넣지 않습니다."

토스트가 구워지자 그녀가 버터와 마멀레이드를 발라 접시 위에 놓았다. 두꺼운 컵 속의 가루에 끓는 물을 붓고, 우유는 병에 든 것을 그대로 넣었다.

"당신은 커피를 가져와요." 루이스가 말했다. "나는 빵을 가져갈 테니까." 접시를 집어들고 나의 왼손이 두꺼운 컵을 쥐는 것을 눈 귀퉁이로 보았다. "조심해요." 깜짝 놀라서 말했다. "그거, 뜨거워요."

나는 아무것도 느끼지 않는 손으로 컵을 신중하게 쥐었다.

루이스가 놀라고 있었다.

"편리한 점의 하나지요." 내가 말했고, 다른 컵은 손잡이를 쥐고 살며시 들어올렸다.

루이스는 내 얼굴을 보았지만 아무 말도 하지 않고 방향을 바꿔 거실로 갔다.

"잊고 있었어요." 소파 앞의 낮은 테이블을 루이스가 치운 다음에 컵을 내려놓고 그녀가 말했다.

"틀니처럼 흔해빠진 건 아니니까요."

내가 상대의 기분을 헤아려 말했다.

루이스는 약간 웃는 것 같았으나, 결국은 자신 없는 듯한 근심 띤 표정을 지었다. 잠깐 보인 그 따뜻한 표정에서, 약간 무뚝뚝한 겉모습의 뒷면에 있는 진정한 인격을 살짝 엿본 것 같았다. 루이스가 토스트를 한 입 베어 물고 뭔가 생각하다가 삼킨 다음 말했다.

"제니를 위해 뭘 할 수 있죠?"

"니콜라스 애시를 찾아보는 겁니다."

"그래요?" 다시 웃음이 떠올랐으나, 금세 생각에 잠긴 표정으로 바뀌어 사라졌다.

"당신은 그가 좋았습니까?"

떨떠름한 표정으로 끄덕였다. "유감이지만 그랬어요. 그는…… 굉장히 유쾌해요……. 그래요, 멋진 놀이 상대였어요. 그가 제니를 이렇게 어려운 입장에 빠뜨린 채로 말없이 자취를 감추다니 전혀 믿을 수가 없어요. 내 말은…… 그는 여기 살았었어요, 이 아파트에. 그러니까 다 함께 크게 웃는 유쾌한 생활을 했다는 뜻인데…… 그가 한 일은…… 믿기 힘들어요."

"어떻습니까? 처음부터 자초지종을 말해주시겠습니까?"

"하지만, 이미 제니에게서……?"

"아뇨."

"제니는," 그녀는 천천히 말했다. "그가 우리를 마치 갓난아기처럼 속인 것을 당신 앞에서 인정하고 싶지 않은 거예요."

"어느 정도, 제니는 그를 사랑했을까요?"

"사랑해요? 사랑이라니, 그게 뭐죠? 난 모르겠네요. 제니는 그를 사모하고 있었어요." 손가락을 핥았다.

"열렬했죠. 쾌활하고, 거품처럼 폭신한 구름 속에 있었죠."

"당신도 있었던 적이 있나요? 그 구름 속에?"

나를 똑바로 그녀를 쳐다봤다. "그게 어떤 기분인지 아느냐는 의미인가요? 네, 알아요. 니키를 사모했느냐고 묻는 거라면 아녜요, 틀렸어요. 그는 유쾌하고 재미있기는 했지만 난 제니처럼 열렬하지는 않았어요. 그리고 어쨌거나 그가 빠져 있는 것은 제니였죠. 적어도……" 자신 없는 듯이 결말을 지었다. "……그렇게 보였어요." 핥은 손가락을 까딱까딱 움직였다. "당신 바로 뒤에 있는 그 티슈 상자를 집어주겠어요?"

나는 상자를 건네고 그녀가 끈적거리는 것을 닦아내는 것을 바라보고 있었다. 금빛 눈썹, 영국인다운 장밋빛 피부, 부끄러워하는 단계를 통과한 얼굴이다. 확실한 이정표가 새겨지기에는 너무 젊지만, 자연스러운 표정 속에는 빈정거림이랄까 완고함이 희미하게 모습을 드러낸다. 상식이 있는 영리한 아가씨다. "두 사람이 어디서 만났는지 난 잘 몰라요. 이곳 옥스퍼드 어디쯤이란 것 외엔. 어느 날 돌아와 보니 그가 여기에 있었어요. 내 말뜻을 알아요? 그때는 이미…… 뭐랄까…… 서로 상대에게 흥미를 가지고 있더군요."

"그럼 당신은 전부터 제니와 여기서 살고 있었나요?"

"대개는 그렇죠. 우린 학교에서 만났어요. 몰랐나요? 어쨌든 어느 날 만나게 되었는데, 학위논문을 쓰느라 2년 동안 옥스퍼드에 살게 되었다고 하면서 묵을 곳은 있느냐고 물었어요. 왜냐하면 자기는 이 아파트를 미리 봐뒀고, 말상대가 필요하기 때문이라고 하더군요. 그래서 왔어요. 크게 기뻐하면서. 우린 점점 친해졌어요."

나는 타자기와 수고의 흔적을 보았다. "언제나 여기서 일을 합니까?"

"여기나, 셸드니언…… 도서관이죠. 아니면 다른 조사가 있어 나갈 때도 있어요. 나는 제니에게 방세를 지불하고 있어요. 왜, 이런 얘기까지 당신에게 하는지 나도 모르겠지만."

"대단히 도움이 됩니다."

루이스가 일어섰다. "더불어 물건을 모두 봐두는 것도 괜찮겠죠. 내가 그…… 니키의 방에 넣었어요. 보고 싶지 않아서. 솔직히 말해서 모든 것이 지긋지긋할 정도로 고통스러워서요."

다시 그녀를 따라 복도를 지났으나 이번엔 넓은 통로의 안쪽으로 향하는 것을 보니 이 오래된 집의 2층 층계참으로 통하는 것이 분명했다.

"저기가," 차례로 문을 가리키면서 그녀가 말했다. "제니의 방, 저기가 욕실. 저기는 내 방이고, 가장 안쪽이 니키의 방이에요."

"정확히 말해서 그는 언제 없어졌나요?"

루이스의 뒤를 걸으면서 내가 물었다.

"정확하게요? 아무도 몰라요, 수요일 언제인지는. 지난 수요일, 2주일 전이에요."

하얗게 칠이 된 문을 열고 가장 구석진 방으로 들어갔다. "그는 언제나처럼 아침 식사 때는 여기 있었어요. 나는 도서관에, 제니는 기차로 런던에 물건을 사러 갔고, 우리 둘이 돌아왔을 때는 없었죠. 사라졌어요. 모든 것이. 제니는 심한 충격을 받았어요. 아파트를 온통 돌아다니며 울었어요. 물론 그때 우리는 그가 제니를 버리고 갔을 뿐만 아니라 돈도 모조리 갖고 간 건 몰랐죠."

"알게 된 계기는?"

"금요일에 제니가 도착한 수표를 예치하고 우편용 우표 대금을 내려고 했더니 계좌가 해약되었다고 하더군요."

나는 방 안을 둘러보았다. 두꺼운 카펫, 조지 왕조풍의 거울이 달린 장, 잠자리가 편안해 보이는 커다란 침대, 천이 깔린 팔걸이의자, 제니 취향의 귀여운 커튼, 새하얀 페인트. 커다란 갈색 골판지 상자 6개가 비어 있는 가장 넓은 공간에 2층으로 쌓아올려져 있었다. 방의 어디를 보더라도 사람이 살았던 느낌은 없었다.

내가 장롱 옆으로 가서 서랍을 열었다. 완전히 비어 있었다. 안쪽으로 손을 넣어 쓰윽 문질러 보았으나 먼지 하나 묻어나지 않았다.

루이스가 끄덕였다. "그가 먼지를 닦았어요. 전기청소기도 썼어요. 욕실까지 청소해 놓았더군요. 제니는 친절하게 그것까지 해주었다면서 기뻐했어요. 사실은 그가 흔적을 일체 남기고 싶지 않아서였다는 이유를 알 때까지는."

"상징적이로군!" 내가 멍하니 말했다.

"무슨 뜻이죠?"

"그러니까 머리칼이나 지문이 단서가 될 것을 두려워하고 있었다기보다는 자신을 이 아파트에서 완전히 지워 없애버리고 싶었던 겁니다. 여기에 자신이 관련된 물건은 어느 것 하나라도 남아 있지 않다는 확신을 가질 수 있도록 말이지요. 내 말은…… 사람은 어떤 장소로 돌아오고 싶다는 감정이 있으면 무의식적으로 뭔가를 남깁니다. '잊어버리고' 가는 것이지요. 잘 알려진 현상입니다. 때문에 무의식속에서, 혹은 의식적으로 어딘가에 다시는 돌아가고 싶지 않을 때는 자신의 먼지마저도 없애야만 하는 심정이 되지요." 나는 말을 멈췄다. "실례했습니다. 따분하게 할 생각은 없었어요."

"따분하지 않아요."

내가 사무적인 말투로 말했다. "두 사람은 어디서 잤습니까?"

"여기." 신중하게 내 표정을 둘러보며 이야기를 계속해도 괜찮다고 판단한 모양이다. "그녀는 언제나 이리로 왔어요. 알려 하지 않아도 알게 되더군요. 밤이면 대개 왔어요. 매일 밤새도록은 아니었지만."

"그 사람 쪽에선 가지 않았나요?"

"묘하게도 그가 제니의 방으로 들어가는 것을 한 번도 본 적이 없어요. 낮에도 볼일이 있으면 방 밖에 서서 불렀어요."

"앞뒤가 맞는군."

"그것도 어떤 상징인가요?"

상자가 쌓여 있는 쪽으로 가서 맨 위의 상자 뚜껑을 열었다. "여기에 들어 있는 것을 보면 모든 것을 알 수 있어요. 나는 거실로 돌아갈 테니 적당히 둘러보시고…… 난 보기만 해도 구역질이 나요. 그리고 제니가 돌아오면 곤란하니까 좀 정돈을 해야겠어요."

"돌아온다고 어떻게 압니까?"

루이스는 고개를 약간 갸웃하더니 내 말투에서 희미한 불안을 눈치챘다.

"그녀가 두려운가요?"

"두려워할 까닭이 있을까요?"

"당신을 구더기라고 했어요."

농담처럼 재미있어 해서인지 그리 지독한 말처럼은 생각되지 않았다.

"그래, 그랬겠군요. 나는 제니를 두려워하지는 않아요. 다만 그녀가 있으면…… 시끄럽고 성가시지요."

돌연 격한 말투로 루이스가 말했다. "제니는 슈퍼걸이에요."

진정한 우정이라고 나는 생각했다. 친구에 대한 성실성의 표명이다. 미약하지만 도전도 담겨 있다. 그러나 그 슈퍼걸인 제니는 나의 결혼상대였다.

내가 아무런 의미도 포함하지 않고 "그렇다"고 했더니 1, 2초쯤 빤히 쳐다보다가 획 하고 등을 돌려 나갔다. 나는 한숨을 쉰 다음 어렵사리 상자를 옮겼다. 제니나 루이스가 보고 있지 않은 것이 다행이었다. 상자는 크며, 그 가운데 한둘은 그다지 무겁지 않은 것이 있었으나, 전기로 작동하는 팔로 들어올리기는 힘이 드는 크기와 모양이었다.

제일 위의 상자에는 높이 2피트짜리 사무용 편지지 묶음이 들어 있었다. 희고, 고급이며, 타이프한 편지인 듯한 것이 인쇄되어 있다. 편지지 위쪽에는 꽤나 권위가 있어 보이는 헤드가 있고, 그 중앙에 금색 문장(紋章)이 도드라져 있다. 편지를 한 장 집어 올려 읽어보고 제니가 그의 꾐에 속은 까닭을 알 수 있었다.

문장 위에 '관상동맥질환연구'라고 동판으로 인쇄되어 있으며, 문장 밑에는 '정부인가 자선사업'이라고 인쇄되어 있었다. 금색의 돌출 인쇄 왼쪽에 대부분 작위가 있는 후원자 명단이 있으며, 그 리스트 오른쪽에 사업의 종사자 명단이 있었다. 그 중에 사무국장 제니퍼 하레이가 있다. 그녀의 이름 밑에 작은 대문자로 옥스퍼드 주소가 기록되어 있다.

편지는 날짜나 서두 인사말도 없이 위에서 3분의 1 언저리부터 문면이 시작되고 있다.

오늘날 매우 많은 수의 가족이 관상동맥질환에 관해 슬픈 경험을 가지고 있습니다. 이 질환은 비록 목숨을 빼앗지는 않더라도 격렬한 근로생활을 완전하게 해내는 것을 불가능하게 합니다.

현대인의 고뇌의 근원인 이 질환의 원인 및 예방에 대해서는 상당한 성과가 나오고 있습니다만, 아직은 연구해야 할 부분이 많이 남아 있습니다. 정부자금에 의한 연구는 오늘날의 재정상태로는 당연히 한계가 있으며, 이제는 민간시설에서 행해지고 있는 연구 프로그램에 대한 직접 지원을 일반 시민에게 호소하는 것이 더없이 중요한 문제가 되었습니다.

그러나 아무리 가치가 있는 목적을 위해서라고는 해도, 대부분의 사람들이 단적인 기부 의뢰서에 불쾌감을 가지는 것을 잘 알기 때문에, '관상동맥질환의 연구'를 지원받기 위해 우리는 많은 분야에서 상당한 효과를 거두고 있는 크리스마스 카드 판매와 같은 발상으로 당신께 어떤 물건을 사주시기를 앙청하는 바입니다. 이상의 방침에 기초해 검토를 거듭한 결과, 후원자 여러분께서는 매우 고급인 광택 왁스를 사주시기로 결정했습니다. 이것은 골동품 가구의 손질을 위해 특별 제작된 것입니다.

이 왁스는 4분의 1킬로그램 캔에 들어 있으며, 가구 수리 전문가와 박물관 관리자가 사용하는 양질의 것입니다. 구입을 희망하실 경우 1캔을 5파운드에 드리며, 적어도 수입의 4분의 3이 연구비에 쓰인다는 사실을 확약드립니다.

왁스는 당신의 가구에 도움이 되며, 당신의 기부는 연구비 조성에 도움이 되고, 당신의 지원에 의해 이제 곧 인명을 빼앗는 질환의 이해와 컨트롤 분야에 있어서 중요한 진보가 있을 것입니다.

찬성하실 경우 위의 주소로 기부금을 보내주십시오——수표는 '관상동맥질환연구' 앞으로 해 주십시오——각지의 예비 심장병 환자들의 감사의 뜻을 담아 즉각 왁스를 보내드리겠습니다.

사무국장

나는 "이것 봐라!" 하고 혼잣말을 하면서 편지를 접어 저고리 주머니에 넣었다. 인정에 호소하는 편지다. 기부에 대해 물건을 제공한다는 의사표시, 나아가 기부를 하지 않으면 얼마 안 있어 너도 이 병에 걸릴지 모른다는 완곡하고도 우회적인 표현, 더구나 찰스에 따르면 그런 내용이 주효했다고 한다.

두 번째의 커다란 상자에는 주소가 쓰이지 않은 흰 봉투가 3, 4천매 들어 있었다. 세 번째 것에는 갖가지 타입의 편지지에 거의가 손으로 쓴 편지가 반쯤 차 있었다. 왁스 주문의 글귀 말고도 이런저런 글이 쓰여 있는데, 어느 것에나 '수표 동봉'이라고 쓰여 있었다.

네 번째에는 '관상동맥질환연구'는 감사로 가득한 마음으로 기부금을 수령하며, 이에 사의를 담아 왁스를 보내노라고 인쇄한 감사장이 들어 있었다.

중간인 다섯 번째 갈색 상자와 아직 열지 않은 여섯 번째에는 6인치 사각에 두께 2인치의 납작한 흰 상자가 들어 있었다. 하나를 꺼내서 안을 보았다. 아무것도 쓰여 있지 않은 둥글고 편평한 캔이 들어 있고, 돌리는 뚜껑이 단단히 닫혀 있었다. 힘들여서 간신히 뚜껑을 여니, 짙은 냄새가 풍겨나는 연한 갈색의 말랑한 것이 들어 있었다. 뚜껑을 닫고 상자에 다시 넣어서 갈 때 가져가려고 따로 두었다.

다른 것은 없는 듯했다. 방의 귀퉁이, 팔걸이의자의 옆까지 조사했지만 핀 하나도 없었다.

흰 상자를 들고 복도를 지나 거실 쪽으로 천천히 발소리를 죽이며 돌아오면서 닫혀 있는 문을 차례로 열어 안을 살펴보았다. 루이스가 설명하지 않았던 방이 둘 있었다. 하나는 시트 등 잡동사니를 넣는 장이 있고, 다른 하나는 가구가 없이 슈트케이스 등 잡동사니가 있는 작은 방이었다.

제니의 방은 과연 여성적이었다. 분홍과 흰색, 망사와 주름장식 등으로 폭신한 느낌이 들었다. 향수 '미르'의 제비꽃 냄새가 어렴풋하게 감돌았다. 몇 년이나 전에 파리에서 첫 번째 병을 선물한 것을 떠올려봤자 무의미하다. 이미 세월이 너무 흘렀다. 문을 닫아 향기와 추억을 차단하고 욕실로 들어갔다.

하얗게 칠이 된 욕실. 푹신하고 커다란 타월이 몇 장이나 있다. 초록의 카펫, 초록 식물. 두 벽면에 거울이 걸려 있어서 눈이 부실 정도로 환하다. 칫솔은 어디에도 보이지 않는다. 모든 것이 작은 장에 들어 있어서 정연하다. 과연 제니답다. 로제 갤레 비누.

살금살금 조사하는 것이 습관이 된 뒤로는 양심의 가책이 상당히 둔해졌다. 나는 루이스가 복도로 나와서 나를 찾아내지 않기를 운에 맡기고, 망설임 없이 그녀의 방문을 열고 안을 보았다.

조직적으로 어지르는 방식이라고 생각했다. 종이 더미, 어디에나 책이 있다. 옷가지가 걸린 의자, 일어난 채 그대로인 침대——자고 있는 때에 찾아왔으므로 그다지 놀랄 일은 아니다.

구석에 세면대가 있고, 치약엔 뚜껑이 없으며, 스타킹이 두 장 널려 있다. 열어 제쳐진 초콜릿 상자. 옷장 위에 잡다한 물건이 올려져 있다. 벌어진 밤이 그려져 있는 키 큰 꽃병. 냄새는 전혀 없다. 먼지가 쌓인 것은 아니며 단지 표면적으로 잡다한 데 지나지 않는다. 감색 가운이 바닥에 떨어져 있다. 거지반 애시의 방과 비슷한 형상이다. 제니의 세계가 끝나고 루이스의 세계가 시작되었음이 확연하게 구분된다.

고개를 움츠리고 문을 닫았다. 발견되지 않았다. 루이스는 거실을 정돈하다 말고 다른 일에 정신이 팔려 바닥에 앉아 열심히 책을 읽고 있었다.

"오, 안녕." 내가 있었던 것을 잊기라도 한 것처럼 멍하니 고개를 들고 말했다. "이제 끝났어요?"

"다른 서류가 있을 텐데…… 편지, 청구서, 금전출납부 같은 것 말이오."

"경찰이 가져갔어요."

나는 그녀와 소파에 마주 앉았다. "누가 경찰을 불렀습니까? 제니인가요?"

이마에 주름을 잡고 생각하고 있었다. "틀렸어요. 누군가가 경찰에 그 자선사업은 공인받지 않았다고 고발을 했어요."

"누가요?"

"모르죠. 편지를 받고 조사한 누군가죠. 편지 위쪽에 쓰여 있는 후원자의 반은 실제 존재하지 않으며, 그 이외의 사람들은 자기의 이름이 쓰이고 있다는 걸 몰랐거든요."

나는 잠시 생각한 다음 말했다.

"뭔가 원인이 있어서 애시는 그렇게 급히 도망을 친 거겠지요?"

"우린 짐작이 가질 않아요. 누군가가 여기에도 전화를 걸어 고발 운운했는지도 모르죠. 그래서 일찌감치 도망친 거예요. 그가 없어진 지 1주일쯤 지났을 때 경찰이 왔어요."

나는 아까의 그 흰 상자를 커피 테이블 위에 놓았다.

"이 왁스는 어디서 온 겁니까?"

"어딘가의 회사예요. 제니가 편지로 주문해서 배달되었죠. 주문처는 니키가 알아요."

"송장(送狀)은?"

"경찰이 가져갔어요."

"그 기부의뢰서…… 누가 인쇄했습니까? "

한숨을 내쉬었다. "물론 제니죠. 니키는 제니의 이름 부분에 자기의 이름이 들어가 있는 똑같은 인쇄물을 갖고 있었어요. 이사를 했으므로 자기 이름과 주소를 쓴 편지를 발송했댔자 무의미하다고 하더군요. 그는 이 사업을 계속하는데 무척이나 열심이었어요."

"물론 그랬겠지요."

상당히 애가 탔다. "조롱하는 건 상관없지만, 당신은 그를 만나지 않았을 뿐이에요. 만났더라면 우리와 마찬가지로 그를 믿었을 게 틀림없어요."

나는 반론하지 않았다. 나도 믿었을지 모른다.

"그 편지를 누구에게 보냈습니까?"

"니키가 이름이며 주소 명단을 갖고 있었어요. 몇 천 명이나 되는 명단을."

"그건 갖고 있습니까? 그 리스트?"
넌덜머리가 난다는 표정이었다. "그가 갖고 있었어요."
"그 명단에는 어떤 사람들이 기재되어 있었습니까?"
"골동품 가구를 갖고 있고, 5파운드를 내도 그다지 곤란하지 않을 만한 사람들."
"그는 그 리스트를 어디서 입수했는지 말하던가요?"
"말했어요, 자선사업 본부로부터."
"그럼 누가 봉투에 주소를 써서 발송했나요?"
"니키가 주소를 타이프했어요. 아니까 묻지 마세요. 물론 내 타자기죠. 그는 굉장히 빨랐어요. 하루에 몇 백 통이나 치더군요. 제니는 편지 밑에 서명을 하고, 대개의 경우 내가 접어서 봉투에 넣었죠. 그녀는 자주 손이 굳어져서 니키가 도와주는 때가 종종 있었어요."
"그녀의 이름을 사인하는 것을요?"
"그래요, 그가 제니의 서명을 흉내내서 썼어요. 몇 백 번이나 했어요. 누가 쓴 것인지 구분이 가지 않았지요."
나는 말없이 그녀를 보고 있었다.
"알아요, 스스로 문제를 자초하는 행동이죠. 하지만 말이죠, 그는 편지 때문에 수고하는 것이 너무나도 즐거운 일인 듯한 기분을 만들어 냈어요. 뭔가 게임을 하기라도 하는 듯한 기분을요. 시종 우스갯소리를 하면서요. 당신은 이해하지 못해요. 그리고 수표가 끊임없이 도착하기 시작하자 고생한 보람이 있다고 생각했지요."
"왁스 발송은 누가 했나요?" 내가 어두운 표정으로 말했다.
"니키가 주소 라벨을 타자했어요. 나는 언제나 제니를 도와 그 라벨을 상자에 붙이고 테이프로 상자를 봉한 다음, 둘이서 우체국으로 운반했죠."

"애시는 한 번도 가지 않았나요?"

"타이프 쪽이 바빴으니까요. 우린 물건을 바퀴가 달린 쇼핑백에 넣어 둘이서 우체국으로 끌고 갔어요."

"그럼, 수표는…… 제니가 직접 은행에 입금했겠군요?"

"그래요."

"그걸 어느 정도 했습니까?"

"편지 인쇄가 끝나고 왁스가 도착된 뒤로 약 두 달 가량."

"왁스는 어느 정도 있었나요?"

"산더미처럼. 발을 들여놓을 데도 없을 정도로. 그 커다란 갈색 골판지 상자에 넣어서…… 한 박스에 하얀 상자에 든 것이 60개. 이 아파트가 글자 그대로 꽉 찼었지요. 마지막 무렵에는 재고가 얼마 없어서 제니가 주문하고 싶어했지만 니키가 안 된다, 재고를 모두 쓴 다음 다시 시작하기 전에 좀 쉬자고 했어요."

"여하튼 그는 그만둘 작정이었군요."

마지못해 인정했다. "그래요."

"얼마나 있었습니까? 제니가 은행 계좌에 입금한 돈은?"

그는 음울한 표정으로 나를 보았다. "1만 파운드 가량. 좀더 있었는지도 몰라요. 개중에는 5파운드 이상을 보내온 사람도 있었어요. 100파운드를 보내면서 왁스는 필요 없다는 사람도 하나인가 둘 있었어요."

"믿어지지 않는 일이군!"

"돈이 계속 들어왔어요. 지금도 매일 들어오고 있어요. 하지만 우체국에서 직접 경찰로 배달되죠. 경찰이 그것을 반송하는 것도 엄청난 일일 거예요."

"애시 방의 '수표 동봉'이라고 쓰인 편지 상자는 뭡니까?"

"그건 돈을 계좌에 넣고, 이쪽에서 왁스를 보낸 사람들이에요."

"경찰은 그 상자에 관심이 없던가요?"

어깨를 움츠렸다. "하여튼 가져가지 않았어요."

"제가 가져가도 괜찮을까요?"

"그러세요."

상자를 들어다가 현관 옆에 놓고, 거실로 돌아와 그녀에게 다른 질문을 했다. 책에 몰두하고 있어서인지 그다지 달갑지 않은 모습으로 고개를 들었다.

"애시는 어떻게 은행에서 돈을 인출했습니까?"

"해마다 열리는 만찬회 때 자선단체에 현금으로 전달하고 싶으니 잔고를 전액 빼달라고 그가 타이프해서 제니가 서명한 편지와, 그가 금액을 기입하고 제니가 서명한 수표를 갖고 갔어요."

"하지만 그녀는 서명을 하지 않았는데?"

"그래요, 그가 했어요. 하지만 난 그 편지와 수표를 봤어요. 은행이 경찰에 건넸죠. 제니의 필적으로밖엔 보이지 않았어요. 제니 스스로도 구분하지 못하더군요."

책을 바닥에 놓고 우아한 몸짓으로 일어섰다. "돌아가시게요?" 기대를 담아 물었다. "전 할 일이 잔뜩 있거든요. 니키 덕분에 예정이 완전히 늦어지고 말았어요."

내 옆을 지나 복도로 나갔다. 내가 따라가자 새로운 낙담의 씨앗을 하나 더 던져주었다.

"은행 직원은 니키의 얼굴을 떠올리지 못해요. 옥스퍼드에는 산업체가 많이 있어서 날마다 급료용으로 몇 천 파운드나 되는 현금이 나가니까요. 그 계좌에 관해서는 제니의 얼굴이 익숙했고, 경찰이 사정을 물으러 간 것은 이미 10일이나 지났을 때였어요."

"그는 프로입니다." 내가 분명히 말했다.

"유감이지만, 여러 정황으로 볼 때 그런 것 같군요."

그녀가 문을 여는 동안 나는 몸을 숙여 흰 상자를 올려놓은 갈색 골판지 상자를 힘들여 들어올렸다.

"고맙습니다, 협력해 주셔서."

"그 상자는 내가 밑에까지 갖다드리겠어요."

"괜찮습니다."

그녀가 힐끗 내 눈을 보았다. "당신이 가져갈 수 있다는 건 알아요. 자존심이 너무 강하신 것 같군요."

그녀는 대답할 틈도 주지 않고 내가 안고 있던 상자를 들고 재빨리 내려갔다. 나는 자못 얼간이가 된 느낌으로 따라 내려가 타르로 포장된 곳으로 나왔다.

"차는요?" 그녀가 말했다.

"뒤에요, 하지만……."

상대하지 않았다. 하는 수 없이 내가 따라가서 희미한 몸짓으로 차를 가리키고 트렁크를 열었다.

"고맙습니다." 내가 다시 말했다. "모든 것이."

다시 눈에 희미한 미소가 떠올랐다.

"제니에게 도움이 될 만한 일이 뭔가 생각나거든 알려주시겠습니까?"

"당신의 주소를 알려주신다면."

나는 안주머니에서 명함을 한 장 꺼내 건넸다.

"거기에 쓰여 있습니다."

"알았어요." 그녀는 순간 이해할 수 없는 표정을 띄우고는 가만히 서 있었다. "한 가지만 말해 두겠어요." 그녀가 말했다. "당신은 제니의 얘기를 듣고 내가 상상했던 사람과는 전혀 다르군요."

5

옥스퍼드에서 서쪽으로, 글로스터셔를 향해 차를 달려 일요일 오전 11시 30분이라는 마침 좋은 방문시간에 가비 생산목장에 닿았다.

차를 세우자 마구간 광장에서 마부와 이야기를 하고 있던 톰 가비가 다가왔다.

"시드 하레이! 야, 이거 놀라운데, 뭘 알고 싶은 거야?"

나는 열린 창을 통해 얼굴을 찌푸려 보였다. "어째서 모두 나만 보면 내가 뭘 알고 싶어한다고 생각하는 거지?"

"당연하잖아. 지금은 업계 제일가는 탐정님이라고 모두들 말하는 걸. 나도 여러 얘길 들었네. 이런 어수룩한 시골뜨기에게도 소문은 들어오거든."

나는 웃으면서 차에서 내려 반쯤 악당 같은 60살의 사내와 악수를 했다. 그는 알래스카와 혼곶만큼이나 외진 시골 사람처럼 동떨어진 인물이다. 소처럼 억세고 큰 체격의 사내로 흔들림 없는 자신감으로 넘치며, 사람을 압도하는 듯한 커다란 목소리로 얘기하면서 집시 못지않게 교활하다. 악수를 하는 그의 손은 그가 일하는 방식과 똑같이 단단하고, 그의 태도만큼이나 건조하다. 사람을 대할 때는 잔혹하고, 말에게는 무척이나 부드럽다. 해를 거듭할수록 번영해, 설혹 이 목장에서 낳은 말 전체의 혈액형을 철저하게 조사하지 않으면 그가 말하는 혈통을 믿을 수가 없다는 사람이 있다면, 그는 아마 극히 소수파의 한 사람임이 틀림없으리라.

"그런데 뭘 조사하고 있지, 시드?"

"어떤 암말을 보러 왔네, 톰. 여기 있는 당신 말 가운데 한 마리인데, 매우 일반적인 관심에 지나지 않아."

"그래? 어느 말이지?"

"베세스더야."

반쯤 재미있어하던 그의 표정이 갑자기 엄한 표정으로 일변했다. 눈을 가늘게 뜨고 무뚝뚝하게 물었다.

"그 말에 관해 뭘 알고 싶다는 거지?"

"뭐랄까…… 예를 들면 새끼를 낳았는지 어떤지?"

"죽었네."

"죽어?"

"그래, 죽었어. 안에서 얘기하는 게 좋겠군."

톰 가비가 휙 방향을 돌려 걷기 시작했다. 나는 뒤를 따랐다. 집은 낡고 어두우며 공기가 탁했다. 이 목장의 생명은 모두가 밖에——들판과 출산한 말의 마구간과 교배 오두막에만 가득 차고 넘친다. 조용한 집안에서 커다란 소리로 시계가 째깍대고 있고, 일요일의 로스트비프 냄새는 감돌고 있지 않다.

"여기야."

거실 겸 사무실이었다. 한쪽 구석에 낡고 튼튼한 테이블과 의자, 반대쪽에 파일 캐비닛 몇 개와 스프링이 듣지 않는 팔걸이의자가 있다. 손님을 기쁘게 하기 위한 겉치레 장식은 전혀 없다. 발굽이 달린 상품의 거래는 모두가 밖에서 이루어진다.

톰은 책상에 걸터앉았고, 나는 팔걸이의자에 앉았다. 편안하게 얘기할 성질의 것이 아니다.

"그런데," 톰 가비가 말했다. "어째서 베세스더에 대해 묻는 거지?"

"그 말이 어떻게 되었을까 생각했을 뿐이야."

"어물쩍 얼버무리려는 건 그만 해. 자네가 일반적인 관심으로 굳이 이렇게 먼 곳까지 차를 몰고 온 건 아닐 거야. 어째서 그 말에 대해 알고 싶은 거지?"

"의뢰인이 알고 싶어해."

"의뢰인이 누군데?"
"내가 당신 일을 하면서 이름을 밝히지 말아달라고 했을 경우, 내가 말할 거라고 생각해?"
난처한 표정을 지으며 뭔가를 생각했다.
"물론, 말하지 않겠지. 게다가 이제 새삼 베세스더 건을 비밀로 할 필요도 없어졌다네. 새끼를 낳다가 죽었거든. 새끼도 죽었지. 태어났더라면 암말일 텐데, 하지만 몸집은 작았어."
"그거 유감이군."
톰 가비는 어깨를 으쓱했다. "가끔 있는 일이지. 하지만 이따금 있는 일은 아냐. 심장이 망가졌어."
"심장?"
"그래, 태반에서 새끼의 방향이 정상이 아니었던 것을 어미가 체력의 한계를 초월해 참아냈던 거야. 어미가 고생하는 것을 알고 곧장 몸 속 새끼의 방향을 바꿨지만, 어미는 갑자기 힘이 다한 모양으로 죽어버렸다네. 우린 손을 쓸 도리가 없었어. 물론 한밤중의 일이야. 대개의 경우가 그런 것처럼."
"수의사는 곁에 있었나?"
"그럼, 줄곧 붙어 있었지. 산기가 있다는 걸 알았을 때 바로 불렀거든. 위험한 상태일 가능성이 있었으니까. 첫 출산이고, 심장에서 잡음도 들리고 해서 말이야."
나는 희미하게 눈썹을 찌푸렸다.
"여기 왔을 때부터 심장에 잡음이 있었던가?"
"물론이야. 그래서 레이스를 그만두었으니까. 그 말에 관해 잘 모르는 모양이군?"
"그래, 가르쳐주지 않겠어?"
톰 가비는 어깨를 으쓱했다. "자네도 알다시피 그 암말은 조지 캐스퍼의 마구간에서 왔지. 소유주가 3살 때의 성적을 생각해 그 말의 새끼를 원했기 때문에 팀벌리와 교배시켰던 거야. 계획대로라면 단거리 쾌속마가 태어났어야 하는데 이런 결과가 되고 말았네."

"언제 죽었지?"

"한 달쯤 전이야."

"어쨌든 고마워, 톰." 나는 일어섰다. "시간을 내주어서 고맙군."

그도 책상에서 내려왔다. "공연한 질문이나 하고 돌아다니는 건 자네 성에 차지 않을 텐데, 어떤가? 난 지금의 자네와, 스피드와 배짱으로 울타리를 넘나들던 과거의 시드 하레이가 도저히 연결되지가 않아."

"시대는 바뀌었어, 톰."

"뭐, 그거야 그렇지. 하지만 마지막 울타리에 이르러서 말을 뛰어넘게 할 때의 스탠드의 환호성이 그리울 게 분명해." 지난 추억에 의한 흥분이 얼굴에 나타나 있었다. "야아, 멋진 광경이었지! 자네 몸에는 신경이 한 줄기도 없는 것 같았어. 어떻게 그렇게 할 수 있을까 이해가 되질 않았지."

진심으로 칭찬해 준다는 생각은 들었지만 그만두기를 바랐다.

"불운했지, 손이 부러진 것은. 하지만 장애물 경주에선 늘 뭔가가 일어나지 않던가. 등뼈가 부러지거나." 우리는 함께 문 쪽으로 걸어갔다. "장애물 경마를 하는 것은 위험하다는 걸 익히 알고 하는 것이니까."

"맞아."

밖으로 나와서 내 차 쪽으로 걸어갔다.

"하지만 그런 것치고는 그리 힘들진 않은 모양이야, 어떤가? 차를 운전하는 것 같은 건?"

"끄떡없어."

"다행일세." 그는 그렇지 않다는 것을 안다. 안됐다고 생각하고 있으며, 그것을 내게 알리려고 안간힘을 쓰고 있는 것이다. 나는 웃으며 인사를 하고 차에 올라 가볍게 인사를 하고 출발했다.

에인스포드에서는 모두 응접실에서 점심 식사 전의 셰리(특유의 향미가 있는 백포도주. 식전의 술로서 최고로 침)를 마시고 있었다——찰스, 토비와 제니가.

찰스가 피노를 가득 따라주었고, 토비가 마치 돼지우리에서 나온 인간을 보는 듯한 눈길로 나를 쳐다보았다. 제니는 루이스와 통화했다고 했다.

"우리는 당신이 도망친 줄 알았어요. 2시간 전에 내 아파트에서 떠났다고 해서."

"시드는 도망치지 않아."

사실을 진술하는 듯한 어조로 찰스가 말했다.

"그럼, 손을 빼겠군요."

토비는 글라스 너머로 나를 보며 냉소하고 있었다. 암컷을 소유한 수컷이 짝을 잃은 수컷을 보며 득의의 미소를 짓고 있다. 제니가 니콜라스 애시에게 얼마나 마음이 끌려 있었는지 그는 진정으로 알고 있을까? 혹은 알면서도 개의치 않는 걸까?

나는 셰리를 한 모금 마셨다. 지금과 같은 상황에 적합한 드라이한 맛이다. 신맛이 훨씬 어울릴지도 모르겠다.

"이렇게 좋은 걸 어디서 구했지?" 내가 물었다.

"기억이 나지 않아요." 제니는 한 마디 한 마디에 사이를 두어 또박또박 말했다. 방해의 의도가 분명하게 나타나 있었다.

"제니!" 찰스가 타일렀다.

나는 한숨을 쉬었다. "찰스, 경찰이 송장을 갖고 있습니다. 거기에 회사 이름과 주소가 기록되어 있을 겁니다. 올리버 퀘일에게 부탁해서 경찰에 물어보고 제게 알려주십시오."

"그러고말고."

"나는," 제니가 아까와 똑같은 말투로 말했다. "왁스 공급자를 알아서 무슨 도움이 된다는 건지 이해가 되질 않아요."

찰스도 내심 같은 생각인 것 같았다. 나는 설명하지 않았다. 두 사람의 생각이 옳을 가능성이 없지는 않다.

"당신이 오랫동안 질문을 계속 해댔다고 루이스가 말하더군요?"

"호감이 가는 사람이야." 내가 부드럽게 말했다.

늘 그렇듯 제니의 불쾌감이 코에 나타났다. "그녀는 당신 따위는 쳐다보지도 못할 존재에요, 시드."

"어떤 의미에서?"

"두뇌에서요."

찰스가 교묘하게 끼어 들었다. "셰리는? 모두들 함께 들지." 유리병을 들고 모두의 글라스에 따르기 시작했다. 내게 말했다. "루이스는 케임브리지에서 수학이 1등이었다네. 그녀와 체스를 둔 적이 있지. 자네라면 쉽게 이길 걸세."

"그랜드 마스터라고는 하지만," 제니가 말했다. "망상에 휩싸여 있고, 아둔하며, 피해망상을 품는 때가 있는데……."

점심식사가 같은 분위기 속에서 끝나고, 나는 짐을 챙기기 위해 2층방으로 갔다. 슈트케이스에 물건들을 챙겨담고 있으려니 제니가 들어와 서서 보고 있었다.

"그 손은 별로 쓰지 않네요?"

나는 대답하지 않았다.

"어째서 그런 걸 달아 놓은 건지 이해할 수가 없어요."

"그만해, 제니!"

"내 말대로 레이스를 그만두었더라면 팔을 잃는 일은 없었을 걸요?"

"그렇겠지."

"팔이 반이나…… 뭉텅 잘리지도 않고 멀쩡한 팔로 있었을 텐데."

나는 필요 이상으로 힘을 주어 스펀지백을 슈트케이스에 구겨 넣었다.

"레이스가 최고였지. 언제나 레이스. 헌신, 승리, 영광. 그래서 내가 비집고 들어갈 틈은 없었어요. 당연한 업보지요. 우린 지금까지 결혼생활을 했을 테고…… 당신은 팔을 잃지도 않았을 거야……. 내가 원했을 때 레이스를 그만두었더라면. 하지만 당신에겐 챔피언 기수가 되는 게 나보다 중요했지요."

"셀 수도 없이 서로 이야기해 온 거야."

"이젠 당신은 아무것도 없어요. 어느 것 하나도. 이제야 만족하시나요?"

전지를 두 개 넣은 배터리 충전기가 장식장 위에 놓여 있었다. 제니가 소켓에서 플러그를 뽑아서 전지를 넣은 충전기를 침대 위로 내던졌다. 전지와 전선이 달린 채인 충전기가 이리저리 흩어져 침대 커버 위에 뒹굴고 있었다.

"불쾌해요." 그것을 보면서 제니가 말했다. "구역질이 난단 말예요."

"난 익숙해졌어. 어쨌든 어느 정도는."

"별로 신경 쓰지 않는 것 같네?"

잠자코 있었다. 크게 신경에 거슬리고 있는 중이다.

"한 팔인 게 재미있어요, 시드?"

'재미있지'…… 놀랍군!

그녀가 문으로 걸어갔고, 나는 충전기를 내려다보고 있었다. 제니가 문에서 멈춰선 것을 보았다기보다는 느끼고 아직도 뭔가 할 말이 남은 것일까 생각했다.

제니의 목소리가 분명하게 전해져 왔다.

"니키는 양말에 나이프를 꽂고 있어요."

나는 휙 돌아보았다. 제니는 반항과 기대가 뒤섞인 표정을 짓고 있었다. "그게 정말이야?"

"가끔."

"미성년자 같군."

그녀는 화를 냈다. "언젠가는 고통과 골절을 당하게 되리란 걸 알면서 말을 타고 날뛰고 다니는 건 성숙한 인간이 할 짓인가요?"

"그렇게 될 줄은 전혀 몰랐어."

"그래서 당신 생각은 언제나 틀렸다는 거예요."

"이젠 하지 않아."

"그래도 할 수 있으면 할 게 틀림없어요."

대답할 도리가 없었다. 그렇다는 것을 두 사람 다 알고 있었다.

"그리고 당신이 한 일을 좀 봐요. 경마를 그만뒀으면 그 지식을 활용하여 주주 같은 안정된 일을 찾아서 정상적인 인생을 보냈으면 좀 좋아요? 당치도 않지. 당신은 절대로 그런 일은 하지 않을 거예요. 곧장 남과 싸워 폭행을 당하고, 필사적으로 기어 돌아다니는 세계로 뛰어들었지. 당신은 아마 위험이 없어지면 살아갈 수 없을 거예요, 시드. 중독된 거라고. 당신은 그렇지 않다고 생각할지도 모르지만 마약중독과 똑같아요. 당신이 사무실 일을 맡아서 9시에서 5시까지 일하고, 상식이 있는 사람처럼 통근하는 걸 상상해 본다면 내 말뜻을 알 거예요."

나는 잠자코 그 점에 관해 생각했다.

"내 말이 맞지요." 제니가 말했다. "사무실 근무를 하면 당신은 죽고 말 거예요."

"그럼 양말에 나이프를 꽂고 있는 건 얼마나 안전하지? 우리가 처음 만났을 때 난 기수였어. 어떤 일이 일어날 수 있는지 당신은 알고 있었어."

"실정은 몰랐어요. 늘 그런 무시무시한 타박상을 입고, 1년에 반은 식사도, 술도, 섹스도 없는 그런 생활인 줄은 몰랐어요."

"그는 나이프를 보여준 거야, 아니면 어쩌다 보았던 거야?"

"어느 쪽이든 상관없지 않겠어요?"

"그는 십대인 걸로 착각한 걸까……. 아니면 정말로 위험한 사내였을까?"

"당신이야 위험한 인간이길 바라겠지요?"

"당신에 관한 경우는 달라."

"그래…… 봤어요. 작은 칼집을 다리에 끈으로 묶어놓았었어요. 그거에 대해 농담을 했었거든요."

"하지만 당신은 그걸 왜 내게 말하지? 경고인가?"

갑자기 자신감을 잃고 혼란을 일으킨 것 같았다. 1, 2초 지나자 단지 눈살을 찌푸리고 복도를 걸어나갔다.

그게 소중한 니키에 대한 그녀의 관대함에, 처음으로 금이 가기 시작했음을 나타낸 거라면 퍽이나 잘된 일일 것이다.

화요일 아침, 도중에 티코를 태우고 뉴마켓을 향해 북으로 차를 몰았다. 해는 빛나고 바람은 세차며, 소나기가 내릴 듯한 추운 날이었다.

"그런데 어부인과는 어땠어?"

그는 한 번 만난 적이 있다. 잊지 못할 여인이라는 표현을 썼는데, 그 말투가 야릇한 의미를 내포하고 있었다.

"골치 아픈 일이 생겼어."

"임신이라도 했나?"

"트러블은 그 밖에도 여러 종류가 있는 거야."
"하아, 그런가?"
사기, 애시, 나이프 얘기를 했다.
"곤란한 처지로 빨려들었군그래."
"그래, 머리부터 풍덩."
"그런데 우리가 그녀의 먼지를 털어 내 주면 수수료는 들어오는 건가?"
나는 곁눈으로 그를 보았다.
"내 그럴 줄 알았어! 또 공짜 일이야, 그렇지? 하긴 내 돈은 당신이 갖고 있을 테니 걱정 없어. 올해는 뭐야? 크리스마스 이후로 어떻게 한몫은 했나?"
"주로 은(銀)에서지, 그리고 코코아. 샀다가 팔았다가."
"코코아?" 의아하다는 표정을 지었다.
"콩이야, 초콜릿 콩."
"너트 바인가?"
"아냐, 너트가 아냐. 그건 위험해."
"어떻게 그런 일을 할 짬을 내는지 알 수가 없군."
"술집 아가씨를 설득할 정도의 시간밖엔 걸리지 않아."
"대체 그렇게나 돈이 있는데 어째서 돈을 벌어야만 하는 거지?"
"습관이지, 밥을 먹어야 하는 것처럼."
명랑하게 이야기를 주고받는 동안에 뉴마켓에 가까웠다. 지도를 찾고 동네 사람에게 두 번 가량 물어서 마침내 믿기 어려울 정도로 손질이 잘 되어 있는 헨리 슬레이스의 생산목장에 도착했다.
"마구간에서 일하는 사람한테 물어보고 와." 내가 말했다. 티코가 "알았어"라고 대답하고 둘이서 잡초 한 포기 없는 자갈길로 내려섰다. 나는 티코와 헤어져 헨리 슬레이스를 찾으러 갔다. 안채 현관 앞에 있던 청소부가 "요 앞 오른쪽 사무실에 있어요"라고 가르쳐 주었다. 분명 그는 사무실에 있었다. 팔걸이의자에 앉아서 자고 있었다.

내가 가자, 한밤중이라도 걸핏하면 일어나야 했던 사람 특유의 신속함으로 짧은 순간에 완전하게 잠에서 깨어났다. 아직 중년 전의 매우 세련된 사내로, 억세고 터프한데다 빈틈없는 톰 가비와는 완전 딴 세상 사람이었다. 언뜻 들은 소문으로는 슬레이스에게 경주마 생산은 어디까지나 대규모의 사업으로, 암말을 다루는 일 따위는 좀더 아랫사람에게 맡긴다고 했다. 그러나 그가 맨 처음 한 말은 그런 이미지에는 부합되지 않는 것이었다.

"실례했습니다. 거의 밤새도록 잠을 못 잤기 때문에…… 그런데 저, 당신은 누구십니까? 면담 약속이 있었는지?"

"아닙니다." 나는 고개를 저었다. "그냥 만나 뵙고 싶었을 따름입니다. 시드 하레이라고 하는 사람입니다."

"그래요? 그하고는 친척…… 이거 놀랍군! 당신이 그 사람이라니?"

"네, 제가 그 사람입니다."

"뭔가 내가 할 수 있는 일이라도? 커피, 어떠시오?" 눈을 비볐다. "미세스 에반스가 끓여다 줄 겁니다."

"아니, 됐습니다. 드시고 싶으시면 당신은……."

"아닙니다, 용건을 말하시오." 시계를 보았다. "10분이면 되겠습니까? 뉴마켓에서 회의가 있어서."

"실은, 매우 애매한 용건입니다. 당신의 종마 가운데 두 마리의 일반적인 건강상태를 들으러 왔습니다."

"그래요. 어떤 두 마리?"

"그리너와 징갈."

어째서 알고 싶은 걸까? 왜 내가 가르쳐 주어야만 하지? 그런 생각을 한 끝에, 톰 가비와 마찬가지로 그도 어깨를 움츠리면서 말해도 별 지장은 없지 않겠느냐고 결심한 듯했다.

"이런 말을 해서 뭣하지만, 두 마리 다 주식을 사려는 손님에게는 권하지 않는 편이 좋겠소." 그게 내 방문의 진정한 목적이라고 내심 결정하고 그가 말했다. "둘 다 이제 막 5살이 되었지만, 예정된 교배를 제대로 해내기 힘들지도 모르오."

"어째서죠?"

"두 마리 다 심장이 좋질 않소. 운동이 지나치면 금세 지치고 맙니다."

"두 마리가 다요?"

"그렇습니다. 겨우 4살인데 레이스를 그만둔 것은 그 때문이오. 게다가 아무래도 그 뒤로 더 나빠진 것 같소."

"그리너는 다리가 나쁘다는 소문을 어디선가 들었습니다만."

헨리 슬레이스가 낙담한 표정을 지었다. "그래요, 관절염을 앓고 있소. 이 세계에선 뭐든 비밀로 해두는 건 불가능하군." 책상 위에서 알람시계가 요란한 소리를 냈다. 그가 팔을 뻗어 소리를 껐다. "유감이지만 가야만 하겠소." 그는 하품을 했다. "해마다 이맘때는 입은 옷을 벗는 일이 거의 없소이다그려." 책상 서랍에서 전기 면도기를 꺼내 수염을 깎기 시작했다. "그 외엔 물을 게 없소, 시드?"

"없습니다, 대단히 감사합니다."

티코가 차 문을 닫자 우리는 시내로 향했다.

"심장이 나빠." 그가 말했다.

"심장이 나쁘대."

"마치 유행병처럼 말야?"

"수의사 블래저스미스에게 물어보기로 하세."

미들턴로드의 주소를 티코가 읽었다.

"그래, 알아. 전에 포레트의 집이었어. 그가 우리 수의사였거든. 내가 여기 있던 무렵엔 아직 살아 있었는데."

티코가 히죽 웃었다. "네가 마구간 책임자를 따라다니는 코흘리개 견습생이었던 걸 생각하면 왠지 우스워서 말야."

"거기다가 동상도 걸렸었지."

"흐흥, 이제야 사람처럼 여겨지는걸."

나는 16살부터 21살까지 뉴마켓에서 5년을 살았다. 기승 기술, 레이스 방법, 생활 방식을 배웠다. 그 시절의 스승은 대단히 좋은 사람이었고, 그의 아내, 그의 생활 태도, 관리 수완을 날마다 보았기 때문에 나는 뒷골목 출신의 조무래기에서 천천히 코스모폴리턴에 가까운 사람으로 변해 갔다. 내가 큰돈을 벌기 시작하자 그는 돈의 운용 방법, 돈으로 타락을 피하는 생활 방식을 가르쳐 주었다. 그가 고용인의 입장에서 해방시켜 주었을 때, 나는 비로소 그의 마구간에서 훈련을 받음으로써 내가 어떤 사회적 지위를 부여받았음을 알았다. 나는 스승 운이 좋았고, 내가 가장 좋아하는 직업으로 오랫동안 최고의 자리를 차지하는 행운도 누렸다. 때문에 어느 날 그 운이 다한다 하더라도 받아들일 수밖에 없었다.

"옛날 생각을 하는 거겠지?" 티코가 말했다.

"그래."

우리는 넓은 초원을 빠져나와 경마장을 지나서 시내로 향했다. 말은 별로 보이지 않았다. 늦은 아침 운동을 마치고 마구간으로 돌아가는 한 무리의 말떼가 멀리 보였다. 본 기억이 있는 모퉁이를 몇 번 돌아서 수의사 집 앞에서 차를 세웠다.

블래저스미스는 집에 없었다.

급한 용건이라면 베리로드 길가에 있는 마구간에 가면 블래저스미스를 만날 수 있겠지만 급한 일이 아니라면 30분쯤 후면 점심을 먹으러 돌아올 것이라고 했다. 우리는 알았다고 인사를 하고 차 안에서 기다렸다.

"다른 일이 있어." 내가 말했다. "신디케이트를 조사하는 일이야."

"그건 언제나 기수클럽에서 자기들이 직접 하는 줄 알았는데?"

"그래, 맞아. 우리가 의뢰를 받은 일은 신디케이트를 조사하는 기수클럽의 한 사람을 조사하는 일이야."

티코가 한참 생각했다. "그건 좀 까다로울 텐데……."

"그리고 당사자가 알지 못하도록."

"뭐야?"

나는 끄덕였다. "경찰 총경 출신 에디 키스야."

티코가 벌어진 입을 다물지 못했다. "농담이겠지?"

"아냐."

"하지만 그는 경찰관이야. 기수클럽의 경찰이라고."

루커스 웨인라이트의 의심에 관해 말하자 티코는 그의 착각이 틀림없다고 말했다. 이 일은 루커스의 착각 여부를 조사하는 것이라고 내가 설명했다.

"그래서 어떻게 조사할 거지?"

"몰라. 넌 어떻게 생각해?"

"네가 우리 회사의 두뇌일 텐데?"

흙탕투성이의 레인지 로버가 미들턴로드를 달려와서 블래저스미스의 집 입구로 들어왔다. 티코와 나는 동시에 시미터에서 내려서, 로버에서 뛰어내린 트위드 윗옷을 입은 사람 쪽으로 걸어갔다.

"미스터 블래저스미스 씨죠?"

"그렇소만, 무슨 일이지요?"

젊고 어딘가 지쳐 보이는 사람으로, 누군가에게 쫓기기라도 하는 것처럼 끊임없이 어깨너머로 뒤를 보고 있었다. 시간에 쫓기는 것이리라고 나는 생각했다. 시간은 늘 부족한 법이다.

"4, 5분만 시간을 내주시지 않겠습니까?" 내가 말했다. "이쪽은 티코 번스, 저는 시드 하레이입니다. 두세 가지 물어볼 것이 있습니다만."

내 이름을 듣자 곧장 시선이 내 손 쪽으로 옮겨가 왼손을 보고 있었다.

"근전(筋電) 보철 의수를 한 사람이군요?"

"예…… 그렇습니다."

"그럼 들어갑시다. 보여주겠소?"

그가 방향을 바꿔 재빨리 집 옆의 문으로 걸어갔다. 나는 그 자리에 우뚝 선 채로 여기 온 것을 후회했다.

"가자고, 시드." 수의사를 따라가면서 티코가 말했다. 뒤로 돌아서서 멈췄다. "그가 바라는 것을 들어주면, 우리가 바라는 것도 들어줄지 모르잖아?"

일종의 교환인데, 나는 대가가 마음에 들지 않았다. 마지못해 티코를 따라 들어가자 그곳은 블래저스미스의 진찰실이었다.

블래저스미스가 계속해서 전문적인 질문을 하고, 나는 의족 센터에서 익힌 무표정한 투로 대답했다.

"손목을 돌릴 수 있소?" 블래저스미스가 말했다.

"그래요, 조금." 돌려 보였다. "속에, 팔 끝에 씌우는 일종의 컵 같은 것이 있는데 거기에 달린 전극이 돌리라는 지시를 받습니다."

팔을 떼어내 보여주길 바란다는 것은 알지만 나는 그렇게 할 생각은 없었으며, 그도 또한 부탁해봐야 소용이 없음을 알고 있었다.

"팔꿈치에 꼭 맞게 되어 있군요." 죄고 있는 끝 가장자리를 만지면서 그는 말했다.

"떨어지지 않도록."

진지한 표정을 지으며 그는 고개를 끄덕였다. "채우고 푸는 것은 간단한가요?"

"간단합니다." 내가 짧게 대답했다.

티코가 입을 열었지만 조용히 있으라는 나의 눈짓을 알아채고는 입을 다물어, 다시 푸는 데 애를 먹는 일이 종종 있다는 소리는 하지 않았다.

"말에다 채울 생각입니까?" 티코가 물었다.

블래저스미스가 피곤이 가시지 않은 얼굴을 들고 진지한 말투로 대답했다.

"기술적으로는 완전하게 기능하는 것 같지만, 전극에 신호를 보내도록 말을 훈련시키는 일이 가능할지 여부가 의심스럽고, 그만한 비용을 들일 가치가 있는지도 의문이군요."

"농담삼아 해본 말입니다." 티코가 가느다란 목소리로 말했다.

"엉? 아, 그랬나? 하지만 말이 의족을 차는 건 전례가 없는 일은 아니오. 전에 어디선가 읽었는데 굉장히 고가인 암말의 앞다리에 의족을 끼우는데 성공했다고 하더군. 그 뒤에 교배를 시켜 온전한 새끼를 낳았다는 거요."

"그래요." 티코가 말했다. "실은 그 일로 왔습니다요. 종빈마(種牝馬), 즉, 그 씨암말은 죽어버렸어요."

블래저스미스가 마지못해 의수에서 눈을 떼고 심장이 나쁜 말 얘기로 주의를 돌렸다.

"베세스더." 소매를 내려 커프스 단추를 채우면서 내가 말했다.

"베세스더?" 이마에 주름을 모으면서 지친 얼굴에 걱정스런 표정을 띄웠다. "미안하네. 생각이 나질 않는군……."

"조지 캐스퍼 목장에 있던 젊은 암말입니다." 내가 말했다. "3살짜리 무적의 상태였던 경주마가 4살이 되자 심잡음으로 레이스에 나갈 수 없게 되었지요. 목장으로 보내졌는데 새끼를 낳다가 심장이 멎어 버렸습니다."

"그건," 그가 불안에 슬픔을 더한 표정으로 말했다. "참으로 안됐군요. 사실 난 불쌍하다고는 말하지만 너무도 많은 수의 말을 진찰하고 있고, 또 이름을 모르는 경우가 종종 있어요. 이건 보험에 관한 일인가, 아니면 누군가의 과실인가? 왜냐하면 나는……."

"아닙니다." 나는 분명하게 말했다. "그게 아닙니다. 그러면 그리너와 징갈을 진찰한 것은 기억합니까?"

"물론, 기억하지요. 그 두 마리는 조지 캐스퍼로서는 대단히 유감스런 일이었지. 완전히 기대를 벗어났으니까요."

"그 두 마리에 관해 가르쳐 주십시오."

"실은 할 말이 거의 없어요. 두 마리 다 3살 경주마 때엔 굉장히 상태가 좋았다는 것 이외엔 특별하게 달라진 점은 없었지요. 솔직히 말하면 그 자체가 트러블의 원인이었는지도 모르지만."

"무슨 의미입니까?" 내가 물었다.

그는 신경질적으로 고개를 가늘게 움직이면서, 당사자가 들으면 기분 나빠할 만한 의견을 털어놓았다.

"캐스퍼 같은 초일류 조교사에 관해 이런 얘기를 하는 것은 물론 마음이 내키질 않지만, 3살짜리 경주마의 심장에 과도한 부담을 가하는 것은 극히 쉬운 일이지요. 우수한 3살짜리 경주라면 톱클래스의 레이스에 내보내, 종마로서의 가치와 그 밖의 것들을 계산에 넣어서 이기기 위해 엄청난 압력이 가해지지요. 또한 기수는 물론 지시대로 말을 타겠지만 어린 말에게 무리를 시켜 이기기는 하지만 동시에 말의 장래성에 손상을 입히게 되고 말지요."

"그리너는 돈카스터 퓨튜리티에서 굉장히 경주로가 안 좋았음에도 이겼지요." 나는 생각하면서 말했다. "나는 그 레이스를 보았어요. 무척이나 힘든 레이스였지요."

"맞아요." 블래저스미스가 말했다. "하지만 난 레이스 뒤에 그 말을 철저하게 조사했어요. 심장 장애는 갑작스레 시작된 게 아니더군요. 사실은 기니에 출장하기까지는 그런 경향은 전혀 나타나지 않았지요. 그런데 그 레이스에서 기진맥진한 상태로 돌아왔어요. 우리는 처음엔 바이러스가 아닐까 생각했는데, 며칠 뒤에 심하게 불규칙적인 심박이 시작되었기 때문에 원인이 명확해졌던 거에요."

"어떤 바이러스요?" 내가 물었다.

"글쎄…… 기니 레이스가 있었던 저녁나절에 아주 조금 열이 있었어요. 말의 '인플루엔자'나 뭐 그런 거에 걸린 듯한 열이었지요. 하지만 심해지진 않았어요. 때문에 그게 원인은 아니었지요. 역시 심장이었던 거요. 하지만 우린 그걸 미리 알 수는 없었어요."

"심장 장애를 일으키는 말의 퍼센티지는 어느 정도입니까?"

통상적인 얘기가 나오자 심하게 불안해하던 모습은 사라지고 자신에 넘친 말투가 되었다.

"아마 10퍼센트쯤. 하지만 그게 늘 문제가 되는 건 아니오. 마주는 그런 말을 사고 싶어하지 않지만, 심잡음이 있는데도 챔피언 허들에서 우승한 나이트 나스의 예가 있거든요."

"하지만 심장이 나쁘기 때문에 레이스를 그만둬야만 하는 말은 어느 정도나 있습니까?"

그는 어깨를 으쓱했다. "100마리 가운데 2, 3마리 있으려나?"

조지 캐스퍼는 해마다 130마리 가량을 훈련시킨다는 생각을 했다.

"일반적으로 말해서 조지 캐스퍼의 말은 다른 조교사의 말보다 심장이 나빠지기 쉬운 경향이 있습니까?"

불안이 단박에 되살아났다.

"그 질문에 답해야 할지 어떨지 난 모르겠군요."

"가령 아니라면 어째서 그렇게 어렵게 생각하나요?"

"당신이 질문하는 목적이……."

"의뢰인이," 스스로도 켕길 정도로 거짓말이 입을 타고 술술 나왔다. "무척이나 우수한 2살짜리 경주마를 조지 캐스퍼의 마구간에 맡겨야 할까 어쩔까 알고 싶어합니다. 그 사람에게서 그리너와 징갈에 관해 조사해 달라는 의뢰를 받은 것이죠."

"그랬나요. 그래, 이제 그의 목장엔 심장이 나쁜 말은 없다고 봐요. 걱정될 만한 상태의 말은. 물론 캐스퍼는 굉장히 우수한 조교사지요. 당신의 의뢰인이 2살짜리 경주마에게 그다지 욕심을 부리지 않는다면 위험은 전혀 없을 겁니다."

"대단히 감사합니다." 나는 일어나서 악수를 했다. "트라이 나이트로의 심장은 괜찮겠지요?"

"괜찮아요. 건강 그 자체지요. 심장 소리가 공 소리처럼 드높고 분명하거든요."

6

"문제는 그걸로 끝이겠군." 화이트 하트 호텔에서 맥주와 파이를 앞에 놓고 티코가 말했다. "한 건 종료. 미세스 캐스퍼는 생각이 짧았던 것 같아. 조지 캐스퍼의 어린 말에게 손을 댈 사람은 그밖에 달리 없거든."

"그 말을 들으면 그녀는 기분이 상할 거야."

"말하라고?"

"지금 곧. 그렇다는 확신이 들면 그녀도 안심이 될지 몰라."

그래서 조지 캐스퍼의 집으로 전화를 걸어서 나는 미스터 번스인데 로즈마리와 통화하고 싶다고 말했다. 그녀가 나와서 모르는 사람에게서 걸려온 전화에 응대할 때의 묻는 투로 '여보세요'라고 했다.

"미스터…… 번스?"

"시드 하레이입니다."

곧장 불안에 휩싸였다. "당신과 통화할 수 없어."

"그럼 어딘가에서 만날 수 있겠습니까?"

"물론 안 돼. 런던에 갈 이유가 없어."

"댁에서 가까운 동네에 있습니다. 말씀드릴 게 있어요. 그리고 변장이나 그럴 필요는 없습니다."

"뉴마켓에서 당신과 함께 있는 것을 남에게 보일 생각은 추호도 없어."

그렇지만 결국 차를 타고 나와 티코를 태우고, 그녀가 말하는 곳으로 가기로 동의했다. 티코와 나는 지도를 살펴 편집광의 정신상태를 진정시킬 만한 곳을 찾았다. 노위치 방향으로 8마일쯤 가는 버튼밀스에 있는 교회였다.

문 앞에 두 대를 나란히 주차하고 로즈마리와 나는 묘지 안을 걸었다. 요전과 똑같이 황갈색의 레인코트에 스카프를 걸치고 있었으나, 이번엔 가발은 없었다. 밤색의 머리칼이 바람에 나부껴 초조한 듯이 부풀어 올랐다. 내 아파트로 왔던 때만큼 긴장하고 있지는 않았으나, 행동거지에 필요 이상의 힘이 들어가 있었다.

나는 각각의 목장에서 톰 가비와 헨리 슬레이스를 만난 일을 얘기했다. 블래저스미스를 만난 것도 알렸다. 그들이 한 말을 했다. 그녀는 잠자코 듣고는 고개를 저었다.

"그 말들에게 누가 손을 댔어." 그녀는 강경하게 말했다. "나는 확신해."

"어떻게요?"

"몰라." 목소리가 높아지고, 입가의 근육이 실룩대며 흥분의 정도를 나타냈다. "하지만 난, 당신한테 말했어. 그들은 트라이 나이트로에게 뭔가를 할 거라고 말야. 다음 주 오늘이 기니 레이스야. 어떻게 해서든지 당신은 앞으로 1주일 동안 그 말들을 지켜줘야 해."

우리는 쓸쓸하고 조용한 무덤과 비바람에 바랜 회색 묘비 옆의 작은 길을 걸었다. 묘지의 풀은 깎았지만 꽃은 없으며, 참배하는 사람도 없었다. 이곳에 묻힌 사람들은 옛날에 죽은 사람들로 이미 오래전에 잊혀진 것이다. 지금은 슬픔이나 눈물은 교외의 시영 묘지로 옮겨져 다갈색 흙무덤, 색깔도 선명한 꽃다발, 비탄의 원천이 정연하게 늘어서 있다.

"조지는 트라이 나이트로의 경비를 두 배로 했다지요?"

"그런 건 몰라. 바보 같은 소린 하지 마."

나는 마음이 내키지 않았으나 말했다. "보통의 상태라면 그는 기니 레이스 전에 트라이 나이트로에게 꽤 혹독한 운동을 시킬 테지요. 아마도 토요일 아침쯤에."

"그럴 거야. 그게 무슨 뜻이야? 왜 묻지?"

"그게……." 나는 말을 끊고, 전혀 엉뚱한 생각을 앞뒤도 재보지 않고 입 밖에 내는 게 현명한 방법일까를 깊이 생각했다. 어쨌거나 피해볼 방법은 없다고 판단했다.

"얘기해." 날카로운 목소리로 그녀가 말했다. "무슨 의미야?"

"당신은…… 그러니까…… 트라이 나이트로에게 마지막 연습을 시킬 때, 반드시 모든 점에서 그가 주의를 기울이게 해왔습니다." 잠깐 사이를 두었다. "안장을 살피라……같은 말을."

로즈마리가 거센 말투로 말했다. "무슨 말을 하려는 거야? 부탁이니까 분명하게 말해 줘. 모호한 말은 그만 하고."

"레이스를 목전에 두고 연습을 지나치게 시켜서 패배한 예도 많이 있어요."

"물론이지." 그녀는 초조한 듯이 말했다. "그런 건 누구나 알아. 조지는 절대로 그렇게는 하지 않아."

"혹시 그때 안장에 납이 채워져 있다면 어떻게 될까요? 가령 4살짜리 경주마가 50파운드의 무게를 등에 진 채로 격렬한 달리기를 하게 된다면 어떻게 되겠습니까? 그리고 그 며칠 뒤 기니에서 다시 혹독한 위압적인 상태에서 달리게 된다면? 그래서 심장이 상하게 된다면?"

"맙소사!" 그녀가 말했다. "오, 하느님!"

"징갈과 그리너가 그랬다는 얘긴 아닙니다. 다만 어느 정도는 그럴 가능성이 있다는 얘기지요. 그리고 만일 그렇다면…… 마구간 내부의 누군가가 관련되어 있음에 틀림없습니다."

그녀는 다시 온몸을 떨기 시작했다.

"어떻게든 계속해 줘. 부탁이니까 할 수 있는 모든 것을 해 줘. 돈을 약간 가져왔어." 레인코트의 주머니에 손을 넣어 자그마한 갈색 봉투를 꺼냈다. "현금이야. 수표를 줄 순 없으니까."

"아직 받을 만한 일을 하지 않았습니다."

"아니, 했어. 받아 줘."

그녀가 하도 우기는 바람에 결국 나는 봉투를 봉한 채로 주머니에 넣었다.

"조지와 의논하게 해 주십시오."

"안 돼. 그는 몹시 화를 낼 거야. 내가 하겠어. 연습에 대해 경고하겠다는 뜻이야. 그는 내가 머리가 이상해졌다고 생각하긴 하지만 끈질기게 얘기하면 주의를 기울일 거야." 시계를 들여다보고는 동요의 기미가 더 강해졌다. "이제 돌아가야 해. 들판을 산책하고 오겠다고 했거든. 한 번도 그런 적이 없었어. 돌아가지 않으면 모두가 의심을 할 거야."

"누가 의심을 한다는 겁니까?"

"물론, 조지야."

"그는 당신이 있는 곳을 언제나 알고 있나요?"

우리는 꽤나 서둘러서 묘지 정문으로 돌아왔다. 로즈마리는 당장이라도 달려나갈 기세였다.

"우린 늘 얘기하거든. 그는 어디에 갔었느냐고 묻지. 뭘 의심해서가 아니라…… 그냥 습관에 지나지 않아. 당신도 경마 관계자의 집이 어떤지 잘 알 테지. 마주들이 아무 때나 찾아오잖아. 조지는 그런 경우에 대비해 집에 있길 바라는 거야."

차를 놓아둔 곳에 이르렀다. 로즈마리는 안절부절못하면서 이별을 고하고 급히 서둘러 집으로 차를 몰았다. 시미터 안에서 기다리던 티코가 말했다. "여긴 정말 조용하군. 유령도 따분할 거야."

나는 그의 무릎 위에 로즈마리의 봉투를 놓았다. "액수를 세어봐." 시동을 걸면서 말했다. "얼마나 벌었는지 봐 줘."

그가 봉투를 뜯어 고액권 색을 띤 돈다발을 꺼내고는 세기 시작했다.

"하아!" 세기를 마치고 그가 말했다. "그녀는 머리가 이상한 거 아냐?"

"일을 계속해 주길 바라는 거야."

"그렇다면 이게 뭔지 당신도 알겠군." 돈다발을 쫙 훑으면서 그가 말했다. "세게 죄는 돈이야. 그만두고 싶어하는 사람의 엉덩이를 때리기 위한."

"효과는 있는 것 같군."

우리는 로즈마리의 장려금 일부로 뉴마켓 호텔에 방을 얻고 바를 돌아다녔다. 티코는 마부들이 잘 가는 곳으로, 나는 조교사들이 드나

드는 곳으로 갔다. 화요일 밤이어서 어디나 조용했다. 나는 흥미 있는 이야기는 아무것도 듣지 못한 채 위스키만 실컷 마셨고, 티코는 딸꾹질을 선물로 받았을 뿐 아무런 수확도 없이 돌아왔다.

"잉키 풀이라고 들은 적이 있어?" 그가 말했다.

"노래야?"

"아냐, 조련기수야. 그럼, 조련기수란 또 뭐야? 내 아들 티코야, 조련기수란 건 말야, 조교장에서 말을 타는 마부란다."

"너무 취했군 그래."

"당치도 않아. 조련기수란 건 또 뭐지?"

"방금 당신이 지금 말한 대로야. 레이스에선 그리 도움이 되지 않지만 마구간에서 연습할 때는 가장 좋은 말을 타는 사람이지."

"잉키 풀이," 하고 그가 말했다. "조지 캐스퍼의 조련기수야. 연습장에서 트라이 나이트로에 타는 게 잉키 풀이야. 너, 누가 트라이 나이트로에 타는지 알아보라고 나한테 말하지 않았어?"

"그래, 말했지. 그렇지만 자넨 너무 취했어."

"잉키 풀, 잉키 풀."

"그와 얘기를 한 거야?"

"만나지도 않았어. 마부들이 가르쳐준 거야. 조지 캐스퍼의 조련기수 잉키 풀."

아침 운동을 보기 위해 나는 7시 반에 쌍안경을 목에 걸고 워렌 힐로 걸어갔다. 혹독한 추위 때문에 스웨터를 몇 장이나 껴입고 털실로 짠 모자를 쓴 채 3마리 말을 맡아 보살피던 때가 아득하게 느껴졌다. 기숙사에서 먹고 자면서, 바지는 늘 부엌 빨랫줄에 걸려 있던 시절로부터 오랜 세월이 흐른 듯한 기분이 드는 것이었다. 손이 얼고, 목욕도 제대로 못하고, 쉴새없이 욕을 얻어먹고, 앞으로 나아지리라는 희망은 전혀 없었다.

16살 무렵의 그런 생활도 상당히 즐겁게 여겼던 것은 말 때문이었다. 그 아름답고 멋진 동물의 반응과 본능은 인간과는 물과 기름만큼이나 다른 차원으로 작용했고, 비록 쌍방이 서로 접촉하는 일은 있어도 뒤섞이는 적은 없었다. 그들의 감각과 의식에 관해 다소나마 아는 것은 문짝을 여는 정도에 불과해 눈으로 보고 의미의 반을 알 수 있는 외국어와 마찬가지였지만, 그를 위해 필요한 청각과 후각이 결여되고 텔레파시 능력이 불충분한 때문에 완전히 이해하는 것은 화가 날 정도로 곤란했었다.

한창 레이스 중에 내가 가끔 말과 일체감을 맛보았던 것은 말이라는 열등 동물에게 부여하는 선물이었다. 또한 이기기 위한 나의 열의가 내게서 말에게로 향하는 선물이었는지도 모른다. 선두에 서길 바라는 충동은 말이 갖고 태어난다. 그들에게 가는 길과 그 시기를 가르치기만 하면 된다. 대부분의 장애물 기수와 마찬가지로 나도 상식의 틀을 일탈할 만큼 말을 부추겼다고 할 수 있으리라.

내게 히스 내음과 광경은 선원들의 바닷바람과 마찬가지다. 나는 깊이 그 내음을 들이켜 폐부를 채우고 눈을 즐겁게 하여 만족감에 젖어들고 있었다.

각 운동 그룹마다 눈을 빛낸 조교사가 붙어 있었다. 조교사들은 차로, 말로, 혹은 도보로 다닌다. 나는 몇몇 조교사에게서 "안녕하시오, 시드"라는 인사를 받았다. 미소를 띤 몇몇 사람은 나를 만난 것을 마음 깊은 곳으로부터 기뻐했으며, 서두룰 필요가 없는 몇몇 사람은 멈춰 서서 말을 걸어오기도 했다.

"시드!" 체중 초과가 될 때까지 몇 년 동안 내가 평지경마로 자주 기승 의뢰를 받았던 조교사가 외쳤다. "시드, 요즘은 이쪽에 왜 얼굴을 내밀지 않나?"

"유감스럽게 생각합니다." 내가 웃으면서 말했다.

"우리한테 와서 운동으로 타지 않겠나? 요 다음에 왔을 때 전화를 해 주게, 준비할 테니."

"정말입니까?"

"물론 진심이지. 다만 자네가 타고 싶다면 얘기야."

"꼭 부탁드립니다."

"알았네. 이거 매우 기쁜 일인걸. 잊지 말게나." 손을 흔들면서 말을 몰고 가서, 해파리처럼 흐느적흐느적 안장에 타고 있는 마부에게 호통을 쳤다. "네가 주의를 기울이지 않으면, 말이 네게 주의를 기울일 턱이 없잖아?"

소년은 꾸지람을 듣는 20초 동안, 예의바르게 안장에 앉아서 듣고 있었다. 저 소년은 이곳 뉴마켓이라는 인생의 역에서 출발해 크게 성장할 게 분명하다고 나는 생각했다.

수요일 아침은 각 마구간이 말을 훈련하기 때문에 언제나처럼 관심이 많은 구경꾼들이 여기저기에 나와 있었다. 마주, 기자, 도박사의 정찰꾼 등등이다. 새싹이 쑥쑥 솟아나듯 쌍안경이 나타나고, 자기만 아는 속기로 메모를 하고 있다. 추운 아침이지만 새로운 시즌이 차츰 열기를 띠기 시작하는 것이다. 목적을 향해 매진하는 활기로 가득 찬 분위기가 자욱했다. 하나의 산업이 근육을 과시하고 있다. 돈, 이익, 세금이 넓은 써포크 하늘 아래서 돌고 돈다. 과거와 다른 형태를 취하고 있긴 하지만 나도 그 일부다. 제니가 했던 말은 옳다. 사무실 근무를 했더라면 죽어버렸을 게 틀림없다.

"좋은 아침, 시드."

돌아보니 말에 탄 조지 캐스퍼가, 베리 로드의 그의 마구간으로부터 관목 옆으로 내려오는 말의 행렬을 물끄러미 바라보고 있었다.

"좋은 아침입니다, 조지."

"얼마나 머물러 있을 것인가?"

"하루나 이틀."

"우리한테 알려주었더라면 좋았을 텐데. 언제든지 비어 있는 침대가 있어. 로즈마리에게 전화해 주게."

눈은 말의 행렬을 향한 채였다. 의례적인 초대이며, 받아들이지 않는 것이 전제가 되어 있다. 지금의 말을 곧이들었다간 로즈마리는 기절할 게 틀림없다는 생각이 들었다.

"트라이 나이트로는 저 가운데 있습니까?"

"그래, 앞에서부터 여섯 번째야." 구경꾼을 둘러보았다. "트레버 딘스게이트를 어딘가에서 보지 못했나? 오늘 아침에 런던에서 오겠다고 했는데."

"아직 보지 못했습니다." 나는 고개를 저었다.

"저 안에 그의 말이 두 마리 있어. 운동하는 걸 보러 오기로 되어 있거든." 어깨를 으쓱했다.

"빨리 안 오면 볼 수 없게 될텐데."

나는 속으로 미소를 지었다. 조교사 가운데는 의뢰인이 도착할 때까지 운동을 지연시키는 사람이 있을지도 모르지만 조지는 절대로 그렇게 하지 않는다. 마주들은 그의 호의를 받기 위해 줄을 서고, 그의 코멘트를 보물이나 되는 듯 고마워한다. 유력자인 트레버 딘스게이트라 하더라도 그 수많은 사람 중에 하나에 지나지 않는다. 내가 쌍안경을 집어들고 보니, 40여 마리의 말 행렬이 다가와 원을 그리기 시작하면서 경사진 연습장을 사용할 차례를 기다리고 있었다. 조지의 앞 마구간은 거의 끝나가고 있었고, 다음이 조지의 순서이다.

트라이 나이트로를 타고 있는 마부는 두터운 올리브색 재킷에 목에는 빨간 스카프를 두르고 있었다. 나는 쌍안경을 내려 원을 달리고 있는 그에게로 눈을 집중해 다른 구경꾼과 마찬가지의 호기심을 가지고 그가 타고 있는 말을 보았다. 자태가 반듯하고 밝은 갈색 털에,

몸이 충분히 발달되어 있으며, 어깨가 힘차고 흉곽이 크다. 그러나 기니 레이스와 더비에서 누구나가 인정하는 우승후보가 여기 있다고 지붕에서 외칠 만한 말로는 보이지 않는다. 시쳇말로 몰랐으면 그냥 지나치고 말 그런 녀석이다.

"사진을 찍어도 되겠습니까, 조지?"

"좋을 대로."

"감사합니다."

나는 요즘 어딜 가든지 대부분의 경우 호주머니에 카메라를 넣고 다닌다. 16밀리 자동측광 렌즈가 가격의 대부분을 차지한다. 내가 주머니에서 꺼내 보이자 그가 고개를 끄덕였다. "원하는 대로 찍도록 하게."

그가 참을성 강한 말을 재촉해 말떼 쪽으로 몰고 가서 아침 운동을 시작했다. 훈련할 때 마구간에서 타고 온 마부가 반드시 기승하지는 않으므로 언제나 그렇듯이 좋은 말에 우수한 마부를 태우기 위해 교체가 이루어지고 있었다. 빨간 스카프의 소년이 트라이 나이트로에서 내려와 말을 세우고, 소년보다 훨씬 나이가 위인 마부가 탔다.

나는 말떼로 다가가 소문난 명마의 사진을 3, 4장 찍고, 한층 다가가 기승자의 사진을 2장 찍었다.

"잉키 풀!"

어느 시점에서 그가 6피트 가량 떨어진 주위를 돌았을 때, 내가 말했다.

"그래." 그가 말했다. "뒤를 조심해. 거긴 말이 지나는 곳이야."

적당히 쌀쌀맞은 말투였다. 조금 아까 내가 조지와 이야기하는 모습을 보지 않았더라면 쫓아냈을 게 틀림없다. 나는 세상 모두를 원망하는 듯한 저 태도는 기수로서 늘 눌려 있어 역경에서 헤어나지 못하는 때문인지 아니면 그 결과인지를 생각하면서, 어쨌거나 동정을 느졌다.

자동차 한 대가 고속으로 달려와 급정거를 하자 가까이 있던 말들이 깜짝 놀라 재빠르게 물러났다. 마부들도 놀라고 화가 나서 호통을 쳤다.

트레버 딘스게이트가 재규어에서 내려서서 문을 내동댕이치듯이 닫는 덤까지 덧붙였다. 주위의 모든 사람들과 대조적인 도회풍의 차림새로, 앞으로 있을 중역회의에 출석하는 모양이었다. 검은 머리칼을 정성스레 넘기고, 수염을 말끔히 깎고, 구두는 유리처럼 반들거렸다. 나는 권력자의 발 밑에 앉아서 얼마 되지 않는 내던져진 은혜를 마음에도 없는 웃음소리를 내면서 줍는 그런 행동은 별로 좋아하지 않기 때문에, 내 쪽에서 자진해서 교제를 청할 만한 상대는 아니지만, 그는 경마계에서 결코 무시할 수 없는 존재임에는 틀림없다.

거물 도박사는 좋은 방향으로 적극적인 영향을 미칠 수가 있으며, 실제로 그렇게 하는 경우도 종종 있다. 다만 그것도 토털라이제이터(경마에 거는 돈을 표시하는 기구)만을 인정한다면——동시에 과세율을 낮춘다면——도박사의 돈벌이가 경마계로 환원될 것임을 주장하는 세력의 압력에 저항해, 나는 살아남기 위해 그들이 취하지 않을 수 없는 자세에 지나지 않는다고 빈정대는 기분으로 생각했다. 트레버 딘스게이트는 신종 도박사의 전형이다. 세상 물정에 밝고, 일류들과 교제를 추구하고, 도회적인 표정을 짓고, 귀족들을 추종한다.

"안녕하신가." 나를 보고 트레버 딘스게이트가 말했다. "켐프턴에 있더니…… 조지의 말이 어디 있는지 알고 있나?"

"바로 저기에." 내가 손으로 가리켰다. "조금만 늦었으면 못 볼 뻔했습니다."

"차가 막혔어."

쌍안경을 덜렁덜렁 손에 들고 풀 위를 걸어 조지 쪽으로 갔다. 조지가 짧은 말로 인사를 하고, 나와 함께 연습을 보라고 했는지 빈틈없는 체구에 자신감을 잔뜩 보이며 다시 돌아와 내 옆에 섰다.

"나의 두 마리가 제1군으로 간다고 조지가 말했어. 말의 상태는 자네에게 물어보면 알 거라고 하더군. 건방진 녀석이야. 나도 눈이 있어. 그렇잖아? 그는 언덕 위로 갈 모양이야."

나는 고개를 끄덕였다. 조교사는 곧잘 언덕의 중간까지 올라가서 본다. 눈앞을 통과하는 말의 움직임을 살피기에 매우 적합하기 때문이다.

출발점에서 네 마리가 위치에 섰다. 트레버 딘스게이트가 쌍안경의 초점을 맞췄다. 붉고 가느다란 줄무늬가 들어간 얇은 감색 옷. 깔끔하게 손질된 손, 금 커프스, 오닉스 반지는 요전에 만났을 때와 같다.

"당신 말은 어느 것입니까?"

"저 밤색 털 두 마리야. 발목이 흰 것이 피나포어지. 다른 1마리는 별것 아냐."

별것 아닌 것은 광대뼈가 짧고 엉덩이가 둥글다. 가까운 시일 안에 훌륭한 장애물 경주마가 될지도 모른다고 나는 생각했다. 휘핏(whippet, 그레이하운드에 테리어를 교배하여 소형 경주견으로 개량된 품종) 같은 체구의 피나포어보다는 다른 녀석의 몸집이 나는 좋았다. 조지의 신호로 네 마리가 일제히 출발했고, 네 마리 모두 정상까지 쾌속마의 혈통을 보였다. 피나포어가 손쉽게 차이를 벌렸고, 별것 아닌 말은 주인의 평가를 증명했다. 트레버 딘스게이트가 한숨을 쉬면서 쌍안경을 내렸다.

"생각대로군. 아침식사를 하러 조지의 집으로 갈 건가?"

"아닙니다, 오늘은 가지 않습니다."

그가 다시 쌍안경을 들어올려 좀더 가까운 목표——원을 돌고 있는 말에게로 초점을 맞췄는데, 그 각도로 판단컨대 말이 아니라 기승자를 보고 있었다. 쌍안경의 움직임이 잉키 풀에서 정지했다. 쌍안경을 내리고 육안으로 트라이 나이트로를 보고 있었다.

"앞으로 1주일이군요." 내가 말했다.

"멋진 모습이야."

나는 어느 도박사나 마찬가지로 그도 최고 인기마가 기니에서 패배하면 기뻐할 게 틀림없다고 생각했으나, 그의 말투에서는 위대한 말에 대한 감탄밖에는 느껴지지 않았다. 트라이 나이트로의 차례가 되어 조지의 신호로 다른 두 마리와 엄청나게 빠른 페이스로 출발했다. 잉키 풀이 정말로 조용하게 타고 있어서, 상상되는 급료의 10배는 값어치가 있는 뛰어난 기술로 기승을 하는 것을 보고 나는 흥미를 느꼈다. 우수한 조련기수는 과소평가 되어 있다. 서툰 기수는 말의 입, 기질, 그리고 경력을 엉망으로 만들 가능성이 있다. 마구간의 격을 생각하면 조지 캐스퍼가 최고의 조련기수를 고용하는 것은 당연하다.

오늘 훈련은 오는 토요일 아침, 라임키른즈라는 거리가 길고 미끄러운 지면에서 행해지는 것 같은 격렬한 달리기 연습은 아니었다. 워렌 힐의 오르막 경사는 느린 구보라도 상당히 고되다. 트라이 나이트로는 힘들어하는 모습은 전혀 보이지 않고, 앞으로 6번을 반복해도 걱정이 없을 듯한 느낌으로 정상에 이르렀다.

대단한 말이라고 나는 생각했다. 기자들도 같은 생각인 듯, 노트에 한창 뭔가를 적고 있었다. 트레버 딘스게이트는 당연히 깊은 생각에 빠진 듯한 표정을 지었고, 언덕을 내려와 우리 옆에서 말을 멈춘 조지 캐스퍼는 어떠냐고 말하는 듯한 만족스런 표정을 짓고 있었다. 기니 레이스는 이겼다는 그런 느낌이었다.

운동을 마친 말이 언덕을 걸어 내려와서 원을 도는 무리에 참가했고, 조련기수들이 말을 바꿔 정상으로 향했다. 트라이 나이트로는 처음 왔을 때의 올리브색 재킷에 빨간 스카프를 두른 마부가 탔고, 얼마 안 있어 모든 말들이 귀로에 들어섰다.

"대충 이렇다네." 조지가 말했다. "용무는 보았는가, 트레버? 아침식사나 하러 갈까?"

두 사람이 내게 목례를 하고 한 사람은 차로, 한 사람은 말로 돌아갔다. 그러나 나는 줄곧 잉키 풀에게 주목하고 있었다. 그는 4차례나 언덕을 올랐고, 기분이 우울한 듯한 표정으로 멈춰서 있는 자동차 쪽으로 걸어갔다.

"잉키," 내가 따라가서 말했다. "트라이 나이트로의 달리기 연습 …… 멋졌어."

불쾌한 표정으로 나를 보았다. "난, 아무것도 할 말이 없소."

"난 기자가 아냐."

"당신이 누군지 알아요. 레이스에 나갔을 때 보았지. 누구라도 마찬가질 거요." 적의가 담긴, 조롱하는 듯한 말투였다. "무슨 용건이지요?"

"작년 요맘때의 그리너와 비교하면 트라이 나이트로는 어떻지?"

후드가 달린 방한용 외투의 지퍼가 달린 호주머니에서 자동차 열쇠를 꺼내 열쇠구멍에 넣었다. 나에게 보이는 얼굴 표정은 꽤나 비협조적인 느낌이었다.

"그리너도 기니 1주일 전에 오늘과 비슷한 느낌이었는지?"

"당신과는 아무 얘기도 하지 않겠소."

"징갈은 어땠지? 아니면 베세스더는?"

차 문을 열고 운전석에 올라타 적의로 가득 찬 눈으로 나를 쏘아보았다.

"꺼져버려!" 쾅당 문이 닫혔다. 시동을 걸고 세찬 기세로 달려갔다.

티코는 아침식사 시간에 일어나 있었으나 휴게실에서 머리를 감싸쥐고 앉아 있었다.

"그렇게 힘찬 모습을 보일 것 없어." 내가 같은 테이블에 앉자 티코가 말했다.

"난 베이컨과 달걀로 하겠어. 훈제 청어도 괜찮겠지. 거기에 딸기잼."

티코가 신음소리를 냈다.

"난 런던으로 돌아가겠네." 내가 말했다. "하지만 넌 여기에 남아주지 않겠어?" 호주머니에서 카메라를 꺼냈다. "필름을 꺼내 현상하고 인화를 해줘. 가능하다면 내일 아침까지. 그리고 트라이 나이트로와 잉키 풀의 사진이 몇 장인가 들어 있어. 어쩌면 어딘가에 도움이 될지도 몰라."

"좋아, 하지만 학교로 전화를 해서 내 검은 띠는 세탁소에 보냈다고 전해주지 않으면 곤란할 것 같군."

나도 모르게 웃고 말았다. "오늘 아침 조지 캐스퍼의 훈련 때 보니 몇몇 여자들이 타고 있더군. 만나봐 줘."

"그건 임무 영역을 벗어난 거야." 그러나 갑자기 눈이 빛났다. "뭘 물어보는데?"

"말을 훈련할 때 트라이 나이트로에게 안장을 매는 게 누군지, 지금부터 다음 수요일까지의 일정, 울타리 속에서 뭔가 꺼림칙한 움직임은 없는가, 뭐 그런 거지."

"그럼, 넌 어떻게 할 건데?"

"금요일 밤에 돌아오겠어. 토요일의 마지막 훈련에 맞춰서. 그들은 반드시 토요일에 트라이 나이트로에게 훈련을 시킬 거야. 최고의 상태로 완성시키기 위한 격렬한 트레이닝이지."

"정말로 뭔가 수상쩍은 일이 벌어지고 있다고 생각하는 거야?"

"반반이야. 확실한 것은 몰라. 로즈마리에게도 전화를 걸어 두자."

이번에도 미스터 번스의 이름을 대자 로즈마리가 평소보다 훨씬 당황한 어조로 나왔다.

"통화할 수 없어. 아침식사 손님이 와 있어."

"그럼 그냥 듣기만 하세요. 토요일 트라이 나이트로가 운동을 할 때, 평소와는 순서를 바꾸도록 어떻게든 조지를 설득해 주십시오. 예를 들면 잉키 풀 대신 다른 기수에게 기승을 시킨다거나……."

"설마, 당신은……?" 목소리가 높아지면서 황급히 말을 잘랐다.

"확실한 것은 아무것도 모릅니다. 하지만 조지가 언제나 하던 순서를 완전히 바꾸면 부정이 일어날 가능성이 적어집니다. 판에 박힌 일상은 도둑에게 가장 좋은 아군입니다."

"어? 아, 알았어. 좋아, 해보겠어. 당신은 어떻게 할 거지?"

"가서 훈련을 보고 있겠습니다. 그 다음에 기니가 무사히 끝날 때까지 이 근처에 있겠어요. 하지만 조지와 이야기를 시켜주면 좋을 텐데."

"안 돼, 심하게 화를 낼 거야. 난 가봐야겠어." 수화기를 내려놓을 때 덜그럭대는 소리가 나는 것은 아직도 손이 떨고 있다는 증거였다. 아내가 노이로제라던 조지의 말이 옳을지도 모른다. 조금은 걱정이 되었다.

다음 날, 늘 그렇듯 캐빈디시에서 찰스와 만나 2층 바의 팔걸이의자에 앉았다.

"대단히 즐거운 모양이군. 그때 이후로는 가장……." 글라스로 내 팔을 가리켰다. "영혼이 해방된 듯한 느낌이야. 평소의 자제력 있는 자네와는 달라."

"뉴마켓에 가 있었습니다. 어제 아침에 말 훈련을 구경했지요."

"그런 걸 한다는 것은……." 그가 도중에 말을 끊었다.

"세찬 갈망에 빠졌다고요? 저도 그렇게 생각했습니다. 하지만 무척 즐거웠어요."

"그거 괜찮군."

"내일 밤에 다시 갔다가 다음 주 수요일에 기니가 끝날 때까지 있을 예정입니다."

"그럼 다음 목요일의 점심식사는?"

나는 미소를 지으며 그에게 핑크 진 더블을 샀다.

"그때는 돌아옵니다."

얼마 안 있어 우리는 와인 앤드 치즈 소스 가리비를 한 손으로 먹었고, 그 동안에 그가 제니 얘기를 해주었다.

"올리버 퀘일이, 자네가 부탁한 주소를 보내왔네." 가슴 주머니에서 종이쪽지를 꺼내 건넸다. "올리버는 무척이나 걱정하고 있네. 경찰이 활발하게 조사를 진행하고 있어서 제니가 기소를 당하는 건 일단 확실하다는 거야."

"언제요?"

"난 몰라, 올리버도 모르고. 이런 사건은 몇 주일이나 걸리는 경우가 있지만, 반드시 그런 것도 아닌 모양이야. 그리고 기소를 당하면 제니는 하급재판소로 출정해야만 하고, 재판소는 문제의 금액이 많으므로 형사재판소로 사건을 돌릴 게 틀림없다고 올리버는 말하더군. 물론 보석은 시켜주겠지."

"보석이요!"

"유감이지만 그 애가 유죄판결을 받는 건 우선 확실하지만, 니콜라스 애시의 영향 아래서 움직였다는 점을 강조하면 아마 판사도 동정해서 조건부 방면을 해 줄 거라고 올리버가 말하더군."

"비록 그를 찾아내지 못하더라도요?"

"그렇지. 하지만 그를 찾아내 기소하고 유죄가 되면, 제니도 잘 하면 유죄판결을 벗어날 수 있겠지."

"그렇다면 어떻게든 그부터 찾아내야만 하겠군요?"

"어떻게?"

"어쨌든…… 나는 월요일의 대부분과 오늘 오전 중에 한 상자 분량의 편지를 보았습니다. 돈을 동봉하고 왁스를 주문한 사람들에게서 온 편지예요. 1800통 가량 되더군요."

"그게 무슨 도움이 된다는 건가?"

"알파벳순으로 분류해서 명단을 작성하기 시작했습니다." 그는 의아하다는 듯 눈썹을 찌푸렸으나 나는 상관하지 않고 말을 계속했다. "흥미롭게도 성의 이니셜이 모두가 L, M, N과 O더군요. A에서 K까지의 것은 하나도 없고, 또 P에서 Z까지의 것도 없습니다."

"잘 모르겠는데……?"

"메일링 리스트의 일부일지도 모릅니다. 예를 들면 카탈로그 발송처 명부같은 것 말입니다. 자선용으로도 있을지 모르죠. 메일링 리스트란 것은 몇 천 가지나 존재할 게 틀림없지만, 이 리스트는 확실히 성과를 거뒀어요. 때문에 개를 기르는 증명서의 변경 통지 리스트 같은 건 아닙니다."

"일단 일리는 있군." 찰스가 무뚝뚝하게 말했다.

"때문에 이름을 모두 알파벳순으로 정리해서 누가, 예를 들면 크리스티나 소더비 같은 경매상——그 왁스 구입처로부터——이 같은 리스트를 갖고 있는지 여부를 조사해 볼까 합니다. 당장은 전망이 없더라도 약간의 가능성이 있습니다."

"나도 돕겠네."

"따분한 작업이에요."

"그 애는 내 딸이야."

"그럼 좋습니다. 그렇게 해 주십시오."

나는 가리비를 다 먹은 다음, 의자에 기대서 찰스의 차가운 고급 백포도주를 마셨다.

찰스가 오늘밤은 클럽에서 묵고, 내일 아침 내 아파트로 와서 분류를 돕겠다고 해서, 혹시 내가 신문이나 담배를 사러 나갈 경우에 대비해 예비용 열쇠를 건넸다. 찰스가 여송연에 불을 붙이고 연기 사이로 나를 보고 있었다.

"일요일 점심 식사 뒤에 2층에서 제니가 자네에게 무슨 말을 하던가?"

나는 힐끗 그를 보았다. "별 얘기 없었습니다."

"제니는 그 뒤로 하루 종일 기분이 나빴다네. 토비에게까지 난폭하게 말하더군." 미소를 지었다.

"토비가 불만을 터뜨리자, 제니가 '적어도 시드는 푸념을 하지 않았어'라고 하더군." 잠깐 사이를 두었다. "자네에게 평소 이상으로 심한 말을 해서 신경이 날카로워진 모양이라고 나는 상상하고 있었는데?"

"그렇진 않을 겁니다. 희망적 관측입니다만, 애시에 대한 의심 때문이겠지요."

"때가 늦긴 했지만 그런 모양이군."

캐빈디시에서 나는 포트맨 광장에 있는 기수클럽 본부로 갔다. 오늘 아침에 루커스 웨인라이트에게서 전화가 걸려온 때의 약속을 지키기 위해서이다. 그가 의뢰한 사건은 비공식적인 것이긴 하지만 사무실로 와달라고 그가 말할 정도로는 공식적인 것이다. 과거 총경이던 에디 키스는 의심의 여지가 없는 흥분제 사용 사건 검사에 입회하기 위해 요크셔에 가 있으며, 나의 방문을 수상쩍어할 사람은 달리 아무도 없다는 것이었다.

"그 파일을 준비해 놓았네." 루커스가 말했다. "신디케이트에 관한 에디의 보고서랑 그가 오케이한 악당들에 관한 자료 등이야."

"조속히 착수하겠습니다. 가져가도 되겠습니까, 아니면 여기서 보는 편이 나을까요?"

"가능하다면 여기서." 그는 말했다. "파일이 외부로 나가거나 복사를 하거나 해서 비서의 관심을 끌고 싶지가 않아서야. 그녀는 에디의 일도 하고 있고, 또 그를 존경하고 있다는 것도 난 알아. 반드시 그에게 얘기할 거야. 필요한 점을 여기서 써 가는 편이 좋겠어."

"알겠습니다."

그가 방 한쪽에 있는 테이블과 안락한 의자, 그리고 밝은 스탠드를 쓰게 해주었으므로 나는 1시간 가량 자료를 읽고 메모를 했다. 그는 자기 책상에서 태연히 뭔가를 쓰거나 서류를 만지작거리거나 했지만, 얼마 안 있어 그것이 단지 바쁘다는 것을 가장하고 있다는 것이 분명해졌다.

내가 메모에서 얼굴을 들고 물었다. "왜 그러십니까?"

"왜 그러냐니……?"

"뭔가 마음에 걸리는 게 있는 것 같아서."

순간 그가 흠칫했다. "이제 일은 끝났나?" 자료 쪽으로 턱짓을 했다.

"반쯤요. 앞으로 1시간 가량 시간을 더 주지 않겠습니까?"

"그건 상관없네만…… 실은 자네에 대해 공정하지 않은 점이 있거든. 자네가 알아둬야만 할 일이 있어."

"무슨 일입니까?"

평소엔 서두를 때에도 태도가 우아해서, 내가 장인인 제독을 상대로 오랜 경험을 통해 충분히 이해하고 있는 해군적인 사고방식을 지닌 루커스가, 지금은 심하게 곤혹스러운 듯한 기색을 보였다. 해군 장교가 가장 곤혹스러워하는 것은 자신이 탄 배가 다른 배나 잔교(棧橋)에 부딪쳤을 때, 아니면 승조원이 편안하게 있는 식당을 부인들이 찾아왔을 때, 신사 사이에 불명예스런 행동이 있을 때이다. 앞의 두 가지는 있을 수 없다. 그렇다면 세 번째는 어떤 형태를 취하는 것일까?

"난 자네에게 사실을 모조리 말하지 않았는지도 모르네."

루커스가 말했다.

"그럼 말씀해 주십시오."

"난 꽤 오래 전에 그 신디케이트 내부의 두 가지를 조사하기 위해 다른 사람을 시켰네. 6개월 전에." 지금은 내 쪽을 보지 않고 페이퍼 클립만 만지작거리고 있었다. "에디가 체크를 하기 전의 일이야."

"그래서 결과는요?"

"그 점인데," 루커스는 헛기침을 했다. "내가 파견한 사람——메이슨이라는 사람인데——그에게서 우리는 결국 보고서를 받아들지 못했네. 보고서를 완성하기 전에 그는 거리에서 피습을 당했어."

거리에서 피습을 당했다……. "어떤 습격이었나요? 누가 습격을 한 겁니까?"

그가 고개를 저었다. "누가 그랬는지 아무도 모르네. 그가 보도에 쓰러져 있는 것을 지나던 사람이 발견해 경찰에 알렸지."

"그래서…… 그에게, 메이슨에게서, 들은 겁니까?" 그렇게 말하긴 했지만 나는 전부는 아니라도 대답의 내용을 대강 알고 있었다.

"그는 지금까지도 완전하게 회복되지 않은 상태야."

루커스가 꽤 유감스럽다는 듯 말했다.

"머리와 몸을 몇 차례나 차인 것 같아. 뇌가 심하게 손상을 입었지. 그는 아직껏 요양소에 있네. 언제까지나 그럴 걸세. 식물인간이야. 게다가 눈도 보이질 않고."

나는 메모를 하던 연필 끝을 깨물었다.

"그의 소지품을 훔쳐갔나요?"

"지갑이 없어졌지. 하지만 시계는 남아 있었어."

루커스는 걱정스러운 표정을 지었다.

"그렇다면 단순한 노상강도였는지도 모르지 않습니까?"

"그래…… 하지만 경찰은 살인미수 사건으로 다루고 있네. 차인 구두 자국 수와 겨냥한 곳으로 판단해서."

불쾌한 짐을 내려놓아 안도하는 듯이 의자에 기댔다. 신사 사이의 명예…… 그 명예를 지킨 것이다.

"알겠습니다. 그가 조사한 두 신디케이트란 어느 것입니까?"

"거기 있는 앞에서 두 개야."

"그래서 당신은 그 두 개에 참가한 누군가——즉, 탐탁지 않은 자들은——트러블을 막기 위해 사람을 찰 만한 사람들이라고 생각하는 겁니까?"

루커스는 괴로운 표정으로 말했다. "그럴지도 모르네."

"그럼 제가 조사하는 것은," 신중하게 생각하면서 말했다. "그럴 가능성이 있다고 보여지는 에디 키스의 부정입니까, 아니면 메이슨 살인미수 사건입니까?"

한참 사이를 두었다가 그가 말했다. "역시 둘 다야."

오랫동안 침묵이 이어졌다. 얼마 안 가서 내가 말했다. "경마장에서 제게 메모를 전하거나 티룸에서 만나고, 또 여기로 부르거나 함으로써 제가 당신을 위해 일을 하고 있음이 누구의 눈에나 분명해진 점을 당신은 알고 있습니까?"

"하지만 다른 일이라고 생각할 수 있지 않겠나."

나는 어두운 표정으로 말했다. "제가 신디케이트의 현관에 나타난다면 그렇게는 믿지 않을 겁니다."

"나는 충분히 이해할 수 있어. 내 얘길 들어봐, 자네가…… 저어……."

나도 그렇다고 생각하고 싶다. 머리가 깨지고 망가질 만큼 채이고 싶지 않은 내 기분은 나도 충분히 이해할 수 있으니까. 하지만 내가 제니에게 했던 말은 사실이었던 것이다. 내가 그런 일을 당하리라고는 꿈에도 생각지 않는다. 늘 그 생각이 틀렸다고 그녀는 말했다.

나는 한숨을 쉬었다. "메이슨 얘기를 들어두는 게 좋겠군요. 그가 어디에 가서 누굴 만났는지 생각나는 모든 것을 말씀해 주십시오."

"실제론 아무것도 없었어. 그는 평소와 같이 외출을 했고, 다음에 우리가 연락을 받은 때는 이미 습격을 당했었지. 경찰은 그의 행선지를 추적할 수가 없었고, 신디케이트 사람들은 모두가 그를 만나지 않았다고 증언하고 있어. 물론 수사가 중단되지는 않았지만 사건은 6개월이나 지났기 때문에 우선적으로 다루고 있지는 않아."

우리는 한동안 서로 얘기를 했고, 나는 그 뒤로 1시간 동안 메모를 했다. 아파트로 돌아갈 수 있도록 6시 15분 전에 기수클럽 건물을 나왔지만 아파트로 돌아가지 않았다.

7

택시를 타고 돌아와 아파트 앞에서 요금을 치렀지만 바로 앞은 아니었다. 입구 바로 앞에는 검은 차가 서 있었다. 그곳은 주차금지구역이다.

그 차를 눈여겨보지 않았는데 그것이 실수였다. 차 옆에 이르러 건물 입구로 들어서려는데, 차의 이쪽 문이 열리면서 재앙이 덮쳐왔다.

검은 옷을 입은 사내 둘이 나를 붙잡았다. 한 명이 뭔가 딱딱한 것으로 눈이 돌아갈 정도의 일격을 머리에 가했고, 다른 한 명이 이번엔 뒤인 것 같았는데, 굵은 밧줄 같은 것으로 머리로부터 두 팔과 가슴에 걸쳐 세게 죄었다. 두 사람이 차 뒷좌석으로 나를 밀어 넣자 안에 있던 자가 눈앞이 핑핑 돌아서 반쯤 감고 있던 눈을 천으로 가렸다.

"열쇠를 찾아!" 누군가가 말했다. "서둘러. 다른 사람의 눈에 띄면 안 돼."

그들이 내 호주머니를 뒤지는 것을 느꼈다. 그들이 찾아낸 열쇠다발이 절그럭절그럭 소리를 냈다. 나는 현기증이 가라앉기 시작했으므로 소리치고 발버둥을 치려 했다. 반사적인 행동이었는데 이것 또한 나의 실수였다.

눈가리개 말고도 불쾌한 냄새가 나는 천을 코와 입에 댔다. 마취제여서 의식이 희미해지기 시작했고, 마지막으로 생각한 것은 메이슨처럼 해치우는 것이 목적이라면 이들은 꽤나 신속하게 손을 썼다는 것이었다.

처음으로 정신이 들어 느낀 것은 짚더미 위에 누워 있다는 사실이었다.

마구간에서 흔히 쓰는 듯한 짚더미다. 몸을 움직이려 하자 부스럭대는 소리가 났다. 언제나처럼 청각이 제일 먼저 회복된다.

나는 여러 해 동안에 걸쳐 말에서 떨어져 뇌진탕을 일으킨 적이 몇 번인가 있다. 한참 동안은 어느 말인지, 어디에서 타고 있었는지 생각나지 않지만 낙마한 것이 틀림없다는 생각만은 했었다.

소용없는 얘기다.

불쾌한 정보가 차례로 뇌에 전달됐다. 레이스에 나갔던 것은 아니다. 온전한 팔이 하나밖에 없다. 대낮에 런던 거리에서 납치된 것이다. 지금 나는 눈이 가려졌고, 팔꿈치 언저리로 가슴이 단단히 묶이고, 두 팔뚝을 몸에 단단히 붙여 묶인 채로 짚더미 위에 쓰러져 있다. 발목에도 밧줄로 묶여 있다. 그리고 어째서 여기에 끌려와 있는 것인지 알 수 없었다. 그리고 미래에 관한 희망은 가질 수 없었다.

제기랄! 제기랄! 빌어먹을!

다리가 움직이지 않는 어떤 물체에 밧줄로 묶여 있다. 눈가리개 가장자리로 보이는 것은 캄캄한 어둠뿐이었다. 일어나서 몸의 일부라도 밧줄에서 벗어나려 했다. 한참을 애를 썼지만 허사였다.

꽤 시간이 지났다고 여겨질 무렵, 밖의 거친 지면을 밟는 발소리가 들리는가 싶더니 나무문이 삐걱 소리를 냈다. 순간, 코 옆 언저리로 희미하게 빛이 들어왔다.

"버둥대는 건 그만두는 게 좋아, 미스터 하레이." 누군가가 말했다. "한 손으로는 그 매듭을 풀지 못할 걸."

나는 동작을 멈췄다. 계속해봤자 의미가 없었기 때문이다.

"약간 과잉 살육의 느낌이 있군." 그는 즐기고 있었다. "밧줄, 마취, 곤봉, 눈가리개. 물론 나는 그 생철로 된 손이 미치는 범위까지 근접하지 말라고 그들에게 주의를 주었지. 잘 아는 악당이 예상도 못한 것으로 얻어 터지고는, 독기를 뿜고 있었거든."

목소리는 알 것 같았다. 희미한 맨체스터 사투리, 사회적 사다리를 오르면서 달라진 발음, 권력에 바탕한 자신감.

트레버 딘스게이트다.

마지막으로 본 것은 말이 아침 운동을 하던 뉴마켓. 말떼 속에서 트라이 나이트로를 찾아냈다. 조련기수를 알기 때문에 말을 구분했는데, 대개의 사람은 그 말을 담당하는 조련기수는 알지 못하는 법이다. 아침 식사를 하러 조지 캐스퍼의 집으로 가던 트레버 딘스게이트. 도박사 트레버 딘스게이트는 의문부호요, 하나의 가능성과 조사할 필요가 있는 인물이었다. 나는 언젠가는 조사할 예정이었지만 아직은 조사하지 않았었다.

"눈가리개를 벗겨." 그가 말했다. "내 모습을 보이고 싶군."

몇 개인가의 손가락이 단단히 묶은 천의 매듭을 푸느라 애를 쓰고 있었다. 눈가리개가 풀리자 빛으로 순간 눈이 부셨다. 그러나 가장 먼저 눈에 들어온 것은 나를 향하고 있는 두 개의 사냥총부리였다.

"게다가 총까지 있군." 내가 불쾌하게 말했다.

이곳은 마구간이 아니라 창고였다. 왼쪽으로 몇 톤인가의 건초더미가 있고, 몇 야드 떨어진 오른쪽으로는 트랙터가 있었다. 내 다리는 농업용 롤러의 연결봉에 묶여 있었다. 건물은 천장이 높고 대들보가 있으며, 단 하나 늘어뜨려져 있는 알전구가 트레버 딘스게이트를 비추고 있었다.

"넌 너무 똑똑해." 그가 말했다. "모두들 뭐라고 하는지 알아? 하레이의 눈에 띄게 되면 조심해라. 아무것도 알지 못한다고 생각하지만 어느 틈에 숨어들어 와서, 어떻게 되었는지 미처 깨닫기도 전에 독방 문이 덜컥 닫히는 소리가 귀에 도달한다고 말야."

나는 잠자코 있었다. 할 말은 아무것도 없었다. 꽁꽁 묶인 채로 앉아서, 총부리가 나를 겨누고 있는 바에야 더욱 그렇다.

"난 네가 오기를 기다리지 않아, 알겠나? 네가 조금 있으면 내게로 손을 뻗칠 때가 다가오리란 것을 알고 있었어. 지금은 여기저기에 올가미를 놓고 있을 따름이야. 그렇지? 내가 붙잡은 다른 많은 녀석들과 마찬가지로 네 두 팔로 굴러들어오기를 기다리고 있었던 거야." 자기가 한 말을 생각하고는 그는 고쳐 말했다. "네 한 팔과 그 의수 속으로."

트레버 딘스게이트는 너나 나나 뒷골목 출신이며, 출생과는 한참 동떨어진 신분에 이르렀다는 공통점을 인정한 말투다. 그것은 사투리 문제가 아니라 태도에 드러나 있다. 지금은 고상한 척할 필요는 없는 것이다. 같은 무리끼리의 본성대로 얘기하면 분명 통한다.

트레버 딘스게이트는 지난번과 마찬가지로 도회풍의 차림새를 하고 있었다. 감색 천에 이번엔 회백색의 가는 줄무늬 셔츠에 구치 넥타이다. 깔끔하게 손질된 두 손이, 시골의 사냥터에서 수도 없이 주말을 보낸 익숙한 솜씨로 사냥총을 들이대고 있다. 저 방아쇠를 당기는 것이 매끈하게 다듬어진 손가락이라고 해서 뭐 이상할 것은 없다고 나는 생각했다. 구두가 번쩍인다 해서 나쁠 것도 없다. 죽음에 관해 생각하고 싶지 않았으므로 그런 하찮은 점에 주의를 기울이고 있었다.

그는 잠깐 동안 잠자코 서 있었다――빤히 쳐다만 보고 있었다. 나는 되도록 몸을 움직이지 않고 사무실에서의 평온한 근무에 관해 생각하고 있었다.

"신경이 없는 모양이군? 넌." 그가 말했다. "전혀 없어."

대답하지 않았다.

다른 두 사람은 오른쪽, 내 시야 밖에 있었다. 가끔 그들이 짚더미 위로 발을 움직이는 소리가 들렸다. 너무 떨어져 있어서 보이지는 않았다.

나는 찰스와 점심을 먹던 옷차림 그대로였다. 회색 바지, 양말, 진한 갈색 구두에 밧줄은 덤이다. 셔츠, 넥타이, 산 지 얼마 되지 않은 매우 비싼 양복이다. 그렇다고 해서 뭐 어쩔 것은 없다. 죽게 되면 유산은 제니에게로 갈 것이다. 유언장은 전에 것 그대로다.

트레버 딘스게이트가 내 뒤에 있는 자들에게로 주의를 돌렸다.

"잘 들어. 실수하지 않도록 해. 그 밧줄 하나를 그의 왼팔에, 다른 하나는 오른팔에 묶는 거야. 서툰 짓을 당하지 않도록 정신 차려."

그가 총을 약간 들어서 나의 시선이 총과 평행이 되었다. 이 자리에서 쏜다면 그는 부하를 쏘게 된다고 나는 생각했다. 어쨌거나 이대로 사형에 처해질 수는 없는 노릇이다. 부하가 내 손목에 밧줄을 묶고 있었다.

"이 바보 자식! 왼쪽 손목은 없어." 트레버 딘스게이트가 말했다. "그건 떨어진단 말야. 머리를 써! 좀더 위, 팔뚝 위를 묶어."

핀잔을 들은 부하는 들은 대로 내 팔을 꽉 죄어 묶더니 너무나도 태연한 태도로 지렛대 같은 굵은 쇠막대를 들고, 아직도 내가 슈퍼맨처럼 밧줄을 풀어 제치고 덮칠지 모른다는 태세를 취하고 있었다.

지렛대…… 갑자기 그 의미를 깨닫자 머리 가죽이 와락 죄어들었다. 전에 다른 악당이 있었는데 나를 아프게 하기에 가장 좋은 곳을 알고 있어서, 이미 쓰지 못하게 된 왼팔을 부지깽이로 때려 결국은 절단하지 않을 수 없는 상태가 되고 말았던 것이다. 그 뒤로 나는 이런저런 후회할 만한 경험을 했고, 다양한 종류의 개인적 고뇌를 맛보았지만, 지금 이 순간까지 남은 부분을 내가 얼마나 소중하게 여기는지 알지 못했었다. 적어도 전극을 움직이는 근육이 있고, 그 덕분에 어떻게든 손의 구실을 하는 의수를 쓸 수가 있었다. 그 근육을 다치는 것은 나로서는 도저히 참을 수 없는 일이다. 또한 팔꿈치 자체에 관해서는…… 가령 그가 장기간에 걸쳐서 내가 온전히 행동하지 못하도록 만들 작정이라면, 저 지렛대를 쓰는 것만으로도 충분할 것이다.

"마음에 들지 않겠지, 미스터 하레이?" 트레버 딘스게이트가 말했다.

나는 그에게로 시선을 돌렸다. 그의 말투와 표정이 승리감과 만족감에 차 있으며, 어딘가 안도하는 듯한 느낌이었다.

나는 묵묵히 있었다.

"땀을 흘리고 있군." 그가 말했다.

다시 부하에게 명령했다. "가슴께의 밧줄은 풀어. 신중하게 해야

돼. 팔을 묶은 밧줄은 풀지 마."

두 사람이 매듭을 풀어 내 가슴을 묶고 있던 밧줄을 풀었다. 그렇다고 도망칠 가능성이 있을 리는 만무하다. 그들은 나의 격투능력을 굉장히 과대평가하고 있었다.

"누워!" 그가 내게 말했다.

즉각 따르지 않고 있으려니 부하에게 명령했다. "넘어뜨려!"

결국 나는 바로 누운 자세가 되었다.

"난 널 죽이고 싶지 않아." 그가 말했다. "네 놈의 시체를 어딘가에 버릴 수는 있겠지만, 그렇게 되면 성가신 조사가 시작되겠지. 나는 그런 위험을 무릅쓰고 싶진 않아. 하지만 죽이지 않는 대신 널 침묵시킬 조치를 강구해야만 하겠지. 확실하게, 영원히."

죽이지 않고 그렇게 할 수 있으리란 생각은 하지 않았다――나의 착오였다.

"팔을 몸에서 떼어 내." 그가 명령했다.

왼팔을 잡아당기는 힘은 사내의 체중이 실려 있어서 나보다 강했다. 그쪽으로 고개를 향하고 애원하지 않으려, 우는 소리를 내지 않으려고 필사적으로 노력했다.

"그쪽이 아냐, 이 멍청한 녀석!" 트레버 딘스게이트가 말했다. "다른 쪽 팔이야. 오른팔이야. 끌어내, 이쪽으로."

오른쪽 부하가 온 힘을 다해 밧줄을 잡아당겼으므로 팔이 똑바로 옆으로, 손바닥을 위로 하고 몸과 직각으로 펼쳐졌다.

트레버 딘스게이트가 몸을 기울여, 검은 총부리가 잡아당겨진 나의 오른손목을 향할 때까지 총신을 내렸다. 계속해서 신중하게 총신을 아래로 1인치를 더 내려서 총부리를 내 피부에 대고 짚으로 뒤덮인 바닥으로 손목을 꽉 눌렀다. 뼈와 신경, 힘줄에 총부리의 단단한 감각이 전해졌다. 그 느낌이 손목에서 손바닥으로 전달되었다.

그가 공이치기를 세우는 소리가 들렸다. 저 12구경 한 발로 내 팔의 대부분이 없어져 버릴 것이다.

머리가 띵해지면서 온몸이 땀투성이가 되었다.

남이 뭐라 하든 나는 공포를 충분히 안다. 그것은 말 그 자체, 레이스, 낙마, 혹은 보통의 육체적인 고통에 대한 공포가 아니다. 그게 아니라 굴욕, 소외, 무력감, 실패…… 그런 모든 것들에 대한 공포다.

지금까지의 삶에서 경험한 갖가지 공포도 지금 이 순간에 온몸이 녹아들 것 같은, 정신이 산산조각날 듯한, 사고력이 붕괴하는 듯한 공포에 비하면 아무것도 아니다. 내 의지력은 산산이 부서지고 말았다. 파쇄된 작은 조각 속에 매몰되었다. 공포의 늪에 빠지고, 영혼이 울음소리를 발하는 듯한 상태로까지 떨어졌다. 그러나 어쩔 도리가 없는 채 본능적으로 그것을 밖으로 드러내지 않으려 필사의 노력을 계속했다.

그는 몇 초 동안이나, 몇 십 초 동안이나 계속해서 압력을 강화하면서 묵묵히 미동도 않고 지켜보고 있었다. 나를 기다리게 하고 있다. 공포심을 고조시키고 있는 것이다.

얼마 안 있어 크게 숨을 들이쉬며 말했다.

"이렇게 나는 네놈의 손을 날려버릴 수가 있어. 이렇게 간단한 일은 없어. 하지만 하지는 않을 거야, 오늘 중으론." 사이를 두었다. "듣고 있나?"

내가 희미하게 고개를 끄덕였다. 총에 눈을 빼앗기고 있었다.

침착하고 진지한 그의 목소리가 한 마디 한 마디에 무게를 더해 들려왔다. "네놈이 손을 떼겠다고 내게 확약을 하면 된다. 앞으로 영원히, 어떤 형태로든 나를 목표로 한 행동을 하지 않겠다고. 넌 내일 아침 프랑스로 가서 기니가 끝날 때까지 거기서 머물러라. 그 다음은 아무려나 네놈 좋은 대로 해도 좋다. 하지만 약속을 깼다간…… 어쨌든 네놈을 찾아내는 건 간단하다. 난 너를 찾아서 반드시 오른손을 날려버리겠어. 진심으로 하는 말이야. 믿는 게 좋아. 언젠가 반드시 한다. 넌 절대로 도망치지 못해, 알겠나?"

아까와 똑같이 고개를 끄덕였다. 총부리가 뜨거워진 듯한 느낌이 들었다. 그의 총에 맞아선 안 된다고 생각했다. 신이시여, 맞지 않게 해주소서.

"약속을 해라, 말로 하란 말야."

간신히 침을 삼켰다. 어떻게든 소리를 내보았다. 낮고 쉬어 있다.

"약속하겠다!"

"손을 빼는 거야?"

"알았다!"

"영원히 두 번 다시 나를 겨냥하지 마라."

"겨누지 않겠다."

"프랑스로 가서 기니가 끝날 때까지 머물고 있어라."

"알았다."

다시 끝도 없는 침묵이 이어졌다. 그러는 동안 나는 나의 무사한 손목 저편의 어둠을 바라보고 있었다.

마침내 그가 총을 거두었다. 탄약실을 열었다. 장탄을 두 발 빼냈다. 거의 억누르기 힘들 정도로 구역질이 밀려왔다.

그는 가느다란 줄무늬의 무릎을 내 옆에 대고 나의 방어수단인 무표정한 얼굴과 눈을 빤히 내려다보고 있었다. 억누르고 있던 내심의 공포를 나타내는 땀이 목줄기를 타고 흐르는 것이 느껴졌다. 그가 만족스러운 듯한 꺼림칙한 표정으로 고개를 끄덕였다.

"네가 그것을 견뎌내지 못하리란 건 알고 있었다. 온전한 손까지 잃는 것은 참을 수 없겠지. 누구라도 그럴 거야. 너를 죽일 필요는 없다."

일어서서 내부의 격한 긴장을 풀기라도 하려는 듯 몸을 뻗었다. 여기저기의 호주머니에 손을 넣어 잡다한 것들을 꺼냈다.

"이게 너의 열쇠다발이다. 여권, 수표장, 크레디트 카드."

건초 다발 위에 늘어놓았다. 부하에게 말했다. "밧줄을 풀고 곧장 공항으로 데리고 가. 히드로 공항으로."

8

나는 파리로 날아가서 공항 근처의 호텔에 묵었다. 그보다 멀리 갈 마음은 없었다. 6일 동안 방에서 나오지 않고 시간의 대부분을 이착륙하는 비행기를 쳐다보며 지냈다.

망연했다. 병자 같은 기분이었다. 혼란스럽고 패배감에 휩싸이고, 정신적 기반으로부터 이탈되어 있었다. 자기연민이라는 비굴한 정신적 공황 상태에 빠져서, 이번에야말로 나는 정말로 꼬리를 내리고 달아났다는 사실만을 곱씹고 있었다.

이치상으론 딘스게이트가 요구했을 때, 약속하는 것 말고는 다른 도리가 없었다고 스스로를 납득시키는 것은 쉬웠다. 약속하지 않았다가는 결국 살해되었을 터였다. 그의 지시에 따랐던 것은 어디까지나 상식적인 판단이었다고 스스로에게 말할 수 있으며, 사실 끊임없이 그렇게 되뇌고 있었다. 하지만 부하들이 히드로 공항에서 나를 내려놓자마자 곧장 항공권을 사고, 출발 라운지에서 기다리고, 비행기까지 걸어갔던 것은 어디까지나 나의 자유의지에 기초한 행동이었다는 사실은 지울 수가 없었다.

그곳에서 총을 들고 강제한 사람은 한 사람도 없었다. 내가 다른 한 손을 잃는 것을 견디지 못하리라고 딘스게이트가 적확하게 지적했던 사실에 바탕한 행동이었다. 그런 위험을 무릅쓰는 일조차 할 수가 없었다. 그 생각을 할 때마다 조건반사처럼 등허리에서 땀이 배어 나왔다.

날이 갈수록 인격이 붕괴해버린 듯한 느낌이 엷어지기는커녕 오히려 깊어만 갔다.

나의 자동적인 부분은 여전히 기능하고 있었다——방 안을 걸어서 왔다갔다하고, 말하고, 커피를 주문하고, 욕실로 들어간다. 가장 핵심적인 부분은 격렬한 동요, 고뇌, 그 짚더미 위의 격동의 몇 분 동안에 나의 모든 인격이 글자 그대로 문드러져 버렸다는 자책감에 휩싸였다.

문제의 절반은 나의 약점을 지나치리만큼 충분히 알고 있다는 점이었다. 지금까지 그 정도로 자존심이 강하지 않았더라면, 자존심을 잃는 일로 인해 그렇게나 짓이겨진 적은 없었을 것임을 알고 있었다.

스스로에 대한 나의 견해가 환각에 지나지 않았음을 알게 된 것은 지진과도 비슷한 정신적 격변이었으며, 내가 진정 정신적으로 엉망진창이 되어버렸다고 느낀 것은 어쩌면 그리 놀랄 만한 일이 아닐지도 모른다.

그런 상태를 견딜 자신은 없었다.

충분히 잠을 자고 안정을 찾기만 오로지 바랐다.

수요일이 되어 뉴마켓과 기니 레이스에 관련된 사람들의 희망에 관해 생각했다.

사전 검사를 받은 최고 호조인 트라이 나이트로를 자랑스레 예비조사소로 들여보내고, 이번만큼은 예측하지 못한 사태가 일어날 리가 없다고 스스로에게 다짐하고 있는 조지 캐스퍼를 생각했다. 불안에 전율하면서 이기지 못하리란 것을 아는 말의 승리를 염원하는 로즈마리를 생각했다. 아무에게도 의심을 받지 않으면서 여하한 방법으로 영국 최고의 4살짜리 경주마로서의 생명을 끊고자 두더지처럼 움직이는 트레버 딘스게이트 생각을 했다.

내가 노력했더라면 그의 기도를 저지할 수 있었을지도 모른다.

수요일은 내게 최악의 날이자 절망과 비애와 죄의식을 가슴에 깊이 새겨준 날이었다.

엿샛날인 목요일 아침, 로비로 내려가서 영자 신문을 샀다.

예정대로 2천 미터 기니 레이스가 열렸다.

트라이 나이트로는 배당률 일 대 일의 단연 인기 우승마로 스타트했다――그리고 마지막으로 들어왔다.

나는 지불을 끝내고 공항으로 갔다. 도망칠 생각이라면, 세계 각처로 비행기가 날아간다. 처음에는 어디로든 달아나고 싶다는 기분이 너무나도 강했다. 그러나 어딜 가든 나 자신에게서 멀어지지는 못한다. 스스로에게서 도망칠 도리는 없다. 어딜 가든 결국은 돌아와야만 한다.

인격적 분열상태에서 돌아가면 언제나 이중생활을 보내야만 한다. 모두가 예기하고 있는 것처럼 지금까지와 똑같이 행동해야만 한다. 생각하고, 운전하고, 대화를 하고, 일상생활을 보내지 않으면 안 된다. 돌아간다는 것은 결국 그러한 모든 것을 의미한다. 그 모든 것들 말고 내부의 나는 이전과 같지는 않더라도 그렇게 할 수 있음을 나 스스로에게 입증해야만 한다.

내가 잃은 것이 하나의 팔보다는 훨씬 귀중한 것이 아닐까 하는 생각이 들었다. 손의 경우는 쥘 수가 있으며, 그것처럼 보이는 대체물이 있다. 하지만 정신적 기반이 붕괴해 버렸을 경우, 인간은 어떻게 살아가야 하는 것일까?

돌아간다면 엄청난 노력을 해야만 한다.

그 노력을 할 수 없다면 돌아가도 의미가 없다.

히드로로 가는 항공권을 사는 데 어쩐지 외롭고 허전하고 오랜 시간이 필요했다.

정오에 도착해서 캐빈디시로 전화를 걸어 약속을 지키지 못해서 제독에게 미안하다고 전해달라고 짧게 부탁하고 택시를 타고 집으로 돌아갔다.

로비, 계단, 층계참, 모든 것이 전과 똑같이 보이는데도 완전히 달라져 있었다. 달라진 것은 나 자신이었다. 아파트 열쇠 구멍에 열쇠를 꽂고 돌려서 안으로 들어갔다.

아무도 없으리라고 여겼는데 문을 채 닫기도 전에 거실에서 인기척이 들리고 이어서 티코의 목소리가 귀에 들어왔다. "제독입니까?"

나는 잠자코 있었다. 즉각 누구냐는 표정으로 그의 얼굴이 나타났고, 마침내 온몸이 나타났다.

"그럭저럭 돌아오기는 좋은 때로군." 그가 말했다. 나를 보고 뭐가 어찌 됐건 안도한 것 같았다.

"전보를 쳤어."

"받았어. 거기 선반에 세워져 있어. '뉴마켓을 떠나 집으로 돌아가라, 한동안 없을 것임, 전화하겠음'. 이건 대체 무슨 전보야? 금요일 아침 히드로에서 보냈던데, 휴가를 떠났던 거야?"

"그래."

그의 옆을 빠져나가 거실로 들어갔다. 전과는 전혀 모습이 달라져 있었다. 온통 파일과 서류가 나와 있었고, 문진 대신에 커피 얼룩이 묻은 컵과 접시가 올려져 있다.

"충전기를 갖고 가지 않았던데?" 티코가 말했다. "당신이 그럴 리는 절대로 없어. 예비용 전지도 모두 여기 있었어. 6일 동안 그 손을 움직일 수가 없었을 게 분명하단 말씀야."

"커피나 마시세."

"옷가지도 면도기도 갖고 가지 않았어."

"호텔에 있었어. 부탁하면 면도기를 갖다 주지. 뭐야, 이 서류랑 그밖에 것들은?"

"번쩍번쩍하는 편지야."

"뭐라고?"

"알고 있잖아. 광택제 편지라니까. 부인이 성가신 일을 만들어서."

"아……!"

나는 멍하니 쳐다보고 있었다.

"어때?" 티코가 말했다. "치즈를 얹은 토스트? 난 배가 고파 죽겠어."

"아, 좋지." 현실 세계가 아니다. 모든 것이 현실의 일로 여겨지지 않았다.

티코가 부엌으로 들어가서 요란스레 뭔가를 만들기 시작했다. 나는 다 닳은 전지를 팔에서 빼내고 충전한 것을 넣었다. 전처럼 손가락이 움직인다. 손가락이 움직이지 않는 것이 스스로도 뜻밖일 정도로 쓸쓸했었다.

티코가 치즈를 얹은 토스트를 들고 왔다. 그는 먹기 시작했고, 나는 내 몫을 바라보고 있었다. 먹는 게 좋겠다는 생각은 들었지만 먹을 만한 힘이 없었다. 문을 열쇠로 여는 소리가 났고, 현관에서 장인의 목소리가 들려왔다.

"캐빈디시에는 오지 않았지만, 적어도 전갈은 남겨 놓았더군."

앉아 있는 내 뒤쪽으로 들어오는 그에게 티코가 나를 가리키며 턱짓을 했다.

"돌아왔어요," 티코가 말했다. "당사자께서."

"안녕하세요, 찰스."

찰스가 오랫동안 나를 물끄러미 쳐다봤다. 무척이나 세련되고 자제된 태도였다. "우린 걱정하고 있었다네." 비난이었다.

"죄송합니다."

"어딜 갔었던 거야?"

말할 수 없다는 데에 생각이 미쳤다. 어디에 있었는지를 말하면 까닭을 말해야만 한다. 그 이유는 도저히 입 밖에 내지 못한다. 나는 그저 잠자코 있었다.

티코가 찰스를 보고 쾌활하게 웃었다. "시드는 무언증에 걸렸답니다." 시계를 보았다. "당신이 왔으니까 제독, 나는 학교로 가서 할머니를 어깨너머로 내던지는 방법을 개구쟁이들에게 가르치고 오겠습니다. 가기 전에 말해두겠는데 시드, 전화 메모장에 50건은 될 용건을 적어 놓았네. 보험회사의 조사의뢰 2건과 경비 일이 와 있어. 루커스 웨인라이트가 만나고 싶다면서 4차례나 전화를 걸어왔고, 그리고 로즈마리 캐스퍼가 귀가 찢어질 정도로 소리소리 쳤다네. 모두 거기에 적혀 있어. 그럼, 이따가 이리로 돌아오겠네."

조금만 더 있으면 가지 말아달라고 부탁할 것 같았는데, 그는 이미 가고 없었다.

"여위었군." 찰스가 말했다.

그리 이상할 것은 없었다. 다시 치즈 토스트를 보니 돌아온 것은 뭔가를 먹는 것도 포함한 것이라는 생각이 들었다.

"좀 드시겠습니까?"

그가 굳어지고 있는 치즈를 보았다. "아니, 됐네."

나도 마찬가지였다. 옆으로 밀어놓았다. 앉아서 허공을 쳐다보고 있었다.

"무슨 일이 있었던 겐가?" 찰스가 물었다.

"아무것도."

"지난주에 자네는 봄 같은 쾌활함으로 캐빈디시에 왔었지. 생기가 넘치고 있었어. 눈이 정말로 반짝반짝 빛나고 있었다네. 그랬는데 지금은 그 모습을 볼 수가 없군."

"그렇다면 보지 말아 주십시오. 편지는 어떻게 됐습니까?"

"시드……."

"제독," 깊어지는 듯한 그의 시선에서 달아나기 위해 나는 안절부절못하고 일어섰다. "제 일은 상관하지 말아 주십시오."

찰스는 침묵하다가 말했다. "자넨 최근 상품 투기를 하더니만 혹시 큰 손해라도 보았는가? 그런 겐가?"

나는 놀라면서도 흥미를 느꼈다.

"아닙니다."

"자넨 전에도 지금처럼 죽어버린 적이 있었네. 기수 생활과 내 딸을 잃었을 때였지. 때문에 돈이 아니라면 이번엔 무엇을 잃은 겐가? 그때만큼, 아니면 그보다 심한 타격을 입은 것, 그것은 뭐지?"

대답은 알고 있었다. 고뇌와 수치를 느끼면서 파리에서 알았던 것이다. 두뇌 전체가 강렬한 기세로 '용기'라는 단어를 형성했으므로, 나는 그 단어가 제멋대로 내 머리에서 날아가 그의 두뇌로 옮겨가는 것은 아닐까 하고 걱정했다.

찰스는 그것을 받아든 것 같지 않았다. 아직도 대답을 기다리고 있었다.

나는 꿀꺽 침을 삼켰다. "엿새입니다." 태연한 말투로 말했다. "엿새를 잃은 것이죠. 니콜라스 애시를 찾는 일에 착수합시다."

불만과 안달로 고개를 좌우로 흔들었으나 이내 하던 일을 설명하기 시작했다.

"이 두꺼운 다발은 M으로 시작하는 이름의 사람들에게서 온 것일세. 나는 정확히 알파벳순으로 정리해서 명단을 타이프했어. 뭔가 결과를 얻을 만한 것은 단 한 통의 편지뿐인 것 같으이……. 듣고 있는 겐가?"

"예."

"자네가 말한 것처럼 나는 그 명단을 들고 크리스티와 소더비에게 가서 협력해 주도록 설득을 했네. 하지만 그네들 카탈로그 메일링 리스트의 M 부분은 내 리스트와 다르더군. 게다가 그렇게 리스트를 대조하는 것은 곤란한 일임을 알았다네. 요즘은 컴퓨터가 봉투 주소를 프린트하는 경우가 매우 많다더군."

"애쓰셨군요."

"티코와 나는 교대로 여기 앉아서 자네에게 오는 전화에 대답하거나, 행선지를 어떻게든 알아보려 했었다네. 자네 차는 이곳 차고에 들어 있는 그대로이고, 자네가 충전기를 가져가지 않고 자기 의지로 어딘가에 가는 일은 절대로 없다고 티코가 말하더군."

"어쨌거나 갔습니다."

"시드……."

"아뇨." 내가 말했다. "지금 필요한 것은 골동가구와 관계 있는 정기간행물과 잡지 리스트입니다. 그걸로 우선 M부분의 사람들과 맞춰 보기로 하지요."

"엄청난 일일세." 의아한 듯이 찰스가 말했다. "게다가 찾아냈다 해서 어떻게 된다는 겐가? 크리스티의 담당자가 지적한 것처럼, 가령 어느 곳의 메일링 리스트가 쓰였는지 알아냈다 하더라도 그걸로 뭘 알 수 있지? 그 회사 혹은 잡지 관계자는 그 리스트를 손에 넣을 수 있었던 수많은 사람들 가운데 누가 니콜라스 애시인지 알 도리가 없다는 걸세. 그 회사와 관련이 있을 경우, 그가 그 이름을 사용하지 않았을 게 우선은 틀림없을 테니까 말일세."

"흠, 하지만 그가 어딘가 다른 장소에서 사기를 시작하고, 아직도 같은 리스트를 사용할 가능성이 있습니다. 자취를 감출 때 리스트를 갖고 갔으니까요. 어디의 리스트인지 알게 되면 우리가 그 리스트의 A에서 K, P에서 Z로 이름이 시작되는 사람들 몇몇을 찾아가서 최근 그런 기부의뢰서를 받았는지 여부를 물어볼 수 있습니다. 받았다면 그 편지에 돈을 보낼 곳의 주소가 기록되어 있을 것입니다. 그 주소로 가면 미스터 애시를 찾아낼 수 있을지도 모릅니다."

찰스가 휘파람을 부는 듯한 입 모양을 했지만, 밖으로 나온 소리는 한숨에 가까웠다.

"무슨 일이 있었는지 모르지만, 머리 쪽은 무사하게 돌아온 모양이군."

이 무슨 소린가. 나는 심연을 머리에서 내쫓기 위해 사고하고 있다고 생각했다. 나는 분열된 것이다…… 두 번 다시 원래대로 돌아가는 일은 없을 것이다. 두뇌의 분석적인 논증을 수행하는 부분은 여전히 똑바로 걸어가는지 모르지만, 정신이라 불릴 부분은 병들어 앓고, 죽어가고 있는 것이다.

"게다가 그 광택제도 있습니다." 1주일 전에 그가 준 종이쪽지가 아직 호주머니에 들어 있었다. 꺼내어 테이블 위에 놓았다. "특제 광택 왁스라는 아이디어가 메일링 리스트와 밀접하게 연관이 있다면 최대한의 효과를 올리기 위해서는 왁스가 필요합니다. 흰 상자에 든, 라벨이 없는 캔에 들어 있는 왁스를 그렇게 대량으로 주문하는 개인은 많지 않을 게 분명합니다. 제조원에게 새로 대량의 주문이 있는지 여부를 물어볼 수는 있습니다. 비록 지금 당장은 아니더라도 애시가 다시 같은 회사를 이용할 가능성이 적으나마 있습니다. 당연히 그럴 위험을 알아야 하겠지만…… 그는 아둔한 자일지도 모릅니다.”

나는 피곤해서 얼굴을 돌렸다. 위스키를 마실 생각을 하고 일어나서 글라스에 가득 따랐다.

“술에 빠져 있었던 겐가?”

찰스가 등 뒤에서, 그로서는 어지간히 불쾌한 투로 말했다.

나는 이를 꽉 깨물고 참으면서 아니라고 했다. 커피와 물을 제외하면 1주일 만에 처음으로 마시는 술이었다.

“지난 며칠은 자네가 처음으로 술에 절어 보낸 기간이었나?”

나는 아직도 입을 대지 않은 글라스를 쟁반에 놓고 그에게로 방향을 바꿨다. 그의 눈은 처음 만났던 때와 똑같이 더없이 냉랭하고 엄격했다.

“지나치게 어이없는 소린 하지 말아주십시오.”

그가 희미하게 턱을 들었다. “적으나마 불꽃이 보였군.” 비꼬는 투로 말했다. “아직 자존심은 있는 모양이군.”

나는 입을 꽉 다물고 그에게서 등을 돌려 글라스를 단숨에 비웠다. 조금 지나 의식적으로 일부 근육의 긴장을 풀고 말했다. “그런 방식으론 캐내지 못합니다. 나는 당신을 지나치리만큼 잘 압니다. 당신은 가시로 찔러서 입을 열게 하기 위해 모욕을 지렛대로 사용합니다. 지금까지도 내게 그런 방법을 썼습니다. 하지만 이번만은 통하지 않습니다.”

“적당한 가시를 찾아내면 주저없이 쓰겠네.”

“한 잔 드시겠습니까?”

“들지.”

우리는 지금까지처럼 서로 마음이 통하는 기분으로 팔걸이의자에 마주 앉았다. 나는 멍하니 이런저런 생각을 해봤지만, 가장 고통스런 부분으로부터는 생각을 멀리했다.

"생각해 보면," 내가 말했다. "그 메일링 리스트가 어디 것인지 애써 찾을 필요는 없겠어요. 사람들에게 직접 물어보면 됩니다. 저 사람들에게……." M 다발 쪽으로 고개를 숙였다. "그들의 이름이 실려 있는 메일링 리스트는 어디 것이냐고 묻는 것만으로 충분합니다. 몇몇 사람에게 묻기만 해도 반드시 공통분모가 나올 겁니다."

찰스가 에인스포드로 돌아가자 나는 넥타이를 맨 와이셔츠 차림으로 목적도 없이 아파트 안을 왔다갔다하면서 조리가 닿는 생각을 하려고 애썼다. 별일 아니었던 것이다. 애초부터 없던 일을 저지하기 위해 트레버 딘스게이트가 무서운 협박수단을 썼던 것뿐이라고 스스로에게 말했다. 그러나 죄의식을 털어 낼 수는 없었다. 그가 정체를 나타낸 이상, 그가 '뭔가'를 할 것임을 안 이상, 나는 저지할 수가 있었는데 하지 않았다.

그가 그 정도로까지 효과적으로 나를 뉴마켓에서 쫓아내지 않았더라면, 나는 아무 성과도 올리지 못하고 발견해야 할 무엇이 있다는 자신도 없는 채로 기니 레이스에서 트라이 나이트로가 뒤처져 들어올 때까지 조사하고 다녔을 게 틀림없다. 그러나 동시에 지금 이 순간, 나는 확신을 가지고 뉴마켓에서 조사를 하고 있을 게 분명한데도 그의 협박 때문에 가지 않고 있다.

내가 가지 않는 것을 분별, 상식, 지금의 상황 아래선 유일한 방도라고 할 수는 있다. 적당히 핑계를 대고 변명할 수는 있다. 내가 하는 일은 모두 기수클럽이 하고 있다고 할 수가 있다. 아무리 생각해도 내가 그곳에 말하지 않는 것은 여전히 두렵기 때문이라는 움직이기 어려운 진실로 되돌아오고야 만다.

티코가 유도 수업에서 돌아와서 다시 내가 갔던 곳을 캐내려 했다. 나는 같은 이유에서 말하지 않았지만, 말해도 내가 나 자신을 경멸하는 것만큼 그는 경멸하지 않으리란 것을 알았다.

"알겠어." 얼마 안 가서 티코가 말했다. "모든 것을 가슴속에 묻어놓고 어떻게 되는지 보겠어. 어디에 가 있었든지 간에 좋지 않은 일이었던 거지. 얼굴을 힐끗 보기만 해도 알아. 모든 것을 가슴속에 묻어놓고 있어봐야 당신에게 결코 좋은 결과가 되진 않을걸."

그러나 모든 것을 가슴속에 묻는 것은 철이 든 이후의 습관이었다. 어린 시절에 배운 자기방어 수단이자 세상에 대한 벽, 이제 와서 바꾸는 것은 불가능하다.

나는 희미하나마 웃는 듯한 표정을 띠었다.

"넌, 해리 거리에 가게를 마련할 생각인가?"

"그래, 그러는 게 좋겠어. 당신은 재미있는 소동을 보지 못했네. 알고 있어? 트라이 나이트로는 어제 기니에서 역시 조작을 당했고, 관계자가 조지 캐스퍼의 마구간을 철저하게 수사하고 있어. 그 〈스포팅 라이프〉 어딘가에 써 있어. 제독이 사왔더군. 읽었어?"

나는 고개를 저었다.

"결국 로즈마리는 머리가 이상해졌던 게 아냐. 그렇지? 놈들이 어떤 수단을 쓴 것 같아?"

"놈들?"

"누구든 간에 손을 댄 게 분명해. 난 토요일 아침에 연습을 보러 갔었어. 말하지 않아도 돼. 당신이 뉴마켓에서 돌아오라는 전보를 보낸 건 알고 있어. 하지만 난 멋지고 예쁜 아가씨와 금요일에 약속이 생겼기 때문에 묵었던 거야. 하룻밤 더 묵었대서 어떻게 될 것도 아니고, 게다가 그녀는 조지 캐스퍼의 타이피스트거든."

"타이피스트?"

"타자를 치지. 때로는 말도 타고. 모르는 게 없는 데다가 말도 잘해."

두려워 떠는 딴 사람이 된 시드 하레이는 얘기를 듣는 것조차 싫었다.

"조지 캐스퍼의 집은 수요일 하루 종일 아수라장이었어. 아침 식사 중에 잉키 풀이 찾아와서는 시드 하레이가 자기 마음에 들지 않는 질문을 했다는 것부터 시작했지."

티코가 효과를 높이기 위해 뜸을 들였다. 나는 그저 망연히 그를 보고 있었다.

"듣고 있는 거야?"

"으응."

"또 돌부처 흉내를 내는군."

"미안."

"얼마 안 있다가 블래저스미스 수의사가 와서 잉키 풀이 떠들어대는 소리를 듣고 묘하다면서 시드 하레이는 자기에게도 찾아와서 이것저것 질문을 했다고 했어. 심장 장애에 관한 것을. 그것도 잉키 풀이 한 말과 같은 말에 관해서. 베세스더, 그리너와 징갈. 거기에 덧붙여서 트라이 나이트로의 심장 상태는 어떠냐고 물었다고 했어. 나의 사랑스러운 타이피스트 아가씨의 얘기에 따르면 조지 캐스퍼가 불같이 화를 내면서 케임브리지까지 들릴 듯한 큰소리로 외쳐댔다고 하더군. 그는 그 말들 얘기만 나오면 심하게 신경질적인데다 화를 잘 낸다는 거야."

트레버 딘스게이트는 조지 캐스퍼의 집에서 아침식사를 하면서 그 얘기를 한 마디도 남김없이 듣고 있었던 것이라고 나는 오한을 느끼면서 생각했다.

"물론," 티코가 말했다. "조금 지나서 그들은 가비와 슬레이스의 목장에 물어서 당신이 그곳에 갔던 걸 알았지. 사랑스러운 아가씨는 당신 이름은 절대로 말할 수 없다고 했대."

나는 손으로 얼굴을 쓸어 내렸다. "너의 그 사랑스러운 아가씨는 네가 내 일을 하는 걸 알고 있어?"

"농담하는 건가? 물론 모르지."

"그녀가 다른 말은?" 대체 나는 무엇 때문에 묻는 것일까 하는 생각을 했다.

"했어. 로즈마리가 토요일의 순서를 모조리 바꿔달라고 조지 캐스퍼에게 말하면서 목요일과 금요일 이틀 동안 내내 끈질기게 그를 따라다니는 바람에 조지는 머리가 돌 지경이 되었다는군. 게다가 마구간의 경비가 지독히도 삼엄해서 마구간 사람들 스스로가 경보장치에 걸려드는 상황이었다나봐." 잠깐 사이를 두었다. "그 다음은 별로 얘기하지 않았어. 마티니를 3잔 마신 데다가 노는 시간이 되었으니까."

나는 소파 팔걸이에 앉은 채로 카펫을 뚫어져라 내려다보고 있었다.

"다음 날 아침에," 티코가 말했다. "나는 아까 말했던 것처럼 연습 광경을 보았어. 당신 사진이 크게 도움이 되더군. 말이 몇 백 마리나 있었거든. 누군가가 캐스퍼의 말떼를 가르쳐 주어서 보니까 잉키 풀이 사진과 똑같은 무뚝뚝한 표정을 짓고 있더군. 그에게로 주의를 집중하고 가까이에 다가갔어. 트라이 나이트로의 차례가 되니까 어딘가 분위기가 어수선해지는 거야. 안장을 떼어내고 다른 작은 안장을 얹고, 그 안장으로 잉키 풀이 탔어."

"그럼 트라이 나이트로를 탔던 것은 언제나처럼 잉키 풀이었다는 얘기로군?"

"당신 사진의 남자와 똑같이 보였어. 그 이상은 확신을 가지고 말할 수 없겠는걸."

나는 다시 카펫으로 눈을 떨어뜨렸다.

"다음엔 뭘 할 거지?"

"아무것도 하지 않아. 로즈마리에게 돈을 돌려주고 손을 떼야지."

"기다려 줘." 티코가 불복의 표시를 했다. "누군가가 말에게 손을 댄 거야. 그건 당신도 분명히 알 텐데?"

"이제 우리와는 관계없는 일이야."

티코마저도 빤히 내 얼굴을 보는 것을 그만두기 바랐다. 나는 쥐구멍에라도 들어가 몸을 숨기고 싶었다.

간단히는 포기할 것 같지 않은 느낌으로 벨이 계속 울어댔다.

"집이 빈 걸로 해." 내가 말했지만 티코가 현관으로 나갔다.

로즈마리 캐스퍼가 그의 옆을 빠져나와 복도를 지나서 거실로 들어왔다. 언제나처럼 그 황갈색 레인코트를 입고, 당장이라도 폭발할 듯한 분노로 타올라 달려왔다. 스카프도 가발도 쓰지 않았으며, 상냥함따윈 한 조각도 느껴지지가 않는다.

"역시 있었군." 격한 말투였다. "여기에 숨어 있는 게 틀림없다고 생각했어. 내가 전화를 할 때마다 당신 친구들이 집에 없다고 했지만, 거짓말을 한다는 걸 난 다 알고 있었어."

"없었어." 잔 나뭇가지로 세인트 로렌스 강을 막으려는 것과 진배없었다.

"내가 돈을 지불하면서 당신이 있도록 한 곳, 그러니까 뉴마켓엔 없었어. 게다가 나는 처음부터 당신이 조사하고 있다는 것을 조지에게 절대로 알려지면 안 된다고 했는데도 그가 알아버려서, 그 이후로 우린 말다툼을 계속해야 했어. 그러더니 이번엔 트라이 나이트로가 우리에게 참기 어려울 정도로 창피를 주었어. 모두가 당신 때문이야."

티코가 우스꽝스러울 정도로 눈썹을 바짝 치켜올렸다. "시드가 말을 탄 것도 아니고…… 훈련을 시킨 것도 아닌데."

로즈마리 캐스퍼가 증오를 담은 눈길을 티코에게 향했다. "그 말을 지킬 수가 없었잖아."

"그래요." 티코가 말했다. "그 점은 인정합니다."

"당신은," 내 쪽으로 고개를 돌려 말했다. "당신은 아무짝에도 쓸모가 없는 사기꾼이야. 탐정이라더니 거짓말쟁이에다가 순 엉터리야. 좀더 어른스럽게 잘못을 인정하는 게 어때? 당신은 소란을 일으켰을 뿐이야. 내 돈을 내놔!"

"수표도 괜찮겠습니까?"

"그럼 불만은 없다는 거야?"

"없습니다."

"실패했다는 걸 인정한다는 그런 뜻이냐고?"

잠깐 사이를 두었다가 내가 말했다. "그렇습니다."

"그래?"

하고 싶은 말을 미처 반도 못한 터라 실망한 기색이 역력했으나, 내가 수표를 쓰는 동안에도 날카로운 말투로 계속 떠들어댔다.

"평소의 연습순서를 바꾸라던 당신 아이디어는 전혀 도움이 되지 않았어. 경비와 주의가 필요하다는 걸 끊임없이 조지에게 말했고, 그는 이제 더 이상은 불가능하다, 그 누구라도 어쩌지 못한다고 했지만 지금은 실망의 밑바닥에 추락했어. 나는 기대를 걸었었지. 정말로 기대했었다고. 지금 생각하면 엉뚱하고 웃기는 일이 되었지만 당신이 여하한 방법으로 그 기적을 실현해 주어서 트라이 나이트로가 이길 거라고 나는 절대적으로 확신하고 있었거든…… 그런데 내 생각이 빗나갔어."

나는 수표를 쓰기를 마쳤다.

"어째서 전부터 그럴 거라고 확신하고 있었나요?"

"모르겠어. 어쨌든 그렇게 될 것으로 알고 있었어. 그 문제에 대해 몇 주일 동안이나 걱정을 했어. 그러지 않았다면 당신한테 부탁할 마음이 생길 정도로 절망적이 되지는 않았었겠지. 애초 부탁하는 게 아니었어. 일이 시끄러워지기만 했고, 나도 견딜 수 없게 되었어. 도저히 참을 수 없다고. 어젠 지독했어. 그 말은 당연히 이겨주어야 했어. 그런데도 이길 수 없다는 걸 난 알고 있었어. 그 자리에서 넘어질 것 같았지. 지금도 병을 앓는 사람이 된 기분이야."

아직도 온몸을 떨고 있었다. 격심한 고뇌가 얼굴에 나타나 있었다. 커다란 기대, 트라이 나이트로에게 쏟은 정성, 가슴이 짓이겨질 듯한 불안감, 대책. 조교사에게 있어서 레이스에 이기는 것은 영화 제작자가 영화를 만드는 것과 같다. 잘 되면 모두가 박수갈채를 보내고, 실패하면 매도당한다. 어떤 경우든 당사자는 심혈을 기울이며, 가진 모든 지식과 기술을 구사해 몇 주일 동안이나 정신적 노고를 거듭한다. 레이스에 진 것이 조지에게, 또한 저 정도로 마음이 부서진 로즈마리에게 무엇을 의미하는지 나는 잘 알고 있었다.

"로즈마리……." 내가 무익한 동정을 담아 말했다.

"그 말은 병에 감염된 게 틀림없다고 블래저스미스가 말했지만 나는 믿지 않았어. 그는 언제나 그런 말을 했거든. 그렇게 무능한 남자인 줄은 나는 몰랐어. 늘 어깨너머로 뒤를 보는 그가 전부터 싫었어. 어쨌든 트라이 나이트로의 건강상태를 살피는 게 그의 임무이고, 몇 번이나 거듭 진찰을 했지만 아무데도 나쁘지 않았어. 멋진 자태로 출발선을 향해 갔어. 앞서 있었던 점검도 멋졌어. 그랬는데 레이스에서 한순간에 완전히 달라져서 결국은…… 돌아왔어…… 녹초가 되어서." 순간 그녀는 눈물이 반짝였으나 의지력으로 억눌렀다.

"약제 테스트는 했겠지요?" 티코가 말했다.

로즈마리 캐스퍼가 다시 화를 냈다. "약제 테스트! 물론, 그들이 했지. 하지 않았을 거라고 생각해? 혈액, 소변, 침, 몇십 종류나 되는 테스트를 했어. 조지에게도 같은 샘플을 보냈어. 그래서 우린 여기에 와 있는 거야. 그는 어딘가 민간 연구소에 검사의뢰를 했어. 하지만 분명한 답변은 나오지 않았어. 전과 똑같아. 절대로 아무 일도 일어나지 않았단 말야."

내가 수표장에서 수표를 떼어 건네자 로즈마리 캐스퍼는 멍한 눈으로 바라보았다.

"여기에 오지 않는 건데 그랬어. 마음 깊이 후회하고 있어. 당신은 단지 기수에 지나지 않아. 내가 바보였어. 당신 따위와는 두 번 다시 얘기하고 싶지 않아. 레이스에서도 말 시키지 마. 알겠어?"

나는 고개를 끄덕였다. 충분히 이해했다. 로즈마리 캐스퍼는 갑자기 현관으로 향했다. "그리고 조지에게도 절대로 말 걸지 말아." 홀로 방에서 나가 후려치듯이 문을 닫았다.

티코가 혀를 차면서 어깨를 으쓱했다. "무슨 짓을 하건 기쁘게 할 수 없어. 그녀의 남편도 하지 못했는데 당신이 뭘 할 수 있다는 거야? 경비회사를 동원해 경비견을 6마리나 썼다는 따윈 논외로 하더라도." 나를 대신해 변명해 주고 있음을 서로가 알고 있었다.

나는 대답하지 않았다.

"시드?"

"이대로 계속해 나갈 자신이 없어졌어, 이런 일을."

"그녀가 한 말 따윈 마음 쓸 필요 없어." 티코가 반대했다. "지금 새삼 그만둘 수는 없어. 당신의 그 능력이 아깝군. 갖가지 심각한 사건을 해결했던 걸 생각해 봐. 단 하나가 제대로 되지 않았다고 해서……."

나는 멍한 눈길로 허공을 쳐다보고 있었다.

"당신은 지금 어른이라구." 그러는 티코는 나보다 7살 가량 어리다. "아빠 어깨라도 부여잡고 울고 싶은 거야?" 한동안 말이 없었다. "알겠어? 시드, 정신을 다시 차려야만 해. 무슨 일이 있었다 하더라도 그 말이 당신의 손을 뭉개던 때만큼 심각한 일일 리가 없어. 절대로 있을 수 없다고. 당신이 죽은 사람처럼 의기소침해 있을 시간 여유는 없어. 보험회사의 일, 경비 업무, 루커스 웨인라이트의 신디케이트 건……."

"안 돼!" 머리가 납처럼 무겁고, 내가 전혀 쓸모가 없는 존재가 된 듯한 기분이 들었다. "지금은 안 돼, 티코. 정말이야!"

일어나서 욕실로 들어갔다. 문을 닫았다. 목적도 없이 창가로 가서 방금 내리기 시작한 비로 지붕과 굴뚝의 통풍관이 빛나는 풍경을 바라보았다. 통풍관은 아직도 남아 있지만, 굴뚝은 아래쪽이 막혀 있어서 불은 이미 예전에 꺼져 있었다. 내가 저 통풍관과 같은 신세라는 생각이 들었다. 불이 꺼지면 얼어붙고 만다.

문이 열렸다.

"시드," 티코가 말했다.

나는 넌덜머리를 내며 말했다. "문을 잠그는 걸 기억해 줘."

"또 손님이야."

"돌아가라고 해."

"여자야, 루이스 뭐라고 하는."

나는 얼굴에서 머리, 그리고 목덜미를 쓸어내리며 말했다. 근육을 풀었다. 창으로 등을 향했다.

"루이스 맥키니스?"

"그래."

"제니와 함께 사는 사람이야."

"아, 그래? 그럼 시드, 이제 볼일이 없으면 오늘은 그만 가겠어. 그리고…… 어…… 내일은 여기 있을 거지?"

"으응."

티코가 끄덕였다. 서로가 다른 말은 한 마디도 하지 않았다. 재미

있어 하는 기분, 놀림, 우정, 억누르고 감춘 불안, 모든 것이 그의 표정과 말투에 나타나 있었다. 티코도 나에게서 같은 것을 간파했는지도 모른다. 어쨌든 빙긋 웃으며 돌아갔다. 나는 평생 도저히 다 갚지 못할 성질의 빚이 있다는 생각을 하면서 거실로 들어갔다.

루이스는 어질러진 방 한가운데에 서서 제니의 아파트로 갔던 때의 나처럼 주위를 둘러보고 있었다. 나는 그녀의 눈을 통해 새삼 내 방을 보았다. 불규칙한 형태, 높은 천장, 현대적이 아닌 담갈색 가죽을 씌운 소파, 술병을 늘어놓은 창가 테이블, 서가, 벽에 걸려 있는 복제 그림, 그리고 끝내 걸어놓을 기분이 나질 않아서 벽에 세워둔 커다란 경주마 그림. 커피잔과 글라스가 여기저기에 있고, 수북하게 쌓인 재떨이, 커피 테이블 위와 곳곳에 놓여 있는 편지 더미.

루이스는 요전과 전혀 달라져 있었다. 자다 일어난 일요일 아침의 모습이 아니라 빈틈없는 차림새를 하고 있다. 밤색 비로드 재킷, 새하얀 스웨터, 밤색 계열의 부드러운 스커트, 단단하게 죈 허리에 넓은 벨트를 두르고 있다. 새로 감은 금발이 빛나고 있고, 영국인 특유의 장미색 피부에 분홍빛 화장을 했다. 초연한 느낌의 눈이, 이 정도의 꿀은 단지 벌을 끌기 위함이 아니란 것을 알려준다.

"하레이 씨,"

"시드로 부르십시오." 내가 말했다. "당신은 나를 잘 알고 있으니까, 대리인을 통해서."

입가로 미소가 퍼져나갔다. "시드."

"루이스."

"시드란 이름은 배관공의 조수 같다고 제니가 말했어요."

"배관공의 조수란 대단히 훌륭한 사람들인데."

"알아요?" 방 안 점검을 계속하면서 루이스가 말했다. "아랍어로는 '시드'가 '군주'를 뜻한다는 걸?"

"아니, 몰랐는데."
"어쨌든 그래요."
"제니에게 가르쳐주는 게 좋겠군."
빠르게 내 얼굴로 시선을 돌렸다.
"그녀가 하는 말을 참아낼 거죠. 그렇죠?"
나는 미소를 지었다. "커피? 아니면 술이든지?"
"차는?"
"좋지요."
주방으로 와서 차를 끓이는 것을 보고 있었지만, 의수에 관해선 아무것도 이상한 말을 하지 않았다. 서로 안 지 얼마 되지 않은 사이로서는 드문 일이다. 대개는 커다란 흥미를 느끼고 길게 얘기를 하는데. 쓸데없는 말을 하는 대신에 밉지 않은 호기심에 가득 찬 눈길로 주위를 둘러보다가 소나무 재질의 장식장 문손잡이에 걸려 있는 달력에서 정지했다. 말 사진이 실려 있는데 투자회사가 크리스마스 때 보낸 것이다. 그녀는 페이지를 넘겨 지나간 달의 사진을 보다가 12월 사진을 물끄러미 들여다보았다. 에인트리에서 체어(chair, 에인트리 경마장의 가장 높고 넓은 장애물)를 넘는 말과 기수가 하늘을 배경으로 멋진 실루엣을 이루고 있다.
"훌륭한 사진이군요." 루이스가 말하면서 이번엔 설명을 읽고 깜짝 놀란다. "어머, 당신이군요!"
"솜씨가 훌륭한 사진가죠."
"저 레이스에서 이겼나요?"
"그래요." 내가 아무렇지도 않게 말했다. "설탕은?"
"아니, 됐어요." 페이지를 원래대로 돌려놓았다. "달력으로 자기 모습을 보는 건 왠지 묘하잖아요?"
나로서는 묘하지 않았다. 자기 사진이 수없이 인쇄되어서 끝내 스스로도 둔감해지는 게 차라리 더 이상했다.

나는 쟁반을 들고 거실로 가서 커피 테이블의 편지 더미 위에 놓았다. "드십시오." 내가 말했고, 둘 다 앉았다.

"이것은 모두," 내가 편지 더미 쪽으로 턱을 치켜올렸다. "왁스를 주문하고 수표를 동봉해 온 편지예요."

의아하다는 듯 쳐다봤다. "뭔가 도움이 되나요?"

"그러길 바라고 있지요." 메일링 리스트에 대해 설명했다.

"힘들겠군요." 루이스가 망설였다. "그렇다면 내가 가져온 게 필요치 않을지도 모르겠네요." 갈색 가죽 핸드백을 집어 올려 열었다. "일부러 찾아온 건 아니고, 자주 찾아가는 숙모가 근처에 있어요. 그거야 어쨌거나 근처까지 오는 길에 이게 당신에게 도움이 될지도 모른다는 생각이 들어서 가져왔어요."

페이퍼북을 한 권 꺼냈다. '우편으로 보낼 수도 있었을 텐데'라는 생각도 들었지만 직접 갖다 주어서 매우 기뻤다.

"침실의 혼란 상태를 약간 정리했거든요. 책이 많아요. 금세 쌓여 버리죠."

보았다는 얘긴 하지 않았다. "책은 그런 법이죠."

"어쨌든 그 안에 이게 있었어요. 니키의 책."

페이퍼 백(paper back, 표지를 종이로 한 염가 포켓판)을 내게 내밀었다. 나는 표지를 힐끗 보고는 차를 따르기 위해 내려놓았다. 《항해술 입문》. 그녀에게 잔과 받침을 건넸다. "그는 항해술에 관심이 있었나요?"

"모르겠어요. 하지만 난 있어요. 그의 방에서 빌린 거죠. 내가 빌린 것을 그는 알아채지도 못했던 모양이에요. 그는 소지품을 넣는 상자…… 초등학생이 학교에나 가져갈 듯한 상자를 갖고 있었는데, 어느 날 그의 방에 들어갔더니 내용물이 서랍장 위에 늘어놓아져 있더군요. 정리할 생각이었는지, 어쨌든 그가 외출해 있었기 때문에 그 책을 빌렸죠. 그는 전혀 신경 쓰지 않았어요. 무척이나 태펑했지요. 그래서 난 내 방에다 놓고, 그러다가 다른 책을 그 위에 올려놓고는 잊었던 거예요."

"읽어보았나요?"

"아뇨, 그럴 틈이 없었어요. 몇 주일이나 전의 일인걸요."

나는 책을 집어들고 펼쳤다. 첫 페이지에 누군가가 장난삼아 검은 펠트 펜으로 분명하게 읽을 수 있는 또렷한 필적으로 '존 바이킹'이라고 쓴 게 있었다.

"난, 몰라요." 내 질문을 짐작하고 루이스가 미리 말했다. "그게 니키의 필적인지 아닌지."

"제니는 알까요?"

"제니는 이 책을 보지 않았어요. 지금 토비하고 요크셔에 있어요."

제니와 토비, 제니와 애시, 적당히 하라고 스스로에게 일렀다. 별달리 이상할 것은 없지 않은가? 그녀는 떠났다. 그녀는 갔다. 그녀는 내 아내가 아니다. 난 이혼했다. 그리고 나도 완전하게 상대가 없었던 것은 아니다.

"상당히 피곤한 것 같군요?" 루이스가 주저하면서 말했다.

나는 정신적으로 혼란스러웠던 것이다. "물론 그렇지 않습니다." 펄럭펄럭 페이지를 넘겼다. 처음 본 것처럼 바다와 하늘의 항해술에 관한 책으로, 선화(線畵)와 도식이 실려 있다. 추측 항법, 육분의(六分儀), 자기(磁器), 편류(偏流. 비행기가 비행 중 바람 때문에 항로에서 벗어나는 일), 표지 뒷면에 같은 검은 잉크로 글자와 숫자가 한 줄 기록되어 있는 것 말고는 특별히 눈길을 끄는 점은 없었다.

$$양력(揚力) = 22.024 \times V \times P\left(\frac{1}{T1} - \frac{2}{T2}\right)$$

내가 루이스에게 건넸다.

"무슨 소린지 이해하나요? 찰스 말로는 수학으로 학위를 받았다고 하던데?"

루이스가 그 수식을 보더니 희미하게 눈살을 찌푸렸다. "니키는 2 더하기 2에 계산기가 필요했군요."

그는 2더하기 1만 쪽은 잘도 했다는 생각을 했다.

"흠." 그녀가 말했다. "양력은 22.024×질량×압력×…… 뭔가 온도의 변화에 관계가 있는 것 같군요. 내 분야가 아니에요. 이건 물리예요."

"항해술에 관계가 있는 것 같은가요?"

루이스가 열심히 생각하고 있었다. 여러 가지 가능성을 생각하는 동안에 표정이 엄격하게 굳어지는 것을 나는 바라보고 있었다. 아름다운 머리칼 아래서 두뇌가 빠르게 회전하고 있다.

"좀 이상하지만," 얼마 안 가서 루이스가 말했다. "가스 주머니로 어느 정도의 중량을 부양시킬 수 있느냐와 관계가 있는 것 같아요."

"비행선?" 생각한 다음 내가 말했다.

"이 22.024가 뭐냐는 것에 달렸어요. 이건 정수예요. 즉, 무엇에 관계하든 이 방정식 자체의 것이라는 뜻이죠."

"나는 3시 반에 어느 것이 이길까를 맞추는 쪽이 쉽겠군요."

루이스가 손목시계를 보았다. "벌써 3시간이나 지났어요."

"내일도 3시 반이 있어요."

루이스가 책을 건넸다. "도움은 되지 않겠지만 어떤 것이든 당신이 니키의 소지품을 필요로 하는 것 같아서."

"크게 도움이 될지도 모릅니다. 이런 건 모르는 법이죠."

"하지만 어떻게요?"

"이건 존 바이킹의 책입니다. 존 바이킹이 니키 애시를 알지도 모르죠."

"그래도 당신은 존 바이킹을 몰라요."

"그래요, 그렇지만 그는 가스 주머니에 관해 지식이 있습니다. 그리고 나는 가스 주머니를 잘 아는 남자를 알고 있고요. 가스 주머니도 경마와 마찬가지로 좁은 세계인 게 분명해요."

루이스가 편지 더미를 보고 다시 책을 보았다. 그러고는 천천히 말했다. "어쨌든 당신은 틀림없이 그를 찾아낼 거라고 생각해요."

나는 루이스에게서 눈을 돌려 멍하니 주위를 보고 있었다.

"당신은 절대로 포기하지 않을 거라고 제니가 말했어요."

나는 희미하게 웃었다. "그와 똑같은 표현으로?"

"아뇨." 재미있어 한다는 것을 느꼈다. "완고하고, 자기중심적이고, 끝까지 자기 생각을 관철한다고."

"그리 크게 벗어나진 않았군." 내가 책을 톡톡 두드렸다. "맡아둬도 되겠소?"

"물론."

"고맙군."

우리는 사람들이, 특히 젊은 남녀가 4월 저녁 나절에 고즈넉한 아파트에서 마주 앉아 있는 때에 곧잘 가지는 그런 기분으로 서로 상대를 보고 있었다.

루이스가 내 표정을 읽고 가슴속 생각에 답했다. "다음 기회에." 시원스런 말투였다.

"제니와는 언제까지 함께 지내기로 했는지?"

"당신과 무슨 관계가 있나요?"

"음."

"당신은 부싯돌처럼 단단하고 완고하다고 그녀가 말했어요. 당신에 비하면 강철 따윈 엿이나 다름없다면서."

나는 공포와 고뇌, 자기혐오에 관해 생각했다. 고개를 저었다.

"내 눈에 비친 당신은," 루이스가 천천히 말했다. "원하지 않은 방문객을 배려하는 몸이 안 좋은 사람이에요."

"원하고 있소. 게다가 난 건강하고."

그러나 루이스는 일어났고 나도 따라서 몸을 일으켰다.

"당신이 숙모를 많이 좋아해야 할 텐데……?"

"아주 좋아해요."

냉랭하고 약간 빈정대는 그녀의 웃음에 놀라는 표정이 섞여 있었다.

"안녕…… 시드."

"안녕…… 루이스."

루이스가 돌아가자 어둠이 밀려왔으므로 한두 군데 테이블 등을 켜고 위스키를 따랐다. 냉장고 속에서 옅은 색의 소시지를 보았지만 조리는 하지 않았다.

이제 아무도 없다고 생각했다. 모두가 각자의 방식으로 자취를 멀리 해주었다, 특히 루이스가. 실제로 누군가가 찾아오는 일은 없을 게 틀림없지만, 그는 늘 나와 함께 있다, 파리에 있을 때와 마찬가지로. 트레버 딘스게이트! 달아날 수 없다. 잊어버리고 싶어도 영락없이 다시 생각나게 한다.

얼마 안 있어 나는 바지와 셔츠를 벗고 짧은 감색 잠옷으로 갈아입고 팔을 떼었다. 가끔 있는 일이지만 떼는 것이 무척이나 아팠다. 다른 것과 합쳐 생각하면 문제가 아닌 듯한 기분이 들었다.

약간 정리를 할 생각에 거실로 갔지만, 너무 지저분해서 손을 댈 수가 없어서 그냥 서서 보고만 있었다. 이따금 힘이 약한 윗팔뚝 부분을 매끄럽게 움직이는 힘센 오른손으로 눌러 지탱하면서 몸의 바깥과 안쪽의 어느 부분을 절단당하는 것이 훨씬 지독한 병신이 되는 것일까 생각했다.

굴욕, 소외, 무력감, 실패……

오랫동안 노력해 왔는데 이제 와서 공포심에 패배를 당하는 일은 절대로 하지 않을 것이다. 무슨 일이 있어도 용납하지 않겠다고 참담한 기분으로 결심했다.

9

다음 날 아침, 컵 따위를 세척기에 넣고 있으려니 루커스 웨인라이트에게서 전화가 걸려 왔다.

"조사는 진행되고 있는 건가?" 꽤나 해군 중령다운 말투로 말했다.

"유감스럽게도 그 메모를 모두 잃어버렸습니다. 다시 해야만 할 것 같습니다."

"무슨 소릴 하는 거야!"

화를 내고 있었다. 나는 머리를 맞는 바람에 메모가 들어 있던 커다란 봉투를 웅덩이에 떨어뜨려서 그걸 잃어버렸다고는 하지 않았다.

"그럼 바로 오도록 해. 에디는 오후가 되어야 올 테니까."

천천히, 반쯤은 건성으로 방 안을 정돈하면서 루커스 웨인라이트를, 그가 마음을 먹으면 나를 위해 무엇을 할 수 있을 것인가를 생각했다. 조금 있다가 테이블에 앉아서 내가 원하는 바를 썼다. 내가 쓴 것을 보고, 펜을 쥔 손을 보고 진저리를 쳤다. 종이를 접어서 호주머니에 넣고, 역시 루커스에게는 건네지 않기로 하고 포트맨 광장으로 갔다.

그는 이미 자기의 사무실에 파일을 준비해 놓고 있었고, 나는 요전과 같은 테이블에 앉아서 필요한 사항을 모두 적었다.

"더 이상 너무 끌지 않는 게 좋겠어, 시드?"

"그 일에만 전념하겠습니다, 내일 아침부터. 내일 오후에 켄트로 가겠습니다."

"좋아." 내가 메모를 새 봉투에 넣고 있으려니 그가 일어서서 내가 돌아가기를 기다렸다. 나를 거추장스러워 하는 것이 아니라 그런 성격의 사람인 것이다. 맺고 끊는 게 분명하다. 한 가지 일이 끝나면 다음으로 넘어가는, 미적대지 않는 그런 성격이다.

나는 마음이 약해져서 망설였으나 어떻게 해야 할지 의식적으로 생각이 결정되지 않은 상태에서 지껄이고 있었다. "중령, 이 일에 관해서 돈은 지불하지 못할지도 모르지만 내가 필요로 할 경우에 협력하는 것으로 예를 표하겠다고 했던 것을 기억하고 있습니까?"

상대가 미소를 보임으로써 작별인사를 하는 것이 약간 지연되었다.

"물론 기억하고 있네. 자넨 아직 일을 다 끝내지 않았어. 어떤 협력이지?"

"저…… 별로 대단한 일은 아니지만 좀 도와주셨으면 해서요." 종이를 꺼내 건넸다. 그가 내용을 간단히 훑어보는 동안 기다렸다. 마치 내가 지뢰를 부설해 놓고, 얼마 안 있다가 내가 밟게 될 듯한 기분이 들었다.

"안 될 이유는 없겠군. 이게 자네가 바라는 것이라면. 하지만, 자넨 뭔가 우리가 알아두어야만 할 것에 관한 단서라도 얻은 겐가?"

내가 종이를 가리켰다. "그것을 해준다면 내가 알게 되는 대로 바로 당신께 연락하겠습니다." 만족스러운 대답은 아니었지만 그는 더 이상 물으려고 하지는 않았다. "하지만 꼭 한 가지 특히 부탁하고 싶은 것은 내 이름을 노출하지 말라는 것입니다. 제 아이디어라는 것을 말하지 마십시오. 절대로, 아무에게도. 나는…… 저…… 당신이 입밖에 냄으로써 살해당할지도 모릅니다. 중령, 이것은 농담으로 하는 말이 아닙니다."

그가 종이와 나를 번갈아 쳐다보곤 눈살을 찌푸렸다. "이것이 사람을 죽일 만한 일이라고는 생각지 않는데, 시드?"

"그것은 죽어야 비로소 알게 될 겁니다."

그가 미소를 지었다. "좋아, 기수클럽 사람으로 이 편지를 쓰고, 목숨이 걸렸다는 자네의 말을 진지하게 받아들이기로 하겠네. 그럼 되겠나?"

"좋습니다."

악수를 하고 나는 갈색 봉투를 들고 그의 사무실을 나왔다. 포트맨 광장 쪽의 출구로 나올 때 마침 들어오던 에디 키스와 마주쳤다. 우리는 둘 다 멈춰 섰다. 그가 예정보다 일찍 돌아왔음에 놀라는 표정을 간파당하거나, 내가 그의 파멸의 씨앗을 갖고 있음을 추측하거나 하지 않기를 빌었다.

"에디!" 배신자 같은 기분을 느끼면서도 나는 미소를 띄고 말했다.

"안녕, 하시오 시드." 둥근 볼 위의 눈에 웃음을 담고 에디는 쾌활한 말투로 말했다. "이런 데서 뭘 하고 있는 거야?"

악의 없는, 극히 평범한 질문이었다. 의심 따위는 전혀 느껴지지 않는다. 불안한 느낌도 전혀 없다.

"빵 부스러기를 찾고 있어." 내가 말했다.

그가 배를 흔들며 웃었다. "듣자니 부스러기를 줍는 건 우리던데? 자네 덕분에 얼마 안 있어 우린 모두 일이 없어질 거야."

"당치도 않아."

"우리 영역으로는 들어오지 마, 시드."

여전히 웃음을 띠고 있으며, 말투에 협박 같은 느낌은 전혀 없었다. 텁수룩한 머리칼, 커다란 콧수염, 살집이 두터운 둥근 얼굴은 선의로 가득 차 있다. 그러나 얼음 같은 번뜩임이 순간 그 눈에 떠올랐다가 사라지면서 나는 엄중한 경고를 받았음을 분명히 알았다.

"절대로 하지 않아, 에디." 내가 마음에도 없이 말했다.

"그럼, 또 보자구." 고개를 끄덕이고, 빙긋 웃으며 언제나처럼 내 어깨를 툭 치고는 건물로 들어섰다. "몸조심해."

"그쪽도, 에디." 멀어져 가는 뒷모습에 대고 말했다. 그러고는 서글픈 기분으로 소리를 죽여 다시 한 번 말했다. "너도 조심해라."

메모를 무사히 아파트로 가지고 돌아와서 한참 생각하다가 가스 주머니와 관계가 있는 아는 사람에게 전화를 했다.

그가 안녕한가, 오랜만이군, 언제 한잔 해야지, 아니, 존 바이킹이란 이름의 남자는 모른다고 했다. 방정식을 읽어주고 뭔가 떠오르는 게 없느냐고 묻자 웃으면서 열기구로 달에 가기 위한 방정식 같다고 했다.

"대단히 감사하군." 내가 잔뜩 빈정대는 투로 말했다.

"아냐, 진심으로 하는 말이야, 시드. 그건 최고 고도를 계산하는 방정식이야. 기구 애호가에게 물어 봐. 그들은 늘 기록을 추구하고 있거든. 높이, 거리, 기타 등등."

누구 기구 애호가를 아느냐고 묻자 유감스럽게도 모른다, 나는 비행선 전문이라고 하면서 며칠 내로 어딘가에서 만나자는 모호한 약속을 주고받고는 전화를 끊었다. 무익하다고 확신하면서 멍하니 전화번호부를 넘기고 있으려니 믿기 어렵게도 글자가 선명하게 눈에 들어왔다——열기구 회사, 사무실은 런던, 전화번호가 기록되어 있다.

전화통화가 되었다. 느낌이 좋은 목소리의 사내가, 당연히 존 바이킹을 안다, 기구계에서 존 바이킹을 모르는 사람은 없다, 그는 제1급 미치광이라고 했다.

"미치광이?"

존 바이킹은 양식아 있는 기구 애호가라면 꿈에도 생각지 않을 엄청난 위험을 무릅쓴다고 그가 설명해 주었다. 그와 얘기를 하고 싶다면 월요일 오후의 기구 레이스에서 만날 수 있다고 했다.

월요일 오후의 기구 레이스는 어디서 한다는 것인가?

말 쇼, 기구 레이스, 그네, 회전목마, 뭐든지 있다. 월트셔의 하이어레인 파크에서 하는 노동절 축제의 일부다. 존 바이킹은 거기 있을게 분명하다, 틀림이 없다는 것이었다.

감사를 표하고 전화를 끊은 다음 잊고 있었던 노동절 휴일을 생각했다. 오래 전부터 모든 경마 관계자와 마찬가지로 국민 축제일은 그에게 있어서 일하는 날이었다. 대중의 여가에 오락을 제공하고 있었던 것이다. 때문에 축제일은 염두에 두지 않는 경향이 있다.

티코가 위생 왁스 종이로 감싼 피시 앤드 칩스 2인분을 들고 찾아왔다. 왁스 종이로 싸면 열기가 막혀서 칩스가 눅눅해진다.

"월요일이 노동절인 걸 알고 있었어?" 내가 말했다.

"난 개구쟁이들에게 유도를 가르치잖아. 어떻게 모를 수가 있겠어?"

그가 점심식사를 두 접시에 담았고, 둘이서 손으로 집어먹었다.

"다시 살아난 모양이군." 그가 말했다.

"일시적이야."

"그럼 되살아난 동안에 일을 좀 정리하는 게 좋겠군."

"신디케이트야."

같은 일에 나섰던 불운한 메이슨이 뇌 장애로 식물인간이 된 얘기를 했다.

티코가 칩스에 소금을 뿌렸다. "그렇다면 조심해야만 하겠네?"

"오늘 오후에 착수할까?"

"좋지." 손가락을 핥으면서 뭔가 생각하고 있었다. "분명 이 일은 무보수라고 했었지?"

"직접적으로는."

"그럼 그 보험회사의 조사를 하면 어떨까? 평온하게 질문만 하고 수수료는 약속되어 있잖아."

"신디케이트를 맨 먼저 하겠다고 루커스 웨인라이트에게 약속했어."

티코가 어깨를 움츠렸다. "당신이 우두머리야. 하지만 당신 부인과 돈을 돌려준 로즈마리를 포함해서 공짜 일이 연이어 3건이야."

"앞으로 보충을 하겠어."

"그럼 일을 계속한다는 거야?"

바로는 대답하지 않았다. 내가 계속하고 싶은지 어떤지 모르겠다는 점은 별개로 치더라도, 할 수 있을지 어떨지 몰랐다. 지금까지도 티코와 나는 우리 조사를 저지하려 했던 깡패들에게 얼마간 혼이 난 적이 있다. 우리는 경마장 경비원이나 경찰관처럼 보호를 받는 입장이 아니다. 우리 스스로가 몸을 지켜야만 한다. 내 경우는 낙마, 티코의 경우는 유도에 의한 상처처럼 우리는 부상을 일의 일부로 여겼다. 그런 사고방식을 트레버 딘스게이트가 바꿨다고 한다면 어떻게 될까……? 더구나 단순히 고뇌로 가득 찬 1주일이 아니라 훨씬 장기간에 걸쳐서 영원히라면?

"시드," 티코가 날카로운 어조로 말했다. "분명히 해."

나는 꿀꺽 마른침을 삼켰다. "그래…… 어…… 신디케이트를 하자. 그리고 상황을 보는 거야." 그렇게 하다 보면 알게 되리라. 어느 쪽이든 확실히 알게 될 것이다. 내가 더이상 호랑이 굴에 들어갈 수 없게 된다면 모든 것은 끝장이다. 혼자서는 불충분하다——둘이 해야 한다.

만약 계속할 수 없을 것 같으면…… 죽는 편이 낫다.

루커스의 리스트에 기재되어 있는 첫 번째 신디케이트는 멤버가 8명인데, 그 가운데 3명은 정규 등록된 마주이며 대표자는 프라이어리 경이다. 등록 마주란 것은 경마 당국에 적격 인정을 받고 회비를 내며 규칙을 지키고, 누구에게도 폐를 끼치지 않는 모든 경마산업의 기반이자 추진력이 되고 있는 사람들이다.

신디케이트란 것은 보다 많은 사람들을 직접 경마에 관여시키기 위한 방도로 많은 사람들이 관여하는 것은 경마 진흥에 도움이 되고, 훈련 비용을 여럿이서 분담하는 것은 마주에게는 많은 득이 된다. 큰 부자들, 탄광부, 록 기타 연주자, 선술집 주인 등등의 사람들이 각기 동료들과 신디케이트를 조직한다. 벼룩시장 아줌마에서 장의사에 이르기까지 누구든지 참가할 수가 있어서 에디 키스는 리스트의 전원이 신청서대로의 인물인지 여부를 확인하면 충분했던 것이다.

"우리가 조사할 것은 등록 마주가 아냐." 내가 말했다. "그 이외의 사람들이야."

우리는 턴브리지 웰스를 향해 켄트를 달리고 있었다. 턴브리지 웰스는 대단히 품격이 높은 구역이다. 퇴역 대령과 부인들이 브리지를 하고 있는 주택가이다. 나라 전체의 범죄 발생률로는 리스트의 아래쪽에 해당한다. 그렇기는 해도 피터 라미리스라는 인물의 거주지라는 점에는 달라지는 것이 없으며, 루커스 웨인라이트의 정보 제공자 말에 따르면 그는 의심을 받고 있는 4개 신디케이트의 조직을 제안한 사실상의 멤버인데, 그 이름은 어디에도 나와 있지 않다.

내가 태연한 말투로 말했다. "습격을 받고 죽은 메이슨은 턴브리지 웰스 거리에 내팽개쳐져 있었어."

"이제 와서 그런 얘길 왜 하는 거야?"

"티코, 물러나고 싶어?"

"뭔가 나쁜 예감이라도 드는 거야?"

사이를 두었다가 내가 말했다. "아니." 급한 커브를 약간 너무 빠른 속도로 돌았다.

"알겠어, 시드? 우린 꼭 턴브리지 웰스에 가지 않아도 돼. 이 한 건은 피곤한 돈벌이 같은 일이야."

"그럼 어떻게 하면 좋겠어?"

잠자코 있었다.

"어떻게 해서든 가야만 해." 내가 말했다.

"그렇겠지."

"거기서 메이슨이 뭘 물었는지 추측하고, 그 점을 건드리지 않도록 해야만 해."

"그 라미리스란 사내는 어떤 놈이야?"

"내가 직접 만난 적은 없지만 소문은 들었어. 말의 부정 거래로 한 재산 모은 농부야. 기수클럽은 마주로 등록하는 것을 허용하지 않고, 대개의 경마장에선 안에 들이지 않아. 수석위원에서 청소부에 이르기까지 기회만 있으면 매수를 하려고 하고, 매수할 수 없으면 협박을 하지."

"괜찮은 얘기로군."

"얼마 전에 기수 2명과 훈련사 1명이 그에게서 뇌물을 받아서 면허를 잃었어. 그 기수 1명은 소속 마구간에서 목이 날아가 무일푼이 되어 경마장 문 밖에서 구걸 비슷한 걸 하고 있지."

"언젠가 당신이 얘기하던 사람이 그렇다고?"

"그래."

"그래서 얼마를 주었는데?"

"쓸데없는 건 묻지 마."

"당신은 너무나 마음이 여려, 시드."

"신의 은총이 없으면 안 되는 업이기 때문이야."

"그렇겠지. 당신이 악덕 말상인에게서 뇌물을 받는 모습이 눈에 떠오르는군. 이 세상에서 가장 있을 수 있는 일이야."

"그건 그렇고, 우리가 조사해낼 것은 피터 라미리스가 말 4마리를 부정 조작하고 있는지 어떤지가 아냐. 하고 있다는 건 확실한데 에디 키스가 그것을 알면서 침묵하고 있는지 여부야."

"알겠어."

우리는 켄트의 전원지대로 들어갔다. 얼마 안 있어 티코가 말했다. "우리가 함께 일을 하게 된 뒤로 대체로 좋은 성적을 올리고 있는 건 왠지 알아?"

"왜 그런데?"

"악당들이 모두 당신을 알기 때문이야. 즉, 대개의 사람들은 보기만 해도 당신인 걸 알아. 때문에 자기들이 관계된 나쁜 일 주변에서 당신이 뭔가 조사한다는 걸 알면 두려움을 느껴 깡패들에게 우리를 노리게 하는 멍청한 짓을 하기 시작하지. 그래서 우린 악당이 누군지, 뭘 하고 있는지를 확실하게 알 수가 있지. 그들이 가만히 있었더라면 몰랐을 게 틀림없는 그런 일도."

나는 한숨을 쉬었다. "그렇군." 그렇게 말하면서 트레버 딘스게이트를 생각했다. 생각하지 않으려고 노력했다. 두 손이 없으면 차 운전은 불가능하다…… 어쨌든 그런 건 생각하지 말자고 스스로에게 되뇌었다. 그 문제는 머리에서 털어 내라, 그래봐야 겁쟁이 나라로 가는 편도 티켓이나 사게 될 뿐이다.

다시 커브를 빠른 속도로 돌았으므로 티코가 힐끗 곁눈으로 보았지만 아무 말도 하지 않았다.

"지도를 봐." 내가 말했다. "뭔가 도움이 되는 일을 해."

그리 힘들이지 않고 피터 라미리스의 집을 찾아서 작은 농장의 뜰로 들어갔다. 턴브리지 웰스의 전원이 바다처럼 둘러싸고 있어서 다른 곳과 격리된, 남의 눈에 띄지 않을 듯한 농장이었다. 3층 건물의 희고 커다란 농가, 현대적인 목조 마구간과 길고 매우 커다란 축사가 있다. 특별히 부유한 느낌은 없지만, 그렇다고 궁기가 흐르는 곳도 아니었다.

인기척은 없었다. 천천히 차를 세우고 둘 다 내렸다.

"현관?" 티코가 말했다.

"농장은 뒷문으로."

그러나 둘이서 그쪽 방향으로 대여섯 걸음 나갔을까 했을 때 작은 남자아이가 축사 입구에서 뛰어나와 숨을 헐떡이며 이쪽으로 뛰어왔다.

"구급차, 가져 왔나요?"

내 얼굴을 보더니 초조함과 실망으로 울상을 지었다. 승마바지에 티셔츠를 입은 7살 가량의 아이로 울고 있었던 모양이다.

"무슨 일이냐?" 내가 물었다.

"전화로 구급차를 불렀어요, 조금 전에."

"우리가 도와줄게."

"엄마예요. 안에 쓰러져 있는데 눈을 뜨지 않아요."

"가자, 안내해 다오."

갈색 머리칼에 갈색 눈을 가진 체격이 좋은 아이로 심하게 겁에 질려 있다. 아이가 오두막으로 달려갔고, 우리가 곧장 뒤를 따랐다. 안에 들어가자 보통 축사가 아님을 알았다. 실내 승마학교로 폭이 약 20미터, 길이가 35미터 가량 되고, 지붕 창으로 채광을 하고 있다. 바닥은 벽에서 벽까지 단색의 나무를 깎은 부스러기가 두껍게 깔려 있어서 푹신하고, 말의 발굽소리를 없애는 데 도움이 된다.

망아지와 말이 1마리씩 뛰어다니고 있고, 몸을 둥글게 말고 바닥에 쓰러져 있는 여자가 발굽에 밟힐 것만 같았다.

티코와 내가 서둘러 여자 곁으로 갔다. 젊은 여자로, 옆으로 쓰러져 있어서 얼굴이 반쯤 가려져 있었다. 의식을 잃기는 했지만 정도는 그리 심하지 않은 것 같았다. 호흡이 얕고, 얼굴은 화장이 얼룩져서 창백했지만 손목의 맥박은 힘차고 규칙적이었다. 도움이 되지 않았을 헬멧이 몇 피트 떨어진 곳에 구르고 있었다.

"가서 다시 한 번 전화를 걸어 줘." 내가 티코에게 말했다.

"그녀를 어딘가로 옮기는 편이 낫지 않을까?"

"아냐, 어딘가 골절되었으면 곤란해. 의식을 잃은 동안에 사람을 움직이면 오히려 상황을 악화시키는 경우가 있어."

"당신은 잘 알 테니까." 집 쪽으로 달려갔다.

"엄마는 괜찮아요?" 소년이 걱정스럽게 물었다. "빙고가 엉덩이를 치켜들기 시작하자 떨어졌어요. 게다가 그놈이 엄마 머리를 찬 것 같아요."

"빙고는 말 이름이냐?"

"안장이 미끄러졌어요." 안장이 배 밑으로 돌아간 빙고가 아직도 로데오처럼 뛰어오르면서 발길질을 하고 있었다.

"이름이 뭐지?" 내가 물었다.

"마크."

"좋아, 마크. 내가 보기엔 엄마는 괜찮아. 넌 용기 있는 아이로구나."

"난 6살이에요." 그렇게 어리지 않다는 말투였다.

사람들이 오자 겁에 질린 표정은 사라졌다. 나는 부인 옆에 무릎을 꿇고 갈색 머리칼을 이마에서 쓸어내 주었다. 가느다란 신음소리를 내면서 눈꺼풀을 흠칫거렸다. 우리가 온 지 얼마 지나지도 않았는데 상당히 의식이 회복되었다.

"죽은 게 아닐까 싶었어요." 소년이 말했다. "얼마 전에 우리 집에 토끼가 있었어요. 고통스럽게 숨을 쉬다가 눈을 감더니 우리가 아무리 눈을 뜨게 하려고 해도 소용이 없이 죽어버렸어요."

"엄마는 눈을 뜰 거란다."

"정말로요?"

"반드시 눈을 뜰 거야, 마크. 걱정 말거라."

소년은 크게 안심한 듯 자기 망아지 이름은 스티이며, 아버지는 내일 아침까지 집에 없어서 엄마와 자기밖에 없고, 빙고를 장애물 뛰어넘기 경기를 하는 여자아이에게 팔기로 했으므로 엄마가 훈련을 하던 중이라는 등의 얘기를 해 주었다.

티코가 돌아와서 구급차가 이제 곧 올 거라고 했다. 소년은 완전히 기운을 되찾고는 채찍을 늘어뜨린 채로 말들이 뛰어 돌아다니고 있으므로 붙잡아야 한다, 안장과 굴레가 못 쓰게 되면 아버지가 심하게 화를 내기 때문이라고 했다.

진지하게 어른 같은 말투를 쓰는 것이 우스워서 티코와 나는 웃었다. 티코와 마크가 곁에 서서 모친을 지키는 동안에, 나는 마크가 호주머니에서 꺼내 건넨 말 목에 두르는 것을 써서 한 마리씩 붙잡아 벽의 쇠고리에 잡아매었다. 빙고는 복대를 떼어내고 안장을 내려주자 얌전하게 서 있었다. 마크가 어머니에게서 떨어져 자기 망아지에게로 달려가 툭툭 치면서 다시 말 목에 두르는 것을 주었다.

구급요원의 말로는 분명히 15분쯤 전에 어린아이가 전화를 걸어왔지만 주소를 물을 틈도 없이 끊어버렸다고 티코가 전했다.

"아이에게 말하지 않는 게 좋겠어." 내가 말했다.

"자상하군."

"영리하고 대단한 아이야."

"어린애치고는 대단하군. 당신이 말을 붙잡는 동안에 아버지는 심하게 화를 낼 때가 자주 있다고 하던데?" 아직 정신이 돌아오지 않은 부인을 내려다보았다. "정말 괜찮을까?"

"이제 곧 의식을 회복할 거야. 중요한 건 기다리는 것이지."

얼마 안 있어 구급차가 왔지만, 요원이 어머니를 싣고 떠나려 하자 마크가 다시 굉장히 불안해했다. 어머니와 함께 가고 싶어했지만 요원들은 어린애만 데리고 갈 수는 없다고 했다. 어머니가 꾸물꾸물 몸을 움직여 뭔가 중얼거렸으므로 더욱 걱정이 되었던 것이다.

내가 티코에게 말했다. "차로 병원에 데리고 가도록 해…… 구급차를 따라가라고. 어머니가 눈을 뜨고 말을 할 때까지는 마음이 놓이지 않을 거야. 나는 집 안을 한 바퀴 돌겠어. 아버지는 내일 아침까지 집에 없을 거라는군."

"그거 괜찮네." 티고는 빈정대는 투로 말했다. 그가 마크를 불러서 시미터에 타고 도로를 달려갔다. 둘이서 마주 보며 이야기하는 것이 뒷 창문을 통해 보였다.

나는 초대받은 사람 같은 자신감으로 뒷문을 통해 집으로 들어갔다. 호랑이가 나간 동안에 우리에 들어가는 것은 쉽다.

압도당할 듯한 느낌이 드는 악취미의 값비싼 새 가구가 들어차 있는 오래된 집이었다. 화려한 색깔의 호화로운 카펫, 거대한 스테레오 장치, 금색 님프로 장신된 램프대, 검정과 카키색의 지그재그 무늬로 씌워진 깊숙한 팔걸이의자. 거실은 정연하고 모든 것이 반짝반짝 빛나고 있어서 나이 어린 남자아이가 사는 흔적이라곤 어디에도 보이지가 않았다. 주방도 깔끔하게 정돈되어 있고, 어디나 깨끗하게 닦여 있었다.

도를 넘어선 서재의 정연한 모습에 나는 생각했다. 내가 지금까지 만났던 말 매매인 가운데 장부와 서류를 이렇게나 정연하게, 한 치의 흐트러짐도 없이 쌓아놓은 사람은 단 한 사람도 없다. 장부를 펼쳐서 보니 꼼꼼하게 최근의 일들이 기록되어 있었다.

서랍과 파일 캐비닛을 조사한 다음에 더할 나위 없이 신중하게 원래대로 해두었으나, 어느 것이나 너무나도 정직한 것처럼 보이기만 할 뿐이어서 아무것도 소득이 없었다. 서랍과 장식장 가운데 잠겨 있는 것은 하나도 없다. 마치 조사하러 온 세무서 직원을 혼란시키기 위해 전개해 놓은 무대장치 같다는 아니꼬운 기분마저 들었다. 만약 있다고 한다면, 진짜 기록은 평범한 어떤 비스킷 깡통에라도 담겨 땅속에 묻혀 있으리라.

2층으로 갔다. 마크의 방은 대번에 알아차렸으나 장난감들은 모두가 상자에 들어 있고, 옷가지는 모두 서랍장 서랍에 들어 있다. 침대 커버 밑으로 개켜 놓은 모포의 윤곽이 보이는 빈 침실이 셋, 침실에 딸린 방이 하나, 그리고 드레스룸과 욕실이 있는데 모두가 아래층과 마찬가지로 돈이 많이 들었고 정연하다.

금빛 돌고래 모양의 수도꼭지가 달린 붉고 긴 원형 욕조. 바닥 한 면에 깔린 카펫과 완전하게 부조화를 이루는 밝은 색 문양이 들어간 커버로 덮인 커다란 침대. 가장자리가 아름다운 곡선을 이루고 있는 크림색과 금색의 화장대 위는 조금도 흐트러짐이 없으며, 드레스룸 전체 어디에도 브러시 한 자루 놓여 있지 않았다.

마크 어머니의 옷가지는 모피, 눈부시게 화려한 드레스, 바지, 재킷. 아버지의 의류는 두꺼운 트위드, 오버코트, 10벌 가량의 양복, 맞춤옷은 하나도 없이 그저 값이 비싸기 때문에 산 것처럼 보였다. 부정한 현금이 잔뜩 있지만 쓸 곳을 모르는 것이다. 어쩌면 피터 라미리스가 부정을 저지르는 것은 필요해서가 아니라 성격인 모양이다.

믿기 어려울 정도로 정연한 상태는 모든 서랍에서 선반은 말할 것도 없고 세탁물 바구니에까지 미쳐 있어, 반듯하게 개킨 파자마가 한 벌 들어 있었다.

옷의 호주머니를 뒤졌으나 무엇 하나도 들어 있지 않았다. 드레스룸의 어디에도 종이 조각 하나 없었다.

잔뜩 실망해 3층으로 올라갔다. 6개의 방이 있는데 그 중 하나에 여러 가지 모양의 커다란 빈 슈트케이스가 있을 뿐, 다른 것은 아무것도 없었다.

감출 것이 없는 사람이 이렇게까지 주의 깊게 살아갈 리는 없다고 내려오면서 생각했지만 그런 것은 법정에서 증거가 되지 않는다. 라미리스 일가의 현재는 돈을 들인 진공상태이며, 과거의 흔적은 전혀 없다. 기념품, 오래된 책, 최근 바깥뜰에서 망아지를 타고 있는 마크를 찍은 것 외엔 사진조차 한 장 없다.

부속건물을 보고 다니는 참에 티코가 돌아왔다. 동물은 마구간의 7마리 말과 승마학교 오두막의 2마리뿐이다. 농사를 짓는 흔적은 없다. 마구(馬具)실도 밧줄 장식 하나 없이, 다른 곳과 마찬가지로 정연하고, 가죽을 닦는 비누냄새만 감돌 뿐이다. 밖으로 나와서 마크를 어떻게 했느냐고 티코에게 물었다.

"간호사들이 잼 샌드위치를 먹이고 전화로 아버지를 찾고 있어. 부인은 의식을 되찾고 말도 해. 당신은 어땠지? 운전할 건가?"

"아니, 네가 운전해 줘." 그의 옆에 앉았다. "지금까지 이런 집은 처음 볼 정도로 과거의 흔적이 전혀 없는 괴상한 집이야."

"그래? 그런 곳이야?"

"음. 에디 키스와의 연관을 찾아내는 건 전혀 불가능해."

"결국 헛수고였다는 얘기군."

"마크에게는 행운이지만 말야."

"그래, 귀여운 녀석이야. 어른이 되면 이삿짐 센터를 할 거라고 하더군." 티코가 곁눈으로 나를 보면서 빙긋 웃었다. "그 아이가 기억하는 것만도 벌써 세 번씩이나 이사한 모양이야."

10

티코와 나는 분담을 해서 편지 리스트의 M부분 런던 주소를 돌아다니느라 토요일 대부분을 소비했다. 저녁 6시나 되어서야 다리가 아프고 목이 마른 상태로 두 사람이 알고 있는 플럼의 바에서 만났다.

"토요일에, 그것도 연휴에 할 일은 아니었어." 티코가 말했다.

"그렇더군." 나도 인정했다.

티코는 보기만 해도 군침이 나올 듯한 맥주가 글라스를 채우는 것을 지켜보고 있었다. "반 이상은 빈 집이었어."

"이쪽도 마찬가지야, 거의 모두가."

"게다가 어쩌다 집에 있는 사람들도 텔레비전으로 경마나 레슬링을 보거나 여자친구를 끌어안고 있어서 얘기를 듣고 싶어하지 않더군."

그는 맥주 잔을, 나는 위스키 잔을 작은 테이블로 각각 들고 가서 성과에 관해 서로 이야기했다. 티코는 간신히 4명을 찾아냈고, 나는 2명뿐이었으나 그래도 필요한 결과는 얻을 수 있었다.

그들 6명은 모두가 〈여러분의 골동품〉을 정기적으로 받아보고 있었다.

"그럼, 이거로군" 하고 티코가 말했다. "결정적이야." 벽에 기대어 기분 좋은 듯이 편한 자세를 취했다.

"화요일까지는 손을 쓸 도리가 없어. 어디나 모두 닫혀 있을 테니까."

"내일은 예정이 있어?"

"제발 좀 봐줘. 웸블리의 여자야." 티코는 손목시계를 보고 맥주를 비웠다. "그럼 또 보자구, 시드. 지금 가지 않으면 늦고 말아. 그녀는 내가 땀을 흘리는 걸 싫어해."

빙긋 웃으며 나갔고, 나는 좀더 술을 마신 다음 집으로 돌아왔다.

방 안을 돌아다녔다. 팔의 전지를 교환했다. 콘플레이크를 먹었다. 경마 자료를 꺼내 신디케이트가 소유하고 있는 말을 조사했다. 매우 변화무쌍한 성적을 올리고 있다——환급금이 낮을 때는 지고, 높을 때는 이기고 있다. 끊임없이, 매우 교묘하게 부정 레이스가 이루어지고 있다는 증거다. 나는 하품을 했다. 늘 일어나는 일이다.

다시 한동안 방 안을 왔다갔다하면서 혼자 아파트에 있을 때면 언제나 나를 감싸주는 평화로운 분위기에 빠져들었다. 옷을 벗고 잠옷으로 갈아입은 다음 팔을 떼었다. 텔레비전을 보았지만 마음을 집중할 수가 없다. 스위치를 껐다.

대개의 경우는 잠옷을 입은 다음에 팔을 뗀다. 그렇게 하면 왼쪽 팔꿈치 밑으로 남아 있는 부분을 보지 않아도 된다. 아래쪽 부분이 없다는 사실에는 어떻게든 익숙해질 수가 있지만, 그 부분을 보는 것은 아직도 싫었다. 과거에 없어진 손을 보면서 한기를 불러일으킬 만한 그런 단단한 상태가 아니다. 지금은 희미한 불쾌감일지라도 일부러 사서하는 것은 멍청한 일임을 안다——어떻게 할 수가 없다. 누구라도 의수센터 직원 외의 사람에게 보이는 것은 죽기보다도 싫었다.

티코도 예외는 아니다. 부끄럽지만 이것도 어딘가 앞뒤가 맞지 않는 얘기다. 그렇지만 몸에 장애가 없는 사람은 그 부끄러움을 절대로 이해하지 못한다. 최초의 부상에서 회복한 지 얼마 안 되어 먹을 것을 남이 잘라 주어야만 해서 부탁할 때마다 얼굴이 새빨개졌는데, 그것을 경험할 때까지는 나도 몰랐었다. 그 이후로 남에게 부탁할 정도라면 먹지 않는 편이 낫다 싶어서 공복으로 참은 적도 수없이 많았다. 전동 의수를 단 이래로 부탁할 필요가 전혀 없어진 것은 영혼의 구원과도 같은 심리적 해방감이었다.

또한 새 손은 정상적인 인간으로서의 신분 회복도 의미했다. 나를 바보 취급하는 사람은 없으며, 전처럼 몸이 오그라드는 느낌을 맛보던 연민을 보이는 사람도 없어졌다. 꺼리고 어렵게 여기는 사람도 없거니와, 쓸데없는 소리를 하지 않으려 애를 쓴 나머지 생각한 대로 말을 하지 못하는 사람도 없다. 손을 쓰지 못하는 병신이었던 무렵은 지금 생각하면 참기 힘든 악몽 같은 나날들이었다. 그런 생각을 하지 않아도 되게 해준 그 악당에게 감사하는 일조차 가끔 있었다.

한쪽 손만으로도 나는 무엇 한 가지 부자유함이 없는 사람이다. 두 손이 다 없어지지 않는다면…….

오, 신이시여. 그런 생각은 하지 말자. '좋은 것도 없고 나쁜 것도 없다. 모든 것은 생각하기 나름이다'. 그러나 햄릿이 나랑 같은 문제를 가졌던 것은 아니다.

그날 밤과 다음 날 아침, 그리고 오후는 어떻게든 보낼 수가 있었지만, 6시 무렵이 되자 체념하고 차에 올라 에인스포드로 갔다.

뒤쪽 차도를 천천히 올라가서 부엌 바깥 공터에 조용히 차를 세우면서 만일 제니가 있으면 그 길로 차를 돌려 런던으로 돌아가리라, 적어도 드라이브로 시간 죽이기를 할 수 있었던 셈은 된다고 생각했다. 그러나 아무도 없는 것 같아서 긴 복도로 통하는 옆문으로 들어갔다.

찰스는 그가 사관실이라 부르는 작은 거실에 홀로 앉아서 그의 보물인 가짜 날벌레 낚시 미끼를 정리하고 있었다.

고개를 들었다. 놀라지 않았다. 과장된 환영의 말도 없었다. 태연했다. 하지만 내가 초대를 받지 않고 이리로 온 것은 이번이 처음이었다.

"어서 오게." 그가 말했다.

"안녕하십니까?"

내가 뻘쭘하게 서 있으려니 잠자코 나를 보며 기다리고 있었다.

"얘기 상대가 필요했습니다."

그가 하루살이 미끼를 불빛에 비춰 보고 있었다.

"세면도구 같은 것들은 가지고 왔나?"

끄덕였다.

술병이 늘어서 있는 쟁반을 가리켰다. "적당히 마시게나. 내게 핑크 진을 따라주지 않겠나? 얼음은 부엌에 있네."

나는 그에게 글라스를 건넨 다음, 내 위스키를 들고 팔걸이의자에 앉았다.

"까닭을 얘기하러 온 겐가?"

"아닙니다."

그가 웃었다. "그럼 저녁식사나 할까? 그리고 체스를 두지."

우리는 식사를 하고 체스를 두 게임 했다. 처음엔 그가 간단히 이겼고, 나더러 좀더 정신을 집중하라고 했다. 두 번째는 1시간 반 계속하다가 무승부로 끝났다. "좀 나아졌군." 그가 말했다.

혼자 있을 때 얻을 수 없었던 마음의 안정이 찰스와 함께 있으면서 차츰 돌아왔다. 그러나 그것은 내면적 붕괴를 진정으로 해결했기 때문이 아니라 그와 함께 있으면 편안함을 느끼는 것과, 시간의 경과를 느끼게 하지 않는 이곳 광대한 옛 저택의 분위기 탓임을 알았다. 어쨌거나 지난 10일 동안에 처음으로 오랜 시간 숙면을 했다.

아침 식사 때 우리는 오늘 하루의 일정을 얘기했다. 그는 차로 북으로 45분 걸리는 토스터에서 열리는 장애물 레이스의 위원을 맡기로 되어 있었다. 그가 대단히 즐거워하는 명예직이다. 나는 존 바이킹과 기구 레이스, M 리스트의 사람들을 찾아가서 〈여러분의 골동품〉지 이름을 알아낸 것 등을 얘기했다. 그는 언제나의 흥미와 만족감이 뒤섞인 웃음을 띄웠다. 마치 자신이 창출해낸 것이 간신히 기대에 부응하기 시작했다는 듯한 느낌의 미소다. 애초 조사원이 될 것을 반쯤 강요했던 것은 그였다. 내가 뭔가에 성공하면 그는 그것을 자신의 공으로 여긴다.

"미세스 클로스에게서 전화 얘길 들었나?" 토스트에 버터를 바르면서 찰스가 말했다. 미세스 클로스는 침착하고 날쌔며, 사람 좋은 그의 가정부다.

"무슨 전화 말입니까?"

"누군가가 오늘 아침 7시쯤 전화를 걸어서 자네가 있느냐고 물었다는군. 자넨 아직 자고 있으니까 전할 말이 있으면 나중에 전하겠다고 했더니 다시 걸겠다고 하면서 끊었다는 거야."

"티코인가? 아파트로 연락이 되지 않으니까 여기 있는 것으로 추측한지도 모르지요."

"상대는 이름을 말하지 않았다고 미세스 클로스가 말하던데?"

나는 어깨를 으쓱하고는 커피포트 쪽으로 팔을 뻗었다. "긴급한 용건은 아닐 겁니다. 그렇다면 나를 깨워달라고 그녀에게 말했을 테니까요."

찰스가 미소를 지었다. "미세스 클로스는 머리를 말고 페이스 크림을 바르고 자고 있었을 거야. 지진이라도 일어나지 않는 한, 아침 7시의 자기 모습을 자네에겐 절대로 보이지 않아. 그녀는 자네를 대단히 단정한 젊은이라고 여기고 있다네. 자네가 오면 언제나 내게 그렇게 말하는걸."

"그만 하세요."

"오늘 밤 이리로 돌아올 건가?"

"아직 모릅니다."

그가 접은 냅킨으로 눈을 떨어뜨리고 말했다.

"어제 자네가 온 것을 나는 대단히 기뻐하고 있어."

나는 그를 보았다. "그래요, 당신이 바라고 계시니 제가 말씀드리지요. 더구나 마음 저 밑바닥에서 진심으로 하는 말입니다." 잠깐 사이를 두었다가 그에게 내 기분을 전달하기에 가장 간단한 단어를 찾았다. 찾아냈다. 입 밖으로 내놓았다. "여기는 제 집입니다!"

그가 고개를 획 들었다. 나는 뒤틀린 미소를 띄우면서 나 자신을, 그를, 인간사회 전체를 비웃었다.

하이어레인 파크는 은근슬쩍 플라스틱 시대 분위기에 편승하는 당당한 저택이다. 집 자체는 흥분한 처녀처럼 1년에 5, 6차례 공개될 뿐이었지만, 부지는 서커스 공연이나 지금 같은 노동절 축제 같은 것에 늘 임대하고 있다.

도로 옆에는 지나가는 시민을 끌어들이기 위한 성의는 거의 보이지 않았다. 깃발 장식이며 화려한 선전은 보이지 않으며, 포스터도 바로 옆에까지 가지 않으면 글자를 읽을 수가 없다. 모든 것이 소극적이고 명색뿐인 느낌이다. 그런 점을 감안하면 계속해서 유원지로 들어가는 사람 수는 엄청난 것이었다. 차례가 되자 나는 입장료를 내고 울퉁불퉁한 풀밭 위로 차를 몰고 들어가 들은 대로 밧줄로 경계를 그어놓은 주차장으로 들어갔다. 계속해서 자동차가 뒤를 이어 들어와 나란히 옆에 세웠다.

몇 사람인가가 말을 타고 저마다 뜻하는 방향으로 달리고 있었으나 유원지의 한 구석의 회전목마는 전혀 움직임이 없고, 기구는 어디에도 보이지 않았다.

차에서 내려 문을 잠그고 1시 반이라는 시간은 화려한 액션이 시작되기에는 너무 이르다는 생각을 했다.

엄청난 착각이었다.

등 뒤에서 누군가가 말했다. "이 사람이냐?"

돌아보니 내 차와 옆 차 사이의 좁은 공간을 두 사람이 걸어왔다.

한 명은 모르는 사내고, 한 명은 아는 소년이었다.

"그래요." 소년이 기쁜 듯이 말했다. "안녕하세요?"

"안녕, 마크." 내가 말했다. "어머닌 좀 어떠시냐?"

"아저씨가 왔던 것을 아빠에게 말했어요." 곁의 사내를 올려다보면서 말했다.

"호오, 그랬어?" 소년이 하이어레인에 온 것은 매우 드문 우연한 일이라고 생각했지만, 그렇지 않았다.

"이 아이가 당신에 대해 말해 주었소." 사내가 말했다. "그 손이며 말다루는 솜씨…… 나는 단박에 누군지 알았지요."

표정과 말투가 모두 엄격하고 빈틈이 없으며, 내가 언뜻 보기만 해도 눈치챌 만한 태도를 보이고 있었다. 나쁜 짓이 드러날까 두려웠다. "내 집을 뒤지고 다닌 건 실로 무엄한 짓이었소."

"당신은 집에 없었소." 내가 부드럽게 말했다.

"그래, 없었지. 그래서 이 아이가 당신을 홀로 그곳에 남겨 두었지."

40살 전후의 근육질 사내로, 적의가 온몸에 가득 차고 넘쳤다.

"나는 아저씨의 차도 기억하고 있어요." 마크가 자랑스레 말했다. "아빠가 나더러 영리하다고 말했어요."

"어린애는 관찰력이 날카롭지."

그가 재미있어하는 듯한 불쾌한 투로 말했다.

"우리는 아저씨가 커다란 집에서 나오는 걸 기다리고 있었어요." 마크가 말했다. "그래서 여기까지 뒤를 따라온 거예요." 게임에 끼워넣어주는 듯한 말투로 마크가 말하면서 활짝 웃었다. "이게 우리 차예요, 아저씨 것 바로 옆이." 옆의 적갈색 다임러를 톡톡 두드렸다.

그 전화라는 생각이 불현듯 떠올랐다. 티코가 아니었다. 피터 라미리스가 내가 있는 곳을 찾고 있었던 것이다.

"아빠가," 마크가 기쁜 듯이 계속 조잘댔다. "우리 친구가 아저씨를 우리 차에 태우고 드라이브하는 동안에 회전목마를 태워주겠다고 했어요."

그런 얘기까지 할 줄은 생각지 않았던 그가 날카로운 눈초리로 아들을 보았으나 마크는 그런 것은 눈치채지 못하고 내 등 뒤를 보고 있었다.

내가 뒤돌아보았다. 시미터와 다임러 사이에 다른 두 사람이 서있었다. 폭력 전문가다운 무시무시한 얼굴을 한 건장한 사내들이다. 놋쇠 너클과 구두 발끝을 매우 잘 쓰는 사람들.

"차에 타." 내 것이 아니라 그의 차 쪽으로 턱짓을 하면서 라미리스가 말했다. "뒷문으로 타."

'좋고말고'라고 나는 생각했다. 이런 나를 미친 녀석쯤으로 생각하기라도 하는 것일까? 명령에 따르는 것처럼 고개를 약간 숙이고는, 차의 문을 여는 대신에 오른팔로 마크를 안아 올리고 달렸다.

라미리스가 뒤에 대고 뭐라고 소리쳤다. 얼굴이 서로 달라붙을 것처럼 된 마크는 깜짝 놀랐지만 웃고 있었다. 나는 아이를 안은 채로 20발짝 가량 뛰어서 필사적으로 쫓아오는 라미리스가 오는 길에 마크를 내려놓고, 주차장에서 나와서 유원지 중앙의 인파를 향해 달렸다.

큰일났다는 생각이 들었다. 티코가 한 말이 옳았던 것이다. 요즘은 우리가 눈을 깜박이기만 해도 상대는 깡패를 내세우고 있다. 그렇더라도 너무 심한 얘기다.

그 올가미는 마크가 없었더라면 성공했으리라. 배를 한 대 맞아 숨이 막혔을 때 차로 밀어 넣었으리라. 하지만 그들은 나를 확인하기 위해 마크를 데리고 와야만 했을 게 틀림없다. 이름은 알지만 내 인상을 모르기 때문이다. 그들은 사람이 많은 유원지에서 나를 붙잡을 수는 없다. 그것은 분명한 사실이며, 내가 차로 돌아올 때는 호위나

진배없는 행락객들이 주위에 잔뜩 몰려 있을 것이다. 경우에 따라서는 그들은 무익하다는 것을 깨닫고 그대로 물러갈지도 모른다.

장애물 뛰어넘기 쇼가 펼쳐지고 있는 곳에 이르러 아이스크림을 먹고 있는 소녀의 머리 너머로 뒤를 보았다. 깡패들은 돌아가지 않았다. 포기하지 않고 쫓아오고 있다. 여기서 머뭇거리다가 얻어맞고 정신을 잃은 채로 끌려가, 머리를 발로 채어 턴브리지 웰스 거리에 내팽개쳐질 운명에서 구해 주도록 주위의 가족 동반객에게 도움을 청하는 것은 그만두기로 했다. 개와 할머니, 유모차와 피크닉 바구니 등, 주위의 가족 동반객은 입을 멍하니 벌린 채 허둥대다가 모든 상황이 종료된 뒤에 저게 무슨 일이었을까를 서로 이야기할 게 뻔하다.

쇼의 관객 울타리 속으로 들어가 경마장을 돌고 어린아이들과 부딪치면서 뒤돌아보니 여전히 두 사람의 모습이 보였다.

경마장은 나의 왼쪽에 있으며, 안에서 장애물 뛰어넘기 경기가 열리고 있고, 구경꾼의 차가 그 바깥쪽을 에워싸고 있었다. 그 자동차 바퀴의 뒤에 내가 겨냥하는 폭넓은 잔디 통로가 있으며, 오른쪽으로 말 쇼에 반드시 나타나는 매점이 늘어서 있다. 텐트를 친 가게가 마구류, 승마용 의류용품, 사진, 장난감, 핫도그, 과일, 쇠장식, 트위드, 양가죽 슬리퍼…… 작은 가게가 끝도 없이 이어져 원을 이루고 있다.

그 텐트 사이로 밴이 있다――아이크스림 밴, 승마협회 캐러밴, 수공예품, 점집, 자선 바자, 양치기 개 영화를 보여주는 이동식 영화관, 오렌지·노랑·초록 같은 가지각색의 주방용품을 파는 커다란 텐트. 어느 가게나 바깥에 사람들이 웅성대고 있지만, 안에는 숨을 만한 곳이 없다.

"기구(벌룬)는 어딘지 아십니까?" 누군가에게 물었더니 손으로 가리켰다. 가지각색의 가스 풍선을 파는 가게였다. 저건 아니겠다는 생각이 들었다. 저런 것일 리가 없다. 멈춰 서서 설명하는 것은 그만두고 조금 있다가 다시 물었다.

"기구 레이스요? 옆 들판인 것 같은데 아직 일러요."

"고맙소." 포스터에는 3시에 시작이라고 쓰여 있었지만, 그 전에 존 바이킹이 아직 얘기를 들을 마음이 있을 때 얘기를 해야만 한다.

기구 레이스란 어떤 것일까 상상했다. 기구는 모두 같은 속도니까 결국 바람의 속도로 날 것이다.

추적자들은 단념하려 하지 않는다. 뛰고 있지는 않지만——그 점은 나도 마찬가지다——두 사람은 마치 무선 빔으로 표적을 포착하고 있기라도 한 것처럼 끈질기게 따라왔다. 나를 따라붙으라는 명령을 글자 그대로 실행하고 있는 모양이다. 저들을 따돌려야만 한다. 존 바이킹을 찾아서 용건을 마칠 때까지 들키지 않고 있다가, 그 다음은 쇼의 위원이나 여성 구급요원들, 길에서 교통정리를 하는 경찰 등 의지가 될 보호자를 찾아야 할 모양이다.

지금은 경마장 바로 뒤에 이르러 말들의 집합장소를 지나고 있었다. 조랑말을 탄 아이들은 재잘대다가 기수들이 긴장한 표정으로 경마장으로 들어간 다음에는 눈물을 흘리거나 자랑스러운 표정으로 나온다.

아이들 속을 빠져나와 방송실을 지나쳤다. "……제인 스미스는 완주, 다음 순서는 트러블호를 탄 로빈 데일리……." 대회 운영자들과 귀빈 전용의 그랜드스탠드——실제로는 앉는 사람이 없는 접이의자가 늘어서 있을 뿐인——에서 사방이 열려 있는 음식물 매장의 만원 텐트, 그리고 다시 매점으로 돌아갔다.

그 매점들을 들락날락하고, 뒤로 돌아갔다가 구획 밧줄 밑을 기어나가고, 골판지 상자 버리는 곳을 지나면서 몸을 감출 방도를 강구해 보았다. 승마 재킷을 바깥에 빼곡하게 걸어놓은 가게 안에서 보니 두 사람이 확실히 걱정스런 표정을 지으면서 주위를 둘러보며 서둘러 지나갔다.

그 두 사람은 트레버 딘스게이트가 보낸 두 사람과는 전혀 다른 것 같았다. 그들은 일에 서투르며, 몸이 작고, 프로 같은 느낌은 거의 없었다. 그렇지만 이번의 두 사람은 지금 같은 일에 무척이나 익숙한 것처럼 보인다. 최악의 경우에는 경마장 안으로 들어가서 큰소리로 도움을 청할 수 있는 유원지라는 비교적 안전한 장소인데도 뭔가 꺼림칙한 위압감이 감돌았다. 용역 깡패는 통상적으로 1시간에 얼마로 고용된다. 저들 두 사람은 이사회의 임원까지는 아니더라도 고정급을 받고 있는 것 같다.

승마 재킷 가게를 나와서 양치기 개들을 소재로 하여 만든 영화가 상영되는 영화관으로 들어갔다. 내가 쫓기는 양의 역할을 연기하지 않는 때였다면 그 영화는 매우 재미있었을 게 틀림없다.

손목시계를 보았다. 2시를 지나고 있었다. 시간이 점점 지나간다. 다시 한 번 출격해서 기구 경기장을 찾아내야만 한다.

어디에도 기구는 보이지 않았다. 군중 사이를 빠져나가면서 방향을 물었다.

"들판 맞은편 끝이오." 한 사내가 손으로 가리키면서 분명하게 가르쳐 주었다. "핫도그 가게를 지나서 오른쪽으로 꺾어지면 울타리 문이 있소. 금세 알 거요."

인사를 하고 그쪽으로 내딛기 시작했을 때, 추적자 하나가 걱정스런 표정으로 가게 안을 둘러보면서 이쪽으로 오는 게 보였다.

앞으로 2, 3초면 발견되고 만다. 서둘러 주위를 둘러보니 내가 점집 캐러밴 바로 바깥에 서 있음을 알았다. 입구에 검정과 하얀색의 플라스틱 테이프가 커튼 대신 늘어져 있고, 그 안으로 검은 그림자가 보인다. 네 걸음쯤 재빨리 나아가서 테이프를 제치고 밴으로 들어갔다.

안에는 레이스가 쳐진 창에서 엷은 빛이 들어올 뿐, 조용하고 어두웠다. 빅토리아식 장식을 했다——모조 석유램프, 쉐닐 조직의 테이블클로스. 추적자가 점쟁이의 밴을 힐끗 쳐다보기만 하고 지나쳐 갔다. 주의를 앞으로 향하고 있었다. 내가 들어가는 것을 보지 못한 것이다.

그러나 점쟁이는 보고 있거니와 그녀에게 나는 손님이다.

"과거를 포함한, 인생 전체를 알고 싶어요, 아니면 미래만?"

"글쎄…… 어떻게 할까? 어느 정도 시간이 걸리겠소?"

"모두 합쳐 15분 가량."

"그럼 미래만 하겠소."

나는 밖을 보았다. 내 장래의 일부가 경마장 주위의 자동차 사이를 찾고 여기저기 물어대고 있지만, 듣는 사람은 모두 고개만 저을 뿐이었다.

"이 소파에 나하고 나란히 앉아서 왼손을 내놓으세요."

"오른쪽이어야만 하는데." 내가 멍하니 말했다.

"안 돼!" 날카로운 말투였다. "언제나 왼손이야."

흥미가 생겼다. 앉아서 왼손을 내밀었다. 그녀는 만져보더니 고개를 들어 내 눈을 보았다. 키가 작고 약간 뚱뚱하며 머리칼이 검은, 매우 흔한 중년 여자였다.

"안 되었군요." 얼마 안 있어 그녀는 말했다. "오른손으로는 할 수밖에 없지만, 어쨌든 나는 익숙하지가 않아서 그다지 정확한 결과는 나오지 않을지도 몰라요."

"난 상관 없소." 앉은 자리를 바꿨다. 그녀가 따뜻한 손으로 내 오른손을 꼭 붙잡았고, 나는 추적자가 자동차 사이로 걸어가는 것을 바라보고 있었다.

"당신은 고생을 많이 했군요." 그녀가 말했다.

왼손 상태를 알고 있으므로 그다지 훌륭한 추측은 아니라고 생각했다. 그녀는 나의 그런 기분을 간파했다. 미안한 듯이 헛기침을 했다.

"수정구슬을 사용해도 될까요?"

"그럼요."

그녀가 테이블 위의 커다란 구슬 속을 들여다보는 것이 흘끗 보였는데, 조금 있다가 테니스 공만한 작은 구슬을 꺼내 내 손바닥에 올려놓았다.

"당신은 친절한 사람이군요. 상냥하고 사람들이 좋아하지요. 어디를 가더라도 사람들이 미소를 보일 겁니다."

20야드 가량 떨어진 밖에서는 두 깡패가 만나 상의를 하고 있었다. 그곳엔 손톱만한 미소도 찾아볼 수가 없었다.

"모두에게 존경을 받고 있어요."

손님을 기쁘게 하기 위한 상투적인 말이다.

티코에게 들려주고 싶었다. 상냥하고 친절하며, 존경받고 있다…… 뒤집어지며 웃을 게 분명하다.

그녀가 자신 없는 듯이 말했다. "많은 사람들이 환성을 지르고 박수를 치는 것이 보여요. 큰소리로 외치고 있지요. 당신을 응원하고 있어요…… 뭔가 짚이는 데가 없나요?"

나는 천천히 그녀 쪽으로 얼굴을 향했다. 그녀의 검은 눈이 조용히 나를 바라보고 있었다.

"그건 과거요."

"얼마 지나지 않았네요, 아직 비치고 있으니까."

나는 믿지 않았다. 점쟁이라는 것 자체를 믿지 않았다. 레이스 하는 것을 보았든지 텔레비전에서 얘기하는 나를 본 적이 있는 모양이다. 그런 게 틀림없다.

그녀는 내 손바닥에 놓인 수정구슬 위로 몸을 숙이고 구슬을 살며시 움직였다.

"당신은 굉장히 건강해요. 활력이 넘치고 있지요. 남의 두 배는 될 육체적인 스태미너를 가지고 있어요. 참고 견뎌야만 할 것이 많아요."

말을 끊고 고개를 들더니 눈살을 찌푸렸다. 지금 자기가 한 말에 놀라는 것 같았다.

얼마 안 있어 그녀가 말했다. "더 이상 말할 수 없어요."

"어째서?"

"오른손에 익숙하지 않기 때문에."

"본 것을 얘기해 주시오."

희미하게 고개를 젓더니 평온한 검은 눈을 들어 나를 보았다.

"당신은 장수할 거예요."

나는 플라스틱 커튼을 통해 밖을 내다보았다. 추적자는 시계(視界) 바깥으로 이동해 있었다.

"얼마 드리면 되겠소?" 나는 돈을 낸 다음 재빨리 출구로 갔다.

"조심해요." 그녀가 말했다. "주의해야 해요."

나는 뒤돌아보았다. 그녀의 표정은 평온했지만 말투는 절박했다. 나는 그녀의 눈에 나타나 있는 확신을 믿고 싶지 않았다. 그녀는 쫓기고 있는 나의 심적인 동요를 느낀 것인지도 모르지만, 그 이상은 알 리가 없다. 나는 커튼을 재빨리 열고 두려움이 허공을 감돌고 있는 어슴푸레한 세계에서, 그것이 현실에서 도사리고 있을 가능성이 있는 5월의 밝은 햇빛 속으로 나왔다.

11

이제 기구 레이스 장소를 남에게 물을 필요는 없었다. 누구라도 알아채지 못할 사람은 없을 것이다. 화려한 색채의 거대한 버섯이 땅속에서 머리를 내민 것처럼 유원지 저편의 광대한 초원을 뒤덮고 있었기 때문이다. 나는 특별한 까닭도 없이 기구는 둘이나 셋, 많아야 대여섯쯤 있을 거라고 생각했는데 실제로는 보니 스무 개는 넘는 것 같았다.

그 방향으로 향하는 인파에 섞여서 문을 지나고 들판을 걸어가면서 존 바이킹을 간단히 찾아낼 거라고 예상했던 것이 커다란 착오였음을 알았다.

우선은 밧줄이 쳐져 있어서 대회를 주관하는 직원들이 그로부터 앞으로 나오면 안 된다고 군중에게 알리고 있었다. 어떻게든 그 장애물은 빠져나갈 수가 있었지만 알고 보니 반쯤 부푼 기구에 완전히 둘러싸여 있었고, 흔들리는 그 거대한 기구들이 시야를 가렸다.

처음으로 마주친 사람들은 분홍과 보라색 기구에 몰두하고 있었는데, 엔진이 달린 커다란 송풍기로 기구에 공기를 넣고 있었다. 기구에 달려 있는 4개의 가느다란 나일론 로프 끝에 바구니가 연결되어 있었다. 바구니는 지면을 구르고 있으며, 빨간 헬멧을 쓴 젊은 남자가 걱정스레 기구 안을 들여다보고 있었다.

"죄송합니다만," 무리의 가장 바깥쪽에 있는 여자에게 물었다. "존 바이킹이 어디 있는지 모르십니까?"

"미안합니다만 모르겠는데요."

빨간 헬멧이 올라왔고 그 밑으로 푸른 눈이 보였다. "어딘가에 있을 거예요." 정중한 말투였다. "'미친 구름'이라 부르죠. 미안하지만 거기 좀 비켜주시겠습니까? 바빠요."

나는 방해가 되지 않도록 조심하면서 인파의 가장자리를 걸어갔다. 기구 레이스란 것은 놀이가 아니라서 웃거나 떠들거나 할 여유가 없는 것 같았다. 진지한 표정의 사람들이 로프나 장비 위로 몸을 숙이고 테스트를 하고, 점검을 하며, 걱정스레 눈살을 찌푸리고 있다. 미친 구름 같은 기구는 눈에 띄지 않았다. 용기를 내서 다시 물었다.

"존 바이킹? 그 바보 자식. 그래, 있소. 미친 구름." 재빨리 방향을 바꾸니 걱정스런 표정으로 불안하게 뭔가 하고 있었다.

"색은?"

"노랑과 초록. 아, 비켜 줘."

기구 가운데는 위스키에서부터 마멀레이드, 도시 이름, 보험회사까지도 선전하는 것이 있다. 선명한 원색이나 분홍과 흰색 같은 담채색 등, 초록 풀밭에서 태양이 솟아오르는 듯한 갖가지 색깔의 기구. 보통 때 같으면 눈을 매우 즐겁게 해주었을 테지만, 바구니 주위에 걱정스레 모여 있는 사람들에게 거듭 무익한 질문을 계속하고 있는 내게는 애가 타는 실크 안개였다.

나는 조용히 흔들리고 있는 검정과 하양의 거대한 기구를 돌아서 들판 한가운데로 들어갔다. 마치 신호라도 있었던 것처럼 주위에서 일제히 굉음이 터져 나왔다. 바구니 위의 틀에 달려 있는 커다란 버너에서 갑자기 분출한 불꽃이 내는 소리였다. 불꽃은 부푼 기구의 입 안으로 분출했고, 이미 들어가 있는 공기를 데워 팽창시킴과 동시에 공기를 더욱 들여보낸다. 반짝반짝 빛나는 외피가 갑자기 생명을 받기라도 한 것처럼 부풀어오르고, 둥근 버섯이 우산 모양의 버섯으로 바뀌고, 윗부분이 안개 낀 푸른 하늘을 향해 천천히 떠오르기 시작했다.

"존 바이킹? 저쪽 어딘가예요." 젊은 여자가 애매하게 팔을 휘둘렀다. "하지만 우린 모두 바빠요."

차츰 부풀어 오르면서 기구가 지면을 떠나 거대한 표류물처럼 흔들리고, 서로 부딪고, 밀려가고 있지만, 아직 새와 공존하는 상태는 아니었다. 어떤 기구든지 새빨간 불꽃이 굉음을 내고 있고, 충분히 부풀기 전에 떠오르지 않도록 조수들이 바구니 주위에 바짝 매달려 있었다.

기구가 일제히 지면에서 떨어지자 노랑과 초록 기구가 금세 눈에 띄었다. 오렌지 알맹이처럼 노랑과 초록이 세로무늬로 분리되어 있으며, 아래쪽에 폭넓은 초록 띠가 붙어 있다. 이미 바구니에 한 사람이 타고 있고, 세 사람쯤이 바구니를 누르고 있었다. 바구니에 탄 주위 사람들은 한 명도 빠짐없이 헬멧을 쓰고 있었는데 어떤 사람은 푸른 데님(튼튼한 능직의 면직물) 모자만 쓰고 있었다.

나는 그가 있는 쪽으로 뛰어갔으나, 한창 뛰는 도중에 시작을 알리는 총소리가 울렸다. 사방에서 사람들을 떠난 바구니가 둥실 떠올랐다. 관중들 사이에서 일제히 환호성이 터졌다.

그중에 나는 간신히 바구니를 둘러싼 무리에게 달려갔다.

"존 바이킹?"

아무도 듣고 있지 않았다. 모두가 한창 말다툼을 하고 있다. 헬멧, 스키 재킷, 청바지에 부츠 차림의 여자가 지면에 서 있었고, 그 옆에서 조수 둘이서 망연자실한 떫은 표정을 짓고 있었다.

"난 가지 않겠어요. 당신은 미친 사람이야."

"타! 빨리 타라니까. 레이스가 시작됐다고."

사내는 깡마르고 키가 무척이나 크며, 심하게 안달을 하고 있었다.

"가지 않겠어요."

"가지 않으면 안 돼." 여자 쪽으로 두 팔을 내밀어 허리를 꽉 붙들었다. 그대로 바구니 안으로 끌고 가려는 것처럼 보였고, 여자는 그렇게 될 것으로 예상하고 있었다. 몸을 잡아끌고, 헐떡이고, 비명을 질렀다. "놔 줘요, 존. 놔 줘. 난 절대로 가지 않겠어요."

"존 바이킹?" 내가 큰소리로 물었다.

여자를 붙잡은 채로 재빨리 내 쪽을 보았다.

"그런데, 무슨 볼일이지? 난 이 승객이 타는 대로 곧장 레이스를 시작할 거요."

"가지 않아……." 여자가 필사적으로 외쳤다.

나는 주위를 보았다. 다른 바구니 대부분이 허공으로 떠올라 지상 1, 2피트 가량을 천천히 전진하고 있으며, 멋진 덩어리를 이루면서 매끄럽게 상승하고 있었다. 둘러보니 어느 바구니에나 2명이 타고 있었다.

"승객이 필요하다면 내가 타겠소."

그는 여자를 풀어주고 나를 돌아보았다.

"체중은?" 다음 순간, 그는 다른 기구가 앞서가는 것을 보더니 초조한 듯이 말했다. "좋소, 괜찮겠지. 타, 빨리 타라고."

나는 몸을 비틀어 로프 하나를 붙잡고 뛰어올라 그 거대한 기구 아래의 꽤 작은 바구니 속으로 내려섰다.

"풀어!" 선장이 명령하자 조수들이 명령대로 손을 놓았다.

바구니는 순간 그 자리에 정지해 있었다. 다음 순간, 존 바이킹이 머리 위로 팔을 뻗어 버너의 레버를 조작했다. 머리 바로 위에서 분출하고 있는 불꽃이 귀가 멍개질 듯한 굉음을 냈다.

여자의 얼굴이 아직 내 얼굴과 같은 높이에 있었다. "그는 미친 사람이에요!" 그녀가 외쳤다. "당신도 미쳤어요!"

바구니가 움직이기 시작하며 지면에서 떠오르는가 싶자 순식간에 6피트 높이에 이르렀다. 여자가 뒤따라오면서 마지막 성원을 해주었다. "게다가 당신은 헬멧도 쓰지 않았어요!"

그러나 내가 얻은 것은 두 명의 깡패에게서 탈출하는 멋진 길이었다. 지금 이 순간은 존 바이킹도 쓰고 있지 않은 점을 생각하면 헬멧 따위는 쓸모가 없는 거추장스러운 것으로 여겨졌다.

존 바이킹은 아직도 분노가 삭지 않은 듯한 표정으로 뭐라고 중얼거리면서 주위를 둘러보고는 버너를 계속 가열하고 있었다. 그의 것이 마지막 기구였다. 기구가 일제히 출발하는 것을 바라보면서 환호성을 지르고 있는 휴일의 관중을 내려다보았다. 갑자기 작은 사내아이가 로프를 빠져나오더니 지금은 텅 빈 출발점으로 나와서 뭐라고 외치면서 손가락으로 가리켰다. 존 바이킹의 기구를 가리키면서 흥분한 모습으로 나를 바라보았다.

눈을 빛내면서 진실을 말하는 나의 벗 마크. 그 어린 친구 마크를 나는 목 졸라 죽여 버리고 싶었다.

존 바이킹이 돌연 저주의 말을 질러대기 시작했다. 나는 지상에서 공중으로 주의를 향하고서야 하늘로 올라가는 그의 상상력으로 가득 찬 저주의 소리를 들었다. 우리의 갈 길을 막을 듯이 전방에 나무들이 있었다. 이미 기구 하나가 나무들 이쪽 편에 걸려 있었으며, 빨강과 보라색의 기구가 다시 충돌 진로로 나아가고 있는 것처럼 보였다.

존 바이킹이 버너의 굉음을 압도하고 내게 소리쳤다. "두 손으로 꽉 붙잡아. 나무 꼭대기에 부딪쳤을 때 그 충격으로 밖으로 나가떨어지면 곤란하니까."

나무들은 높이 60피트 가량의 만만치 않은 장애물처럼 보였지만 대부분의 기구들은 쉽사리 넘어서서 바람에 떠오른 선명한 색깔의 환상의 배(梨)처럼 천천히 상승을 계속하고 있었다.

머리 위에서 버너가 미친 용처럼 굉음을 발하고 있는 채로 존 바이킹의 바구니가 빠르게 나무 꼭대기로 접근해 갔다. 버너에 의해 얻을 수 있는 양력은 전혀 없었다.

"난기류다!" 존 바이킹이 외쳤다. "제기랄, 바람에 의한 난기류야. 꽉 붙잡아. 지면까지는 상당한 거리가 있으니까."

지상 60피트의 바구니에서 헬멧 없이 내팽개쳐지는 것도 꽤 괜찮을 거라고 나는 생각했다. 그를 보고 빙긋 웃었더니 그는 내 표정에 깜짝 놀란 것 같았다.

바구니가 나무 꼭대기에 부딪쳐 기울어지자 나는 아주 간단하게 수직에서 수평 자세가 되었다. 밖으로 나가떨어지지 않도록 잡히는 대로 뭔가를 오른손으로 붙잡고 위쪽의 멋진 기구가 바구니 따윈 개의치 않고 전진을 계속하고 있는 것을 보았다. 아니, 그냥 느꼈다. 기구에 끌려가는 바구니가 나무 꼭대기에 부딪쳐 간신히 빠져나가는 동안, 나는 이따금 몸의 대부분이 밖에 나가 있는 채로 헝겊인형처럼 휘둘렸다. 나보다 훨씬 믿음직한 대장은 버너를 지탱하고 있는 금속제 틀에 한 팔을 단단히 감고, 다른 한쪽을 검은 고무 스트랩에 찔러 넣고 있었다. 지금은 바닥에 가 있는 바구니 측면에 두 다리를 올려놓고 버티고 서서 필요에 따라 발을 디딜 장소를 바꾸었으나, 한 번은 한쪽 발로 내 배를 세게 밟았다.

마지막으로 몸이 오그라들 듯한 충격과 산산조각이 날 듯한 움직임이 전해져 오는 순간, 바구니가 위아래로 움직이는 기구 밑에서 추처럼 흔들리고 있었다. 그 움직임으로 나는 넝마 뭉치처럼 바구니 바닥에 쑤셔 박혀 있었는데, 존 바이킹은 여전히 당당하게 서 있었다.

나는 몸을 일으키면서 거의 빈 공간이 없다는 생각을 했다. 아직도 흔들리고 휘둘리는 바구니는 겨우 4평방 피트밖엔 되지 않으며, 허리 높이밖에 되지 않는다. 마주보고 양쪽에 네 개씩, 합쳐서 8개의 봄베(고압 기체를 저장하는 두꺼운 강철제 용기)가 고무 스트랩으로 묶여 있다. 남은 장방형 공간은 두 사람이 서 있을 수 있을 만큼의 넓이는 되었다. 그렇다고 여유가 있는 것은 아니고 한 사람당 2평방 피트 밖엔 되지 않았다.

존 바이킹이 마침내 버너를 잠깐 쉬게 하더니 갑자기 조용해진 가운데서 억센 말투로 말했다. "어째서 내가 말한 대로 붙잡고 있지 않았지? 까딱하면 밖으로 떨어져서 내가 성가시게 되리란 걸 몰랐나?"

"미안하군." 흥미를 느끼면서 내가 말했다. "나무에 걸려도 버너를 계속 가열하는 건 통상의 방법인가?"

"그래서 바구니가 빠져나갔던 거야, 그렇잖아?"

다시 격한 말투로 말했다.

"분명 그랬지."

"그럼 불평을 하지 마. 와 달라고 내가 당신한테 부탁한 건 아니잖아."

나와 비슷한 나이였다. 아마도 한두 살쯤 어리겠지. 푸른 데님으로 만든 요트 캡 밑의 얼굴은 거칠지만 세월이 흐르면서 품격이 갖춰진 듯한 골격이고, 파란 눈은 열광적인 애호가에게 어울리는 광채를 내뿜고 있었다. 미치광이 존 바이킹, 나는 그에게 호감을 가졌다.

"바깥 둘레를 점검해 줘." 존 바이킹이 말했다. "뭔가 풀어지려고 하지는 않는지."

그가 가장자리 너머를 보고 있었으므로 바구니 바깥을 말하는 모양이었다. 나도 내 쪽을 살펴보니 갖가지 꾸러미가 바깥에 단단히 묶여서 로프에 매달려 있었다.

그런데 바구니에 연결된 짧은 로프는 끝에 아무것도 달려 있지 않았다. 끌어 올려서 그에게 보였다.

"빌어먹을!" 그는 격렬한 기세로 말했다. "나무에 걸려서 떨어진 모양이야. 플라스틱 물통이지. 자넨 목은 마르지 않겠지?" 몸을 뻗어 다시 버너의 화력을 높였다. 나는 이튼 출신다운 그의 말투에서 그가 지금 같은 인간이 된 이유를 알았다.

"1등으로 도착해야만 하나, 기구 레이스에 이기려면?"

놀라고 있었다. "이 레이스는 달라. 이건 2시간 반 레이스야. 그동안에 가장 멀리까지 간 사람이 이기지." 눈살을 찌푸리고 있었다. "기구를 탄 적은 없는 거야?"

"없어."

"오, 신이시여! 이러고도 이긴다면 기적이군."

"내가 타지 않았더라면 이길 수도 없을 텐데?" 내가 부드럽게 말했다.

"그건 분명히 그래." 6피트 4인치 가량 위쪽에서 나를 내려다보고 있었다. "이름은?"

"시드야."

시드란 이름은 자기 친구들 가운데에는 찾아볼 수 없는 종류의 이름이라는 생각을 했지만 깨끗하게 사실을 받아들이기로 한 모양이었다.

"당신 여자친구는 왜 오지 않았지?"

"누구? 아, 폽시 말이군. 내 여자친구가 아니야. 그녀는 솔직히 말해서 잘 몰라. 늘 타던 녀석이 바보 같은 놈이어서 지난주에 좀 거칠게 착륙을 했더니 다리가 부러지는 바람에 그녀가 타기로 했던 거야. 그런데 폽시가 글쎄 엄청나게 커다란 핸드백을 들고 타겠다는 거야. 그게 없으면 타지 않겠다, 그걸 놔두고 올 수는 없다는 거야. 바보 같은 소리지! 핸드백 실을 공간이 어디에 있어? 게다가 엄청 무거웠어. 무게가 문제지. 1파운드만 가벼워도 1마일의 거리가 연장되거든."

"어디서 내릴 작정이지?"

"바람 상태에 달렸어." 허공을 올려다보았다. "지금은 대체로 북동쪽으로 향하고 있는데 난 좀더 고도를 높일 거야. 예보에 따르면 서쪽에서 전선이 다가올 거라고 하니까 높은 하늘에선 상당히 도움이 되는 바람이 불 거야. 잘만 하면 브라이튼까지 갈 수 있을지도 몰라."

"브라이튼?"

나는 고작해야 20마일쯤일 거라고 상상했지. 100마일이란 거리는 꿈에도 생각지 않았다. 그는 착각을 하는 게 틀림없다니까. 기구로 2시간 반 만에 100마일을 나는 건 불가능하다.

"바람이 좀더 북서쪽에서 불면 와이트 섬에 갈 수 있을지도 몰라. 아니면 프랑스에. 가스가 얼마나 남았느냐에 달렸지. 바다에는 내리고 싶지 않아. 이 바구니에 타고 있는 동안엔. 헤엄은 치나?"

나는 끄덕였다. 아직 헤엄칠 수 있을 거라고 생각했다. 한 팔로 시험해 본 적은 없다. "가능하다면 수영하고 싶지 않군."

존 바이킹이 웃었다. "걱정하지 않아도 돼. 이 기구는 엄청나게 비싸기 때문에 나도 바다에 빠지고 싶지 않으니까."

아까 그 나무숲에서 벗어난 뒤로는 급속하게 고도를 높여서 지금은 크기나 색이 아직 식별은 되지만 도로를 달리는 자동차가 장난감처럼 보이는 높이로 날아가고 있다.

소리가 분명하게 전해져 온다. 차 엔진소리, 개 짖는 소리, 때로는 사람의 고함 소리도 들린다. 사람들이 하늘을 올려다보면서 지나가는 우리에게 손을 흔들고 있다. 별천지라고 생각했다. 나는 시시하고 무거운 땅 위의 짐을 벗어 던지고, 목가적으로 바람에 맡기고 흘러가고 있는 동심의 세계에 있으며, 자유롭게 하늘을 오르고 표현할 바 없는 환희로 가득 채워져 있었다.

존 바이킹이 레버를 움직이자 불꽃이 굉음을 발했고, 용이 토하는 주홍색과 금색 불꽃처럼 초록과 노랑 구멍 속으로 불꽃을 분출해 냈다. 불꽃이 20초 동안 타다가 멈추자 기구가 갑자기 정적 속으로 눈에 띄게 상승했다.

"무슨 가스를 사용하지? " 내가 물었다.

"프로판."

존 바이킹은 바구니에서 몸을 내밀고 위치를 확인하려는 듯 아래를 둘러보았다. "지도를 꺼내 줘. 당신 쪽의 자루 같은 것에 들어 있어. 부탁이니까 바람에 날려가지 않도록 조심해."

나는 내 쪽을 뒤적거려서 그가 말하는 것을 찾아냈다. 어깨에 메는 자루 같은 것이 버클로 채워져 있었다. 버클을 풀고 안을 뒤져 커다랗게 접어놓은 지도를 꺼내어 아무것도 하지 않고 서 있는 선장에게 건넸다.

존 바이킹은 내가 몸의 균형을 잡기 위해 바구니 가장자리에 올려놓은 왼손을 물끄러미 들여다보았다. 내가 그 손을 내리자 그의 시선이 위쪽으로, 내 얼굴로 옮겨왔다.

"자넨 한 손이 없군." 믿어지지 않는다는 말투였다.

"그렇다."

존 바이킹은 애가 타는 걸 억누르지 못하는 표시로 두 팔을 크게 휘둘렀다. "내가 대체 어떻게 이 레이스에서 이긴단 말인가?"

나는 웃었다.

그가 내 얼굴을 보았다. "웃을 일이 아냐."

"아니, 웃겨. 게다가 나는 레이스에서 이기는 걸 좋아해. 당신이 나 때문에 지지는 않아."

잔뜩 실망한 표정을 지었다. "어쨌거나 폽시보다는 낫겠지. 하지만 그녀는 적어도 지도는 읽을 줄 알아." 내가 건넨 지도를 펼쳤다. 비행기 항법에 쓰는 지도로, 사이사이에 붙여놓은 플라스틱 필름으로 뒤덮여 있다. "알겠나?" 그가 말했다. "우린 여기서 출발한 거야." 손으로 가리켰다. "대충 북동쪽으로 전진하고 있어. 당신이 지도를 갖고 있다가 우리 위치를 살펴 줘." 사이를 두었다. "시계를 컴퍼스 대신에 쓴다든지 하는 추측항법에 관해 다소라도 지식은 있는 거야?"

아직 읽지 않은 추측항법에 관한 책이, 입고 있는 얇은 면 후드 외투 주머니에 들어 있었다. 게다가 다행히도 지퍼가 달린 다른 주머니에 충전한 예비 전지가 들어 있다. "지도를 이리 줘, 해 보겠어."

걱정스레 지도를 건넨 다음 다시 버너를 피웠다. 나는 대강의 위치를 추정해 밖을 내다보고는 대번에 지표의 모습과 지도가 전혀 다르다는 것을 알았다. 지도에는 분명하게 기록되어 있는 촌락과 도로가, 지표의 위장한 듯한 갈색과 초록의 융단으로 녹아들어 있는데다 햇빛이 자아내는 그림자가 드문드문 드리워져 있어 구분이 더욱 명료하지가 않았다. 전체 조망이 어디나 똑같이 보이고 뭔가 특별한 것을 식별할 수가 없으니 내가 폽시보다 도움이 되지 않는다는 것을 극명하게 입증한 셈이다.

빌어먹을! 다시 해보자.

1, 2분의 차이는 있다 하더라도 우리는 3시에 출발했다. 지면을 떠난 지 12분이 지났다. 지표에선 바람이 남쪽에서 완만하게 불었으나, 지금은 그때 풍속보다 다소 빠르게 북동으로 향하고 있다. 그렇군…… 시속 15노트. 15노트로 12분…… 약 3해리다. 나는 멀리 앞을 내다보았다. 강을 건너야만 할 것 같다. 열심히 아래쪽을 보고 있는데도 불구하고 조금 지나서 보면 못 보고 놓친 곳이었다. 지도상의 선명한 푸른 줄이 현실에선 반사되어 은색 실 같고, 눈을 피하기라도 하는 것처럼 초원과 숲 사이를 구불구불 지나고 있다. 그 오른쪽으로 언덕에 반쯤 가린 마을이 있고, 그 맞은편으로 기차 선로가 있다.

"지금은 여기야." 지도를 가리키며 말했다.

그가 지도를 보고 아래의 모습을 둘러보고 있었다.

"과연! 좋아, 지도를 갖고 있어. 가는 곳마다 위치를 알아두는 게 좋아."

레버를 당겨 올려 오랫동안 버너를 태웠다. 우리보다 앞서가는 기구는 아래쪽에 있다. 지금으로선 가장 위에서 내려다보는 형국이 되었다. 이어서 조용해졌을 때, 그가 바구니 바깥에 묶어놓은 계기를 두 개 살펴보고 뭐라고 중얼댔다.

"그건 뭐지?" 다이얼을 턱으로 가리키면서 내가 물었다.

"고도계와 상승계야. 지금은 고도 5천 피트이고, 1분 동안에 8백 피트 상승하고 있어."

"상승?"

"그래!"

갑자기 섬뜩한 느낌을 주는 미소를 띠었으나, 그것은 장난꾸러기가 자기 장난에 환희하는 것과 완전히 똑같은 표정이었다. "폽시가 오지 않은 건 그 때문이야. 누군가가 나는 굉장히 높이 올라간다고 가르쳐 준 거지. 그게 싫었던 거야."

"어느 정도로 높이?"

"나는 도중하차 같은 건 하지 않아. 레이스에 나서면 이기기 위한 레이스를 하지. 내가 이길 것을 모두가 알아. 그게 마음에 들지 않는 거야. 사람들은 절대로 위험을 무릅쓰려고 하지 않지. 요즘은 모두 안전의식이 발달해서 기개가 없어. 멍청이들!" 마음 속으로 깊이 경멸하였다. "전에, 고든 베넷 레이스가 있던 금세기 초에는 모두 이틀에 걸쳐 천 마일 가량을 날았어. 그런데 지금은…… 안전제일주의란 말야." 나를 쏘아보았다. "그리고 승객을 태우지 않아도 된다면 난 혼자 날겠어. 승객은 늘 불평을 늘어놓거든."

주머니에서 담배를 꺼내 라이터로 불을 붙였다. 우리는 액상 가스 봄베에 둘러싸여 있다. 나는 어떤 종류든 간에 저장연료 옆은 화기 엄금임을 떠올렸지만 말은 하지 않았다.

아래 있는 기구가 왼쪽으로 빗나가는 것처럼 보였으나, 얼마 안 가서 나는 우리가 왼쪽으로 빗나가고 있음을 알았다. 존 바이킹은 방향이 바뀌는 것을 무척이나 만족스레 보고 있었는데, 곧 다시 버너를 피웠다. 우리는 빠르게 상승했고, 뒤에서 비추던 태양이 우현으로 돌았다.

햇빛이 비치고 있음에도 불구하고 상당히 추워지기 시작했다. 밖을 보니 기구는 한참 밑에 있고, 지금은 어느 방향이든지 훨씬 멀리까지 보인다. 나는 지도를 살펴 위치를 확인했다.

"뭘 입었지?" 그가 물었다.

"대충, 보시는 바와 같이."

"흠."

버너가 타는 동안은 머리 위의 불꽃이 너무 뜨거울 정도고, 기구 밑에서 끊임없이 열기가 새나온다. 기구는 바람에 실려 풍속으로 전진하고 있으므로 물론 윈드 팩터는 0이다. 추위는 어디까지나 고도에 따른 것이었다.

"지금 고도는 어느 정도지?"

존 바이킹이 계기류를 힐끗 보았다. "1만 1,000피트."

"그럼 아직도 상승하고 있는 거로군?"

끄덕였다. 한참 밑의, 왼쪽으로 모여 있는 다른 기구는 지표의 초록을 배경으로 한 밝은 점 뭉치에 지나지 않았다.

"저것들은" 그가 말했다. "5,000피트 이상은 오르지 않아. 항공로 밑에 머무르지." 곁눈으로 나를 보았다. "그 지도를 보면 알아. 항공회사가 사용하는 항공로가 기록되어 있고, 벗어나서는 안 될 고도도 기재되어 있지."

"그러니까 기구로 고도 1만 1,000피트의 항공로를 가로지르는 건 금지되어 있다?"

"시드," 그가 빙긋 웃었다. "당신은 말을 알아듣는군."

존 바이킹이 레버를 튕겨 올려 버너가 굉음을 내는 바람에 이야기를 할 수 없게 됐다. 나는 지표와 지도를 대조했지만 아차 하는 사이에 현재 위치를 알 수 없게 되고 말았다. 갑자기 지금까지보다 훨씬 빠르게, 더구나 분명하게 남동쪽을 향하고 있었던 때문이다.

다시 조용해지자 존 바이킹이 다른 기구의 지원자들은 기구가 착륙했을 때 데려가기 위해 차로 마중을 나온다고 얘기해 주었다.

"당신은 어떻지? 누군가 마중을 나와 있나?"

착륙 지점에서 덮치기 위해 깡패 둘을 데리고 피터 라미리스가 마중을 나와 있을까? 더구나 우리는 진행 방향에 따라서 그를 도와주는 형국이 되겠다는 생각이 언뜻 들었다. 남동 방향은 그가 사는 켄트 쪽이다.

존 바이킹이 악마적인 미소를 띄우면서 말했다. "어떤 차라도 오늘 우리를 따라오진 못해."

"정말인가?" 나도 모르게 소리를 높였다.

존 바이킹이 고도계를 보았다. "1만 5,000피트. 이 고도를 유지한다. 이 레이스에 대비해 항공기상 관계자들에게서 예보를 들어 두었던 거야. 1만 5,000피트에서 290의 각도로 50노트의 바람이라고 했어. 꽉 붙잡고 있으면 시드, 우린 브라이튼까지 갈 수 있어."

나는 우리 두 사람이 나일론과 열기로 지탱되고, 높이가 허리까지밖엔 오지 않는 4평방 피트의 바구니 속에 서서 지상 1만 5,000피트의 고도, 속도를 전혀 느끼지 않는 시속 50노트로 전진하고 있다는 사실에 대해 생각했다. 완전히 미치광이 노릇이다.

지표에서 보면 우리는 작은 흑점일 터였다. 지표에서는 어떤 차라도 따라오지 못한다. 나는 존 바이킹 못지않은 만족감을 맛보면서 그를 보고 빙긋 웃자 그가 소리내어 웃었다.

"전혀 믿어지지가 않는군." 존 바이킹이 말했다. "마침내, 겁에 질려 구역질할 위험성이 없는 인간이 타 주리라고는!"

존 바이킹이 다시 담배에 불을 붙이고 나서 버너의 가스관을 다른 봄베로 바꿔 연결했다. 우선 빈 봄베의 마개를 닫고 너트를 푼 다음, 그 너트를 다른 봄베에 채워 조이고 마개를 연다. 두 개의 버너에 두 줄의 파이프가 이어져 있고, 각각 파이프가 양쪽으로 네 개씩 있는 봄베 하나와 이어져 있다. 그런 작업 내내 그는 담배를 문 채로 연기에 눈을 가늘게 뜨고는 일을 했다.

지도를 보니 우리는 거트위크 공항으로 드나드는 항공로를 향하고 있었다. 공항에서는 부푼 기구가 불법으로 자기들의 항공로에 들어설 것을 전혀 예기치 않는 대형 비행기가 이착륙을 하고 있다.

모험을 좋아한다는 점에서 나는 존 바이킹의 발치에도 다가가지 못한다. 그가 하는 짓을 보고 있으려면 지상에서 말을 타고 장애물을 뛰어넘는 일 따윈 오히려 안전한 스포츠처럼 여겨진다. 문득 번쩍 정신이 들었다. 나는 이제 레이스는 하고 있지 않으며, 대신 손을 총으로 날려버리겠다고 협박하는 사람들을 상대하고 있다. 그 점을 생각하면 미치광이 존 바이킹, 프로판, 담배, 공중충돌의 가능성 등등과 함께 있는 지금이 더 안전하다.

"좋아." 존 바이킹이 말했다. "앞으로 1시간 반 동안 이 고도를 유지하고 바람을 탄다. 이상한 기분이 든다면 그건 산소부족 탓이다." 모직 장갑을 꺼내어 꼈다. "추운가?"

"그렇다, 약간."

그는 히죽 웃었다. "난 청바지 밑에 내복을 입고, 후드 외투 속에 스웨터를 2장 입었어. 한동안 얼 수밖에 없겠군."

"고맙군." 내가 지도 위에 서서 진짜 손을 면 후드 외투 호주머니에 깊숙이 찌르자, 적어도 의수는 꽁꽁 얼지 않겠다고 그가 말했다.

존 바이킹은 버너를 올리고 시계, 지표, 고도계를 보더니 현 상태에 만족하는 것 같았다. 얼마 안 가서 희미하게 어딘가 이상한 표정으로 나를 보는 걸 보고, 여유가 생긴 지금에야 어째서 내가 함께 타게 되었을까 생각한다는 것을 알았다.

"나는 당신을 만나러 하이어레인 파크에 갔던 거야. 즉, 존 바이킹이란 사람을 만나기 위해서였지."

존 바이킹이 움찔했다. "남의 생각을 읽을 수 있나?"

"언제든지"

호주머니에서 손을 빼고 다른 주머니에 넣어서 항공술에 관한 페이퍼북을 꺼냈다. "이것에 관해 당신에게 물어볼 게 있어서 왔어. 보고 돌려주면서 장난삼아 쓴 당신의 이름이 있어."

존 바이킹은 눈살을 찌푸리며 책을 보고 표지를 열었다. "놀랍군, 어디로 갔을까 걱정을 했는데. 어떻게 입수했지?"

"그걸 누군가에게 빌려준 적은?"

"없는 것 같은데."

"흠…… 내가 아는 인물의 인상을 얘기하면 아는지 어떤지 가르쳐 줄 텐가?"

"말해 봐."

"나이는 28세 가량, 검은 머리칼에 호남형, 늘 농담을 지껄이고 태평스러운데다 여자들이 좋아해서 놀이 상대로서는 꽤 재미있고, 양말 속에 나이프를 묶어두는 버릇이 있어. 악당일 가능성이 농후하지."

"알았다!" 존 바이킹이 끄덕였다. "그건 내 사촌이야."

12

존 바이킹의 사촌, 노리스 애포트. 이번엔 무슨 짓을 저질렀느냐고 그가 묻기에 지금까지 어떻게 살았느냐고 내가 물었다.

"부도수표를 계속 발행해서 어머니가 그걸 막고 다녔어."

어디 사느냐고 내가 물었다. 존 바이킹은 알지 못했다. 가끔 무일

푼이 되어 밥을 얻어먹기 위해 집에 왔을 때나 얼굴을 마주칠 뿐이라고 했다.

"하루나 이틀은 쾌활하게 법석을 떨지. 그리곤 없어져 버려."

"어머닌 어디에 살고 있지?"

"죽었어. 지금은 외톨이야. 부모, 형제, 자매는 없어. 친척은 나뿐이지." 눈살을 찌푸리며 내 얼굴을 쳐다봤다. "어째서 그런 걸 묻는 거야?"

"내가 아는 여자가 그를 만나고 싶어해." 나는 어깨를 으쓱했다. "대단한 일은 아냐."

존 바이킹은 금세 관심을 버리고 다시 버너의 레버를 올렸다. "이런 고도에서는 연료가 낮은 곳에서보다 배는 들지." 조금 지나서 그가 또 말했다. "그래서 이렇게 많이 가져온 거야. 이걸 보고 어떤 주제넘은 녀석이 글쎄 내가 높이 올라가서 항공로를 지날 작정이라고 폽시에게 말했던 거야."

내 추측에 따르면 그 항공로는 그리 멀지 않다.

"성가신 일은 생기지 않을까?" 내가 물었다.

악마적인 미소가 떠올랐다가 사라졌다. "그러려면 녀석들은 우선 우리를 찾아내야만 해. 레이더에는 뜨지 않거든. 그들이 사용하는 장치로는 우리가 너무 작아. 잘만 나가면 살며시 빠져나가서 아무에게도 들키지 않고 넘어갈 수 있어."

나는 지도를 살폈다. 우리는 1만 5,000피트 관제공역(管制空域)에 들어선 뒤로 착륙할 때까지 마지막 2백 피트를 빼고는 위법행위를 저지르는 게 된다. 브라이튼 상공의 항공로는 해상 1,000피트 고도부터 시작되며, 북쪽 언덕은 높이가 800피트다. 존 바이킹은 그런 사실을 알고 있는 것일까? 물론 안다고 했다.

1시간 50분을 비행했을 때, 그가 봄베에서 봄베로 파이프를 교체

했는데, 이음새에서 호스로 연결되는 부분이 느슨해 물이 분출하는 것처럼 액상 가스가 가늘게 분출했다. 그것이 바구니 구석으로 날아가서 바구니의 손잡이 부분에서 6인치 가량 아래에 닿았다.

그때 존 바이킹은 담배를 피우고 있었다.

액상 프로판이 바구니 안쪽으로 흘러 떨어졌다. 존 바이킹이 저주를 쏟아내면서 젖은 이음매 위로 몸을 숙여 고치고 있었다. 담뱃불이 가스에 닿았다.

이 세상에 작별을 고하는 폭발은 일어나지 않았다. 분류(噴流)가 분류답게 타올랐고 그것이 묻은 바구니 부분에 불이 붙었다. 존 바이킹이 담배를 밖으로 내던지고는 데님 모자를 거칠게 벗어 타고 있는 바구니의 불을 끄려고 힘껏 두드렸다. 나는 그 동안에 봄베의 마개를 닫아 분출하는 것을 막았다.

불꽃과 연기, 그리고 저주의 문구(文句)가 사라졌을 무렵에는 바구니에 직경 6인치의 구멍이 뚫려 있었으나 다른 손해는 없었다.

"바구니는 간단히 타지 않아." 마치 아무 일도 없었다는 듯이 그가 착 가라앉은 말투로 말했다.

"한 번의 불로 그 이상 탔다는 얘긴 들어본 적이 없어."

그는 그을려서 검은 레이스를 가장자리에 댄 것처럼 된 캡을 살피더니 밝고 푸른 눈을 내게로 향하고는 미치광이처럼 4초 가량 빤히 쳐다봤다.

"헬멧으로는 불을 끄지 못해."

나는 박장대소했다.

이렇게 웃는 건 고도 때문이라고 생각했다.

"초콜릿 먹겠어?" 그가 말했다.

항공로의 경계를 넘어선 것을 나타낼 만한 표시는 어디에도 없다. 비행기를 한두 대 보긴 했지만 멀리 있었고, 가까이에 온 것은 한 대도 없었다. 옆에 와서 고도를 내리라고 명령하는 자도 없다. 우리는 열차 같은 빠르기로 바람에 흘러가면서 똑바로 비행을 계속했다.

5시 10분이 지나자 하강을 개시할 시간이라고 존 바이킹이 말했다. 5시 30분에 딱 맞춰서 착지하지 않으면 실격을 하며, 실격하는 일은 사양이다. 이기고 싶다. 이기는 것이 전부라고 했다.

"착지한 시간을 다른 사람이 어떻게 정확히 알지?"

그가 불쌍하다는 눈길로 나를 보면서 구석의 봄베 옆 바닥에 묶여 있는 작은 상자 쪽으로 손가락 끝을 내밀었다.

"이 안에 자기(自記)기압계가 들어 있어. 야단스럽게 빨간 봉인이 되어 있지? 레이스가 시작되기 전에 심판이 봉인을 해. 거기에 기압의 변화가 기록되지. 굉장히 민감해. 비행기록이 봉우리의 연속 같은 그래프로 표시돼. 지상에 있으면 그래프가 평평하게 되어 변화하지 않아. 그걸 보면 심판은 언제 이륙하고 언제 착지했는지를 알지. 그렇지 않겠어?"

"그렇군."

"좋아, 그럼 내려가지."

손을 위로 뻗더니 버너의 틀에 묶여 있는 빨간 밧줄을 풀어 잡아당겼다. "기구 꼭대기의 판넬이 열리는 거야." 존 바이킹이 말했다. "뜨거운 공기를 밖으로 내놓지."

하강에 관한 그의 생각은 다른 여러 가지 사항과 일관되어 있었다. 고도계가 부서진 탁상시계처럼 역회전을 시작하고, 상승계가 1분 동안 1,000피트, 오로지 밑을 나타내고 있다. 그는 아무렇지도 않은 것 같은데 나는 속이 메스껍고 고막이 아팠다. 침을 삼키자 조금 나아지긴 했지만 그리 크게 달라지지 않는다. 대항 수단으로 지도에 주의를 집중하고 행선지를 확인하기로 했다.

오른쪽으로 폭넓은 회색 카펫 같은 영국 해협이 있고, 믿기 어려운 일이지만 아무리 봐도 비치 헤드 직격 코스를 돌진하는 것 같았다.

"그렇지." 존 바이킹이 당연한 듯이 인정했다. "저 절벽에서 날려 떨어지지 않도록 조심해야 해. 좀더 앞쪽 바닷가에 떨어지는 게 좋을지도 모르겠는걸." 손목시계를 보았다. "앞으로 10분. 고도는 아직 6,000피트다. 그 점은 괜찮겠지. 바다 경계에 아슬아슬하게 내릴지도 모르겠군."

"바다는 안 돼." 내가 단호하게 말했다.

"어째서? 부득이 그렇게 하지 않을 수 없을지도 모르는데."

"어쨌든 이게……." 왼팔을 들어 보였다. "이 손 모양을 한 플라스틱 속에는 실로 대단히 정밀한 장치가 들어 있어. 엄지손가락과 다음 두 손가락에 강력한 조임 장치가 들어 있어. 그밖에도 정밀한 기어, 트랜지스터, 프린트 회로가 있어. 이걸 바다에 담그는 것은 라디오를 바다에 빠뜨리는 것과 똑같아. 완전히 못쓰게 되어 버려. 새 것으로 바꾸는 데 2,000파운드가 들지."

존 바이킹이 경악했다. "농담이겠지!"

"아니야."

"그렇다면 당신을 적실 수는 없겠군. 게다가 어쨌거나 여기까지 내려온 바에는 한층 남쪽인 비치 헤드까지는 가지 못할 것 같아. 분명 좀더 동쪽으로 가게 될 거야." 말을 끊고 자신 없는 듯이 나의 왼손을 보았다. "거친 착지가 될 거야. 그렇게 높이 올라가 있었기 때문에 연료가 차가워…… 차가운 연료라서 버너가 충분히 작동하질 않아. 연착륙을 하기 위해 공기를 데우려면 시간이 걸리고."

연착륙에는 시간이 걸린다……. 너무 많이 걸린다.

"레이스에 이겨야지!" 내가 말했다.

활짝, 너무나도 기쁜 표정이 되었다. "좋아." 단호하게 말했다. "전방의 마을은 어디지?"

나는 지도를 보았다. "이스트본."

존 바이킹이 시계를 보았다. "5분." 고도계를 보고, 우리가 빠르게 다가가고 있는 이스트본을 보았다. "2,000피트. 약간 위험한데. 지붕에 닿을지도 몰라. 밑은 별로 바람이 없군. 하지만 버너를 지피면 시간까지 내려가지 못할지도 몰라. 그래, 버너는 쓸 수 없어."

1분에 1,000피트는 시속으로 치면 11이나 12마일이겠다고 나는 계산했다. 여러 해 동안에 나는 수도 없이 그 배나 되는 속도로 땅에 부딪쳤다. 다만 바구니에 타고 있지는 않았으며, 사방에 벽돌 벽만 있는 그런 땅은 아니었다.

우리는 불안정하게 마을 위를 날고 있었다. 아래로 집들이 늘어서 있다. 하강이 너무 빠르다. "3분." 그가 말했다.

전방에 마을 바깥 가장자리에 잇닿은 바다가 보였다. 순간, 역시 바다로 떨어질 수밖에 없을 것 같았다. 하지만 존 바이킹은 좀더 훌륭한 방법을 생각하고 있었다.

"꽉 붙들고 있어, 착지야."

힘을 주어 쥐고 있던 빨강 밧줄을 잡아당겼다. 밧줄은 기구 중앙에서 위쪽으로 연장되어 있다. 위쪽 어딘가에 열기 배출구가 크게 열려서 기구의 양력이 순식간에 줄어들고, 이스트본의 집들이 확연히 가까워졌다.

회색 슬레이트 지붕의 차양을 스치고 도로와 초원 위를 비스듬히 내려가 물살에서 20야드 가량 떨어진 폭넓은 콘크리트 도로에 부딪쳤다.

"나가지 마! 나가면 안 돼." 그가 소리쳤다. 바구니가 옆으로 넘어져 아직 반은 부풀어 있는 기구에 이끌려 콘크리트 위를 미끄러지기 시작했다. "우리 무게가 없으면 다시 난단 말야."

나는 봄베 사이에 쑤셔 박혀 있었으므로 무의미한 충고였다. 바구니가 흔들리면서 나를 꽉 쥔 채로 몇 번인가 굴렀다. 존 바이킹이 빨간 밧줄을 당겨 움직임이 멈출 때까지 열기를 뺐다.

존 바이킹이 시계를 보면서 이긴 것이 여간 자랑스럽지 않다는 듯 푸른 눈을 빛냈다.

"딱 맞았어, 5시 29분이야. 멋진 레이스였어. 지금까지 중에서 최고야. 혹시 다음 토요일에 스케줄이 있나?"

나는 엄청나게 시간이 걸리는 기차로 에인스포드로 돌아왔고, 찰스가 옥스퍼드 역으로 마중을 나와 주었을 때는 자정이 가까웠다.

"기구 레이스에 참가했어요." 믿어지지 않는다는 표정으로 앵무새처럼 되받았다. "재미있었나?"

"예, 대단히."

"그럼 차는 아직 하이어레인 파크에 있겠군?"

"아침까지 그대로 놓아두어도 괜찮습니다." 나는 하품을 했다. "그런데 참, 니콜라스 애시의 이름을 알아냈어요. 노리스 애보트라는 자입니다. 같은 이니셜이지요, 멍청한 녀석."

"경찰에 알릴 생각인가?"

"우선 우리가 찾아낼 수 있을지 해보겠습니다."

곁눈으로 힐끗 나를 보았다. "오늘 저녁에 자네에게서 전화가 온 뒤에 제니가 돌아왔네."

"큰일이군요."

"올 줄은 전혀 생각지 않았는데."

나는 그의 말을 믿었다. 집에 도착할 때까지 잠들어 주기를 빌었지만, 자고 있지 않았다. 잔뜩 싸울 태세로 응접실 소파에 앉아 있었다.

"당신이 가끔 여기 오는 게 난 마음에 들지 않아."

아름다운 아내가 문제의 핵심에 나이프를 들이댔다.

찰스가 부드럽게 말했다. "시드가 언제 여기 오든 나는 환영이다."

"버림받은 남편은, 불쌍히 여겨 참아주고 있는 장인에게 알랑거리느니 좀더 자존심이 있어야 하지 않겠어요?"

"질투를 하고 있군." 내가 놀라서 말했다.

제니가 지금까지 본 적이 없을 정도로 화를 내며 자리에서 벌떡 일어났다.

"무슨 실례의! 아버진 언제나 당신 편을 들어. 당신을 훌륭한 남자라고 생각하지. 아버지는 나하고 달라서 당신을 모른단 말야. 매사 고집이 세고, 심술궂고, 언제나 자신이 옳다고 착각하고 있다는 것을."

"난 자겠어." 내가 말했다.

"게다가 당신은 비겁자야." 분노를 끓이며 말했다. "아주 작은 진실을 지적당하자 달아나 버리다니."

"안녕히 주무십시오, 찰스." 내가 말했다. "잘 자, 제니. 잘 자고 좋은 꿈 꿔."

"당신은…… 당신이란 사람은…… 난, 당신을 증오하고 있어, 시드."

나는 상대하지 않고 응접실을 나와서 내 방이라고 여기는 침실로 올라갔다. 요즘 에인스포드에 있을 때면 언제나 사용하는 방이다.

'당신이 나를 혐오할 필요는 없어, 제니'라고 참담한 기분으로 생각했다. 나 자신이 이미 나를 혐오하고 있었다.

다음 날 아침, 내 차를 가져오기 위해 찰스가 윌트셔까지 데려다 주었다. 차는 두었던 곳에 있었으나, 지금은 몇 에이커나 되는 초원에 둘러싸여 있었다. 둘러보니 피터 라미리스의 모습은 눈에 띄지 않았으며, 깡패가 잠복하고 있는 것 같지도 않았다. 이제 런던으로 무사히 돌아갈 수 있겠다.

"시드," 내가 차 문을 열 때 찰스가 말했다. "제니의 말은 절대로 마음 쓰지 않길 바라네."

"알겠습니다."

"언제든지 오고 싶을 때 에인스포드로 와 주게나."

나는 끄덕였다.

"진심으로 하는 말일세, 시드."

"그럼요."

"제니, 바보 같은 녀석!" 갑자기 격한 말투로 말했다.

"그런 말은 하지 마십시오. 제니는 행복하지 않은 겁니다. 제니는……." 한동안 말을 멈췄다. "위로를 받을 필요가 있다고 생각합니다. 부둥켜안고 울어도 되는 어깨 같은 것이 필요한 겁니다."

찰스가 엄격한 말투로 말했다. "난 눈물은 싫다네."

"그렇죠."

나는 한숨을 쉬면서 차에 올라타 손을 흔들어 인사를 한 다음, 울퉁불퉁한 초원을 지나 문을 향했다. 제니는 내게서 도움을 받을 마음이 없고, 아버지는 도움을 줄 방법을 모른다. 이것도 인생에 있어서의 시시한 다툼에 지나지 않으며, 총체적인 혼란 속의 얄궂은 한 현상에 지나지 않는다.

시내로 차를 몰고 들어가 작은 공원을 몇 개쯤 돌아서 마침내 〈여러분의 골동품〉의 출판사를 찾아냈다. 한 신문사가 출판하는 수많은 전문잡지 가운데 하나에 지나지 않음을 알았다. 나는 〈여러분의 골동품〉 편집자인 금발에 굵은 테 안경을 쓴 성실한 젊은 남자에게 그동안의 사정과 필요한 까닭을 설명했다.

"우리의 메일링 리스트를요?" 굵은 테 안경이 의아하다는 듯 말했다. "메일링 리스트란 것은 어디까지나 개인적인 것입니다."

나는 다시 설명을 하면서 가련한 이야기를 잔뜩 덧붙였다. 그 사기꾼을 찾아내지 않으면 아내가 형무소로 가고 만다고 했다.

"그렇다면 어쩔 수 없지요. 하지만 컴퓨터에 들어 있습니다. 프린트가 될 때까지 기다려야만 합니다."

나는 참을성 있게 기다려서 그 중에는 몇 명인가 사망하긴 했지만 5만 3,000명의 이름과 주소가 기록된 종이 다발을 받아들었다.

"반드시 되돌려 주어야 합니다." 편집자가 엄격한 어조로 말했다. "그대로 한 장도 남김없이."

"노리스 애보트는 어떻게 이것을 손에 넣었을까요?" 내가 물었다.

편집자는 전혀 모르는 일로 애보트나 애시란 이름도, 인상도 전혀 짚이는 데가 없는 것 같았다.

"부탁드리는 김에 잡지를 한 부 받을 수 있겠습니까?"

나는 잡지를 받아 들고 상대방의 마음이 변하기 전에 재빨리 물러나왔다. 차로 돌아와 티코에게 전화해서 아파트로 와 달라고 부탁했다. 밖에서 기다리고 있으라고 했다. 위층으로 가방을 나르는, 가끔은 급료에 상응하는 일도 해야지.

비어 있는 주차 미터 옆에 차를 세우자 그가 와 있었고, 둘이서 위층으로 갔다. 아파트는 아무도 없어 조용하고 안전했다.

"좀 돌아다녀야 할 것 같은데?" 메일링 리스트를 꾸러미에서 꺼내 테이블에 놓았다. "모두 네 몫이야."

티코는 내키지 않는 모습으로 보고 있었다. "그럼 당신은 뭘 할 건데?"

"체스터의 레이스야. 내일, 신디케이트의 말 한 마리가 달리기로 되어 있어. 목요일 아침 10시에 여기서 다시 만나기로 하자. 어때?"

"괜찮겠지. 그런데 우리 니키가 아직 마무리가 되질 않은 상태라서, 우리가 혹시 헛걸음을 하고 난 다음 주쯤에 편지를 보내기 시작하면 어떻게 되지?"

"흠…… 여기 주소가 쓰여 있는 스티커 라벨을 갖고 가서 편지가 오거든 이리로 보내 달라고 부탁하는 게 좋겠군."

"받아들일지 모르겠네."

"그거야 모르지만 누구든지 속는 건 싫어하니까."

"어쨌거나 시작하기로 하지." 잡지와 메일링 리스트가 들어 있는 폴더를 챙겨들고 돌아가려 했다.

"티코…… 가방에 짐을 다시 쌀 때까지 있어 줘. 지금부터 북으로 향할 작정이야. 내가 갈 때까지 있어 줘."

이해가 가지 않는 표정을 짓고 있었다. "그거야 상관없지만, 왜 그러는데?"

"그게……."

"헤이, 시드. 빨리 말해."

"어제 하이어레인 파크에 피터 라미리스와 다른 두 사람이 나를 찾으러 왔어. 그래서 내가 여기 있을 동안은 네가 있어 주었으면 해."

"어떤 놈들이라고?" 의아하다는 듯 티코가 말했다.

내가 끄덕였다. "그런 사람들이야. 무서운 눈에, 부츠."

"턴브리지 웰스에서 사람을 발로 차서 거의 죽음에 이르게 했다는 그런 놈들이?"

"그럴지도 몰라."

"그러고 보니 잘도 도망친 모양이군."

"기구로," 슈트케이스에 짐을 싸면서 레이스 얘기를 했다. 티코는 웃고 있었으나, 금세 진지한 표정을 짓고는 일 얘기로 돌아갔다.

"얘기를 듣고 보니 그 두 사람은 흔해 빠진 고용깡패가 아닌 것 같아. 기다려, 그 저고리는 내가 접어주겠어. 그렇게 하면 주름투성이 옷을 입고 체스터로 가게 돼." 나를 대신해 짐을 신속하고도 깔끔하게 꾸려 주었다. "예비용 전지를 모두 챙겼어? 욕실에도 하나 있던데" 하고 내가 가져왔다.

"시드, 그 신디케이트는 아무래도 내키질 않아." 그는 자물쇠를 채워 슈트케이스를 복도로 운반해 갔다. "손을 떼겠다고 루카스 웨인라이트에게 말하자."

"그럼 피터 라미리스에겐 누가 말하지?"

"우리가 해야지. 전화를 걸어서 말하는 거야."

"네가 해 줘." 내가 말했다. "지금 곧."

둘이서 얼굴을 마주보고 있었다. 얼마 안 있어 티코가 어깨를 으쓱해 보이고는 슈트케이스를 집어들었다. "빠뜨린 건 없어?" 티코가 말했다. "레인코트는?" 둘이서 차까지 내려가서 트렁크에 내 슈트케이스를 넣었다. "있잖아, 시드. 정신 바짝 차려. 알겠지? 나는 병원에 문병하러 가는 건 좋아하지 않거든, 당신도 알다시피."

"그 메일링 리스트를 잃어버리지 않도록 해야 해. 잃어버리면 편집자가 엄청 화를 낼 테니까."

폭도에게 습격을 당하지 않고 모텔로 들어가 텔레비전을 보면서 하룻밤을 보내고, 다음 날 아침 무사히 체스터의 경마장에 도착했다.

늘 있는 사람들이 있었고, 늘 하는 얘기들을 서서 나누고 있었다. 파리에서 비참한 일주일을 보낸 이래로 경마장에 온 것은 오늘이 처음이고, 들어갈 때 달라진 내 모습이 확연하게 눈에 띌 것이 틀림없다고 생각했다. 그러나 검량실 밖에 서 있는 조지 캐스퍼를 보았을 때의 가슴을 찔린 듯한 수치심을 알아챈 사람은 물론 한 사람도 없으며, 평소와 다른 태도로 나를 대하는 사람도 없었다. 모두에게서 미소와 따뜻한 말을 받을 가치가 없는 인간임을 아는 것은 나 자신뿐이었다. 나는 사기꾼이다. 심리적으로 몸을 움츠리고 있었다. 이런 최악의 기분이 되리라고는 상상도 하지 않았다.

운동장에서 기승할 것을 권해 주었던 뉴마켓의 조교사가 다시 그 청을 반복했다.

"시드, 정말 와 줘. 요번 금요일에 와서 집에 묵으면서 토요일 아침에 타기로 하면 좋겠는데?"

나에게 이보다 더 기쁜 청은 다시없다는 생각이 들었다. 게다가 피터 라미리스와 활동적인 부하들이 거기서 나를 찾아내는 건 쉽지 않을 게 분명하다.

"마틴…… 기쁘게 가겠어요."

"잘 됐군." 진심으로 기뻐하는 것 같았다. "금요일 저녁에 마구간으로 와 줘."

그가 검량실로 들어갔다. 기니 레이스가 있던 날 내가 어떻게 보냈는지를 그가 안다면 과연 초대해 주었을까 생각했다.

보비 앤윈 기자가 나를 붙잡고 노골적으로 호기심을 드러냈다. "어디 갔었어? 기니 땐 보이지 않던데."

"가지 않았어."

"그렇게나 트라이 나이트로에게 관심을 보이기에 반드시 올 거라고 생각했지."

"그렇지 않아."

"난 자네가 뭔가 냄새를 맡은 게 틀림없다고 주시하고 있었어, 시드. 캐스퍼 부부에게 그 정도로 관심을 보이고, 그리너와 징갈 얘기를 했잖아. 어떤 걸 알아냈지? 자, 빨리 얘기해 봐."

"아무것도 아냐, 보비."

"난 믿지 않아." 원망이 담긴 날카로운 눈초리로 나를 쏘아보더니, 좀더 기사가 될 듯한 화제를 찾아 요즘 계속 지고 있는 톱클래스 조교사 쪽으로 기다란 코를 향했다. 앞으로 다시 협력을 구할 필요가 생겼을 경우에 그를 설득하는 건 쉽지가 않겠다는 생각이 들었다.

친구와 이야기를 하면서 걸어오던 로즈마리 캐스퍼가, 서로가 미처 상대방의 존재를 알아채기도 전에 나와 부딪칠 뻔했다. 그녀의 눈초리에 비하면 보비 앤윈의 눈길은 자애로 가득 찼다고 할 수 있겠다.

"꺼져 버려!" 격한 말투로 말했다. "어째서 이런 델 왔지?"

로즈마리의 친구들이 경악하고 있었다. 내가 아무 말도 없이 길을 비키자 한층 놀랐다. 로즈마리가 초조한 듯이 친구를 잡아당겨 걸어갔으나, 친구의 목소리가 차츰 높아졌다. "하지만 로즈마리, 저 사람은 시드 하레이야……."

나는 얼굴이 굳어져 있었다. 너무 심하다고 생각했다. 설령 버텼다고 하더라도 로즈마리의 말을 이기게 할 수는 없었을 게 틀림없다. '할 수 없었다…….' 그러나 할 수 있었을지도 모른다. 내가 노력했더라면 가능했을지도 모른다고, 언제까지나 그렇게 생각하게 되리라. 내가 협박에 무릎을 꿇고 무기력해지지만 않았더라면.

"안녕, 시드." 옆에서 누군가가 말했다. "좋은 날씨로군."

"날씨가 매우 좋군요."

필립 프라이어리 경이 미소를 띠면서 지나가는 로즈마리의 뒷모습을 보고 있었다.

"지난주의 참패 이후로 상대를 가리지 않고 물어뜯고 있어. 불쌍한 로즈마리! 지나치게 진지하게 생각한단 말야."

"무리도 아닙니다." 내가 말했다. "그렇게 될 거라고 로즈마리가 말했는데도 아무도 믿지 않았으니까요."

"로즈마리가 자네에게 말하던가?"

호기심으로 가득 찬 말투로 물었다.

나는 끄덕였다.

"그랬군." 이해를 했는지 이렇게 말했다. "자네로서는 화가 날 만한 일이군."

나는 크게 심호흡을 하고 다른 일에 생각을 집중했다.

"오늘 달리는 당신의 말을 여기서 평지로 내놓는 것은 경험을 쌓게 하기 위해서입니까?"

"그렇지." 짧게 대답했다. "어떤 방식으로 달릴 거냐고 자네가 묻는다면 나로서는 누가 지도를 하며, 누가 받느냐에 따른다고 밖엔 대답할 도리가 없네."

"꽤나 빈정대는 말이로군요."

"뭔가 조사해 냈나?"

"별로 없습니다. 그 때문에 여기 온 겁니다." 나는 잠깐 사이를 두었다. "당신의 신디케이트를 조직한 사람의 주소나 이름을 아십니까?"

"지금 이 자리에선 몰라. 나는 그 사람과 직접 상담을 했던 게 아니니까. 알겠나? 참가하지 않겠느냐는 말을 들었을 때는 신디케이트는 상당 부분 자리를 잡은 상태였어. 이미 말을 사들였고, 주식의 대부분은 팔렸더군."

"그들은 당신을 이용했던 겁니다. 이름을 이용한 것이죠. 틀림없는 완벽한 조직인 것처럼 보이기 위해서요."

떨떠름한 표정으로 끄덕였다. "유감이지만 그런 것 같아."

"피터 라미리스를 아십니까?"

"누구?" 고개를 저었다. "들은 적도 없는 이름인걸."

"그는 말을 사고 파는 일을 합니다. 루카스 웨인라이트는 당신의 신디케이트를 조직하고 움직이는 것이 그 사람이라고 생각합니다. 그는 기수클럽의 블랙 리스트에 실려 있으며, 대부분의 경마장에 입장이 금지되어 있습니다."

"일이 어렵게 됐군." 가슴의 통증을 참기 힘들어하는 말투였다. "루카스가 조사하고 있다면…… 나는 어떻게 해야 좋을 것 같은가, 시드?"

"당신의 입장에서 생각하면, 주식을 팔고 신디케이트가 완전히 해산되도록 조속히 이름을 거둬야만 한다고 봅니다."

"알겠네, 그렇게 하지. 그리고 시드…… 앞으로 내가 그럴 마음이 들었을 때는 신디케이트의 회원 조사는 자네에게 맡기겠네. 그런 건 보안부가 하기로 되어 있는데도 이런 판국이니!"

"오늘 당신 말에 기승하는 건 누굽니까?"

"라일리 서버."

그가 나의 의견을 기다리고 있었지만 나는 잠자코 있었다. 라일리 서버는 기능은 중급, 기승 의뢰 건수도 중간 정도, 대개는 평지이고 가끔 허들도 하며, 내 생각으로는 매수 당하기 쉬운 사람이다.

"기수는 누가 고르나요? 라일리 서버는 당신 조교사의 말로는 그다지 자주 타지 않은 것 같은데?"

"난 모르네." 그가 자신 없다는 듯이 말했다. "물론 그런 건 모두 조교사에게 맡기고 있지."

내가 희미하게 얼굴을 찌푸렸다.

"좋지 않은 건가?"

"괜찮으시다면 당신의 장애물 경주마의 기수로서, 적어도 이기기 위한 노력을 한다는 점에서 신뢰할 수 있는 사람들의 리스트를 드리겠습니다. 능력의 보증은 하지 못합니다만…… 모든 것이 바라는 대로 되지는 않으니까요."

"빈정대는 말을 하는 건 이번엔 어느 쪽이지?" 미소를 지으면서 매우 유감스러운 투로 말했다. "자네가 현재 기승을 하지 않는 것이 유감스러워 견딜 수가 없군, 시드."

"그렇습니다." 나는 미소를 지으면서 말했지만, 그는 내가 덮어 감추지 않은 눈의 표정을 읽었다.

절대로 듣고 싶지 않은 동정이 담긴 말투로 경이 말했다.

"대단한 실례를 했군."

"계속되는 동안은 멋진 나날들이었습니다." 내가 가벼운 어조로 말했다. "어떤 일이든 그래서 좋은 것이지요."

그는 자신의 실언에 화를 내기라도 하는 것처럼 계속해서 고개를 젓고 있었다.

"그렇지 않습니까?" 내가 말했다. "제가 타지 않게 된 것을 당신이 기뻐했다면 저는 훨씬 고통을 겪어야 했을 겁니다."

"우리 서로가 멋진 기쁨을 맛보았군. 견줄 바 없는 즐거움을 몇 번이나."

"그렇군요."

마주와 기수 사이에는 매우 친밀한 상호이해가 생겨날 수 있는 법이다. 스피드와 승리가 전부인 매우 한정된 분야에서 쌍방의 인생이 마주치면, 거기에 비밀과도 비슷한 두 사람의 개인적인 환희와 즐거움이 생겨나고, 그것은 시멘트처럼 계속된다. 나는 그것을 느낀 적은 거의 없으며, 또한 기승했던 마주 가운데 그런 사람도 별로 없었지만, 필립 프라이어리의 경우는 늘 그렇다고 해도 될 정도로 그런 기분을 느꼈다.

근처 그룹에서 한 사내가 떨어져 나와 미소를 보이면서 우리 쪽으로 다가왔다.

"필립, 시드, 오랜만이로군."

우리는 공손하게 인사를 했는데, 그 말에는 마음 깊은 곳으로부터의 호감이 담겨 있었다. 현재의 대표이사이자 기수클럽의 지도자이며, 나아가 경마계 전체의 지도자인 토마스 앨러스턴 경은 양식을 갖췄고, 공정하며, 편견이 없는 넓은 마음의 관리자이다. 약간 지나치게 엄격하다고 여기는 사람도 있지만, 워낙 마음 약한 사람이 할 수 있는 일은 아니다. 그가 최고책임자의 지위에 오르고 난 뒤 단기간에 바람직한 규칙이 몇 개나 정해져 부정이 배제되었고, 전임자가 우유부단했던 것과는 반대로 과감한 결단을 내린다.

"일은 어떤가, 시드?" 토마스 앨러스턴 경이 말했다. "요즘 거물급 악한은 붙잡지 않나?"

"최근엔 없습니다." 내가 유감스럽게 말했다.

토마스 앨러스턴 경이 필립 프라이어리 경에게 말했다. "알고 있나? 시드는 보안부 사람들의 영역으로 계속 들어오고 있어. 월요일에 에디 키스가 내 사무실로 와서는 우리가 시드에게 지나치게 행동의 자유를 주었다, 경마장에서 일하는 것을 금지시켜 달라면서 불만을 털어놓더구먼."

"에디 키스가요?" 내가 말했다.

"그렇게 놀라지 않아도 돼, 시드." 토마스 경이 놀리는 것처럼 말했다. "경마계는 그 시밸리 경마장 문제를 비롯해 여러 면으로 자네에게 힘입은 바가 매우 크며, 지금까지의 일로 판단하건대 그런 일은 있을 수 없다고는 생각하지만, 자네가 극도로 사악한 일을 하지 않는 한 어떤 면에서든 기수클럽은 자네가 하는 일에 간섭할 생각은 추호도 없다고 말해 두었지."

"감사합니다." 내가 가느다란 목소리로 말했다.

"그리고" 토마스 경이 힘주어 말했다. "그것은 나뿐만이 아니라 기수클럽의 공식 견해라고 생각해도 좋아."

내가 천천히 말했다.

"왜 에디 키스는 저를 배제하고 싶어하는 걸까요?"

토마스 경이 어깨를 으쓱했다. "뭔가, 기수클럽의 파일을 보는 것에 관해 말하더군. 자네가 파일의 뭔가를 본 모양인데 그것이 불만인 모양이야. 나는 그런 건 허용해야 한다, 내가 경마계에 매우 유익한 존재라고 여기는 사람에 대해 그의 행동을 억제할 생각은 전혀 없다고 그에게 말했어."

나는 그런 배려를 받을 가치가 없는 인간이라고 수치심에 짓밟힌 기분이었으나, 그는 뭐라고 말할 여유를 주지 않았다.

"어떤가, 우리 함께 위로 올라가서 한 잔 마시고 샌드위치라도 먹지 않겠나? 자, 가자고, 시드, 필립……."

따라오라고 손을 흔들며 앞장서서 걸어나갔다.

우리는 대개의 경마장에 자리가 넓은 임원 관람석으로 통하는 '임원 전용'이라 쓰인 계단을 올라가 흰 울타리를 두른 코스가 건너다 보이는, 카펫이 깔리고 유리로 둘러싸인 방으로 들어갔다. 이미 몇몇 그룹의 사람들이 있었고, 웨이터가 쟁반을 들고 마실 것을 나르고 있었다.

"대개의 사람들은 알 테지만" 토마스 경이 붙임성 있게 소개해 주었다. "매들린……." 자기의 아내를 불렀다. "프라이어리 경과 시드 하레이는 초면인가?" 우리는 악수를 했다. "그렇지, 시드," 그에게 이끌려 돌아보니 다른 손님과 마주보는 형국이 되었다…….

"트레버 딘스게이트를 만난 적이 있던가?"

13

우리는 서로가 놀란 표정으로 얼굴을 마주보았다.

나는 그가 마지막으로 보았을 내 모습을 떠올렸다. 오두막 안 짚더미 위에 바로 누운 자세로 공포에 몸을 떨고 있었다. 그때의 두려움을 그는 지금도 내 얼굴에서 볼 것이 틀림없다고 생각했다. 나를 어떤 인간으로 만들었는지, 그는 안다. 얼굴 근육 한 줄기도 움직이지 않고 우뚝 서 있는 것은 어색하다…… 하지만 억지로라도 그렇게 해야만 한다.

나는 내 머리가 몸의 위쪽에 떠 있는 듯한 느낌이 들었고, 공포심이 응결한 채로 4초 가량이 지났다.

"아는 사이인가?" 조금은 의아한 표정으로 토마스 경이 물었다.

트레버 딘스게이트가 대답했다. "예, 만난 적이 있습니다."

적어도 눈초리와 말투에 조소는 들어 있지 않았다. 오히려 경계하고 있다는 느낌이 들었다.

"마실 것은, 시드?" 토마스 경이 물었다. 정신을 차리고 보니 쟁반을 든 사내가 옆에 서 있었다. 나는 위스키 같은 색을 띤 것이 들어 있는 텀블러를 들고 손가락의 떨림을 억누르려 무진 애를 썼다.

토마스 경이 붙임성 있는 말투로 말했다. "나는 조금 전에 그의 지금까지의 성공을 기수클럽이 대단히 감사해하고 있음을 시드에게 말했는데, 그 때문에 도리어 그를 침묵하게 해 버린 모양이로군."

트레버 딘스게이트도 나도 잠자코 있었다. 토마스 경이 약간 눈썹을 올리고 다시 대화를 이끌어내려고 시도했다.

"그런데 시드, 오늘 메인 레이스에 뭔가 좋은 얘긴 없나?"

나는 혼란스러운 생각을 어떻게든 정돈하고, 적어도 평소와 같은 태도를 가장했다.

"글쎄요…… 와인테이스터쯤이 아닐까 합니다."

말투가 얼어붙은 듯한 느낌이 들었으나 토마스 경은 알아채지 못한 모양이다. 트레버 딘스게이트는 잘 손질된 손으로 들고 있는 글라스를 쳐다보면서 금색 액체 속의 얼음을 빙글빙글 돌리고 있었다. 다른 손님이 토마스 경에게 말을 걸어서 그가 그쪽으로 가자 트레버 딘스게이트가 곧장 흉포한 협박을 노골적으로 드러낸 눈으로 나를 보았다.

"약속을 깼다간 내가 했던 말을 꼭 지키겠어."

뜻이 통한 것을 확인할 수 있을 때까지 내 눈을 빤히 바라봤으나, 얼마 안 가서 그도 자리를 떠났다. 윗옷 밑으로 두꺼운 어깨 근육이 위협하는 듯이 솟아올라 있는 것이 보였다.

"시드," 필립 프라이어리가 다시 옆으로 와서 말했다. "레이디 앨러스턴이 알고 싶어하는데…… 왜 그러나, 기분이 좋지 않은 겐가?"

나는 약하게 고개를 저었다.

"자네, 안색이 대단히 나빠."

"저는…… 저……." 어떻게든 정신을 진정시켰다. "지금 뭐라고 말씀하셨습니까?"

"레이디 앨러스턴이 알고 싶어한다고……." 그가 꽤 길게 설명했고, 나는 현실세계가 아닌 듯한 기분으로 듣고 대답했다. 사람은 마음이 천 갈래 만 갈래로 어지러운데도 글라스를 한 손에 쥐고 대표이사 부인을 상대로 사교적인 대화를 할 수가 있는 법이다. 5분 뒤에는 내가 한 말이 생각나지 않았다. 다리가 허공에 떠 있는 느낌이 들었다. 나는 구제받지 못할 상태에 있는 것 같았다.

오후 레이스가 지체 없이 열리고 있다. 큰 상이 걸린 레이스로, 와인테이스터가 털빛이 좋은 청모 암말 미세스 힐맨에게 지고, 그 다음 레이스에서 라일리 서버가 필립 프라이어리의 신디케이트 말을 가장 꼴찌로 몰아넣고 마지막까지 그 위치에 있었다. 정신 상태가 좀처럼 좋아지지 않아서 제5레이스 뒤에 충분히 생각할 수가 없으므로 더 이상 있어도 소용없다고 생각했다.

문 밖에서는 고용주를 기다리는 운전사들이 차에 기대어 소란스럽게 떠들어대고 있었다. 그들 옆에 라미리스에게 매수된 까닭으로 면허를 잃은 장애물 기수 한 사람이 있었다.

나는 지나는 길에 말을 걸었다. "여어, 잭시."

"시드."

나는 차까지 걸어가서 문을 열고 쌍안경을 뒷좌석에 던졌다. 차에 올랐다. 시동을 걸었다. 잠깐 생각하다가 후진해 문 옆까지 다가갔다.

"잭시!" 내가 말했다. "타, 사 줄게."

"뭘 사는데?" 그가 다가와서 조수석 문을 열고 내 옆에 올라탔다. 나는 바지 뒷주머니에서 지갑을 꺼내 그의 무릎 위에 놓았다.

"안에 든 돈을 모두 가져가."

차는 주차장을 빠져나가 멀리 있는 문을 지나 큰길로 나섰다.

"하지만 넌 바로 얼마 전에도 상당한 액수를 주었는데?"

나는 곁눈으로 그를 보고 피식 웃었다. "그래. 어쨌든…… 그건 앞으로 제공하게 될 서비스에 대한 감사 표시야."

지폐를 세었다. "전부 다?" 믿어지지가 않는다는 듯 말했다.

"피터 라미리스에 대해 알고 싶어."

"농담 마."

문을 열려고 했으나 지금으로선 차의 속도가 너무 빨랐다.

"잭시," 내가 말했다. "듣는 건 나뿐이고, 난 아무에게도 말하지 않아. 다만 그가 무엇 때문에 얼마를 주었는지, 그것 말고도 생각나는 걸 말해 주면 돼."

한동안 잠자코 있었다. 얼마 안 가서 말했다. "내 목숨과 관련된 문제야, 시드. 특별한 일을 시키기 위해 그가 글래스고에서 프로를 데리고 와서, 지금 여기서 그에게 방해가 되는 자는 모조리 밟아 없애라고 했다는 소문이야."

"너 그 프로들을 본 적 있나?" '나는 보았는데'라고 생각하면서 물어보았다.

"아니, 소문으로 들었을 뿐이야."

"그 소문을 낸 사람은 특별 임무란 게 뭔지 알고 있어?"

고개를 저었다.

"혹시 신디케이트와 관계가 있는 걸까?"

"어린애 같은 소린 하지 마, 시드. 라미리스가 하는 건 모두 신디케이트와 관계가 있어. 그는 20개 가량을 움직이고 있어. 더 많을지도 몰라."

20개, 나는 눈살을 찌푸리면서 생각했다. "오늘의 라일리 서버 같은 일을 시키는 데 그는 얼마나 내지?"

"시드!" 좀 봐달라는 느낌이었다.

"그는 어떻게 해서 라일리 서버 같은 사람을 평소 같으면 엄두도 못 낼 말에 태우는 거지?"

"조교사에게 붙임성 있게 부탁해. 지폐를 한 다발 들고."

"그는 조교사를 매수하는 거야?"

"때로는 그렇게 돈이 필요치 않은 경우가 있어." 한참을 생각했다. "내 이름을 발설하지 말아 줘. 작년 가을에 라미리스가 출전하는 말 전체에 돈을 돌린 레이스가 몇 개나 있어. 그는 레이스를 자기 멋대로 움직이고 있어."

"불가능해."

"아냐, 줄곧 비가 내리지 않았던 시기가 있었잖아, 기억하지? 때로는 다섯 혹은 여섯 마리밖엔 출전하지 않았던 레이스가 있었잖아, 지면이 너무 단단했기 때문에? 나는 말 전체가 그에 의해 움직인 레이스를 셋은 확실하게 알아. 불쌍한 도박사들은 아무것도 모르고 가혹한 일을 당했던 거야."

잭시가 다시 돈을 세었다. “여기에 얼마가 있는지 알아?”

“대강은.”

나는 힐끗 그의 얼굴을 보았다. 25세, 견습 기수였으나 체중이 너무 불어서 평지 레이스에 나갈 수 없게 되어 그것을 한스럽게 여기는 사람이다. 장애물 기수는 대체로 평지 기수보다 수입이 적은데다가 부상을 당하는 일이 많아, 모두가 나처럼 큰 경주로 이중의 즐거움을 맛보고 있는 것은 아니다.

잭시는 좋아하지 않는 편이었다. 기승기술은 상당한 편이어서 종종 함께 레이스를 한 적이 있는데, 아무런 이유 없이 남을 울타리 밖으로 떨어뜨릴 만한 짓은 하지 않음을 알고 있었다. 돈을 받았다면 하겠지만, 아무것도 받지 않았을 경우에는 하지 않는다.

액수가 마음에 드는 모양이었다. 10파운드나 20파운드쯤이었다면 마음 편하게 거짓말을 했을 게 틀림없다. 하지만 몇 년 동안이나 탈의실, 말, 비 오는 날, 진흙탕, 낙마, 종이처럼 얇은 레이스용 장화로 젖은 잔디 위를 돌아오는 등의 경험을 함께 했으므로 어지간한 악당이 아닌 한 그렇게 잘 아는 사람에게서 함부로 돈을 날름하는 건 쉽게는 하지 못한다.

“이상한 일이군.” 그가 말했다. “네가 탐정 사업을 이토록 열심히 하다니.”

“웃음거리지 뭐.”

“아냐, 진심이야. 내 말은 네가 사소한 일로는 기수들에게 손을 내밀지 않는다는 그런 뜻이야.”

“그래.” 나도 인정했다. 뇌물을 받아드는 그런 사소한 일, 나의 사업은 주로 뇌물을 내놓는 인간이 목표인 것이다.

“나는 신문을 모조리 모아놨어.” 그가 말했다. “그 재판 뒤에.”

나는 짜증나는 기분으로 고개를 흔들었다. 경마계에서 그 당시의 신문을 모아둔 사람이 많이 있으며, 그 재판은 여러 가지 의미에서 내게는 괴로운 경험이었다. 피고측 변호사는 피해자를 모욕하는 데 희열을 느꼈고, 피고는 1861년에 제정된 인신장애에 관한 법률에 비추어 의도적으로 심각한 상처를 입힌 죄——즉, 부젓가락으로 기수의 왼손을 몇 번이나 구타한 죄——로 4년의 실형에 처해졌다. 거기까지 이르는 과정에서 증인석에 있는 사람과 피고석에 있는 사람 가운데 어느 쪽이 고통스러웠는지 판정은 내리기는 힘들다.

잭시가 두서도 없는 얘기를 지껄이고 있었으나, 생각을 정리하기 위한 뜸들이기라고 여겼다.

"다음 시즌엔 면허가 살아나."

"잘 됐군."

"시밸리는 좋은 코스야. 8월에는 거기서 기승을 하게 될 거야. 모두 그 코스가 존속하게 된 것을 기뻐하고 있어. 비록……." 내 손을 보았다. "어쨌든…… 그 상태로는 무슨 수를 쓰더라도 레이스를 계속할 수는 없었겠지?"

"잭시!" 나는 안달을 내고 있었다. "얘기하는 거야, 마는 거야?"

다시 팔랑팔랑 지폐를 넘기더니 접어서 호주머니에 넣었다.

"알았어, 여기 지갑."

"장갑 박스에 넣어 줘."

지갑을 넣더니 창 밖을 내다보았다. "어디로 가는 거야?"

"어디든지, 네가 가고 싶은 데로."

"누가 체스터까지 태워다 줬는데 지금은 나를 놔두고 돌아갔을 거야. 남쪽으로 가준다면 그 다음은 누군가의 차를 잡을 수 있겠지."

나는 런던을 향해 차를 몰았고 잭시가 이야기를 했다.

"라미리스는 지는 것에 보통 기승료의 10배를 주었어. 그런데 시드, 내가 말했다는 게 그에게 들어가지 않도록 맹세해 주겠어?"

"내 입에선 절대로 나가지 않아."
"그래, 넌 믿어도 괜찮지."
"그럼 얘길 계속해 봐."
"그는 굉장히 좋은 말을 사. 이길 만한 말을. 그리고는 신디케이트를 조직해서 팔아치우는 거야. 그걸 팔아서 때로는 시작부터 500퍼센트의 이익을 남기는 일도 있는 모양이야. 내가 아는 예로 말하자면, 6,000에 산 말의 신디케이트 주식을 1인당 3,000으로 10명의 회원에게 팔아. 그에게는 등록 마주 거간꾼이 둘 있는데, 어떤 신디케이트에나 그 중 한 사람을 넣어놓고, 그들 두 사람을 간판용 유명인사로 주식 얘기를 꺼내. 틀림없는 신디케이트인 것처럼 위장하기 위해서 말야."
"그들 두 사람이란 누구지?"
잭시는 침을 삼키고는 한동안 주저했으나 결국 가르쳐 주었다. 한 사람의 이름은 전혀 짐작이 가질 않았으나, 다른 한 명은 필립 프라이어리가 관계되어 있는 모든 신디케이트에 이름이 들어 있다.
"알았어, 계속해 줘."
"말들은 통상적인 조교비의 배를 받고 말을 훈련시키는 입이 무거운 조교사에게 맡겨지지. 그리고 어떤 레이스에 내보내는지는 라미리스가 결정해. 그것도 실력이 훨씬 밑도는 레이스를 시키는 거야. 알겠어? 때문에 '이기라'는 사인이 나오면 압도적인 우세로 레이스에서 이기는 거야." 빙긋 웃었다. "이겼을 때는 보통 기승료의 20배를 주지."
실제로는 그보다 더 많은 듯한 느낌이었다.
"그를 위해 얼마나 탔지?"
"보통 일주일에 한 번이나 두 번."
"면허가 살아나면 다시 할 생각이야?"

잭시는 문에 등이 닿을 정도로 좌석 위에서 방향을 바꿔 오랫동안 내 옆얼굴을 쳐다봤다. 말없이 있는 그 자체가 대답이었으나, 3마일 가량 달렸을 즈음 깊고 깊은 한숨을 쉬면서 간신히 말했다. "그래."

놀랄 만한 신뢰의 표시였다.

"말 얘기를 해 줘." 내 부탁에 그가 장황하게 설명해 주었다. 개중에는 경악할 만한 유명 말도 있었으나, 그 경험은 모두 니콜라스 애시와 마찬가지로 기만으로 가득 찬 것이었다.

"면허 정지가 되었을 때의 상황을 얘기해 줘."

잭시는 무척이나 조종하기 쉬운 한 조교사의 말을 타고 있었는데, 그의 아내가 다루기 힘든 여자였다고 했다. "그녀는 남편에게 뭔가 원한이 있어서 기수클럽에 밀고를 했던 거야. 토마스 앨러스턴에게 직접 편지를 보냈어. 너무 심했지. 물론 이사 전원이 그녀의 얘기를 믿어서 모두가 당했지. 나도 조교사도, 그리고 그를 위해 탔던 다른 기수들도 몽땅. 불쌍하게도 라미리스에게서 한 푼도 받은 적이 없고, 뇌물 같은 것을 코끝에 갖다 대 줘도 의미를 모르는 사람들까지."

"왜일까?" 나는 태연한 어조로 말했다. "그 신디케이트를 조사하고, 라미리스에게 손을 쓸 사람이 기수클럽에 한 사람도 없는 건?"

"좋은 질문이야."

잭시의 말투에서 의혹을 감지하고 내가 힐끗 쳐다보자 이마에 주름을 잔뜩 모으고 있었다. "얘기해 봐."

"그래…… 이건 어디까지나 풍문에 지나지 않아. 소문조차도 아니야. 그저 내가 언뜻 들은 건데……." 한참 사이를 두었다가 말을 이었다. "어쩌면 사실이 아닌 것 같은 느낌도 들어."

"어쨌든 말해 봐."

"도박사 한 명이…… 내가 켐프턴 문 밖에서 기다리고 있는데 도박사 두 사람이 나와서, 그 중 한 명이 금액만 타협이 되면 보안부의 그 사람이 틀림없이 적당히 덮어줄 것이라고 했어." 다시 한동안 뜸을 들이다가 계속했다. "기수 하나가 그러는데, 그 조교사의 아내가 높으신 분이 아니라 보안부로 편지를 보냈더라면 나는 면허정지 처분을 받지 않았을 게 분명하다고 했어."

"그건 어떤 기수지?"

"기억이 나질 않아. 그런 얼굴로 보지 마, 시드. 정말로 생각이 나질 않아서 그래. 몇 달이나 지난 일인걸. 솔직히 말해서 켐프턴에서 그 도박사들의 얘기를 듣고서야 그 일을 떠올렸을 정도였어. 보안부에 그렇게나 나쁜 사람이 있을 리가 없잖아, 그렇지? 기수클럽 보안부에 말이야."

지금 처한 상황을 고려하면 그의 신뢰감이 갸륵하게 여겨지지만, 예전의 나였다면 그의 생각이 옳다고 여겼을 게 틀림없다. 하지만 일단 의심을 품고 보면, 세금을 내지 않는 수입과 교환에 에디 키스가 눈감아 준 부정행위가 수없이 많을 것 같았다. 그는 프라이어리 신디케이트 4개를 적격이라고 인정했고, 20 이상의 신디케이트 조사에서도 전부 관대한 조처를 취했을 가능성이 있다. 적격자가 아님을 아는 상태에서 라미리스패 두 명을 마주 등록 리스트에 올린 것조차 생각할 수 없는 일은 아니다. 어떻게든 수를 써서 그 점을 밝혀내야만 한다.

"시드," 잭시가 말했다. "내 얘기를 높으신 분들께 하지 말아 줘. 지금 너한테 말한 건 이사가 되었든, 또 누가 되었든지 나는 다시는 말하지 않을 테니까 말야."

"너한테 들은 얘기는 절대로 하지 않겠어." 내가 약속했다. "켐프턴의 그 두 명의 도박사를 알아?"

"당치도 않아. 내 말은 그들이 도박사였는지 뭔지조차도 모른다는 뜻이야. 단지 그런 것처럼 보였을 뿐이야. 그러니까 언뜻 보기에

'도박사'인 것 같다는 것이지."

그처럼 강한 인상은 아마도 옳겠지만 그다지 도움은 되지 않는다. 잭시는 알고 있는 것을 모조리 얘기해 주었다. 그의 바람대로 워트포드 교외에서 내려 주었을 때 그가 마지막으로 한 말은, 만약 내가 라미리스를 겨누고 있는 거라면 약속한 대로 자신 즉, 잭시를 휘말리지 않게 해 달라는 것이었다.

나는 아파트가 아니라 런던의 호텔에 묵었는데 조심성이 지나친 듯한 기분이 들었다. 그러나 전화를 했을 때, 티코는 그 편이 현명했다고 했다. 아침식사는 어떻게 했느냐고 묻더니 이쪽으로 오겠다고 했다.

티코는 그다지 재미 없는 듯한 표정으로 찾아왔다. 하루 종일 메일링 리스트의 사람들을 찾아다녔지만, 지난 한 달 동안에 애시에게서 기부의뢰서를 받아든 사람은 단 한 사람도 없었다.

"하지만 이것만은 알아냈어. A, B에서 K에 이르는 사람들은 과거에 왁스를 받았으므로 요 다음에 해당하는 것은 P와 R 이름의 사람들이다, 때문에 미치는 곳이 한정된다는 거야."

"그거 고맙군." 내가 진심으로 말했다.

"당신의 주소가 적힌 스티커 라벨을 거기에 놔두었고, 개중에는 편지가 오면 연락하겠다고 말한 사람도 있었어. 하지만 실제로 해 줄지 어떨지는……."

"단 한 집만이라도 괜찮아."

"그것도 그렇군."

"어때, 불법 침입을 좀 해 볼 생각은 있어?"

"별로 상관하지 않아." 그가 스크램블드 에그와 소시지를 잔뜩 주문했다. "어디에? 뭣 때문이지?"

"저…… 오늘 오전 중에 네가 정찰을 해 줘. 오늘 저녁에 일과가 끝난 뒤, 어두워지기 전에 둘이서 천천히 포트맨 스퀘어로 가는 거야."

티코가 씹다 말고 입을 반쯤 멍하니 벌렸지만, 신중하게 삼키고 나서 말했다. "포트맨 스퀘어라면 기수클럽을 말하는 거야?"

"맞아."

"현관으로 들어갈 수 있다는 걸 몰라?"

"그들이 모르게, 몰래 조사하고 싶어서야."

어깨를 으쓱했다. "괜찮겠지. 정찰한 다음에 이리로 오는 거야?"

나는 끄덕였다. "점심식사 때 제독이 오기로 되어 있어. 그는 오늘 그 왁스 공장에 갔어."

"눈이 반짝반짝 광이 나겠군."

"서툰 농담은 그만둬."

티코가 달걀을 다 먹고 토스트로 옮겨가는 동안, 신디케이트와 상층부의 독직 소문 등에 관해 잭시에게서 들은 것의 대부분을 말했다.

"우리가 찾는 건 그거로군? 에디 키스의 사무실을 뒤져서 그가 해야만 할 일을 하지 않았던 증거를 잡아내는 것?"

"바로 그거야. 대표이사인 토마스 앨러스턴 경이 내가 파일을 본 것에 관해 에디 키스가 불만을 피력했다고 했고, 루카스 웨인라이트는 에디의 비서 모르게 내게 파일을 보여줄 수는 없다, 그녀는 에디에게 충실하다고 했어. 때문에 보고 싶다면 몰래 볼 수밖에 없어."

기수클럽에 불법침입을 하는 것은, 발각되었을 경우 토마스 경이 말하는 '극도로 사악한 일'로 간주될지 모른다고 생각했다.

"알았어." 티코가 말했다. "나는 오늘 유도가 있어, 잊지 말아 줘."

"개구쟁이들은 소중하지."

찰스가 12시에 와서 낯선 장소에 불안해하는 개처럼 주위 공기를 맡고 있었다.

"미세스 클로스에게서 전갈을 들었네. 그런데 어째서 여기로 했나? 왜 언제나처럼 캐빈디시면 안 된다는 것이지?"

"만나고 싶지 않은 어떤 사람이 있습니다. 여기까지는 나를 찾으러 오지 않을 테니까요. 핑크 진으로 하시겠습니까?"

"더블로."

내가 마실 것을 주문했다.

찰스가 말했다.

"그 때문이었나, 지난 6일 동안? 회피 작전이야?"

나는 대답하지 않았다.

찰스가 의아한 듯이 나를 바라보았다. "과연 무슨 일이 있었는지는 모르지만 아직도 자존심에 상처를 입은 모양이군."

"그만 하십시오, 찰스."

찰스가 한숨을 내쉬면서 시가에 불을 붙여 피우면서 성냥 불꽃을 통해 나를 보고 있었다.

"그래서, 만나고 싶지 않은 건 대체 누구지?"

"피터 라미리스라는 사람입니다. 누가 묻거든 제 거처는 모르는 것으로 해 주십시오."

"아는 경우도 거의 없지." 연기를 가슴 가득히 빨아들였다가 귀중한 것이라도 보는 것처럼 타는 재를 바라보면서 시가를 즐기고 있었다. "기구로 날아가기도 하고……."

나도 모르게 웃음이 나왔다. "미치광이에게서 정규 부조종사가 되어 달라는 제의를 받은걸요."

"별로 놀랄 만한 일은 아니로군." 찰스가 냉담하게 말했다.

"왁스는 어땠습니까?"

찰스는 마실 것이 올 때까지는 이야기하려고도 않고, 어째서 내가 위스키가 아니라 미네랄워터를 마시고 있느냐고 몇 번이나 쓸데없는 질문을 했다.

"도둑질을 하러 들어가는데 머리를 맑게 해두려고 그럽니다."

내가 사실을 말하자 반신반의하면서 들었다.

"그 왁스는" 마침내 이야기를 시작했다. "꿀을 제조하는 공장 옆인데, 일종의 가내공업처럼 제조하고 있어. 크게 번성했더군."

"밀랍이다!" 믿을 수 없었지만 나도 모르게 소리쳤다.

찰스가 끄덕였다. "밀랍, 파라핀, 테르펜틴이 그 왁스의 성분이야." 천천히 시간을 들여서 시가를 피우고 있었다. "그곳의 매력적인 여성은 대단히 협조적이더군. 둘이서 주문장을 꽤 오래된 것까지 거슬러서 조사를 했네. 한 번에 제니만큼의 양을 주문하는 사람은 별로 없을 테고, 캔을 우송용 흰 상자에 넣어달라고 요구하는 손님은 매우 드물었으니까." 시가 너머로 나를 바라보는 눈이 반짝 빛났다. "정확히는 과거 1년 동안에 3명이야."

"3사람…… 니콜라스 애시인 것 같습니까…… 3번 다?"

"모두가 똑같은 수량이야." 매우 재미있어하고 있었다. "물론 이름이나 주소는 다르지."

"그걸 알아낸 거로군요?"

"맞아." 안주머니에서 접은 종이를 꺼냈다. "이걸세."

"이제 잡았다." 엄청난 만족감을 느끼면서 내가 말했다. "멍청한 자식."

"같은 용건으로 경찰 한 명이 왔다네. 내가 그 이름과 주소를 다 쓴 직후에 찾아왔지. 어쨌든 그들도 열심히 애시를 찾고 있는 모양이야."

"괜찮아요. 그런데…… 경찰에게 메일링 리스트 얘기를 하셨나요?"

"아니, 말하지 않았네." 핑크 진은 다양한 색이 있는데, 지금 마시고 있는 색을 기억하기라도 하려는 것처럼 글라스를 들고 빛에 비추면서 물끄러미 보고 있었다. "맨 처음 그를 찾아내는 게 자네이길 바라겠네."

"흠." 그 점에 관해 나는 생각했다. "제니가 고마워할 거라고 생각하고 계시다면 실망하실 겁니다."

"하지만 자네가 제니를 궁지에서 살려내는 게 되지."

"제니는 경찰이 그러기를 바랄 게 분명합니다." 내가 실패했다고 확신할 수 있게 되면, 제니는 약간은 상냥한 태도로 나를 대하게 될지도 모른다. 하지만 내가 바라는 그런 상냥함일 리는 없다.

오후에 티코가 전화를 걸어왔다.

"이런 시간에 침실에서 뭘 하고 있는 거지?" 티코가 물었다.

"체스터의 레이스를 텔레비전으로 보고 있었어."

"그렇다면 얘기는 알아듣겠군." 체념한 듯한 투로 말했다. "그런데, 정찰을 하고 왔어. 들어가는 건 간단한데 4시까지 현관을 통과해야만 해. 개구쟁이들의 유도는 취소했어. 잘 들어, 당신은 이렇게 하는 거야. 우선 볼일이 있는 것처럼 현관으로 들어가. 현관 홀에 엘리베이터가 2대 있어. 하나는 2층과 3층에 볼일이 있는 사람들이 쓰는 것이고, 4층, 즉, 당신이 알다시피 기수클럽이 있는 층까지밖엔 가지 않아."

"그렇지."

"종업원이나 이사들이 모두 돌아가 버리면 그 엘리베이터는 아무도 쓸 수 없도록 문을 연 채로 4층에 정지시켜 놓지. 야근을 하는 현관 경비가 있지만, 그는 엘리베이터를 4층에 세운 뒤로는 순찰을 하지 않고 1층에 있어. 그리고 엘리베이터를 세운 다음엔 계단을 사용해 각층 층계참의 문을 잠그지. 3군데의 문에 말야. 이해가 가?"

"응."

"좋아. 다음으로 건물의 가장 위인 4층으로 통하는 별도의 엘리베이터가 있는데 각층에 2가구씩, 모두 8가구가 아파트에 살고 있어. 그 4층과 밑의 기수클럽 사이에는 층계참의 문이 잠겨 있는 것은 하나밖에 없어."

"알았어."

"좋아, 홀의 현관 경비가 실제로는 뭐라고 부를지 모르지만, 더러 당신 얼굴을 알아서 사무실이 닫힌 뒤에 당신이 들어가면 이상하게 여길지도 몰라. 그러니까 그 전에 들어가서 아파트로 통하는 엘리베이터로 제일 위층으로 가 있어. 거기서 만나기로 해. 걱정할 것 없어, 창가에 앉을 데가 있으니까 거기서 책이라도 읽고 있으면 돼."

"그럼 이따 봐."

나는 홀에서 아는 사람과 마주쳤을 경우의 구실을 생각하면서 택시를 타고 갔다. 그러나 실제로는 아무와도 마주치지 않고, 아무 일 없이 아파트로 통하는 엘리베이터를 탔다. 꼭대기 층 창가에 티코가 말한 것처럼 벤치가 있었고, 나는 아무것도 하는 일 없이 한 시간 가량을 그곳에 앉아 있었다. 2개의 아파트에서 나오는 사람도, 들어가는 사람도 없었다. 엘리베이터로 올라온 사람도 없다. 처음으로 엘리베이터 문이 열렸을 때, 티코가 나왔다.

티코는 아래위가 붙은 하얀 작업복을 입고 공구 주머니를 들고 있었다. 나는 머리에서 발끝까지 놀림조로 점검을 했다.

"그럴듯하게 보이지 않으면 안 된단 말야." 변명하는 듯한 투로 말했다. "요전에 왔을 때, 나중에 부품을 갖고 오겠다고 아래층 경비에게 말해 두었거든. 조금 아까 내가 들어오니까 녀석은 가볍게 고개를 끄덕였을 뿐이야. 나갈 때는 내가 녀석과 지껄이는 동안에 살짝 나가면 돼."

"같은 사람이라면?"

"녀석은 8시에 교대를 해. 그때까지 끝내지 않으면 골치 아파."

"기수클럽의 엘리베이터는 아직 움직이고 있어?"

"움직여."

"기수클럽의 위층 문은 잠겨 있던가?"

"잠겼어."

"그럼 밑으로 가자. 현관 경비가 엘리베이터로 올라왔다가 가는 소리를 듣는 게 좋아."

티코가 끄덕였다. 우리는 엘리베이터 옆문 계단 층계참으로 나왔다. 계단은 실용 위주여서 아무런 장식도 없이 알전구만 하나 달려 있었다. 층계참으로 들어가 공구 주머니를 놓았다. 4층 밑의 잠긴 문에 다다르자 그 자리에 서서 기다렸다.

문은 평평하며, 우리 쪽은 뭔가 속을 채운 것 위에 은색의 금속판이 붙어 있다. 열쇠구멍을 들여다보니 깎아 넣는 열쇠로, 보통 티코가 3분 정도면 열 수 있는 종류였다.

이런 경우는 언제나 그렇지만, 우리는 장갑을 가져왔다. 나는 일을 하던 초기의 일을 떠올렸다. "그 손의 좋은 점 하나는 지문이 남지 않는 거야"라고 티코가 말했다. 그래도 나는 장갑을 꼈다. 있지 말아야 할 곳에서 남과 마주쳤을 때 의수임을 알리지 않기 위해서다.

나는 아무리 세월이 흘러도 불법 침입에 익숙해지지가 않아서 늘 가슴이 두근대고 숨이 가빠진다. 티코는 나보다 경험을 쌓았음에도 불구하고 광대뼈 위의 피부가 당겨 올라가 눈꼬리의 주름이 지워지기 때문에 긴장하고 있음을 알게 된다. 우리는 위험의 정도를 알기 때문에 잔뜩 긴장하고 기다렸다.

엘리베이터가 올라와서 정지하는 소리가 들렸다. 다시 내려가는지 여부를 숨을 죽이고 기다렸으나 내려가지 않았다. 그러나 우리가 서 있는 문의 맞은편으로 누군가가 자물쇠를 여는 소리가 들려서 순간 몸이 얼어붙었다. 티코가 깜짝 놀라서 내 쪽을 보고는 자물쇠에서 재빨리 떨어져 나와 나하고 함께 문의 경첩 쪽에 달라붙어 벽에 몸을 붙였다.

문이 열리면서 내 가슴에 닿았다. 현관 경비가 문의 맞은편에서 기침을 하고, 코를 훌쩍대면서 이상이 없는지 계단 쪽을 올려다보는 것 같았다.

문이 다시 닫히고 철컥 하고 문이 잠겼다. 내가 소리를 죽이느라 멈추고 있던 숨을 토해 내자 티코가 긴장에서 겨우 해방되었다 싶었는지 쓴웃음을 지었다. 아래층에서 문을 닫고 잠그는 움직임이 희미하게 전해져 왔다. 티코가 눈썹을 치켜올려 물었으므로 내가 끄덕이자 곧장 문여는 도구를 꺼내 일에 착수했다. 속을 더듬는 금속이 부딪는 소리가 희미하게 들리더니 힘을 가하자 걸쇠가 빠져나오고, 그가 만족스러운 표정을 지었다.

자물쇠를 빼고 문을 연 채로 지나가니 그곳은 눈에 익은 영국 경마계 본부였다. 보이는 곳 끝까지 카펫이 깔려 있고, 넉넉한 의자, 광택을 낸 목제 가구가 있으며, 비벼 끈 시가 냄새가 감돌고 있었다.

보안부는 다른 통로를 따라 약간 작은 실무용 사무실이 줄지어 있었는데, 우리는 어렵지 않게 에디 키스의 사무실로 들어갔다.

안의 문이 어디나 잠겨 있지 않은 것은 전동 타자기 등의 물건 외에는 훔쳐갈 것이 없기 때문이리라. 에디 키스의 파일 캐비닛은 모두가 간단히 열렸고, 책상 서랍도 마찬가지였다.

우리는 강한 서쪽 햇빛 속에 앉아서 잭시가 말해 준 다른 신디케이트에 관한 보고서를 읽었다. 11마리의 말 이름은 그가 차에서 내린 다음에 잊지 않도록 적어 놓았다. 그 11개의 신디케이트는 에디가 조사해 적격이라고 인정한 것이지만, 라미리스와 한패인 2명의 등록 마주의 이름이 그 모두에 포함되어 있다. 필립 프라이어리가 대표자로 되어 있는 4개의 신디케이트와 마찬가지로, 그 11개의 파일에는 부적격임을 알리는 글귀는 단 한 줄도 씌어 있지가 않다. 보고서는 모두 신중하고 상세하게 작성되어 있으며, 누구든지 볼 수 있을 만한 형태로 보관되어 있다.

이상한 일이 딱 한 가지 있었다. 프라이어리 관련 신디케이트의 파일이 넷 다 없었다.

우리는 책상도 조사했다. 에디는 개인 물품은 거의 넣지 않았다. 전지가 달린 면도기, 소화제, 빗, 모두 도박클럽이 찍혀 있는 종이성냥이 15, 6개. 다른 것은 문구류, 펜, 포켓용 계산기와 탁상일지였다. 기입되어 있는 과거와 미래의 예정은 모두가 그가 가기로 되어 있는 레이스뿐이었다.

나는 시계를 보았다. 7시 45분. 티코가 고개를 끄덕이고 파일을 말끔하게 서랍으로 되돌리기 시작했다. 화가 나서 견딜 수가 없다. 수확은 전혀 없다.

돌아가는 길에 나는 '인사'라고 쓰인 캐비닛 속을 급히 보았다. 속에 기수클럽에 현재 고용되어 있는 사람 전체와 연금 수급자 모두의 얇은 파일이 들어 있었다. '메이슨'이라고 쓰여 있는 파일을 찾았지만 그것도 없어진 상태였다.

"갈 거야?" 티코가 말했다.

나는 떨떠름하게 끄덕였다. 들어올 때의 상태로 되돌린 에디의 사무실을 나와서 계단의 문으로 되돌아왔다. 적막이 감돈다. 영국 경마계의 본부는 침입자가 들어오기는 너무나도 간단하지만 들어와 봤자 빈손으로 돌아갈 수밖에 없다.

14

금요일 오후, 이런저런 일로 의기소침한 채로 천천히 뉴마켓으로 차를 몰았다.

기온이 높고, 일기예보에 따르면 5월에 가끔 찾아오는 강한 무더위가 계속 발생하고 있다고 했으니 멋진 여름이 되겠지만 그게 실현되는 경우는 별로 없다. 와이셔츠 차림으로 창을 연 채로 차를 몰면서 하와이에 가서 한동안, 그렇게 오랫동안, 바닷가에서 누워 있기로 했다.

내가 가자 마틴 잉글랜드는 그도 와이셔츠 차림으로 마구간 광장에서 손수건으로 이마를 훔치고 있었다.

"시드!" 진심으로 기뻐하며 말했다. "잘됐군. 지금부터 마구간을 돌아보려던 참이야. 딱 좋은 시간인걸."

어디서나 행해지는 것처럼 둘이서 마방을 차례로 돌아보았다. 조교사가 한 마리 남김없이 돌아보면서 건강상태를 체크하고, 방문객은 말을 바라보고 칭찬은 하지만 결함에 대해선 입을 다문다. 마틴의 말은 그, 혹은 대다수의 조교사와 마찬가지로 중급에서 양호 정도인데, 레이스에 출전하는 말의 대부분을 제공하며, 기수 수입의 전부를 벌어들이는 것은 그 같은 조교사들이다.

"나를 위해서 기승해 주었던 건 꽤 오래 전의 일이군."

내가 생각했던 것을 그가 말했다.

"10년 정도 됐지요."

"지금 체중은 어느 정도 나가지, 시드?"

"알몸으로 140파운드 전후입니다."

레이스를 그만둘 때보다 여위었다.

"건강은 좋겠지?"

"언제나 똑같다고 생각하는데요."

그가 끄덕였고, 우리는 암말 쪽에서 광장 반대편의 젊은 수말 쪽으로 갔다. 꽤 괜찮은 3살의 신마가 모아져 있는 것처럼 보였고, 내가 그렇게 말하자 기뻐했다.

"이게 프로틸라야." 다음 마방으로 옮겨서 그가 말했다. "4살이지. 이번 주 수요일에 요크의 단테에 출전해. 그리고 거기서 이기면 더비를 겨냥하고 있지."

"힘차 보이는군요." 내가 말했다.

마틴이 영광의 기대를 건 말에게 당근을 주었다. 50살 전후의 사람 좋고 자랑스러워하는 표정이 떠올라 있었으나, 그것은 그 자신이 아니라 윤기 있고 차분한 눈을 한, 온몸의 근육이 레이스를 기다리고 있는 듯한 멋진 네 다리 동물에 관한 자랑스러움이었다. 나는 광택이 도는 목덜미를 쓰다듬어 내렸고, 진한 사슴털색 어깨를 가볍게 두드리고, 바위처럼 단단하고 날씬한 앞다리를 쓰다듬었다.

"훌륭한 체격이로군요. 당신 기대에 어긋나지 않는 성적을 올리겠어요."

마틴이 긍지 안에 극히 자연스러운 불안을 약하게 감추고 끄덕였고, 나는 말을 쓰다듬으며 상태에 관해 서로 이야기하면서 매우 만족스런 기분으로 마방에서 마방으로 옮겨다녔다. 어쩌면 내가 진정으로 필요로 하는 것은 이것인지도 모른다는 생각을 했다. 말 40마리, 격무, 틀에 박힌 일상생활. 계획을 세우고 관리하고, 서류 업무에 쫓긴다. 이기는 말을 완성해 내는 즐거움, 말이 졌을 때의 슬픔. 바쁘고 흡족한 옥외 생활, 말 등에 탄 비즈니스맨.

나는 지난 몇 달 동안 티코와 함께 해왔던 일을 떠올려 보았다. 크고 작은 악당을 뒤쫓아 왔다. 경마계의 불상사를 몇 건인가 해결했다. 가끔 폭력을 당한 적도 있다. 용기백배해 지뢰밭을 넘나들고 사냥총을 든 무리를 상대한다.

그런 생활을 접고 조교사가 된다 해도 세상에 부끄러울 것은 없다. 과거 기수였던 것을 생각하면 극히 정상적인 생활이라고 모두들 여길게 틀림없다. 중년과 노년의 생활을 고려한, 양식 있고 앞뒤가 통하는 결단이다. 직업을 바꾼 이유를 아는 것은 나 혼자…… 그리고 트레버 딘스게이트뿐이다. 그 점을 생각하면서 계속 살아가야만 한다.

그런 생활은 사양하겠다.

다음 날 아침 7시 반에 승마 바지, 장화, 저지 셔츠 차림으로 광장으로 나갔다. 이른 아침인데도 공기는 따뜻하고, 주위의 모든 마구간에서 나는 소리며 사람들의 바쁜 움직임과 냄새에 소침했던 기분이 구멍 바닥에서 무릎 언저리까지 올라왔다.

리스트를 손에 들고 있던 마틴이 큰소리로 아침인사를 했고, 나는 내게 주어진 말을 보기 위해 그에게로 걸어갔다. 그가 나의 몸무게에 적합하리라고 여긴 듯한 5살짜리 말이 있었다.

담당 마구간 직원이 프로틸러를 마방에서 끌어내는 것을 보면서 즐거워하다가 이윽고 마틴 쪽으로 방향을 바꿨다.

"자, 타." 마틴이 말했다. 유쾌한 표정에 즐거운 눈빛을 하고 있었다.

"프로틸러에 타라고."

나는 완전히 의표를 찔려 재빨리 말을 돌아보았다. 마틴의 최고 말, 그의 기대를 받고 있는 더비를 향한 말, 그리고 나는 여러 해 기승을 하지 않은데다가 한 손밖엔 없다.

"타고싶지 않은 거야?" 마틴이 말했다. "10년 전이라면 당연히 자네가 탔을 말이야. 게다가 우리 기수가 카라 레이스에 나가기 위해 아일랜드에 가 있거든. 자네나 우리 마구간 사람 하나가 탈 수밖에 없지만, 솔직히 말해서 난 자네가 탔으면 좋겠어."

나는 반론하지 않았다. 이럴 때 거절할 사람은 없다. 마틴은 약간 어떻게 된 것 같았지만 그게 그의 바람이라면, 그것은 물론 나의 희망도 된다. 마틴이 다리를 받쳐 주었고, 내가 등자 가죽의 길이를 조절하자 오랜만에 집으로 돌아온 유랑자 같은 기분을 맛보았다.

"헬멧, 있어?" 갑자기 헬멧이 어딘가에서 튀어나오기라도 할 것처럼 주위를 둘러보면서 마틴이 물었다.

"이 말에는 필요 없습니다."

마틴이 끄덕였다. "자넨 늘 쓰지 않았지." 그러는 그는 더운데도 불구하고 언제나 그렇듯 체크무늬 캡을 쓰고 있다. 나는 레이스 이외엔 모자를 쓰지 않고 타기를 좋아했다. 공기의 움직임이 느껴지는 가벼움이 좋았던 것 같다.

"채찍은 어디 있지?" 마틴이 말했다.

그는 내가 언제나 거의 무의식적으로 들고 있었음을 안다. 기수에게 채찍은 말의 밸런스를 유지하고 똑바로 달리게 하는 데 무척 도움이 된다. 가볍게 어깨를 두드리기만 해도 충분하고, 필요에 따라서 바꿔 들 수도 있다. 나는 내 앞의 두 손을 보았다. 채찍을 들었다가 자칫하면 떨어뜨릴지도 모른다. 게다가 오늘은 무엇보다도 손을 효율적으로 써야만 한다.

나는 고개를 저었다. "오늘은 필요 없어요."

"그럼 좋아, 가자구."

중앙으로 들어선 말의 대열이 광장을 벗어나자 뒷길을 따라 난 말의 길로 해서 뉴마켓 시내를 빠져나가 북쪽의 널찍한 라임키른즈 조교장으로 향했다. 얌전한 5살짜리 말을 탄 마틴이 나와 나란히 갔다.

"웜업 캔터를 감도 있게 3펄롱(furlong. 경마에서 사용하는 거리 단위. 1펄롱은 1/8마일. 약 200m) 가량 한 다음, 걸리버와 함께 오르막길을 1마일 달리도록 해. 그게 단테를 앞둔 마지막 조교가 될 테니까, 잘해 주게나. 알겠지?"

"걱정 마십시오." 내가 말했다.

"내가 요 위의 관찰 장소에 도착할 때까지 기다려 줘."

반 마일쯤 앞의, 조교장 전체를 둘러볼 수 있는 지점을 향해 즐겁게 말을 달려갔다. 나는 왼손의 고삐를 플라스틱 손가락에 감아쥐고, 말의 입의 감촉이 전해지지 않는 것을 유감으로 여겼다. 바보짓을 해서 힘을 가할 방향이 잘못되었다가는 재갈이 물린 상태와 말의 전신의 균형이 쉽사리 무너지고 만다. 오른손의 고삐는 살아 있는 기운이 통하므로 의지가 전달되며, 어떻게 하고, 어느 정도의 빠르기로, 어디로 가려는 것인지를 프로틸러에게 전달하고, 프로틸러가 내게 전한다.

꼴사나운 실패만큼은 하고 싶지 않았다. 다만 과거 몇 천 번이나 해왔던 일을 실수 없이 수행해 주기를 바랐다. 한 손으로 하든 아니든 오로지 과거의 기술을 되살리게 해 주기를 간절히 기원했다. 내가 엄청난 실수를 저지른다면 이 말은 단테에서도 지고, 더비와 다른 모든 레이스에서도 이길 수 없게 되어 버릴지도 모른다.

걸리버를 탄 젊은이는 나와 함께 원을 돌고 있었고, 내가 뭔가 말을 시키자 퉁명스레 대답을 했다. 내가 없었더라면 그가 프로틸러를 타기로 했었는가 싶어 물어보았더니 불쾌한 표정으로 그렇다고 했다. 안됐다는 생각이 들었다. 언젠가는 너에게 순서가 돌아오겠지.

조교장 위쪽에서 마틴이 손을 흔들었다. 걸리버를 탄 젊은이는 함께 스타트하는 것을 기다리지 않고 말에 힘을 가해 갑자기 빠른 속도로 달려나갔다. 바보녀석, 넌 너 좋을 대로 해라, 나는 지금의 목적과 거리에 맞는 속도로 프로틸러를 달리게 하겠다, 네가 아무리 화를 낸다 해도 문제될 것이 없다.

주로(走路)를 올라가는 것은 최고의 기분이었다. 눈 깜짝할 사이에 과거의 감각이 되살아나면서 기승하지 않았던 세월의 경과와, 한 손을 잃었다는 사실 따위도 없었던 일처럼 모든 것이 자연스러운 느낌을 주었다. 왼쪽의 고삐를 의수와 오른손 양쪽으로 조절해 재갈 양 끝의 감촉을 느꼈다. 이 조교장에서 볼 수 있었던 최고로 멋진 스타일은 아니었는지도 모르지만, 어쨌든 제구실을 무사히 해낼 수가 있었다.

프로틸러는 균형을 취한 가벼운 달리기로 잔디 위를 미끄러지듯이 달렸고, 힘들이지도 않고 결리버와 나란히 했다. 상당한 거리를 나란히 달렸으나 프로틸러가 훨씬 움직임이 좋아서, 6펄롱에서 마지막 힘까지 쥐어짜도록 몰아부치지 않아도 되는 빠른 페이스로 1마일을 달려 마쳤다. 캔터로 되돌아오면서 이 말은 모든 준비가 끝나 있다고 생각했다. 단테에선 활약을 할 게 틀림없다. 감촉이 무척 좋았다.

마틴과 만나서 마구간으로 돌아오는 길에 나의 느낌을 말했다. 그는 기뻐했고, 그리고 웃었다.

"여전히 잘하는걸. 예전과 조금도 달라지지 않았어."

나는 가슴 속으로 한숨을 쉬었다. 잃어버린 나의 생활로 아주 잠깐 돌아가 있었지만, 나는 예전의 내가 아니다. 단 한 번으로 끝나는 것이라면 어떻게든 웃음거리가 되지 않도록 해낼 수가 있지만, 체르트넘의 골드컵과는 격이 다르다.

"멋진 기분을 느끼게 해 주셔서 고맙습니다."

시내 한가운데를 걸어서 마구간으로 돌아와 아침식사를 마친 다음, 마틴의 랜드로버에 함께 타고 제2진의 운동을 보러 경마장 옆 조교장으로 갔다. 그것이 끝나자 그의 사무실로 돌아와 커피를 마시면서 한

동안 이야기를 나눴고, 얼마 있다가 약간 유감스런 기분으로 이제 그만 돌아가야겠다고 말했다.

전화가 울렸다. 마틴이 받아서 수화기를 내게 내밀었다.

"자네에게 걸려온 전화야, 시드."

티코일 거라고 생각했으나 그렇지 않았다. 놀랍게도 헨리 슬레이스가 시내에서 멀지 않은 그의 목장에서 건 것이었다.

"우리 여자 조수가 풀밭에서 자네가 말을 타는 걸 보았다고 하더군." 그가 말했다.

"나는 믿지 않았지만 틀림없다고 그녀가 그랬지. 헬멧을 쓰지 않은 자네 머리를 잘못 볼 리가 없지 않은가? 마틴 잉글랜드의 말이었다고 하기에 설마 하고 전화를 걸었지."

"무슨 용건입니까?" 내가 말했다.

"사실은 그 반대야." 그가 말했다. "적어도 나는 그렇게 생각해. 이번 주 초에 기수클럽에서 만약 그리너나 징갈이 죽거든 즉각 연락해 달라, 사체를 그대로 놔두기 바란다는 지독히도 위압적인 편지를 받았지. 그 편지가 왔을 때 서명을 한 루카스 웨인라이트에게 내가 전화를 걸어서 대체 어떻게 된 일이냐고 물었더니, 그 두 마리 중 어느 쪽인가가 죽으면 알고 싶어하는 것은 사실 자네라고 했어. 이건 어디까지나 비밀이라고 그가 말하더군."

나는 갑작스레 입 안이 바짝 탔다.

"듣고 있는 것인가?"

"예."

"그렇다면 알려주겠는데, 사실은 그리너가 방금 죽었다네."

"언제요?" 멍청한 질문을 했다. "저…… 어떤 이유로?" 맥박이 적어도 2배는 빠르게 뛰었다. 남들은 과잉반응이라고 할지도 모르지만 치통 같은 공포감이 온몸을 휩쌌다.

"교배를 시키기로 되어 있던 암종마가 비어서 교배를 시켰어, 오늘 아침 1시간쯤 전이지. 더위로 계속 땀을 흘렸지. 교배 오두막은 햇빛을 정면으로 받기 때문에 안이 무척 더웠어. 그거야 어쨌든 교배를 무사히 마치고 내려왔는데 다음 순간 비틀거리며 넘어졌고, 거의 즉사 상태로 죽었다네."

나는 굳어 있던 혀를 간신히 움직였다.

"말은 지금 어디 있습니까?"

"교배 오두막이야. 오늘 아침엔 더 쓸 계획이 없기 때문에 그곳에 놔두었네. 기수클럽에 전화를 걸었지만 토요일이라서 루카스 웨인라이트는 없고, 게다가 우리 여직원이 자네가 이곳 뉴마켓에 와 있다고 하기에……."

"그래요." 나는 떨림을 억누르고 숨을 들이쉬었다. "부검입니다. 동의해 주시겠지요?"

"절대로 필요하지. 보험이랑 그 밖의 관계로."

"내가 켄 아마데일에게 연락해 보겠습니다." 내가 말했다. "아는 사람인데 말 병리연구소에 있습니다. 괜찮겠습니까?"

"여부가 있겠나."

"결과는 제가 전화를 하겠습니다."

"그러게나." 그가 전화를 끊었다.

나는 마틴의 수화기를 손에 든 채로 멀리 어두운 공간을 응시하고 있었다. 너무 빠르다는 생각이 들었다. 어쨌든 너무 빠르다.

"어떻게 된 거야?" 마틴이 물었다.

"제가 조사하던 말이 죽었습니다." 오오, 신이시여……. "전화 좀 써도 될까요?"

"되고말고."

켄 아마데일이 지금은 정원 일을 하던 중이지만, 죽은 말을 해부하는 편이 훨씬 낫다고 했다. 마중을 나가겠다고 하자 기다리라고 그가 말했다. 문득 정신을 차려보니 손이 아직도 떨리고 있었다.

헨리 슬레이스에게 전화를 걸어서 연락을 한 요지를 전했다. 융숭한 대접에 대해 마틴에게 감사를 표했다. 슈트케이스를 차에 싣고 뉴마켓 남쪽 끝에 있는 켄 아마데일의 현대적이고 넓은 집으로 갔다.

"내가 뭘 조사하면 되지?"

"심장."

켄 아마데일이 끄덕였다. 검은 머리칼에 30대 중반의 건장한 체격의 연구 수의사로, 나는 전에도 비슷한 일을 의뢰한 적이 있으며, 마음 편하게 이야기할 수 있어서 신뢰가 가는 사람이다. 내가 아는 한은 그도 나에 대해 같은 생각을 갖고 있다. 펍에서 함께 한잔 마시긴 하지만 크리스마스 카드를 주고받는 데까진 이르지 못한 직업상의 친구로, 언제까지라도 변함없이 필요에 따라 사귀는 그런 관계다.

"뭔가 특별한 점은?" 그가 물었다.

"있어…… 하지만 뭔지 알 수가 없어."

"수수께끼 같은 말이로군."

"자네가 뭘 찾아내는지, 결과를 기다리겠어."

그리너. 내가 절대로 관여하고 싶지 않은 말이 3마리 있다고 한다면, 그것은 그리너, 징갈, 그리고 트라이 나이트로다. 헨리 슬레이스와 조지 캐스퍼에게 편지를 써달라고 루카스 웨인라이트에게 부탁한 것을 후회했다. 그들 중 어느 것인가가 죽거든 알려달라. 그러나 이렇게 빨리, 놀랄 만큼 일찍 죽으리라고는 생각지도 않았다.

헨리 슬레이스의 생산목장으로 차를 몰았다. 그가 집에서 나와

셋이서 교배 오두막으로 갔다. 그런 건물은 대개가 비슷한 구조라서 양쪽으로 여는 문밖엔 달려 있지 않은 벽이 10피트 높이에 이른다. 그 벽 위로 창이 있고, 그 위로 지붕이 있다. 크기만 작을 뿐이지 피터 라미리스의 옥내 승마학교와 매우 비슷하다.

바깥도 더웠지만 안은 더 심했다. 죽은 말은 붉은 가죽이 깔린 바닥 위에, 쓰러진 곳에 그대로 누워 있었다. 탁한 회색 눈을 한 가련한 갈색 덩어리였다.

"폐마 매수업자에게 전화를 해 두었어." 켄이 말했다. "이제 곧 이리로 올 거야."

헨리 슬레이스가 끄덕였다. 말이 쓰러져 있는 장소에서 부검을 위한 해부를 할 수는 없다. 피 냄새가 며칠이나 남아, 들어오는 다른 말이 동요하고 겁을 낸다. 곧 들어올리는 장치가 달린 트럭이 왔고, 말을 태우자 우리도 뒤를 따라서 죽은 말이 개먹이용으로 처리되는 뉴마켓의 폐마업자 건물로 갔다. 좁지만 위생적인 방이다. 굉장히 청결하다.

켄 아마데일이 가져온 봉투를 열어서, 그가 입고 있는 세탁이 잘되는 나일론 보일러 수트와 같은 것을 건넸다. 셔츠와 바지를 더럽히지 않기 위해서다. 말은 흰 타일 벽에 콘크리트 바닥이 드러난 네모진 방에 누워 있었다. 바닥으로 물을 흘려보내는 수채와 배수용 수채가 있다. 켄이 수도꼭지를 비틀어 말 옆 호스에서 물이 나오자 긴 고무장갑을 꼈다.

"괜찮겠어?" 그가 말했다.

내가 끄덕이자 그가 먼저 길게 절개했다. 과거에 경험했던 경우와 마찬가지로 10분 동안의 냄새는 참기 힘들 정도로 불쾌했으나, 켄은 전혀 개의치 않고 순서에 따라 내장을 조사해 나갔다. 흉강을 절개해 심장과 폐를 덩어리째 꺼내 하나밖에 없는 창 밑 테이블로 가져 갔다.

"묘하군." 얼마 안 있어 그가 말했다.

"뭐가?"

"이걸 봐."

나는 곁으로 가서 그가 가리키는 부분을 보았지만, 켄만한 지식이 없으므로 딱딱해 보이는 연골이 들어 있는 핏덩어리만 눈에 들어올 따름이었다.

"심장?" 내가 말했다.

"맞아, 판막을 봐." 눈살을 찌푸리면서 내 얼굴을 바라보았다. "이 말은, 말들은 걸리지 않는 병으로 죽었어." 생각하고 있었다. "죽기 전의 혈액 샘플이 없는 게 유감이로군."

"같은 병에 걸린 말이 헨리 슬레이스 농장에 1마리 더 있어. 거기서 혈액 샘플을 채취하면 돼."

심장 위로 몸을 숙이고 있던 켄이 몸을 일으켜 물끄러미 나를 보았다.

"시드, 무슨 일인지부터 들어야겠네. 그것도 바깥이 좋겠군, 신선한 공기 속에서."

밖으로 나오자 훨씬 기분이 좋아졌다. 그는 피투성이 장갑과 오버올을 입은 채로 열심히 들었고, 나는 가슴 속의 공포심을 억누르면서 감정을 빼고 담담하게 말했다.

"같은 말이 4마리 있어…… 있었네. 내가 아는 것은 4마리야. 모두가 톱스타이며, 겨우내 기니와 더비의 인기마였지. 그런 등급의 말이야, 초일류의. 4마리 다 같은 마구간에 있었어. 모두가 훌륭한 상태로 기니에 출장했지. 가장 인기가 있었으나 한결같이 비참한 성적으로 끝마쳤어. 레이스 직전에 가벼운 바이러스 감염 징후가 있었으나 증상은 악화되지 않았어. 나중의 검사에서 4마리 모두 심잡음이 있다고 판명되었지."

켄의 이마 주름이 차츰 깊어져 갔다.

"계속해 줘."

"2년 전에 1,000m 기니 레이스에 출장했던 베세스더가 있었어. 암종마가 되어 지난 봄 출산 중에 심장장애로 죽었지."

켄이 숨을 크게 들이마셨다.

"그리고 저거야." 내가 손으로 가리키며 말했다. "그리너. 작년 기니의 우승후보였지. 그 뒤로 심장이 무척 나빠졌고, 관절염에도 걸렸어. 헨리 슬레이스의 농장에 있는 다른 1마리인 징갈도 최고의 컨디션으로 레이스에 나갔지만, 끝난 뒤에는 피로로 서 있기도 힘든 상태였네."

켄이 끄덕였다. "그래, 4번째는?"

나는 허공을 올려다보았다. 파랗고 맑게 개어 있다. 자살과 같다는 생각이 들었다. 눈을 그의 얼굴로 되돌려서 말했다. "트라이 나이트로야."

"시드!" 켄이 경악했다. "겨우 10일 전이잖아?"

"그래서 묻는 거야." 내가 말했다. "말은 어떻게 되었어?"

"테스트를 하지 않고는 확실한 것은 말할 수 없어. 하지만 자네가 지금 말한 증후는 전형적인 것이고, 그 심장 판막은 틀림없어. 말은 돼지 단독(丹毒, 연쇄상 구균에 의한 급성 전염병)으로 죽었어. 돼지만이 걸리는 병이지."

켄이 말했다. "그 심장은 증거로 남겨둬야만 해."

"그렇겠지." 내가 말했다.

오오, 신이시여…….

"저 봉지를 하나 주겠어?" 켄이 말했다. "입구를 벌리고 있어." 심장을 넣었다.

"이따가 연구 센터로 가자. 생각하고 있었어……. 말의 붉은독에 관한 참고논문을 갖고 있거든. 뭣하다면 그걸 살펴봐도 돼."

"그럴까." 내가 말했다.

켄이 피로 얼룩진 오버올을 벗었다. "심장과 과격한 운동, 말은 그래서 죽은 거야. 심장이 저런 상태라면 대단히 위험한 조합이지. 그렇지 않았으면 앞으로 한참을 더 살았을 거야."

아이러니컬한 얘기로군, 나는 씁쓸한 기분으로 그렇게 생각했다.

그가 모든 것을 정돈하고, 둘이서 다시 헨리 슬레이스의 농장으로 갔다. '징갈의 혈액 샘플? 여기 있지'라고 그가 말했다.

켄이 대량의 피를 채취한 것처럼 여겨졌으나, 몇 갤런이나 되는 피가 있는 말에게 1리터쯤은 문제도 되지 않는다. 둘이서 헨리가 권한 스카치를 고맙게 마신 다음, 심장을 들고 베리 로드에 있는 말 병리 연구소로 갔다.

켄의 사무실은 넓은 연구소에 증축한 작은 방으로, 그가 그리너의 심장이 든 봉지를 개수대로 가져가 남은 피를 씻으면서 말했다.

"자, 이리 와서 봐."

이번엔 그가 말하는 점을 확실하게 볼 수 있었다. 판막 주위 전체에 크림색을 띤 흰 양배추 같은 작은 혹들이 나 있다.

"그게 병적 증식물이야. 판막이 닫히는 것을 저지하지. 그 때문에 공기가 새는 펌프처럼 심장의 효율이 나빠지는 거야."

"그 점은 알겠군."

"이걸 냉장고에 넣고 수의학계 잡지에 실린 그 논문을 찾아보자구."

켄이 찾는 동안 나는 실용 위주의 딱딱한 사무실 의자에 앉아 있었다. 내 손가락을 보았다. 쥐었다 폈다 했다. 이런 일이 현실로 일어날 리가 없다고 생각했다. 체스터에서 트레버 딘스게이트를 만났던 것은 겨우 3일 전의 일이다. '약속을 깨면 내가 했던 말을 꼭 지키겠

어.'

"이거야." 논문 부분을 펼치고 켄이 소리를 높였다. "관계된 부분을 읽어줄까?"

나는 고개를 끄덕였다.

"1938년 심장 판막에 증식물이 생기는 심내막염을 수반한 돼지 단독증이 어떤 말에 발생했다." 그가 고개를 들었다. "그 양배추 같은 거야. 이해가 가?"

"응."

다시 논문을 읽었다. "1944년에 항혈청 제조를 전문으로 하는 연구소에서 갑자기 단독균의 돌연변이체가 나타나 혈청채취 말이 급성 심내막염에 걸렸다."

"번역해 줘."

켄이 미소를 지었다. "전에는 백신을 만드는 데 말을 사용했어. 돼지의 병을 말에 주사해서 항체가 생기기를 기다려 혈액을 채취해 혈청을 추출하지. 건강한 돼지에 주사한 혈청이 돼지를 그 병으로부터 지켜주는 거야. 천연두를 비롯한 기타 인간용 백신도 마찬가지지. 매우 흔한 방식이야."

"알았어, 계속해 줘."

"그런데 여기서 일어난 문제는, 언제나처럼 항체가 생기는 대신 말이 그 병에 걸렸다는 거야."

"어째서 그런 일이 생기지?"

"여기엔 적혀 있지 않아. 이건 관계가 있는 제약회사에 물어봐야만 알아. 보아하니 이런 문제는 케임브리지의 티어슨백신연구소가 대답할 수 있겠군. 자네가 가서 물어보면 가르쳐 줄 거야. 소개장이 필요하다면 거기 내가 아는 사람이 있어."

"꽤 오래 전 일이군."

"미생물은 죽지 않아. 계속 살아서 어딘가의 아둔한 자가 조잡하게 취급하기를 시한폭탄처럼 기다리지. 이런 연구소 가운데는 유독한 세균을 몇 십 년이나 보관하는 곳이 있어. 실정을 알면 놀랄걸?"

다시 논문을 보다가 말했다. "다음 부분은 자네가 읽는 편이 낫겠군. 어려운 말은 쓰여 있지 않은 것 같아." 학계 잡지를 내밀었으므로 그가 가리킨 페이지를 읽었다.

(1) 순배양균을 근육 주사한 24~48시간 뒤에 심장 판막의 한 곳 이상에서 염증이 발생한다. 이때 체온이 약간 상승하거나 심장의 고동이 커지지만, 말에게 과격한 운동을 시키지 않는 한 다른 증상은 나타나지 않는다. 과격한 운동을 시키면 심방세동(心房細動) 내지 폐로 가는 혈액공급에 장애가 생기지만, 어떤 경우에나 심한 고통은 2~3시간의 휴식으로 가라앉는다.

(2) 2일에서 6일째에 이르는 동안은 체온이 상승하고 혈중 백혈구가 늘어나며, 말은 활기를 잃고 식욕이 없어진다. 이 상태는 '바이러스 감염'으로 진단되기 쉽다. 그러나 청진기로 진찰하면 심잡음이 점차 심해짐을 알 수 있다. 10일 가량 지나면 체온이 정상으로 돌아오며, 보통 걸음이나 약간 빠른 걸음 이상의 운동을 시키지 않으면 건강을 회복한 것처럼 보인다. 하지만 심잡음은 여전히 남아 있으며, 달리면 호흡이 곤란해지므로 레이스를 중지할 수밖에 없게 된다.

(3) 그뒤 몇 개월 동안은 심장 판막에 증식물이 생기고, 특히 다리에 관절염이 생기는 경우도 있으나 예외도 있다. 이 상태는 영속적으로 진행되며, 감염한 지 몇 년 뒤의 어느 시기에 격렬한

움직임이나 심한 더위로 갑자기 죽는 경우가 있다.

나는 고개를 들었다. "이거랑 완전히 똑같아! 딱 들어맞는다고."

내가 천천히 말했다. "순배양균의 근육 주사가 우연히 일어나는 일은 절대로 있을 수 없어."

"맞아." 켄이 인정했다.

내가 말했다. "조지 캐스퍼는 올해 경보벨, 경호원, 개 등으로 마구간을 무척이나 엄중하게 경비했으므로, 배양균이 든 주사기를 들고 비명이 들리는 거리까지 트라이 나이트로에게 접근하는 것은 불가능했어."

켄이 미소지었다. "팔뚝만한 주사기 같은 건 필요치 않아. 연구소로 가지, 보여줄 테니까."

켄을 따라가서 벽 전체를 뒤덮고 있는, 문이 달린 장 앞에 섰다. 그가 장을 열어서 상자를 꺼내자 안에 작은 플라스틱 봉투가 잔뜩 들어 있었다.

켄이 봉투 하나를 찢어서 내용물을 손바닥에 꺼냈다. 완두콩만한 플라스틱 캡슐에 주사바늘이 달려 있었다. 작고 둥근 풍선에 가느다랗고 작은 바늘이 달려 있는 것 같았고, 전체가 기껏해야 새끼손가락 길이밖에 되지 않는다.

켄이 캡슐을 들고 두 손가락으로 짜듯이 눌렀다. "이걸 액체에 넣어서 빨아들이면 찻숟가락 반쯤 들어가지. 발병시키려면 좀더 적은 양으로도 가능해."

"남의 눈에 띄지 않게, 손바닥 안에 감춰 가져갈 수가 있겠군."

켄이 끄덕였다. "그걸 들고 말을 탁 때리기만 하면 돼. 눈 깜짝할 사이에 끝나 버려. 나도 가끔 주사기를 싫어하는 말에게 쓰지."

사용 방법을 가르쳐 주었다. 날카로운 끝이 손바닥에서 똑바로 아래를 향하도록 캡슐을 엄지와 검지에 끼워서 든다. "바늘을 밀어 넣고 짜면 돼."

"하나 줘도 돼?"

"되고말고." 봉투를 하나 주었다. "필요한 건 뭐든지."

나는 그것을 호주머니에 넣었다. 오, 하늘에 계신 신이시여.

켄이 천천히 말했다. "트라이 나이트로에게 뭔가 손을 쓸 수 있을지도 모르겠는걸."

"무슨 뜻이지?"

개수대의 물기를 빼는, 선반 위에 놓여 있는 징갈의 피가 든 커다란 병을 보면서 생각했다.

"병을 고치는 항생물질을 찾아낼지도 몰라."

"이미 늦지 않았어?"

"징갈은 늦었지. 하지만 그 증식물은 곧장 살아나지는 않으니까 트라이 나이트로가 감염된 것이…… 그렇지……?"

"오늘로 2주일이야."

재미있다는 표정으로 나를 보았다. "그럼 2주일 전이라고 치자. 심장장애는 일어났지만 그 증식물은 아직 발생하지 않은 게 분명해. 조속히 병에 맞는 항생물질을 투여하면 완전히 회복할지도 몰라."

"그러니까…… 정상적인 상태로 돌아온다는 말이야?"

"돌아오지 않을 까닭이 없지."

"뭘 꾸물대고 있는 거야!"

내가 소리쳤다.

15

나는 노포크의 넓고 인기척 없는 해안을 뉴마켓에서 북동쪽으로 차를 달려 일요일의 대부분을 바닷가에서 보냈다. 단지 어딘가에 들어가서 뭔가를 하면서 시간을 죽이기 위해서.

태양이 빛나고 있었지만 북해에서 불어오는 바람으로 사람은 거의 없었다. 적은 인원의 그룹 몇 개가 얇은 캔버스를 치고 바람을 피하고 있었고, 활기찬 아이들이 모래밭에서 성을 쌓고 있었다.

나는 딱딱한 풀로 뒤덮인 움푹 팬 모래언덕에 앉아 햇빛을 받으면서 파도가 밀려왔다가 밀려가는 것을 바라보고 있었다. 갯지렁이 따위의 배설물을 발로 차면서 모래밭을 걸었다. 아래 팔뚝 속 기계장치의 무게를 의식하면서 윗팔뚝 부분을 눌러 지탱하고, 바다를 바라보았다. 기계 팔은 무겁지는 않지만 언제나 낯설게 존재한다.

지금까지 인기척이 드문 곳에서 해방감을 맛보고 기운을 회복한 적이 자주 있었지만, 오늘은 달랐다. 악령이 늘 붙어다니고 있다. 자존심이라는 대가(代價)…… 안전을 위한 대가. 나 자신에게 그 정도로까지 기대를 걸지 않는다면 훨씬 마음 편하게 살아갈 수 있을 거라고 찰스가 내게 말한 적이 있다. 그다지 앞뒤가 맞지 않는 얘기다. 사람을 바꿀 수는 없는 노릇이니까. 적어도 누군가가 나타나서 정신에 괴멸적인 타격을 입히기 전까지는.

라임키른즈 조교장에서 재채기를 하면 2마일 떨어진 경마장까지 들린다고 뉴마켓 사람들은 말한다. 내가 그리너의 부검에 입회했던 것은 하루도 지나지 않아 조지 캐스퍼의 귀에 들어간다. 그것을 트레버 딘스게이트가 들으리란 건 기정사실이다.

아직 어딘가를 갈 여유는 있다고 생각했다. 아직 때가 늦은 것은 아니다. 여행. 다른 하늘 아래서 다른 바다의 모래밭을 빈둥댄다. 어딘가로 가서 소식을 끊을 수는 있다. 그가 내 가슴 속에 일으켰던 공포심으로부터 아직은 도망칠 수가 있다. 아직…… 달아날 수는 있다.

바닷가에서 멍하니 케임브리지로 차를 몰았다. 유니버시티 암즈 호텔에서 묵고, 다음 날 아침 티어슨제약 백신연구소로 갔다. 미스터 리빙스턴에게 면회를 요청하자 그가 나왔다. 60 전후의 마르고 안색이 나쁜 사람이었다. 비쩍 마른 할아버지처럼 보이지만 두뇌가 굉장히 명석한 사람이라고 켄 아마데일이 말했다.

"미스터 하레이?" 현관 홀에서 악수를 하면서 리빙스턴이 말했다. "아마데일이 전화해서 자네의 용건을 설명해 주었다네. 도움이 될 수 있으리라 생각하네. 물론일세, 그 점은 문제가 없어. 자, 어서 이쪽으로."

그는 앞장서서 종종걸음으로 걷다가 가끔 뒤돌아보면서 내가 따라오는지를 확인했다. 길을 잃는 것을 방지하기 위한 조심성이겠지만, 사실 유리벽 사이로 나 있는 통로는 미로처럼 건물과 정원이 무질서하게 흩어져 있다.

"여긴 저절로 커져간 곳이지." 내가 그 점을 얘기하자 리빙스턴이 말했다. "하지만 무사히 도착했다네."

커다란 연구실로 들어갔다. 유리벽을 통해 통로가 보이고, 그 반대쪽 유리벽에는 정원의 일부, 세 번째의 벽으로는 다른 연구실이 보인다.

"여기선 실험을 담당하고 있지." 크게 팔을 뻗어 양쪽 연구실을 가리켰다. "연구소는 대개 상업적으로 백신만 생산하지만, 여기서는 새로운 것을 만들어내는 작업을 느긋하게 하고 있지."

"옛것을 다시 되살리는 일도요?" 내가 말했다.

리빙스턴이 날카로운 눈초리로 나를 보았다. "당치도 않아. 자네는 분명 정보를 얻기 위해 온 것이지 우리의 부주의를 책망하러 온 것은 아닐 텐데?"

"실례했습니다." 상대를 달랬다. "맞는 말씀입니다."

"그렇다면 좋아. 묻고 싶은 것을 질문하게나."

"그럼, 1940년대에 이곳의 혈청채취용 말이 돼지 단독에 걸렸던 이유는 무엇입니까?"

"과연 간단하면서도 명쾌한 질문이로군. 우리는 그 점에 관해 논문을 발표했네. 그렇지, 물론, 내가 이리로 오기 전의 일이야. 하지만 이야기는 들었어. 그래, 있을 수 있는 일이야. 현실적으로도 일어났고. 하지만 일어나서는 안 될 일이었어. 어디까지나 부주의에 의한 것이야. 알겠나? 나는 부주의란 말을 싫어해. 무척 싫어하지."

당연하다고 생각했다. 리빙스턴이 하는 일에서 부주의는 목숨을 앗아가는 일이 되기 십상이다.

"자네는 단독의 항혈청에 관해 어느 정도의 지식이 있지?"

"엄지 손톱에 쓸 수 있을 정도입니다."

"그랬군, 그렇다면 어린아이에게 말한다고 생각하고 설명하겠네. 그래도 괜찮겠지?"

"물론입니다."

또다시 날카로운 눈길로 나를 보았으나 이번에는 재미있어하는 듯한 표정이 떠올랐다.

"우선, 단독균을 말에게 주사하네. 거기까지는 알겠나? 나는 지금 과거의 일을, 즉, 말을 사용하던 시절의 일을 말하고 있는 걸세. 우리는 1950년대 초부터 말을 사용하고 있지 않아. 바로스 웰컴사나 독일의 바이엘 사도 마찬가지야. 과거라고, 알겠나?"

"예."

"말의 피가 균과 싸우기 위한 항체를 만들어내지만, 말은 병에 걸리지 않아. 돼지만이 걸리는 병이지 말이 걸리는 병은 아니란 소리야."

"어린애라도" 내가 안심시키기 위해 말했다. "이해하겠군요."

"아주 좋아. 그런데 때에 따라선 기준 균주가 약해지는 경우가 있는데, 그 경우에는 발병성을 강화하기 위해 비둘기를 통과시키지."

"비둘기 말입니까?" 내가 정중하게 물었다.

리빙스턴이 눈썹을 휙 치켜올렸다. "통상적으로 행해지는 방법이야. 독성을 회복시키기 위해 약해진 균을 비둘기에 통과시켜."

"당연한 일이겠군요."

리빙스턴은 나의 말투에서 빈정거림을 간파해 냈다. "미스터 하레이" 근엄한 어조였다. "자넨 이 일에 관해 알고 싶은 건가, 알고 싶지 않은 건가?"

"꼭 알고 싶습니다." 내가 한 발 물러서며 말했다.

"좋아. 독성을 회복한 균주를 비둘기에서 채취해, 혈액 배지판에서 2차 배양을 하네."

내가 멍하니 있는 것을 보더니 말을 끊었다. "설명 방법을 바꾸겠어. 독성을 회복한 균을 비둘기에서 채취해 혈액이 들어 있는 접시에 넣으면, 그 안에서 증식해서 말에게 주사할 수 있을 만한 양이 되지."

"그거라면 이해가 가는군요."

"좋아." 리빙스턴이 끄덕였다. "그런데 그 접시에 들어 있는 것은 소의 피였어. 수소의 피."

"그랬군요."

"그런데 누군가의 실로 터무니도 없는 부주의로 인해 어느 날, 혈액 배양에 말의 피가 쓰였던 거야. 그래서 돌연변이종이 생겨났지." 사이를 두었다. "돌연변이종이란 것은 자연계에 있어서 특별한 이유도 없이 갑작스레 일어나는 변화야."

"예, 그렇군요."

"아무도 그 사실을 몰랐던 거야. 그 돌연변이종을 말에게 주사해서 말들이 모두 단독에 걸리기까지는. 그 돌연변이종은 작용이 놀랄

만큼 일정했어. 잠복기는 언제나 주사 후 24~48시간이며, 심내막 염…… 즉, 심장 판막의 염증이 반드시 일어나지."

앞단추를 푼 채로 흰 가운을 입은 중년 전의 사내가 옆방에서 들어왔다. 그 사람이 하는 것을 나는 무심코 바라보고 있었다.

"그 돌연변이종은 어떻게 되었습니까?"

리빙스턴은 계속해서 입술을 깨물고 있었으나 얼마 안 있어 대답했다. "솔직히 말해서 우리는 호기심으로 일부를 보관하고 있다네. 물론 지금은 약해졌을 게 분명하고, 독성을 완전히 회복시키기 위해서는……."

"그렇죠, 비둘기를 경유시킵니다."

리빙스턴은 농담으로는 받아들이지 않았다. "맞아!"

"그럼, 그렇게 비둘기를 통과시키거나 배양지에서 2차 배양을 하는 데는 어느 정도의 기술이 필요한가요?"

눈을 깜박이고 있었다. "물론 나는 할 수 있어."

나는 할 수 없다. 내가 다룬 적이 있는 주사액은 모조리 작은 앰플에 들어 있으며, 상자에 보관되어 있다.

옆방의 사내가 장을 열고 뭔가를 찾고 있었다.

"그 돌연변이종은 이곳 이외의, 세계 어딘가의 다른 장소에 존재할 가능성이 있습니까? 즉, 이 연구소가 일부를 외부로 보낸 적이 있느냐는 뜻입니다."

입을 꽉 다문 채 눈썹을 치켜올렸다. "난 전혀 몰라." 리빙스턴이 말했다. 유리 너머로 옆방 쪽을 가리켰다. "배리 슈맥에게 물어보면 돼. 그는 알고 있을 거야. 돌연변이종은 그의 전문이니까."

리빙스턴은 슈목에 가까운 발음으로 슈맥이라고 했다. 들은 적이 있는 이름이라고 나는 생각했다. 어딘가에서…… 무서운 일이다!

엄청난 쇼크가 머리를 훑고 지나가 나도 모르게 숨이 막혔다. 본명이 슈맥인 사람을 나는 너무나도 잘 알고 있다.

꿀꺽 침을 삼키고, 오한을 느꼈다.

"슈맥 씨에 대해서도 좀 말씀해 주십시오."

리빙스턴은 원래가 말하기를 좋아하며, 말해도 별로 해는 없겠다고 판단한 것 같았다. 어깨를 으쓱했다. "그는 고생을 많이 했지. 지금도 그런 말투를 쓰거든. 과거엔 대단히 도전적인 태도를 취했네. 사회는 자기에게 생활의 방도를 부여할 의무가 있다고 했으니까. 학생 데모와 닮은 데가 있었어. 최근엔 안정되었지. 일은 잘 해."

"당신은 그가 별로 좋지 않은 모양이군요?"

리빙스턴이 깜짝 놀랐다. "나는 그런 말은 하지 않았어."

표정과 말투로 분명하게 알 수 있었다. 나는 말을 돌렸다.

"어떤 사투리인가요?"

"북쪽이야, 잘은 몰라. 크게 상관 없는 일 아닌가?"

배리 슈맥은 내가 아는 누구하고도 닮지 않았다. 내가 주저하면서 천천히 물었다.

"그에게 형제가 있는지 여부를 아십니까?"

리빙스턴이 노골적으로 놀라움을 드러냈다. "그래, 있어. 묘하게도 도박사라더군." 생각하고 있었다. "테리라고 하던가…… 아냐…… 그렇지, 트레버야. 둘이서 함께 여기에 온 적이 있어. 사이가 무척 좋은 형제였지."

배리 슈맥이 찾기를 그만두고 문 쪽으로 갔다.

"그를 만나보겠나?" 미스터 리빙스턴이 말했다.

나는 아무 말도 못한 채 고개를 저었다. 내가 이 세상에서 그 어떤 것보다도 가장 피하고 싶은 것은, 당사자가 취급방법을 아는 유해균이 우글대는 건물 안에서 트레버 딘스게이트의 동생을 소개받는 일이다.

슈맥이 유리가 깔린 복도를 나와 우리 쪽으로 걸어왔다.

큰일이다.

슈맥은 볼일이 있는 듯한 걸음으로 다가와서 우리가 있는 연구실 문을 밀더니, 어깨 위쪽을 안으로 내밀었다.

"안녕하십니까, 미스터 리빙스턴. 제 슬라이드 상자를 못 보셨습니까?"

말투는 기본적으로는 같다. 자신감에 차 있고, 신경을 긁는 듯한 불쾌감을 느끼게 한다. 형보다 맨체스터 사투리가 훨씬 강하다. 나는 왼팔을 반쯤 뒤로 돌려서 감추고 그가 어서 사라지기를 빌었다.

"아니," 희미하게 호감을 담은 어조로 리빙스턴이 말했다. "그런데 배리, 괜찮다면……."

리빙스턴과 나는 작업대 앞에 서 있었고, 그 위에는 갖가지 유리병과 잠금 장치가 달린 철제 받침대가 놓여 있었다. 나는 여전히 왼팔을 감춘 채로 왼쪽으로 방향을 바꿨고, 꼴사납게도 오른손으로 받침대 하나와 병 두 개를 넘어뜨렸다.

깨진 것은 없으며 달그락대는 소음이 났을 뿐이다. 리빙스턴이 놀라고 애가 타서 뭐라고 중얼거리면서 넘어진 병을 일으켰다. 나는 받침대를 붙잡았다. 철제라서 무거울 터이니 급한 대로 그걸로 때울 수밖에 없다.

나는 문쪽으로 방향을 돌렸다.

문은 막 닫히고 있었다. 흰 가운을 펄럭이면서 복도를 뚜벅뚜벅 걸어가는 배리 슈맥의 뒷모습이 보였다.

나는 참고 있던 숨을 코로 내쉬면서 받침대를 줄의 끝에 놓았다.

"가 버렸군." 미스터 리빙스턴이 말했다. "유감스런 행동을 했구먼."

뉴마켓으로 돌아와 말 병리연구소의 켄 아마데일에게로 갔다.

말 많은 미스터 리빙스턴이 말의 단독에 관해 이야기를 들으러 하레이라는 사람이 왔었음을 배리 슈맥에게 말하기까지는 과연 어느 정도 시간이 있을까 생각해 보았다.

차를 달리는 동안 내내 약한 메스꺼움이 있었다.

"보통 항생물질로는 거의 소용이 없게 해 놓았어." 켄이 말했다. "실로 교묘한 수법이야."

"무슨 뜻이지?"

"가령 재래의 항생물질이 듣는다면 말이 발병한 때에 즉각 주사를 맞아서 병에 걸리지 않을지도 모르니까."

나는 한숨을 쉬었다. "그런데 어떻게 내성을 길렀을까?"

"면역이 될 때까지 미량의 항생물질을 계속 투여했던 거야."

"그런 건 기술적으로 곤란하지 않겠어?"

"그래, 상당히 힘들지."

"배리 슈맥이라는 이름을 들은 적이 있어?"

이마에 주름을 모으면서 생각을 했다. "아니, 들은 적 없는 것 같아."

겁에 질린 마음 속 목소리가 입 다물라고 필사적으로 외치고 있다. 달아나! 안전한 땅으로 날아가…… 오스트레일리아로…… 사막으로.

"여기에 카세트 레코더가 있나?" 내가 물었다.

"있어, 수술 중에 메모를 할 때 쓰거든." 방에서 나가서 가져오더니 새 테이프를 넣어서 책상 위에 놓아주었다. "그냥 말하면 돼. 마이크가 내장되어 있으니까."

"여기서 들어 줘. 필요해…… 증인이."

켄이 물끄러미 나를 보았다. "너무 긴장하지 마……. 자네가 하는 일이 그리 품위 있는 게임은 아닌 것 같군?"

"가끔은 그렇지 않을 때도 있어."

나는 녹음기의 스위치를 넣고, 먼저 내 이름과 장소와 날짜를 말했다. 스위치를 끄고 앉은 채로 버튼을 누르는 데 필요한 오른 손가락을 보았다.

"무슨 일이야, 시드?" 켄이 말했다.

켄을 힐끗 쳐다보고 다시 손가락을 보았다. "아무것도 아냐."

어찌 됐건 해야만 한다. 절대로 하지 않으면 안 된다. 하지 않으면, 다시는 예전의 나로 돌아갈 수가 없다.

가령 선택의 기로에 놓였다면——게다가 지금은 선택하지 않을 수도 없다——그 어떤 대가를 치르더라도 건전한 정신을 유지할 방도를 취해야만 한다. 그러면 육체적 위해에 대한 공포심에 대처할 수가 있을지도 모른다. 내 몸에 어떤 일이 일어나든, 비록 스스로 아무것도 하지 못하는 불구가 되는 것조차도 참아낼 수 있을지도 모른다. 마침내 선명하고 확실하게 이해할 수 있었다. 내가 영원히 대응하지 못하고 참아낼 수 없는 것…… 그것은 자기 멸시다.

녹음 버튼을 누름으로써 트레버 딘스게이트에게 했던 약속을 결정적으로 깨뜨렸다.

16

점심 때 티코에게 전화를 걸어서 로즈마리의 말에 관해 알아낸 것을 이야기했다.

"요컨대" 내가 말했다. "그 4마리가 심장 장애를 일으켰던 것은 돼지의 병균을 주사 받은 때문이야. 그 방법에 관한 복잡한 정보를 입수했지만, 이사들은 골치만 아플 거야."

"돼지의 병이라고?" 믿어지지 않는다는 투로 티코가 말했다.

“그래. 그 거물 도박사인 트레버 딘스게이트에게 동생이 있는데, 천연두나 디프테리아 같은 것들에 대해 인간에게 면역을 지니게 하는 백신을 만드는 연구소에서 일해. 그래서 압도적인 인기마들에게 돼지의 병균을 주사할 것을 형제가 생각해 낸 거야.”

“그 결과, 인기마는 패배했고 도박사에겐 막대한 돈이 굴러 들어온 거로군?”

“그렇지.”

트레버 딘스게이트의 나쁜 기도를 일상적인 말로 설명하면서 마치 우리가 늘상 다루던 나쁜 짓의 범인에 지나지 않는 듯한 느낌으로 그에 관해 이야기하고 있는 것이 뭔가 묘한 기분이 들었다.

“어떻게 알아냈어?” 티코가 물었다.

“헨리 슬레이스의 농장에서 그리너가 죽었는데 부검을 통해 돼지의 병임이 밝혀졌어. 백신연구소에 갔더니 기묘한 균을 전문으로 다루는 슈맥이라는 사람이 있었는데, 나는 슈맥이 트레버 딘스게이트의 본명임을 생각해 냈지. 게다가 트레버 딘스게이트는 조지 캐스퍼와 매우 친밀했고…… 균에 감염된 말로 우리에게 알려진 것은 모두 조지 캐스퍼 마구간의 말이야.”

“간접증거의 경향이 있군. 그렇지?”

“그래, 다소는. 하지만 거기서부터는 보안부가 알아서 하면 돼.”

“그 에디 키스가?” 의심스럽다는 말투였다.

“걱정하지 않아도 돼. 이것을 얼렁뚱땅 넘어가지는 못할걸?”

“로즈마리에게 말했어?”

“아직이야.”

“그래, 나중에 어떤 얼굴을 할지 궁금하군.”

“흠.”

“시드, 오늘은 성과의 연속인데? 니키 애시에 관한 확증을 잡았어.”

양말 속에 나이프를 감추는 니키 애시. 잔챙이다, 어린애나 다름없는…… 누군가와 비교하면…….

“헤이” 기분이 상한 티코의 목소리가 흘러 들어왔다. “기쁘지 않은 거야?”

“물론 기쁘지. 확증이란 건 뭐지?”

“녀석이 그 엉터리 편지를 발송하고 있어. 오늘 아침에 그냥 상황을 살필 생각으로 당신 아파트로 갔더니 우리가 주었던 스티커 라벨을 붙인 봉투가 2개 와 있더군.”

“그거 잘 됐네.”

“열어 보았지. 2통 다 P로 시작되는 이름의 사람들이 보내준 거야. 그렇게 걸어서 돌아다닌 보람이 있었지 뭐야.”

“그러니까 기부를 의뢰하는 편지를 입수한 거로군?”

“그렇지. 당신 부인이 발송했던 것과 완전히 똑같은 내용의 편지야. 물론 발송한 주소는 다르지만 말야. 연필을 갖고 있어?”

“말해 봐.”

티코가 브리스톨 시 클립톤의 주소를 읽었다. 나는 그것을 보면서 생각했다. 이대로 경찰에 알릴 수도 있고, 내가 먼저 조사해 봐도 된다. 어떤 확실한 방법으로 확인하는 쪽에 매력을 느꼈다.

“티코, 옥스퍼드의 제니 아파트로 전화를 걸어서 루이스 맥키니스와 통화해 줘. 뉴마켓의 이곳 라틀란드 호텔의 내 앞으로 전화를 걸라고 전하면 돼.”

“마나님이 무서우신 게로군?”

“해 줄 거야?”

“그럼, 하고말고.” 그는 웃으면서 전화를 끊었다.

그러나 다시 전화가 울렸을 때는 루이스가 아니라 티코였다.

"그녀는 아파트를 나갔어. 당신 부인이 새 주소의 전화번호를 알려 주더군." 그 번호를 읽었다. "다른 건?"

"자네 카세트 레코더를 들고 포트맨 스퀘어의 기수클럽으로 와 주어야겠어. 내일 오후에. 그렇지, 4시."

"요전처럼 하는 거야?"

"아니, 현관에서 당당하게."

루이스가 곧장 전화를 받았으므로 움찔했다. 용건을 알리자 루이스는 깜짝 놀랐다.

"정말로 그를 찾아냈어요?"

"그렇다고 생각하오. 함께 가서 확인해 주지 않겠소?"

"좋아요." 잠깐 망설이지도 않았다. "어디로, 언제요?"

"브리스톨의 어떤 곳이오." 잠깐 사이를 두었다가 조심스럽게 말했다. "나는 오늘 뉴마켓에 있소. 오늘 오후에 당신 집에 들렀다가 곧장 가면 되오. 오늘 오후나…… 내일 아침에 그를 찾아낼 수 있을지도 모르오."

한동안 잠자코 있었다. 얼마 안 있다가 말했다.

"나는 제니의 아파트에서 나왔어요."

"알고 있소."

다시 침묵이 이어지다가 마침내 결심을 한 듯 침착한 목소리가 흘러왔다.

"좋아요."

루이스는 옥스퍼드에서 기다리고 있었고, 작은 슈트케이스를 들고 있었다.

"잘 지냈소?" 차에서 내리면서 내가 말했다.

"안녕하세요?"

얼굴을 마주보고 있었다. 내가 루이스의 볼에 키스를 했다. 루이스가 미소를 지었는데, 나로서는 즐거운 미소로 생각하지 않을 수가 없다. 루이스의 슈트케이스를 트렁크의 내 케이스 옆에 넣었다.

"언제든지 철수해도 괜찮소."

"그쪽도요."

그러나 둘이서 차에 탔고, 나는 만족감에 가득 찬 편안한 기분으로 브리스톨로 차를 몰았다. 트레버 딘스게이트는 아직 나를 찾기 시작하지 않았을 테고, 피터 라미리스와 두 명의 부하는 지난 1주일 동안 모습을 나타내지 않았거니와, 나의 행선지를 아는 건 티코뿐이다. 어두운 미래를 위해 매우 흡족한 현재를 엉망으로 만들 수는 없다. 앞일은 생각지 않기로 했고, 사실 거의 생각하지도 않았다.

먼저 전에 누군가에게 들은 적이 있는 전원 저택풍의 호텔로 갔다. 에이본 협곡을 내려다보는 절벽 위에 있는 돈 많은 미국인 관광객을 겨냥한 호텔이다.

"절대로 재워 주지 않을걸요?"

호화로운 치장을 보면서 루이스가 말했다.

"전화를 해두었는걸."

"준비가 철저하군요! 방 하나, 아니면 둘?"

"하나."

루이스가 그걸로 좋다는 느낌의 미소를 띄웠고, 우리는 넓은 방으로 안내되었다. 유리판이 둘러쳐졌고, 카펫이 바닥을 덮었으며, 번쩍번쩍하는 골동품 가구와 미국식 흰 모슬린 주름장식이 달린 엄청나게 커다란 침대가 있다.

"놀랍군요." 루이스가 말했다. "나는 모텔에 묵을 거라고 생각했거든요."

"저 침대에 대해선 미처 몰랐는걸."

내가 약간 힘이 빠진 목소리로 말했다.

그녀가 웃음을 터뜨리면서 말했다. "이런 편이 재미있어요."

우리는 슈트케이스를 놓고 거울 뒤쪽 남의 눈에 띄지 않는 장소에 설치되어 있는 현대적인 세면소에서 간단하게 손과 얼굴을 씻고 차로 돌아왔다. 루이스는 니콜라스 애시의 새 주소에 닿을 때까지 혼자서 빙글빙글 웃었다.

그곳은 전형적인 부자동네의 부유해 보이는 저택이었다. 침실이 대여섯은 되어 보이는 탄탄한 구조에, 세월의 흐름과 함께 품격을 더한 하얀 집이 오후의 햇빛을 받으면서도 그다지 남의 눈길은 끌지 않았다.

나는 집에서 꽤 가까운 도로 가에 차를 세웠다. 거기서는 현관과 차도로 들어가는 문 양쪽이 보였다. 니키는 하루 온종일 타이프를 친 뒤에 7시쯤이면 산책을 나갔다고, 오는 도중에 루이스가 말했다. 그가 여기에 있다면 집밖으로 나올지도 모른다.

혹은 나오지 않을지도 모른다.

더웠으므로 우리는 차창을 열고 있었다. 내가 담배에 불을 붙이자 바람이 없었으므로 연기가 천천히 맴돌았다. 기다림이 대단히 평온하다는 생각이 들었다.

"당신 부모님은 어떤 분이죠?" 루이스가 물었다.

나는 담배연기 고리를 뿜어냈다. "나는, 결혼식 직전에 사다리에서 떨어진 스무 살의 유리창닦이 인부의 사후 사생아요."

루이스가 웃었다. "무척 우아한 설명법이로군요."

"그럼 당신은?"

"유리공장 지배인과 하급판사의 정식 딸인 양친은 에섹스에서 살고 있어요."

형제자매에 관해 서로 이야기했다. 나는 한 명도 없으며, 그녀는 한 명씩 있다. 교육은 내가 다소 받았고, 그녀는 매우 많이 받았다. 세상살이에 관해선 그녀가 약간 보았을 뿐이고, 나는 무척 많이 겪었다.

한적한 거리에서 한 시간이 지났다. 몇 마리인가 새가 지저귀고 있다. 가끔 차가 지나간다. 남자들이 일터에서 돌아와 차고에 차를 넣는다. 멀리서 문을 거칠게 닫는 소리가 났다.

망을 보는 집 안에서는 사람의 움직임이 전혀 없다.

"참을성이 강하군요." 루이스가 말했다.

"때로는 몇 시간이나 이런 일을 하지."

"꽤나 지루한 일이군요."

나는 루이스의 맑고 지적인 눈을 보았다.

"오늘 저녁은 그렇지 않아."

7시가 지났지만 니키는 나타나지 않았다.

"언제까지 있을 거죠?"

"어두워질 때까지."

"배고파요."

30분이 더 지났다. 나는 루이스가 카레와 파에랴를 좋아하며, 대황을 싫어한다는 것을 알았다. 학위논문으로 무척이나 애를 쓰고 있다는 것도 알았다.

"예정이 너무 늦어지는군요. 그리고…… 어머, 깜짝이야! 저기 있어요."

눈을 접시처럼 동그랗게 뜨고 있었다. 나는 루이스의 시선을 따라가 니콜라스 애시를 보았다.

현관이 아니라 집 옆에서 나왔다. 나이는 나하고 비슷하거나 약간 적다. 키는 크지만 체구는 나하고 비슷한 정도로 호리호리하다. 피부

색은 같다. 검은 머리칼이 약간 곱슬거린다. 검은 눈, 뾰족한 턱, 똑같다.

충격을 받을 정도로 나하고 매우 닮았지만, 그러면서도 완전히 다르다. 나는 바지 호주머니에서 소형 카메라를 꺼내 니콜라스 애시를 찍었다.

니콜라스 애시가 문에 이르러 멈춰 서서 뒤돌아보자 여자 하나가 그를 부르면서 쫓아왔다. "네드, 네드, 기다려."

"네드!" 루이스가 좌석 위에서 몸을 낮췄다. "이리로 오면 날 볼 거예요."

"키스를 하고 있으면 보이지 않아."

"그럼, 해요."

그러나 나는 사진을 한 장 더 찍었다.

여자는 연상인 것처럼 보였다. 40 전후의, 날씬하고 인상이 좋으며, 흥분해 있다. 남자와 팔짱을 끼더니 상대를 올려다보았다. 20피트 가량 떨어진 곳에서조차도 그 눈에 뜨거운 사랑의 감정이 담겨 있음이 확연히 보인다. 니콜라스 애시가 여자를 내려다보며 즐거운 듯이 웃고 이마에 키스를 하더니, 보도 위에서 그녀의 방향을 바꿔놓고 허리에 팔을 두르더니 탄력 있고 쾌활한 발걸음으로 우리 쪽으로 걸어왔다.

나는 차 안의 희미한 어둠을 이용해 한 장 더 찍은 다음, 몸을 내밀어 열의를 담아서 루이스에게 키스했다.

두 사람의 발소리가 지나갔다. 차 옆을 지날 때 우리를, 적어도 내 등을 보고 서로 연인끼리의 비밀을 나눠 가졌다고 여겼는지 갑자기 킥킥 즐겁게 웃었다. 조금 가다가 멈춰 섰으나 곧 다시 걸었고, 발소리가 차츰 멀어지다가 마침내 사라졌다.

나는 마지못해 몸을 일으켰다.

루이스가 "와아!"라고 했는데, 그게 키스의 감상인지 애시가 바로 옆을 지나간 때문인지 나는 확신을 가질 수 없었다.

"그는 전혀 변하지 않았어요."

"대단한 카사노바로군." 내가 냉랭하게 말했다.

루이스가 힐끗 나를 보았으므로 그가 제니를 푹 빠지게 했음을 내가 질투하는 모양이라고 생각한다는 것을 상상할 수 있었지만, 나는 사실 제니가 저 남자에게 매력을 느낀 것은 나하고 닮았기 때문이거나, 아니면 나에게, 또 그에게 마음이 끌렸던 것은 성적으로 흥미 깊은 남성에 관해 그녀가 갖고 있는 이상형이 우리 두 사람과 들어맞기 때문인가 보다고 생각했다.

"어쨌든" 내가 말했다. "이 일은 이것으로 정리되었어. 저녁식사하러 가지."

호텔로 돌아가서 식사를 하기 전에 방으로 갔다. 하루 종일 입고 있던 블라우스와 스커트를 갈아입고 싶다고 루이스가 말했다.

나는 충전기를 슈트케이스에서 꺼내어 콘센트에 끼웠다. 셔츠의 소매를 접어 올리고 팔뚝의 전지를 빼내 둘 다 충전기에 끼웠다. 슈트케이스에서 충전해 놓은 전지를 꺼내 팔의 비어 있는 소켓에 밀어 넣었다. 루이스가 보고 있었다.

"기분이 나쁘지 않아?"

"물론 그렇지 않아요."

소매를 내려 소맷부리의 단추를 잠갔다.

"전지는 어느 정도 가나요?" 루이스가 물었다.

"많이 쓰면 6시간. 보통은 8시간쯤이려나?"

전기팔을 지닌 사람도 눈이 파란 사람이나 마찬가지로 매우 흔한 존재이기라도 한 것처럼 고개를 끄덕였다. 저녁식사를 하러 내려가서 넙치를 먹은 다음 딸기를 먹었다. 설령 딸기가 바닷말의 맛이었다 하더라도 나는 몰랐을 것이다. 그것은 루이스가 있기 때문만이 아니라, 오늘 아침 이래로 내 마음을 찢고 가르기를 그만두고 서서히 편안한 심경으로 속속 돌아갔기 때문이다. 그것을 분명하게 느낄 수가 있었고, 그래서 더없이 기분이 좋았다.

호텔 라운지에서 소파에 나란히 앉아 작은 잔에 든 커피를 마셨다.

루이스가 말했다. "말할 필요도 없는 일이지만 니키를 봤으니까 내일 아침까지 여기에 있을 필요는 없겠어요."

"돌아갈 생각을 하고 있는 것인가?"

"당신만큼요."

"대체 누가 누굴 유혹하고 있는 거지?"

"후훗" 웃으면서 루이스가 말했다. "이 모든 게 정말로 전혀 예상치도 않았던 일이에요."

그녀는 둘 사이의 소파에 놓여 있던 나의 왼손을 차분한 표정으로 보고 있었다. 무슨 생각을 하고 있는지 알 수 없었지만, 엉겁결에 말했다.

"만져 봐."

재빨리 나를 보았다. "뭐라고 했어요?"

"만져 봐, 어떤 감촉인지."

살며시 왼손을 움직여서 손끝으로 생명이 없는 딱딱한 플라스틱 피부에 댔다. 흠칫 손을 움츠리는 모습도 없고 불쾌한 듯한 표정도 전혀 볼 수 없었다.

"안은 금속이야. 기어류, 지레, 전기회로. 세게 누르면 느껴져."

세게 눌러서 안에 든 실제 모습이 느껴지자 놀라고 있었다.

"안쪽에 스위치도 달려 있거든. 밖에선 보이지 않지만, 엄지 바로 밑에 있어. 마음먹은 대로 손의 스위치를 끌 수가 있어."

"어째서 그럴 필요가 있죠?"

"서류가방 같은 것을 들고 걸을 때에 대단히 도움이 되지. 손가락으로 가죽 손잡이를 쥐고 전기를 끊으면 내가 손가락을 움직이지 않아도 쥔 채로 있지."

오른손을 뻗어 스위치를 껐다가 켰다가 해 보였다.

"테이블 램프의 스위치와 같아. 만져 봐. 눌러 보라고."

모르는 사람에게는 좀처럼 눈에 띄지 않으므로 한동안 진척이 되지 않았으나 얼마 안 있어 껐다가 켰다가 해 보였다. 오로지 그것에 신경을 집중하는 표정이었다.

내 몸의 어떤 종류의 긴장이 풀리는 것을 느끼고는 책망하듯이 나를 보았다.

"나를 시험한 거로군요."

나는 미소를 지었다. "그렇게 됐군."

"너무해요."

나는 평소에 없이 장난을 치고 싶은 충동에 휩싸였다. "사실은 말야." 오른손으로 왼손을 누른 채로 말했다. "힘을 주어서 이 방향으로 몇 차례 돌리면 손 전체가 손목에서 빠지지."

"그만 해요." 루이스가 깜짝 놀라서 말했다.

나는 자못 유쾌한 기분으로 웃었다. 나의 의수에 대해 그런 느낌을 가지리라고는 상상조차도 한 적이 없었다.

"왜 떨어지게 하나요?"

"그건…… 점검, 수리, 그런 걸 위해서지."

"왠지 사람이 유별난 것 같아요."

나는 고개를 끄덕였다. 맞는 말이다. "자러 갑시다."

"정말 놀랐어요." 꽤 시간이 지났을 무렵, 루이스가 말했다. "당신이 그토록 부드럽게 사랑하는 사람일거라고는 꿈에도 생각지 않았어요."

"너무 부드러워?"

"아니, 좋았어요."

깜박깜박 졸면서 둘이서 어둠 속에 누워 있었다. 루이스는 부드럽게 반응해 진심으로 즐거워했고, 내게 강한 쾌락을 느끼게 해 주었다. 최근 성행위가 터부나 테크닉, 결함 치료, 죄악, 관음증, 상업적인 허황된 선전의 대상이 되고 있음은 대체로 헛된 일이라고 멍하니 생각했다. 두 사람이 옛날부터의 방법으로 한몸이 되는 것은 어디까지나 개인적인 일이며, 과도한 기대를 품지만 않는다면 그것만으로도 즐거움이 늘어난다. 인간에게는 각자의 개성이 있다. 비록 상대 여자가 요구한다 해도 나는 난폭하고 공격적인 수소 같은 애인을 가장하는 것조차 불가능하다. 그렇게 했다가는 도중에 웃음이 터질 게 틀림없다고 빈정거리는 생각을 했다. 게다가 지금의 경우는 그걸로 충분히 좋았던 것이다.

"루이스."

대답이 없었다.

나는 약간 위치를 바꿔서 편한 자세로 고치자 그녀와 마찬가지로 잠 속으로 빠져들어갔다.

한참 지나서 언제나처럼 이른 시간에 잠에서 깨어난 나는, 루이스의 잠든 얼굴 위로 햇빛이 차츰 강도를 더해 가는 것을 바라보고 있었다. 처음 만났던 때처럼 금발이 헝클어져 있고, 피부가 부드럽고 신선한 빛을 발하고 있다. 잠에서 깨자 눈을 뜨기도 전부터 미소를 짓고 있었다.

"잘 잤어?" 내가 말했다.

"굿모닝."

커다란 침대 위에서 내 쪽으로 다가오자 덮개의 모슬린 가장자리

장식이 액자처럼 우리를 둘러쌌다.

"구름 속에서 잔 것 같아." 루이스가 말했다.

나의 딱딱한 왼손에 몸이 닿자 움찔 그것을 느끼고는 눈을 깜박였다.

"혼자서 잘 때는 그걸 끼우고 있지 않을 테죠?"

"그래."

"그럼 떼요."

내가 미소를 지었다. "싫어."

오랫동안 뭔가 생각하면서 나를 바라보고 있었다.

"당신은 돌처럼 고집이 세다고 제니가 말했던 건 옳군요."

"사실은 그렇지가 않아."

"어떤 남자가 당신의 팔을 망가뜨리는 동안, 당신은 내내 냉정하게 상대를 패배시킬 방법을 생각했다고 하더군요."

나는 얼굴을 찌푸렸다.

"정말이에요?"

"어떤 의미에서는."

"제니가……."

"솔직히 말해서 나는, 당신에 관해 이야기했으면 좋겠어."

"나는 별로 흥미로운 사람이 아네요."

"그 또한 멋진 유혹의 문구로군."

"그런데 뭘 망설이고 있어요?"

"당신의, 처녀처럼 볼을 붉게 물들이지 않는 점이 너무 좋아."

유방을 가볍게 만지자 내가 받은 것과 똑같은 영향을 루이스에게 미친 모양이다. 순간 서로의 즐거운 욕정이 자극되었다.

"구름." 만족스럽게 말했다. "그럴 때에 당신은 뭘 생각해요?"

"섹스?"

끄덕였다.

"느끼지, 생각하지 않아."

"나는 때로는 장미를 봐요…… 격자창의…… 빨강과 분홍과 금색. 때로는 끝이 뾰족한 별을. 지금은 하얗고 폭신한 모슬린 구름."

나중에 물어보았다.

"틀렸어요, 밝은 햇빛만, 눈부시기만한 햇빛."

사실 방 안에 햇빛이 가득 차 넘치고 있어서 흰 덮개가 반투명으로 반짝이고 있었다.

"어젯밤에 왜 커튼 치는 것을 싫어했어요? 어둠을 싫어하나요?"

"적이 이미 일어나서 움직이고 돌아다니는 시간에 자고 있는 게 싫어서야."

아무 생각도 없이 말했다. 그런 직후에 그게 진실임을 느끼고 차가운 물을 쏟아 부은 것처럼 흠칫했다.

"동물 같아." 루이스가 말했고, 계속 말했다. "왜 그래요?"

지금의 나를 기억에 담아두었으면 싶었다. "아침 먹으러 갈까?"

우리는 옥스퍼드로 돌아왔다. 필름의 현상과 인화를 맡기고 레 카톨 세종에서 점심을 먹었다. 넙치 파테, 훌륭한 쿠네르 드 브로쉐 스프레로 즐겁게 식사하면서 잠깐 어두운 현실을 잊을 수가 있었다. 그러나 커피가 나오자 다시 현실로 되돌아오지 않을 수 없었다.

"4시까지 런던으로 가야만 해."

"니키 문제는 언제 경찰에 갈 거죠?"

"모레, 목요일에 그 사진을 찾으러 이리로 오겠어. 그 때 경찰에 말하지." 기억이 떠올랐다.

"브리스톨의 그 여자에게 앞으로 이틀간은 즐거운 추억을 제공하지 뭐."

"불쌍한 사람이에요."

"목요일에 얼굴을 볼 수 있을까?"
"당신이 장님이 아니라면."

티코가 마치 몇 시간이나 기다렸던 것처럼 체념한 얼굴로 포트맨 스퀘어 건물 벽에 기대어 있었다. 내가 다가가자 벽에서 어깨를 떼고 말했다. "꽤나 한가한 모양이군."

"주차장에 자리가 없었어."

우리가 가끔 사용하는 카세트 레코더를 한 손에 늘어뜨리고 있었고, 청바지에 스포츠 셔츠 차림의, 윗옷은 입고 있지 않았다. 거의 움직임이 없는 고기압대로 뒤덮여서 더위가 물러나기는커녕 아예 뿌리를 내린 느낌이었다. 나도 와이셔츠 차림이었으나 넥타이를 매고, 팔에 윗옷을 걸치고 있었다. 3층은 창문을 활짝 열어제치고 있어서 거리의 소음이 확연히 들려온다. 책상에 앉아 있던 토마스 앨러스턴 경은 흰 줄무늬가 든 엷은 감색 셔츠로 더위에 대처하고 있었다.

"들어오게나, 시드." 문에 나타난 나를 보고 말했다. "기다리고 있었네."

"늦어서 죄송합니다." 악수를 하면서 내가 말했다. "이쪽은 함께 일하는 티코 번스입니다."

경이 티코와 악수했다. "좋아, 자네가 왔으니 루커스 웨인라이트와 그 밖의 사람들을 부르지." 인터폰의 버튼을 누르고 비서에게 말했다. "의자를 좀 더 가져와 주지 않겠나?"

예상했던 것보다 많은 사람들이 차츰 사무실로 들어왔다. 모두가 서로 만나 이야기할만한 아는 얼굴들이다. 관리직 톱클래스가 약 6명, 실질적으로 경마계를 지배하고 있는 세상물정에 밝은 품위 있는 신사들이다. 티코는 색다른 인종을 보는 듯한 어딘가 안정되지 않은 모습이었으나, 그를 위해 테이블이 준비되고 그 위에 레코더를 놓자 긴장이 풀린 것 같았다. 테이블을 울타리삼아 앞에 두고 모두를 향해 앉아 있었다. 내가 윗옷 주머니에서 그 카세트를 꺼내 티코에게 건넸다.

루커스 웨인라이트가 에디 키스를 따라 들어왔다. 에디가 붙임성 좋은 얼굴에 냉랭한 눈길로 주위를 보았다. 무뚝뚝하긴 했지만 인상 좋고 건장한 에디는 나에 대한 호감이 차츰 엷어지고 있다.

"그럼 시드," 토마스 경이 말했다. "이제 모두 모였네. 자네는 어제 전화로 기니 직전에 트라이 나이트로에게 조작이 있었던 수단을 알아냈다고 했어……. 모두 커다란 관심을 갖고 있지." 경은 미소를 지었다. "어서 시작해 주게."

나도 그들과 분위기를 맞춰 감정을 억누른 냉정한 태도를 취했다. 송곳으로 찌르는 것처럼 끊임없이 머리에 떠오르는 트레버 딘스게이트의 협박이 마치 전혀 염두에 없는 것처럼 가장을 했다.

"저는…… 에…… 모든 것을 테이프에 녹음했습니다. 2명의 목소리가 들릴 것입니다. 다른 한 명은 말 병리연구소의 켄 아마데일입니다. 저는 지식이 없어서 그의 전문 분야인 수의학적인 설명을 받았습니다."

말끔하게 머리칼을 가른 머리가 일제히 끄덕였다. 에디 키스는 단지 묵묵히 나를 보고 있었다. 내가 티코에게로 얼굴을 향하자 그가 버튼을 눌렀고, 나의 목소리가 고요한 허공을 가르고 크게 울려 퍼졌다.

"나는 시드 하레이, 5월 14일, 목요일, 말 병리연구소에서 녹음하고 있습니다……."

나는 사정을 설명하고 있는 단조로운 어조를 듣고 있었다. 4마리 말의 완전히 똑같은 증후, 레이스의 패배, 심장장애. 아직 살아 있는 3마리의 어느 것인가가 죽으면 즉각 연락해 달라는 루커스 웨인라이트를 통해 이루어진 요청, 그리너의 부검, 나의 간단한 보고를 보충하는 켄 아마데일의 상세한 설명, 내 말에 이어서 어떻게 말이 돼지의 병에 걸렸는가를 설명하는 켄의 음성. 그가 이렇게 말하고 있다. "나는 그리너의 심장 판막의 병소와 징갈에게서 채취한 혈액 속에서 활동적인 병균을 발견했다……." 내 목소리가 그 뒤를 이었다. "병균의 돌연변이종은 케임브리지의 티어슨백신연구소에서 다음과 같은 방법으로 만들어졌다……."

그리 간단히 이해할 수 있는 내용은 아니었지만 모두의 얼굴을 보니, 특히 켄 아마데일이 나의 설명을 새삼 보충하고 확증해 주었을 무렵에는 충분히 이해할 수 있다는 표정이었다.

"동기와 범행 기회에 관해서는" 나의 목소리가 말했다. "트레버 딘스게이트라는 인물에 관해……."

약간 앞으로 숙여서 듣고 있던 토마스 경이 번쩍 고개를 들고 방 저편에서 날카로운 눈길로 나를 보고 있었다. 체스터의 임원전용실에서 트레버 딘스게이트를 대접했던 것을 떠올렸음에 분명하다. 거기서 나하고 트레버 딘스게이트를 마주치게 했던 것도 떠올렸으리라.

다른 청취자들 사이에서도 같은 동요가 나타났다. 모두가 그를 알거나, 소문을 들었겠지. 도박사 사이에서 급속하게 영향력을 강화해 온 거물, 사회 톱클래스 사람들의 세계에 발을 들여놓아가던 실력자다.

"트레버 딘스게이트의 본명은 트레버 슈맥입니다." 내 음성이 말하고 있다. "문제의 백신연구소에 그의 동생인 배리 슈맥이라는 연구원이 있습니다. 우애가 깊은 형제 둘이서 몇 번인가 연구소에서 함께 있는 것을 본 사람이 있습니다……."

오오, 신이시여. 내 얘기는 계속되고 있으며, 나는 띄엄띄엄 듣고 있었다. 나는 마침내 해버렸다. 이제 물러설 도리가 없다.

"……처음 돌연변이종이 발생한 장소는 그 연구소입니다. 몇 십년이나 지난 지금, 어딘가 다른 장소에도 존재할 가능성은 거의 없습니다.

트레버 딘스게이트는 말을 소유하고 있으며, 조지 캐스퍼의 마구간에 맡기고 있습니다. 트레버 딘스게이트는 조지 캐스퍼와 친한 사이입니다. 아침 운동을 보고 나면, 캐스퍼의 집에서 아침식사를 함께 합니다. 트레버 딘스게이트는 겨울 이후의 기니와 더비 레이스에서 인기마가 질 것을 사전에 알 경우, 거금을 벌 수 있는 입장에 있습니다. 트레버 딘스게이트에게는 수단이 있었습니다——병균이죠. 동기는 돈. 그리고 경비가 엄중한 캐스퍼의 마구간에 자유로 드나들 수 있는 입장이었습니다. 즉, 기회가 있었던 것이지요. 따라서 그의 행동을 한층 자세하게 조사할 근거는 충분히 있다고 생각합니다."

나의 음성이 끊겼다. 1, 2분이 지났을 무렵, 티코가 스위치를 껐다. 그도 어리둥절한 표정으로 카세트 테이프를 꺼내 살며시 테이블에 놓았다.

"믿어지지 않는 얘기로군." 토마스 경이 말했지만 믿지 못하겠다는 말투는 아니었다.

"자넨 어떻게 생각하나, 루커스?"

루커스 웨인라이트가 헛기침을 했다. "저는 시드가 해낸 조사의 훌륭한 성과를 높이 칭찬해야 한다고 생각합니다."

에디 키스 이외의 모두가 동감의 취지를 표해 나는 쑥스러웠으나, 보안부 자체가 약물검사를 했던 데 머물렀던 것을 생각하면 루커스는 아량이 있는 사람이었다. 그러나 생각해 보면 보안부는 가발을 쓴 히스테리 상태의 로즈마리 캐스퍼의 방문을 받은 적도 없고, 의혹이 확실하게 뒷받침되기 전에 트레버 딘스게이트가 스스로 악당으로서의 정체를 밝히면서 손을 떼지 않으면 그냥 두지 않겠다고 협박한 것도 아니다.

티코가 언젠가 말했던 것처럼, 우리가 계속해서 성과를 올리고 있기 때문에 악당들은 우리가 이유도 모르는 사이에 습격을 가해오는 상황이 되어 있다.

에디 키스는 고개를 전혀 움직이지 않고 앉은 채로 나를 빤히 바라보고 있었다. 나도 상대와 마찬가지로 겉으로는 무표정한 얼굴로 되받았다. 그가 무슨 생각을 하고 있는지 알 수가 없었다. 내가 생각하고 있는 것은 그의 사무실에 불법 침입했던 것인데, 그것을 읽어낸다면 그는 천리안이다.

토마스 경을 비롯한 이사들이 뭔가 서로 얘기하고 있었으나, 루커스 웨인라이트가 질문을 했으므로 고개를 들고 경청했다.

"시드, 자네는 딘스게이트가 직접 그 말들에게 균을 주사했다고 보는 것인가?" 그런 일은 있을 수 없다고 생각하는 것 같았다. "그가 말 옆에서 주사기를 꺼낼 만한 일은 불가능했다고 보는데? 더구나 4차례나."

"저는 생각한 적이 있습니다…… 누군가 다른 사람이었을 가능성을요……. 예를 들면 조교기수, 혹은 수의사……를." 잉키 풀이나 블래저스미스가 들으면 명예훼손으로 고소할 것 같았다. "……하지만 거의 누구에게나 가능한 방법이 있습니다."

다시 윗옷 호주머니에 손을 찔러 넣어 완두콩만한 흡입 대롱에 바늘이 달린 그 소형 주사기가 들어 있는 주머니를 꺼냈다. 토마스 경에게 건네자 주머니를 찢어 내용물을 책상 위에 내놓았다.

모두가 보았다. 이해했다. 확신을 가졌다.

"그는 가능하다면 직접 하고 싶었을 겁니다. 다른 사람에게 알려져서 약점을 잡힐 만한 위험은 무릅쓰고 싶지 않았을 게 틀림없습니다."

"난 그저 놀라울 뿐이야, 시드." 토마스 경이 진심으로 말했다. "자네가 이런 일을 조사해내는 솜씨에."

"하지만 저는……."

"그래," 경이 미소를 지으면서 말했다. "자네가 무슨 말을 하려는지 우린 모두 알아. 마음 속 저 밑바닥에선 자넨 아직도 기수인 거야."

상당한 시간 침묵이 계속된 듯한 느낌이었다. 얼마 안 있어 내가 말했다. "실례입니다만 당신은 잘못 생각하고 계십니다. 이것이……." 카세트를 가리켰다. "지금의 저입니다. 그리고 앞으로도 계속 그럴 것입니다."

토마스 경은 오랫동안 난처한 표정으로 생각했다. 요즘 많은 사람들이 그런 것처럼, 나라는 인간 전체에 대한 평가를 수정하고 있는 것 같았다. 경이나 로즈마리에게는 나는 아직도 기수지만, 나 자신은 이제 그렇지 않다. 경이 다시 입을 열었을 때는 목소리가 한 옥타브 낮았으며, 진심이 담겨 있었다.

"우리는 자네를 너무 가볍게 생각했던 것 같군." 사이를 두었다. "체스터에서 자네가 경마계에 있어서 대단히 유익한 존재라고 내가 말했던 것은 진심으로 한 말이지만, 동시에 일종의 농담 같은 의미도 포함되어 있었음을 나는 지금 깨달았네." 천천히 고개를 젓고 있었다. "대단히 미안하네."

루커스 웨인라이트가 쾌활한 어조로 말했다. "시드가 어떤 사람이 되었는지는 하루가 다르게 명확해지고 있습니다." 그는 그런 이야기에 질려서, 언제나처럼 어서 빨리 다음 용건으로 옮기기를 바랐다. "앞으로 어떻게 해야 할지 뭔가 생각이 있나, 시드?"

"캐스퍼 부부와 이야기하는 것입니다. 내일이라도 차로 갈 작정이었습니다."

"좋은 생각이야." 루커스가 말했다. "나도 함께 가도 될까? 말할 필요도 없겠지만, 여기서부터는 보안부의 일이니까 말야."

"결국 경찰의 일도 되지." 착잡하고 우울한 말투로 토마스 경이 말했다. 그는 어떤 경우에도 경마에 관한 범죄가 공소되는 것은 경마계 전체의 면목을 실추하는 것이라고 여겼으며, 기소로 경마계 신용에 관련된 불상사가 될 듯한 경우에는 차라리 범죄자를 묵인하는 경향이 있다. 나도 같은 조치를 취한 적이 있을 정도로 그의 사고방식에 동감했지만, 그 범죄가 거듭되는 것을 은밀히 방지할 수 있을 경우에 한하고 있다.

"가시겠다면 중령," 내가 루커스 웨인라이트에게 말했다. "그들과 시간을 정해두는 게 좋겠습니다. 그들은 요크에 가기로 했는지도 모릅니다. 저는 그냥 빨리 뉴마켓으로 가서 운을 하늘에 맡길 작정이었습니다만, 당신은 그런 건 하고 싶지 않으실 테지요?"

"물론 곤란해." 분명하게 말했다. "지금 곧 전화를 걸겠어."

서둘러 자기 사무실로 갔다. 나는 카세트를 작은 플라스틱 상자에 넣어서 토마스 경에게 건넸다.

"제가 녹음한 것은 내용이 복잡합니다. 여러분께서 다시 한 번 듣고 싶으실 경우에 대비했던 것입니다."

"아주 잘했어, 시드." 이사 하나가 어두운 목소리로 말했다. "그 비둘기 얘기라니……!"

루커스 웨인라이트가 돌아왔다. "캐스퍼 부부는 요크에 갔지만, 에어 택시로 갔으므로 오늘 저녁에 돌아온다는군. 조지 캐스퍼는 요크로 다시 날아가기 전, 아침에 말이 운동하는 것을 보기로 되어 있대. 비서에게 내가 대단히 중요한 문제로 꼭 캐스퍼와 만날 일이 있다고 했어. 11시에 만나기로 했지. 괜찮겠나, 시드?"

"좋습니다."

"그럼, 9시에 여기서 만날까?"

나는 끄덕였다. "예."

"사무실에서 우편물을 보고 있겠네."

에디 키스가 무표정한 눈으로 나를 빤히 쳐다보다가 아무 말도 없이 나갔다.

토마스 경과 이사 전원이 나하고 악수를 했고, 이어서 티코와도 악수했다. 엘리베이터로 내려가는 도중에 티코가 말했다. "요 다음엔 모두가 키스를 해 주겠지?"

"오래가진 않아."

우리는 시미터까지 걸어서 갔다. 주차금지 장소다. 와이퍼 밑에 주차위반 스티커가 끼워져 있었다. 당연하다.

"아파트로 돌아갈 거야?" 조수석으로 들어가면서 티코가 말했다.

"아니."

"그 사람을 발로 차 죽인 사람들이 다시 올지도?"

"트레버 딘스게이트야."

티코가 반쯤 놀리는 듯한 표정이 되었으나, 곧 이해했다.

"그가 당신을 해칠 거라고 생각하는 거야?"

"지금쯤은 알았을 게 틀림없어…… 동생에게서 연락을 받고."

집요한 공포심이 순간 세찬 기세로 솟아올랐다. 몸이 떨려오는 것을 느꼈다.

"그러고 보니 그렇군." 티코는 전혀 걱정하고 있지 않았다. "참, 그 기부의뢰장을 가져왔어." 바지 주머니에 손을 넣더니 몇 번이나 접은 꽤 지저분한 종이를 꺼냈다. 나는 떨떠름한 표정으로 종이를 보고 내용을 읽었다. 제니가 발송했던 것과 완전히 똑같으며, 다른 것은 '엘리자베스 모어'라는 화려한 필체의 서명과 클립톤의 주소뿐이었다.

"이 더러운 종이를 법정에서 증거품으로 제출하게 될지도 몰라."

"내가 호주머니에 넣었었어, 알지?" 변명 같은 투로 말했다.

"그것 말고 뭐가 들었는데? 화분용 거름인가?"

그가 내 손에서 편지를 빼앗아 장갑 박스에 넣고는 창을 내렸다.

"덥군."

"음."

나는 내 쪽의 창을 내리고 시동을 걸어 핀칠리 로드의 그의 집으로 데려다 주었다.

"나는 같은 호텔에서 묵어. 그리고…… 내일, 뉴마켓에 함께 갔으면 해."

"난 좋아. 왜 그러는데?"

나는 어깨를 으쓱 하면서 농담처럼 말했다. "보디가드."

놀라고 있었다. 의아하다는 듯 말했다. "설마, 정말로 그를 두려워하는 건 아니겠지…… 그 딘스게이트란 자를…… 왜 그러는 거야?"

나는 자리를 고쳐 앉으면서 메스꺼움을 느꼈다.

"그건 그래."

17

나는 아침 일찍 켄 아마데일과 이야기를 했다. 기수클럽에서 있었던 상황을 알고 싶어했지만 그보다도 뭔가 자기만족으로 기분이 매우 좋은 것 같았다. 거기에는 까닭이 있었던 것이다.

"그 단독균은 있을 수 있는 모든 항생물질에 대한 면역성이 있어. 철저하게 되어 있지. 하지만 나는 그가 문제로 생각하지 않은, 그다지 사람들에게 알려지지 않은 것이 몇 종류인가 분명 있다고 생각했어. 그것들을 말에게 대량으로 주사하는 것을 생각할 사람은 거의 없기 때문이지. 그것들은 어디에나 있는 대체물이 아니고, 또 대단히 비싸거든. 내가 검토한 결과는 그 독에 효과가 있다고 나왔어. 어쨌든 그게 있는 곳을 찾아냈어."

"그거 잘됐군. 어디야?"

"런던의 한 대학 부속병원이야. 나는 그곳의 약제사와 얘기했어. 그가 상자에 넣어서 자네가 받아볼 수 있도록 접수처에 맡겨놓겠다고 약속했어. 하레이라고 쓰여 있을 거야."

"켄, 자넨 멋진 사내야!"

"그걸 손에 넣기 위해 나는 영혼을 저당잡혀야만 했어."

아침 일찍 그 꾸러미를 받아들고 포트맨 스퀘어로 가자 티코가 현관에서 기다리고 있었다. 루커스 웨인라이트가 사무실에서 내려와서 괜찮다면 자기 차로 가자고 했다. 나는 지난 2주일 동안 차를 타고 돌아다닌 것을 생각하고 고마웠다. 어제는 만차였던 주차장에 시미터를 놓고 에어컨이 달린 대형 메르세데스로 뉴마켓을 향했다. 주차장은 건물을 철거한 자리에 임시로 설치한 것이다.

"너무 덥군." 루커스가 에어컨을 켰다. "때아닌 더위야."

루커스는 빈틈없이 양복을 차려입고 있었지만, 티코와 나는 그렇지 않았다. 청바지에 스포츠 셔츠, 윗옷은 없다.

"야, 차 좋은데!" 티코가 감탄하고 있었다.

"자넨 전에 메르세데스를 가졌지, 시드?"

내가 그렇다고 했고, 가는 동안에 받은 차 얘기를 했다. 루커스는 운전은 능숙하지만, 다른 일을 할 때와 마찬가지로 어딘가 답답한 인상을 준다. 흰머리가 난 사람이라고 옆에 앉아서 생각했다. 갈색과 흰색이 섞인 머리칼, 갈색이 섞인 회색 눈의 홍채에 반점이 있다. 갈색과 회색의 체크 셔츠, 수수한 넥타이, 태도, 말씨, 행동, 모든 것이 새치가 난 것처럼 두 가지 요소가 섞여 있는 듯한 느낌을 준다.

얼마 안 있어 언젠가는 꺼내리라고 생각했던 문제로 얘기가 흘렀다. "신디케이트 조사는 진척되고 있나?"

뒷좌석의 티코가 웃으면서 콧방귀를 뀌는 듯한 소리를 냈다.

"예, 저……." 내가 말했다. "솔직히 말해서 좀 난처합니다."

"흥, 그런가?" 루커스가 눈살을 찌푸리며 말했다.

"어쨌든 뭔가가 행해지고 있는 것은 매우 확실합니다만, 지금까지 얻은 정보는 소문이나 전해들은 얘기의 범위를 넘지 못합니다." 사이를 두었다가 내가 물었다. "경비를 지금 받을 가능성은 있습니까?"

루커스가 쓴웃음을 지었다. "기수클럽의 전반적인 지원 협력이라는 명목으로는 가능할지도 모르겠군. 어제 일을 생각하면 임원진도 불만은 없을 거야."

루커스의 머리 뒤에서 티코가 엄지손가락을 번쩍 치켜올렸다. 나는 상황이 유리할 때 조금 불려서 청구를 하여 잭시에게 준 돈을 회수할 생각을 했다.

"조사를 계속해도 되겠습니까?"

"물론이야." 힘주어 고개를 끄덕였다. "꼭 해주었으면 해."

일찍 뉴마켓에 도착해서 조지 캐스퍼가 말끔히 손질한 차도에 차가 매끄럽게 정지했다.

다른 차는 없었다. 물론 트레버 딘스게이트의 재규어는 보이지 않는다. 오늘은 요크에서 도박사 영업이라는 정상적인 일에 힘쓰고 있을 터였다.

루커스 혼자 오리라 예상했던 조지는 나를 보더니 기분 나쁜 표정을 지었고, 2층에서 내려온 로즈마리는 응접실에 내가 있는 것을 보더니 나무판자가 깔린 바닥 위를 잰걸음으로 다가와서 새된 목소리로 외쳤다.

"꺼져! 뻔뻔스럽게 잘도 여기에 나타나셨군그래?"

얼굴이 벌개지고 기세가 등등해 나를 당장이라도 내쫓을 태세였다.

"잠깐 기다려요." 언제나처럼 여자의 신중하지 않은 태도에 곤혹스러워진 루커스 웨인라이트가 해군장교답게 말했다. "조지, 우리가 얘기하러 온 것을 잠자코 듣도록 부인을 진정시켜 주게."

로즈마리가 설득을 당해 우아한 응접실 의자에 딱딱하게 굳어진 몸을 앉혔다. 티코와 내가 팔걸이의자에서 편히 있는 동안, 이번엔 루커스 웨인라이트가 돼지의 병과 심장장애에 관해 설명을 했다.

캐스퍼 부부는 이야기를 듣는 동안에 차츰 곤혹과 낙담의 빛을 더해갔고, 루커스가 '트레버 딘스게이트'라는 이름을 거명하자 조지는 벌떡 일어나서 흥분한 모습으로 방안을 돌아다니기 시작했다.

"그런 일은 있을 수 없어! 트레버라는 건 믿을 수 없어. 그는 친구야."

"마지막 점검 뒤에 그를 트라이 나이트로의 옆에 가게 했습니까?" 내가 물었다.

조지의 표정으로 대답을 알 수 있었다.

"일요일 아침에." 날카롭고 냉랭한 말투로 로즈마리가 말했다. "그는 일요일에 왔어요. 가끔 오죠. 조지하고 둘이서 마구간을 돌았어요." 잠깐 사이를 두었다. "트레버는 탁 때리기를 좋아해요. 엉덩이를 때리죠. 가끔 그런 사람도 있기는 해요. 목을 가볍게 두드리는 사람이 있는가 하면 귀를 잡아당기는 사람도 있지만, 트레버는 엉덩이를 탁 때려요."

루커스가 말했다.

"조지, 어쨌든 이제 곧 법정에서 증언을 하게 될 거야."

"사람들은 나를 꽤나 멍청한 사람이라고 생각하겠군." 조지가 씁쓸하게 말했다. "마구간이랑 온통 경호원을 배치해 놓고는 내가 스스로 딘스게이트를 데리고 돌아다녔으니."

로즈마리가 두려운 표정으로 나를 쏘아보고 있었다.

"나는 말에 누군가 손을 대고 있다고 당신에게 말했어요. 분명히 말했다구요. 그런데도 당신은 내 얘길 믿지 않았어요."

루커스가 깜짝 놀랐다. "이미 알고 있었던 것 같은데, 미세스 캐스퍼. 시드는 당신 말을 믿었어요. 이것을 모두 조사해 낸 것은 기수클럽이 아니라 시드요."

로즈마리는 멍하니 입을 벌린 채 말도 못하고 있었다.

"그런데" 내가 당혹해하면서 말했다. "여러분께 선물을 가져왔습니다. 말 병리연구소의 켄 아마데일이 여러분을 위해 대단한 노력을 기울여 조사한 결과, 매우 특정한 곳에만 있는 특수한 항생물질을 사용함으로써 트라이 나이트로를 치료할 수 있을 거라고 합니다. 그것을 런던에서 가져왔습니다."

나는 일어나서 로즈마리에게로 상자를 가져가 그녀에게 건네고 볼에 가볍게 키스를 했다.

"로즈마리, 기니에 때를 맞추지 못해 대단히 죄송하게 생각합니다. 더비에는…… 어쨌거나 아이리시 더비와 다이아몬드 레이스, 그리고 개선문에는 시기가 맞을 겁니다. 트라이 나이트로도 그 때쯤에는 건강해질 게 틀림없습니다."

그 터프한 로즈마리 캐스퍼가 와락 울음을 터뜨렸다.

우리가 런던에 다시 도착한 것은 5시 가까이 되어서였다. 루커스가 켄 아마데일, 헨리 슬레이스 두 사람과 직접 얘기하고 싶다고 강하게 주장한 때문이다. 기수클럽 보안부장은 모든 것을 공식적인 사건으로 하기 위해 바쁘게 돌아다녔다.

켄이 문제의 말 4마리가 무참한 패배를 한 뒤에 혈액검사를 했던 사람들에게 책임은 없다고 단언하자 루커스는 크게 안도하는 것 같았다.

"그 균은 갑작스레 심장 판막에 달라붙으므로 감염 직후는, 비록 약제의 탐지뿐만 아니라 병도 고려에 넣고 검사를 하더라도 혈액으로는 절대로 발견되지 않습니다. 혈액 속으로 방출되는 것은 훨씬 나중이니까요. 예를 들면 우리가 채혈했던 시기의 징갈 같은 경우입니다."

"그렇다는 것은" 루커스가 물었다. "지금 이 순간, 트라이 나이트로의 혈액검사를 해도 그 병에 걸렸는지는 입증할 수가 없다는 얘긴가?"

"항체가 발견될 뿐이지요." 켄이 말했다.

루커스는 물러서지 않았다. "그렇다면 그 말이 병에 걸린 사실을 법정에서 어떻게 입증하지?"

"글쎄요." 켄이 말했다. "오늘 단독균에 대한 항체 수를 감정해서 1주일 뒤에 다시 감정을 하겠습니다. 수가 급속하게 증가할 테니까 말이 병에 걸렸음이 분명하다는 것을 입증할 수 있습니다. 병균과 싸우고 있기 때문입니다."

루커스가 우울한 듯이 고개를 가로젓고 있었다.

"배심원이 납득하지 않을 거야."

"그리너만을 문제삼으면 됩니다."

내가 말했고, 켄도 동감을 표했다.

어느 시점에서 루커스가 하이 스트리트의 기수클럽 분실로 들어갔고, 티코와 나는 화이트 하트에서 한 잔 마셨으나 더위를 물리치기엔 역부족이었다.

나는 팔의 전지를 교환했다. 언제나 하는 일이다. 시간이 천천히 흘러갔다.

"스페인으로 가자." 내가 말했다.

"스페인?"
"어디든지 좋아."
"세뇨리타도 나쁘지 않지."
"저급한 사내로군, 넌."
"잘도 그런 말을 하는군."
다시 주문해서 마셨지만 더위는 가시지 않았다.
"얼마나 내줄 것 같아?" 티코가 말했다.
"글쎄, 이쪽에서 말하기 나름이겠지."
트라이 나이트로가 나으면 마주는 어떤 사례라도 할 게 분명하다고 조지 캐스퍼가 약속해 주었다.
"수수료로 충분해." 내가 매정하게 말했다.
티코가 물었다. "그럼 어느 정도 청구할 생각이야?"
"모르겠어. 경우에 따라서는 그 말 상금의 5퍼센트로 할지……."
"그거라면 마주도 불만은 없을 것 같은데?"
이윽고 우리는 냉방이 되는 차로 남쪽을 향했고, 라디오로 요크의 단테 레이스 중계를 들었다.
프로틸러가 우승을 해서 나는 더없는 기쁨을 맛보았다.
티코는 뒷좌석에서 자고 있었다. 루커스는 올 때와 마찬가지로 답답하게 운전을 했다. 나는 앉은 채로 로즈마리, 트레버 딘스게이트, 니콜라스 애시, 트레버 딘스게이트, 이런저런 생각을 했다.
끊임없이 그 말이 가슴을 찌른다. '나는 했던 말은 그대로 하지'

루커스가 시미터를 두고 온 주차장 입구에 우리를 내려주었다. 하루 종일 햇빛을 받았으므로 안은 난로처럼 뜨거울 게 틀림없었다. 티코와 나는 돌이 굴러다니는 울퉁불퉁한 지면을 걸어갔다.
티코가 하품을 했다.

우선 목욕을 해야했다. 차가운 음료를 한 잔 마시고 저녁 식사. 또 다시 어딘가의 호텔을 찾아야지…… 아파트는 안 된다.

내 차 옆에 말 두 마리를 태우는 트레일러가 달린 랜드로버가 세워져 있었다. 런던 중심부에서 이런 걸 보다니 드문 일이라고 멍하니 생각했다. 티코가 여전히 하품을 하면서 트레일러와 내 차 사이를 걸어가서 내가 잠긴 문을 열기만 기다리고 있었다.

"안은 엄청나게 더울 거야." 열쇠를 꺼내기 위해 주머니에 손을 넣고 차 안을 들여다보면서 내가 말했다.

티코가 목이 메는 듯한 소리를 질렀다. 나는 고개를 들었다. 약간 따분하고 덥기만 하던 오후가 눈 깜짝할 사이에 냉혹 무참한 재앙으로 변했다고, 혼란스러운 머리로 생각했다.

덩치 큰 사내가 트레일러와 내 차 사이에 서서 왼팔을 티코에게 감고 나를 향하고 있었다. 티코의 머리가 끄덕끄덕 흔들리고 있었으므로 사내는 티코를 떠받치는 꼴이 되었다.

사내는 서양배 모양의 검고 작은 곤봉을 오른손에 들고 있었다.

두 번째의 사내가 트레일러 뒤쪽의 짐을 내리는 판자를 내려오고 있었다.

두 사람이 누군지는 금세 알아챘다. 마지막으로 보았을 때, 나는 걱정해 주던 점쟁이와 함께 있었다.

"애송아, 트레일러에 타." 티코를 받치고 있는 자가 말했다. "오른쪽 마방이야. 얌전하게 빨리 타. 그렇지 않으면 네 친구를 치겠다. 두 눈을, 아니면 머리 뒤를."

시미터 맞은편에 있는 티코가 뭐라고 중얼거리면서 머리를 움직였다. 덩치 큰 사내가 곤봉을 들어올려 스코틀랜드 사투리로 가차없이 명령을 내렸다.

"트레일러에 타. 곧장 안으로 들어가."

분노로 끓어오르면서 나는 내 차 뒤를 돌아서 트레일러로 들어갔다. 몸집 커다란 사내가 말했던 대로 오른쪽 마방으로 들어갔다, 안으로. 두 번째 사내는 신중하게 손이 닿지 않는 거리에 서 있으며, 주차장에 다른 사람은 아무도 없었다.

내가 아직 자동차 열쇠를 들고 있음을 깨닫고 무의식적으로 호주머니에 넣었다. 열쇠, 손수건, 돈…… 왼쪽 호주머니에는 다 쓴 전지가 들어 있을 뿐이다. 무기가 될 만한 것은 아무것도 없다. 양말 속에 나이프가 생각났다. 니콜라스 애시에게 배웠어야만 했다.

티코를 붙잡고 있던 사내가 트레일러 뒤로 와서 반은 질질 끌며, 반은 떠멘 자세로 티코를 왼쪽 마방에 넣었다.

"떠들면 재미없어, 애송아." 칸막이 이쪽의 내게로 얼굴을 내밀고 말했다. "여기 있는 친구를 때리겠어, 두 눈과 입을. 소리쳐서 도움을 청했다간 네 친구는 얼굴 같은 건 없어져 버릴 거야. 알겠어?"

나는 턴브리지 웰스의 메이슨을 생각했다. 식물인간, 게다가 장님.

잠자코 있었다.

"나는 줄곧 네 친구와 함께 있겠다. 그걸 잊지 말도록."

두 번째 사내가 판자를 올려서 닫자 햇빛이 차단되어 안은 순식간에 어두워졌다. 보통 이런 트레일러는 뒤쪽의 위가 열려 있는 법인데 이것은 다르다.

나는 힘이 빠져서 멍하니 있었다.

랜드로버의 시동이 걸리고 트레일러가 움직이기 시작해 후진을 해서 주차장을 나왔다. 그 움직임으로 나는 트레일러의 옆면에 부딪쳤고, 서 있는 것은 피곤하기만 할 뿐임을 알았다.

눈이 차츰 어둠에 익숙해져 갔다. 보통 트레일러와 다르게 뒤쪽 판자가 꼭 맞지 않았으므로 여기저기에 틈새가 있어서 안이 완전히 캄캄하지는 않다. 곧 그러한 개조를 통해 평범한 트레일러가 탈출 불가능한 수송차가 되었음을 깨달았지만, 그것을 알았댔자 그다지 도움이 될 것은 없었다. 뒤쪽의 판자를 여분으로 한 장 더 대어서 보통은 환기를 위해 열려 있는 부분을 막았으며, 안은 세로 방향으로 한 장을 추가해 보통 머리 높이밖에 되지 않을 칸막이를 천장에까지 붙였다.

기본적으로는 두 마리 말의 체중과 차는 힘에 견디는 차체임에 변함은 없다. 나는 어쩔 도리 없이 바닥에 앉아 있었다. 마른 배설물이 달라붙어 있을 뿐 바닥에는 아무것도 깔려 있지 않았다. 살의에 가까운 분노를 느끼면서 앉아 있었다.

그렇게나 적의 의표를 찌르기 위해 차를 타고 돌아다니면서도, 루커스의 차로 가는데 동의하고는 미련하게도 내 차를 너무도 쉽게 눈에 띄는 곳에 하루종일 세워 두었다. 그들은 기수클럽에서 나를 찾아낸 게 틀림없었다. 어제나 오늘 아침에. 어제는 주차장에 자리가 없어서 차를 노상에 두는 바람에 위반 스티커를 받았다…….

아파트에는 돌아가지 않았다. 에인스포드에도 가지 않았다. 캐빈디시, 그 밖의 늘 가는 곳에는 전혀 가지 않았다.

마지막으로 기수클럽에 갔다.

앉은 채로 트레버 딘스게이트를 생각하면서 그를 저주했다.

차는 한 시간 이상을 달려갔다. 덥고 덜컹덜컹 흔들려 불쾌하기 짝이 없었지만 그러는 내내 간 곳에서 어떻게 될지에 대해서는 의식적으로 생각하지 않았다. 한참 지나자 티코가 지껄이는 소리가 칸막이를 통해서 들렸지만, 알아들을 수는 없었다. 글래스고 사투리로 으름장을 놓는 목소리에 우릉우릉 천둥치는 것처럼 퉁명스레 대답하고 있었다.

글래스고에서 온 프로 두 명이라고 잭시가 말했었다. 티코와 함께 있는 한 명은 분명히 프로다. 폭력을 전문으로 하는 얼간이 깡패가 아니라 머리를 쓰는 냉혈한인데, 그 때문에 상황이 나쁘다.

마침내 차의 동요가 멎고 트레일러 연결부를 분리하는 소리가 들리더니 랜드로버가 떠나갔다. 갑자기 조용해진 가운데 티코의 목소리가 분명하게 들려왔다.

"대체 무슨 일이냐고?"

아직도 머리가 빙빙 돌고 있는 듯한 말투였다.

"이제 곧 알게 될 거야, 애송이."

"시드는 어디 있지?"

"조용히 해."

때리는 소리는 들리지 않았지만 티코는 침묵했다.

이번엔 뒤쪽의 판자를 올렸던 사내가 내리자, 수요일 저녁 6시 30분의 빛이 트레일러 안을 채웠다.

"내려!" 그가 말했다.

내가 일어서자 뒷걸음질을 쳐서 트레일러에서 이탈해 건초용 갈퀴를 겨누었다. 날카로운 끝을 내게로 향했다.

트레일러 안에서 밖을 보면서 우리가 있는 곳을 알았다. 랜드로버에서 분리된 트레일러는 건물 안에 있으며, 그 건물은 피터 라미리스네 농장의 옥내 승마학교였다.

판자 벽, 지붕의 창, 더우므로 창이 열려 있다. 밖에서 누가 무심코 안을 들여다볼 염려는 전혀 없다.

"나와." 갈퀴를 흔들면서 다시 말했다.

"그의 말대로 해." 티코와 함께 있는 사내가 무시무시한 목소리로 말했다. "지금 당장."

나는 들은 대로 했다.

판자를 건너서 붉은 가죽이 깔려 있는 적막한 승마학교의 바닥에 내려섰다.

"저쪽이야." 사내가 갈퀴를 흔들었다. "벽에 달라붙어."

그의 말투는 티코와 같이 있는 사내보다 난폭하고 사투리도 심했다. 하지만 두려워 떨게 한다는 점에서는 어느 쪽이나 똑같다.

나는 걷기는 했지만 꼭 남의 다리로 걷는 것 같았다.

"벽에 등을 붙여. 이쪽을 향하라고!"

갈퀴를 든 사내 뒤에, 트레일러 안에서는 보이지 않았던 위치에 피터 라미리스가 서 있었다. 신중하게 주의를 기울이고 있는 두 스코틀랜드인과 달리 만족감, 냉소, 기대감이 뒤섞인 불쾌한 표정을 짓고 있었다. 그가 랜드로버를 운전했으므로 트레일러 안에서는 보이지 않았던 것이다.

티코와 같이 있는 사내는 지면으로 이어지는 비스듬한 판자까지 티코를 끌고 와서 그 자리에 섰다. 티코는 사내에게 반쯤 기대어 서 있었다.

"안녕, 시드?" 티코가 말했다.

티코를 안고 있는 사내가 곤봉을 들어 올리고 내게 말했다.

"잘 들어라. 가만히 서 있어! 움직이지 말란 말야. 움직이면 네 눈 깜짝할 사이에 이 친구를 해치우겠어. 알겠나?"

내가 전혀 반응을 보이지 않고 있으려니 그가 갈퀴를 든 사내에게 턱짓을 했다.

사내가 천천히 다가왔다…… 매우 조심스럽게. 갈퀴 끝을 앞세우고.

나는 티코를 보았다. 곤봉을 보았다. 티코가 심하게 다칠 만한 일은 절대로 할 수 없다.

나는 서 있었다…… 미동도 않고.

사내가 갈퀴 끝을 차츰 들어올려 배에서 심장을 겨누었다가 더 위로 올렸다. 천천히, 그리고 신중하게 한 발짝씩, 날카로운 끝이 내

목에 닿을 때까지 앞으로 나왔다.

"꼼짝 말고 있어." 티코와 서 있는 사내가 경고하는 투로 말했다.

나는 가만히 있었다.

갈퀴 끝이 내 목의 양쪽 가장자리, 턱 밑 주위를 돌아서 뒤쪽 판자벽에 닿았다. 나는 고개를 뒤로 젖혔다. 꼼짝없이 목이 벽에 못박혔다. 몸을 찔리는 것보다는 나았지만 자존심이 이만저만 상하는 게 아니다.

겨냥했던 위치에 갈퀴 끝이 닿자 사내가 체중을 실어 끝을 벽에 찔러 세웠다. 나아가 내가 갈퀴를 빼내고 자유롭게 되지 못하도록 체중을 실어서 있는 힘껏 눌렀다. 나는 이처럼 어쩔 도리도 없이 어이없는 느낌을 맛본 적이 없다.

티코를 붙들고 있던 사내가 갑자기 풀려난 것처럼 움직여서 티코의 몸을 통째로 안고 판자를 내려갔다. 다 내려가서는 티코를 냅다 내동댕이쳤다. 티코가 봉제 인형처럼 바닥에 쓰러지자 사내가 내게로 다가와 갈퀴의 끝 상태를 시험했다.

사내가 다른 한패에게 고개를 끄덕였다. "넌 네 일에나 신경써. 저 애송이는 생각할 것 없어. 저놈은 내가 처리하지."

나는 두 사람의 얼굴을 찬찬히 살펴 머리에 새겨 넣었다.

무신경한 광대뼈와 날카로운 입매. 관찰력이 날카로운 비정한 눈. 검은 머리칼, 창백한 피부. 굵은 목에 작은 머리가 올려져 있고, 귀가 바짝 달라붙어 있다. 고집스런 턱에 수염이 파랗게 나 있다. 30대 후반쯤 되었을까. 둘 다 많이 닮았으며, 경험을 쌓은 고용깡패 특유의 차가운 흉포성을 강렬하게 발산하고 있다.

피터 라미리스는 두 사람에 비하면 스펀지 인형과도 같았다. 패거리가 제지하는 것을 듣지 않고 그도 갈퀴의 손잡이를 쥐고 흔들어 보았다. 움직이지 않자 놀라는 것 같았다.

피터 라미리스가 내게 말했다.

"앞으로 쓸데없는 일에 코를 들이대지 마."

나는 대답하지 않았다. 세 사람의 뒤에서 티코가 일어서는 걸 보고 순간, 뇌진탕을 가장해 그들을 속이고 있었지만, 마침내 이제부터 유도 솜씨를 발휘할 모양이라고 생각했다.

순식간의 일이었다. 나를 붙들고 있던 사내를 겨냥해 내민 그의 다리는 골판지 상자조차도 넘어뜨리지 못했을 것이었다. 나는 어쩔 도리도 없이 분노와 불안에 휩싸여 곤봉이 다시 티코의 머리를 때리는 것을 보고 있었다. 티코는 엎드린 자세로 쓰러졌고, 다시 의식을 잃었다.

갈퀴 사내가 지시받은 대로 있는 힘껏 갈퀴를 누르고 있었다. 나는 필사적으로 갈퀴를 벗어나려 했지만 꿈쩍도 않았다. 티코 옆에 있던 사내가 벨트를 풀기 시작했다.

사내가 허리에 감고 있던 것이 가죽 벨트가 아니라 쇠사슬인 것을 보면서 눈을 의심해야 했다. 상자 모양의 커다란 시계에나 쓸 만한 가늘고 유연한 쇠사슬이었다. 한 쪽 끝에 달려 있는 손잡이 같은 것을 쥐었다. 그가 팔을 휘두르자 휙 하는 바람소리를 내면서 사슬이 티코의 몸에 감겼다.

티코가 번쩍 고개를 들고 놀랐다. 눈과 입이 완전히 동그래졌다. 새로 가해진 고통으로 인해 순간이지만 의식을 회복한 것 같았다. 사내가 다시 팔을 휘둘렀고, 사슬이 티코를 쳤다. 나는 언제부터인지 "제기랄! 빌어먹을!"이라고 외치고 있었지만 아무런 도움도 되지 않았다.

티코가 비틀비틀 일어나서 사슬을 피하려고 몇 걸음인가 움직이자 덩치 큰 사내가 따라가서 솜씨를 자랑하기라도 하는 듯 같은 세기로 티코의 몸 여기저기를 때렸다.

나는 단지 외치고 있었다. 토막토막 끊기면서 '그만해'라고 덩치 큰 사내에게 외쳐댔다. 분노와 슬픔, 책임감에 의한 고통으로 가책을 받고 있었다. 티코를 뉴마켓으로 데려가지 않았더라면…… 내가 트레버 딘스게이트를 두려워하지 않았더라면…… 나의 공포심 때문에 티코는 지금 여기에 있는 것이다. 오늘, 지금, 여기에…… 오, 마이갓…… 빌어먹을! 그만해…… 그만둬. 갈퀴를 눌렀지만 떨어지지 않았다.

티코가 앞으로 푹 고꾸라져 엎드린 자세로 승마학교 안을 원을 그리면서 기어 돌아다니다가 내게서 그리 떨어지지 않은 곳에 길게 뻗고 말았다. 쇠사슬이 닿자 얇은 셔츠가 터져 여기저기에 빨간 핏자국이 떠올랐다.

티코……! 오, 맙소사…….

티코가 완전히 움직이지 않을 때까지 나는 가슴이 찢기는 듯한 고통에 시달렸다. 덩치 큰 사내가 손잡이를 가볍게 쥐고 검사하는 것처럼 티코를 내려다보았다.

피터 라미리스는 조바심이 나고 겁에 질린 얼굴을 하고 있었지만 우리를 이곳으로 데려오도록 조치한 것은 그였다.

갈퀴 사내가 쓰러져 있는 티코를 보고 처음으로 내게서 눈을 떼었다. 아주 조금 중심 위치를 바꿨을 뿐이지만, 내 목에 걸려 있던 압력이 급격히 약해졌다. 그가 예기치 않았던 강한 힘을 담아서 내가 갈퀴 자루를 비틀어 갈퀴를 떼어내고 벽에서 떨어졌다. 내가 살의를 담은 분노를 불태우며 달려든 것은 티코 옆에 있던 덩치 큰 사내가 아니라 훨씬 가까이에 있는 피터 라미리스였다.

혼신의 힘을 다해서 피터 라미리스의 옆얼굴을 때리고, 이어서 2,000파운드나 되는 정교한 기계가 들어 있는 곤봉 같은 왼팔로 때렸다.

피터 라미리스가 비명을 지르면서 두 팔로 머리를 감싸쥐자, "개새끼"라고 흉악한 고함을 치면서 그의 갈비뼈를 내질렀다.

티코 곁에 있던 사내가 내게 덮쳐왔고, 티코와 마찬가지로 내가 느꼈던 것은 놀라움이었다. 믿기 어려운 통증이었다. 찢어지고 끊어지는 듯한 아픔 뒤에는 살갗이 타는 것 같았다.

나는 스스로도 믿기 어려운 분노에 휩싸여서 그를 향해 갔다. 뒷걸음질을 친 것은 상대방이었다.

다음의 쇠사슬 일격은 신경이 통하지 않는 왼팔로 받았다. 사슬 끝이 두 번 팔에 감겼고, 내가 혼신의 힘을 다해 잡아끌자 손잡이가 덩치 큰 사내의 손에서 떨어졌다. 꿰맨 가죽이 내 쪽으로 날아왔다. 덩치 큰 사내와 나 둘뿐이라면 나는 티코의 복수를 해내고 탈출할 수 있었으리라. 나는 살의를 드러내며 덩치 큰 사내에게 덤벼들었다.

가죽 손잡이를 쥐고 사슬이 팔에서 떨어지자 덩치 큰 사내의 어깨를 향해 있는 힘껏 휘둘렀다. 눈을 뒤집으며 스코틀랜드 사투리로 뭐라고 외치는 걸 보니 자기가 남에게 입히던 고통을 맛보기는 처음인 모양이다.

갈퀴 사내가 도우러 나섰다. 상대가 하나라면 어떻게든 해보겠지만 둘이면 곤란하다.

놈이 갈퀴를 겨누며 덤벼들었다. 내가 투우사처럼 피하는 순간, 덩치 큰 사내가 사슬을 다시 빼앗기 위해 양손으로 내 오른팔을 붙들었다.

내가 뛰어오르듯이 그에게로 방향을 바꿔 금속제의 손목으로 귀께를 있는 힘을 다해 때렸다. 그 충격이 팔뚝에서 어깨에까지 전해졌다.

순간, 나는 아주 가까이에서 상대의 눈을 보았다. 끝까지 싸우는 사내를 거기서 보았으며, 그가 피터 라미리스처럼 트레일러의 짐 내리는 판자에 걸터앉아 우는 소리를 내지는 않으리란 것을 알았다.

그렇지만 머리를 얻어맞았기 때문에 상대의 손 힘이 느슨해졌고, 나는 팔을 흔들어 풀어서 쇠사슬을 든 채로 갈퀴 사내 쪽으로 방향을 바꿨다. 그러나 사내는 갈퀴를 내던지고 자기의 벨트를 풀려고 했다. 두 손을 허리에 대고 있는 것을 덮쳐 그들의 능숙한 무기로 일격을 가했다.

두 스코틀랜드인이 충격으로 멍청히 서 있는 순간을 이용해 나는 문 쪽으로 달아났다. 밖에는 사람이 있을 게 분명하며, 신변의 안전과 도움을 받을 수 있을 것이었다.

붉은 가죽 위를 뛰는 것은 마치 꿀 위를 달리는 것 같았다. 문에 이르렀지만 나갈 수는 없었다. 벽처럼 완고한 문으로, 롤러로 옆으로 열리도록 되어 있는데 바닥 구멍에 끼워진 볼트로 고정되어 있다.

볼트를 채 빼내기도 전에 갈퀴 사내가 덮쳐 왔다. 그의 벨트도 가죽이 아니었다. 상자 모양의 커다란 시계에 달려 있는 쇠사슬 같은 가느다란 것도 아니었다. 경비견을 매어두는 그런 것이었다. 아픈 건 덜하지만 반응이 금세 온다.

나는 아직 쇠사슬을 들고 있었으므로 볼트를 빼려던 낮은 자세 그대로 옆으로 휘두르자 사내의 두 다리에 감겼다. 사내가 신음소리를 내면서 덮쳤고, 덩치 큰 사내가 뒤에서 와서 둘이서 내게 덤볐다. 그 다음은 필사의 노력을 다했지만 그들을 아프게 하지는 못했다.

덩치 큰 사내가 사슬을 되가져갔다. 그가 힘이 센데다가 다른 한 명이 나를 막고 있는 동안 내 손을 벽에 대고 때려 쇠사슬을 빼앗아 갔다. 나는 그리 간단히는 당하지 않겠다며 가능한 한 고생을 시키려고 마음먹고 뛰어 돌아다녀 그들이 뒤쫓게 했다. 트레일러 주위를 달리고, 벽을 따라 달리다가 다시 출구에 이르렀다.

도중에 갈퀴를 집어들어 한동안은 그들을 다가오지 못하게 했지만,

얼마 안 있어 한 놈을 겨냥해 던지는 바람에 놓치고 말았다. 사람은 고통을 다른 감정으로 바꿔 느끼지 않을 수가 있다. 나는 분노 이외에는 아무것도 느끼지 않았고, 그것을 고통에 대항한 방패로 삼았다.

결국은 티코와 마찬가지로 비틀거리고, 기어 돌아다니다가 부드러운 바닥에 쓰러져 움직이지 않게 되었다. 문에서 그리 떨어져 있지 않았다…… 구원의 손길이 미치지 않는 거리다.

내가 움직이지 않게 되면 두 사람은 멈출 것이라고 생각했다. 앞으로 1분 정도면 그만두리라고 여겼을 때, 그들은 멈췄다.

18

나는 붉은 가죽에 얼굴을 붙인 채, 나를 내려다보고 있는 두 사람의 거친 숨소리를 듣고 있었다.

피터 라미리스가 두 사람이 있는 곳으로 왔는지 악의로 가득 찬 그의 불명료한 말이 아주 가까이에서 들려왔다.

"저 새끼를 죽여. 여기서 끝내자고. 죽여!"

"죽이라고?" 티코와 같이 있던 덩치 큰 사내가 말했다. "미친 거 아냐?" 숨을 몰아쉬었으므로 쿨럭거렸다. "저 애송이는……."

"이 자식은 내 턱뼈를 부러뜨렸어."

"그럼 직접 죽여. 우린 안 해."

"왜지? 이 놈은 네 귀를 찢어놓지 않았어?"

"어린애 같은 소린 하지 마." 다시 쿨럭거렸다. "우리는 5분도 채 지나지 않아서 경찰에 밀고될 거야. 여기에 너무 오래 있었어. 많은 사람들이 보았어. 게다가 이 애송이는 말야, 스코틀랜드 전체 경마팬들에게 돈을 벌게 해 주고 있어. 우린 1주일도 지나지 않아서 형무소에 가게 될걸."

"나는 놈을 죽이라고 했어." 피터 라미리스가 강경하게 말했다.

"네가 돈을 지불하는 게 아니잖아!"

여전히 거친 숨을 쉬면서 스코틀랜드인이 말했다.

"우린 지시한 대로 명령을 수행했어. 그걸로 일은 끝났어. 지금부터는 네 집으로 가서 맥주를 마신 다음, 어두워지면 예정대로 이 두 사람을 내쫓는다. 그것으로 일은 끝이야. 우리는 오늘 밤 안으로 북으로 돌아가겠다. 여기에 너무 오래 있었어."

세 사람이 걸어가서 쿠르릉쿠르릉 문을 열고 밖으로 나갔다. 자갈길을 걸어가는 소리, 문을 닫고 밖에서 볼트를 끼우는 소리가 들렸다. 말이 나가지 못하게 하기 위한 볼트지만, 인간의 경우에도 같은 역할을 한다.

나는 붉은 가죽이 코로 들어가지 않도록 얼굴을 옆으로 향하고, 바로 눈앞에 있는 붉은 가죽 색만 멍하니 바라보면서 그 자리에 쓰러져 있었다. 몸이 짓이겨지고 산산조각이 난 느낌이었다. 어이없음과 패배감을 맛보고 있었다.

젤리다, 살아 있는 젤리. 빨갛다, 타고 있다. 난로 속에서 태워지고 있다.

고통으로 기절을 한다는 낭만적인 잠꼬대가 여러 책에 쓰여 있다. 인간은 절대로 정신을 잃지 않으려고 노력하는 경향이 있다. 대체로 인간의 육체는 그렇게 만들어져 있지 않은 것이다. 구조가 그렇게 되어 있지가 않다. 지각 신경에는 그것을 즉각 차단하는 안전장치가 달려 있지 않다. 신경은 전달해야만 하는 메시지가 있는 한, 전달을 계속한다. 몇천 년 동안이나 그럴 필요가 없었으므로, 진화 과정에서 그를 대신하는 시스템은 생겨나지 않았다. 모든 동물 가운데서 가장 흉악한 인간만이, 같은 인간을 상대로 고통을 줄 목적으로 고통을 가하는 것이다.

나는 생각했다. 나중에 오랫동안 괴로운 생각을 한 적은 별개로 하고, 단기간이기는 했지만 한 번 견딘 적이 있다. 지금은 그 경우만큼 심하지는 않다. 때문에 지금 눈을 뜨고 있다. 때문에 뭔가 생각할 것을 찾아내는 게 좋다. 메시지의 전달을 멈출 수가 없다면 침요법의 경우와 마찬가지로 감각기관의 기를 다른 데로 돌리면 된다. 여러 해 동안에 수도 없이 해 왔던 일이다.

언젠가 병원의 시계가 보이는 곳에서 하룻밤을 보낸 적이 있다. 격렬한 고통으로부터 기를 다른 데로 돌리기 위해 수를 세면서 시간을 보냈다. 내가 눈을 감고 5분을 세면, 5분이 경과한 것이 된다. 확인하기 위해 눈을 뜬다. 그때마다 4분밖에는 지나지 않았었다. 기나긴 밤이었다. 지금은 그때보다 훨씬 나은 것을 할 수 있다.

기구를 탔던 존 바이킹을 떠올렸다. 그가 바람에 휘날리고 하늘을 날며, 안전규칙을 깨는 즐거움으로 파란 눈을 반짝이던 모습을 상상했다. 뉴마켓의 운동장에서 탔던 프로틸러, 그가 요크의 단테 레이스에서 우승한 것 등등을 생각했다. 내가 기승해서 이기거나 졌던 많은 레이스를 떠올렸다. 루이스를 생각했다. 루이스와 네 기둥이 달린 침대에서 있었던 일을 오랫동안 생각했다.

나중에 생각하니 티코와 나는 1시간 이상을 꼼짝도 못하고 쓰러져 있었으나, 시간의 경과에 대해서는 확신이 없었다. 불쾌한 현실이 몽상 속으로 끼어든 것은 먼저 문 밖의 볼트를 빼는 소리, 이어 쿠르릉대며 문을 여는 소리였다. 어두워지면 우리를 내쫓겠다고 그들이 말했지만, 아직 어두워지지 않았다.

붉은 가죽이 깔린 바닥에선 발소리가 나지 않으므로 가장 먼저 들려온 것은 사람의 목소리였다.

"자나요?"

"아니." 내가 말했다.

고개를 약간 움직여서 쳐다보니 파자마를 입은 마크가 무릎을 꿇고 여섯 살 소년의 걱정스런 눈길로 나를 보고 있었다. 그 뒤쪽으로 작은 몸집이 지나갈 만큼만 문이 열려 있었다. 문 바깥의 정원에 랜드로버가 있었다.

"내 친구가 깨어 있는지 봐 주겠니?"

"알았어요."

소년이 몸을 일으켜 티코 곁으로 갔고, 그가 돌아와서 보고를 할 무렵에는 나는 어렵사리 네 발로 기는 자세를 하고 있었다.

"자고 있어요." 걱정스럽게 나를 쳐다보면서 말했다. "얼굴이 흠뻑 젖었어요. 더워요?"

"네가 여기 있는 걸 아빠가 알고 있니?"

"아뇨, 몰라요. 일찍 자라고 했지만 고함소리가 끊임없이 들려왔어요. 무서웠어요."

"아빤 지금 어디 있지?"

"친구하고 거실에 있어요. 얼굴을 다쳐서 기분이 엄청나게 나쁜가 봐요."

나도 모르게 미소를 지었다. "다른 사람은?"

"당연하다고 엄마가 그랬어요. 모두들 술을 마시고 있어요." 뭔가를 생각했다. "친구 하나가 고막이 찢어졌다고 하던데요."

"알았다. 지금 곧장 침대로 돌아가거라. 여기 있는 것을 들키지 않도록 하는 게 좋아. 들키면 아빠는 엄청나게 화를 낼 거야. 그렇게 되면 너도 별로 좋지 않을 테니까."

끄덕이고 있었다.

"그럼, 잘 자라." 내가 말했다.

"안녕."

"문을 열어 놔라. 내가 닫을 테니까."

"알았어요."

소년은 공모자 같은, 신뢰로 가득 찬 미소를 잠깐 띠더니 재빨리 문으로 나가서 침실로 돌아갔다.

나는 일어나서 조금 비틀거리면서 출구까지 갔다.

10피트 가량 떨어진 곳에 랜드로버가 있었다. 열쇠가 꽂혀 있다면 쫓겨날 때까지 기다릴 필요는 없다. 10걸음. 녹회색의 차체에 기대어 유리 너머를 보았다.

열쇠다. 꽂혀 있는 채로다.

안으로 돌아가서 티코에게로 갔다. 몸을 숙이는 것보다 훨씬 나으므로 그의 옆에 네 발로 기는 자세를 취했다.

"야, 가자! 일어나. 여기서 나가자."

그가 신음소리를 냈다.

"티코, 걸어야만 해. 나는 너를 떠메고 가지는 못해."

눈을 떴다. 아직도 머리가 혼란스러운 모양이지만, 꽤 좋아졌다.

"일어나." 내가 절박한 어조로 말했다. "네가 기운을 차리면 여기서 나갈 수 있어."

"시드……."

"뭐야? 자, 가자."

"그냥 가, 난 안 되겠어."

"갈 수 있어, 바보 같은 소리하지 마. '새끼들, 똥이나 처먹어라'고 말해. 그럼 괜찮아져."

생각했던 것보다 나빴지만 반쯤 떠메고 일으키다시피 해서 그의 허리에 팔을 두르고 술 취한 연인처럼 비틀거리면서 출구까지 갔다.

출구를 빠져나가 랜드로버까지 갔다. 집 쪽에서 우리를 발견한 외침 소리는 들리지 않았다. 거실은 집 반대편에 있으므로 잘만 하면 시동을 거는 소리조차도 들리지 않을 것이었다.

티코를 조수석에 밀어 넣고 살며시 문을 닫은 다음 운전석으로 돌았다.

랜드로버가 왼손잡이를 위해 만들어져 있는 것을 보고 나는 낙담했다. 계기판 이외의 컨트롤류는 모두 왼쪽에 있다. 내가 약해진 것인지, 전지가 다 되었는지, 곤봉이 비교적 왼팔을 많이 때렸으므로 속의 기계가 손상을 입었는지, 왼쪽 손가락이 거의 움직이지 않는다.

저주의 말들을 계속 쏟아내면서 모든 것을 오른손으로 했다. 그러려면 몸을 비틀어야만 하는데, 지금처럼 급하지만 않았더라면 엄청난 통증을 느꼈을 게 분명하다.

시동을 걸었다. 핸드 브레이크를 풀었다. 기어를 1단으로 넣었다. 그 다음은 살았다는 생각으로 발로 했고, 달리기 시작했다. 그리 매끄러운 스타트는 아니었지만 어쨌든 출발을 했다. 문에 이르자 런던과 반대 방향으로 차를 향했다. 우리가 없어진 것을 알아채고 그들이 추적해 올 경우, 런던 쪽으로 쫓아올 게 틀림없다고 본능적으로 판단했다.

'개자식들, 똥이나 처먹어라'는 기(氣) 불어넣기 구호가 2, 3마일 달리다가 위험스레 한 손으로 기어를 바꿀 때마다 계속되었으나, 연료 게이지가 0에 가까운 것을 보고는 맥이 풀렸다.

어디로 갈 것인가를 빨리 결정해야만 한다. 채 결정을 내리기도 전에 커브를 돌자 커다란 주유소가 나왔다. 아직 영업중이며, 펌프에 직원이 딸려 있다. 행운이 믿어지지가 않아서 급히 커브를 그리며 앞마당으로 들어가 펌프 옆에 끼익 차를 세웠다.

돈은 차 열쇠며 손수건과 함께 오른쪽 호주머니에 들어 있다. 전부 끄집어내 온통 구겨진 지폐를 골라냈다. 옆 창문을 내렸다. 다가온 직원에게 돈을 건네고 그만큼 휘발유를 넣어달라고 말했다.

어린 학생인데 의아한 듯이 나를 보고 있었다.

"괜찮아요?"

"덥구나." 손수건으로 얼굴을 닦았다. 머리칼에 달라붙어 있던 붉은 가죽 몇 개가 떨어졌다. 기묘한 몰골임에 틀림없다.

그러나 소년은 고개를 끄덕였을 뿐, 운전석의 바로 옆에 있는 랜드로버의 주유구에 노즐을 끼워 넣었다. 소년이 내 옆에서 눈을 벌린 채로 반쯤 누워 있는 티코를 보았다.

"그럼, 저 사람에게 무슨 일이 있나요?"

"술에 취했어." 내가 말했다.

그는 둘 다 술에 잔뜩 취했다고 여긴 듯했지만 묵묵히 휘발유를 넣은 다음 뚜껑을 닫고, 다음 손님 쪽으로 갔다. 나는 다시 오른손으로 출발하는 성가신 작업을 마치고 도로로 나왔다. 1마일쯤 달린 뒤에 주도로에서 내려가 옆길로 들어서서 커브를 한 두 차례 돈 다음 차를 세웠다.

"왜 그래?" 티코가 말했다.

나는 아직도 멍한 그의 눈을 보았다. 행선지를 결정해야만 한다. 티코를 위해 결정해야 한다. 내가 갈 길은 이미 결정해 놓았다. 간신히, 뭔가에 부딪치지 않고 운전을 할 수 있음을 알았을 때, 운 좋게도 주유소가 나타났을 때, 휘발유를 살 만큼의 돈이 있었을 때, 경찰이나 의사의 도움을 청해 달라고 그 소년에게 부탁하지 않기로 했을 때, 이미 결정했던 것이다.

병원, 관공서, 질문, 끝도 없는 상황 청취. 내가 가장 싫어하는 것들뿐이다. 티코를 위해 가야만 한다면 얘기는 다르지만, 그런 곳에 갈 생각은 없었다.

"우리는 오늘 어디에 갔었지?" 내가 물었다.

조금 있다가 그가 말했다. "뉴마켓."

"8의 2배는?"

시간이 흘렀다. "16."

나는 힘없이 앉은 채로 그가 인지력을 회복했음에 감사하면서 계속 달릴 체력이 솟기를 기다렸다. 랜드로버를 몰고 그 지점까지 오는데 도움이 되었던 기력이 차츰 줄어들었고, 다시 젤리가 타오를 여지가 생겨났다. 기다리고 있으면 체력이 돌아온다. 스태미너와 에너지는 순환한다. 때문에 지금 이 순간에 할 수 없는 것도 1분이 지나면 가능해진다.

"몸 전체가 타고 있어." 티코가 말했다.

"음."

"너무 지독했어."

나는 대답하지 않았다. 그가 몸을 움직여 고쳐 앉으려 했고, 의식을 완전하게 회복한 것을 얼굴 표정에서 읽을 수 있었다. 눈을 꼭 감으면서 "빌어먹을!"이라고 하더니 조금 지나자 실눈으로 나를 보았다. "당신도야?"

"음."

덥고 긴 하루가 저물고 있었다. 출발하지 않으면 어디에도 이르지 못한다고 멍하니 생각했다.

당장의 어려운 문제는 랜드로버를 한 손으로 운전하는 것이 극도로 위험하지는 않다고 하더라도 어느 정도의 위험을 수반한다는 점이었다. 기어를 바꿀 때마다 핸들을 놓고 왼쪽으로 몸을 비틀어야만 한다. 그 해결법은 왼손의 손가락으로 일단 기어 레버의 손잡이를 꼭 붙잡은 다음 전원을 끄는 것이었다. 그렇게 하면 손가락은 다른 지시를 내리지 않는 한 쥔 채로 있게 된다.

레버의 손잡이를 쥐고 전원을 껐다. 사이드 라이트를 켜고, 전조등을 아래쪽으로 켰다. 시동을 걸었다. 지금 한 잔 마실 수만 있다면 어떤 대가를 치러도 좋겠다고 생각하면서 집으로 향한 먼길을 달리기 시작했다.

"어디로 가는 거야?" 티코가 물었다.

"제독의 집이야."

세바녹스, 킹스턴, 코른브룩으로 돌아가는 남쪽 길을 지났다. 기나긴 M4고속도로, 메이든헤드에서 말로 북쪽 M40고속도로로 들어서서 북옥스퍼드의 환상(環狀)도로를 지나 에인스포드로 향했다.

랜드로버는 승차감을 고려해 만들어진 차가 아니라서 가장 좋은 상황에서 달려도 덜컹대며 타고 있는 사람에게 충격을 준다. 티코가 가끔 신음소리를 냈고, 저주의 말들을 토해내면서 다시는 이렇게 당하지 않겠다고 했다. 나는 피로와 기력상실로 인해 도중에 두 번 차를 세웠으나, 다행히 지나는 차가 적어서 3시간 반 뒤에는 찰스의 저택으로 가는 차도로 들어설 수 있었다. 내가 선택한 길을 생각하면 어지간한 시간이다.

랜드로버의 시동을 끄고 왼손의 전원 스위치를 켰지만 손가락을 움직일 수가 없었다. 더 이상 불평할 것은 없다고 절망적인 기분으로 생각했다. 팔뚝 밑에서 의수를 떼어내고 내 몸의 전동부분을 차의 기어 레버에 붙인 채로 놔두게 되면 이 시시한 하룻밤의 굴욕을 마무리할 수 있다. 어째서, 어째서 나는 다른 사람들처럼 손 두 개를 갖고 있지 않다는 말인가.

"힘을 주지 마." 티코가 말했다. "살짝 해 봐."

내가 웃음과 우는소리의 중간인 듯한 기침을 하자 손가락이 조금 열리면서 손이 손잡이에서 떨어졌다.

"내 말대로 됐지?" 티코가 말했다.

나는 오른팔을 핸들에 올려놓고 그 위에 머리를 얹었다. 기력도 체력도 모두 소진되어서…… 충분히 벌을 받은 듯한 기분이 되어 있었다. 누군가가, 어떻게든 힘을 쥐어짜내어 집으로 들어가 우리가 온 것을 찰스에게 알려야만 한다.

찰스가 드레싱 가운을 입고 나와서 그 문제를 해결해 주었다. 열려진 바깥문으로 빛이 새어나오고 있었다. 정신을 차려보니 그가 차창 옆에 서서 안을 들여다보고 있었다.

"시드?" 눈을 의심하는 듯한 표정으로 말했다. "자넨가?"

나는 간신히 핸들에서 얼굴을 들고 눈을 떴다. "그렇습니다."

"12시가 넘었어."

나는 어떻게든 웃음을 담은 어조로 말했다. "당신은 언제든지 와도 괜찮다고 하셨습니다."

1시간 뒤 티코는 2층 침대에서 자고 있고, 나는 버릇대로 구두를 벗고 금색 소파에 모로 누워서 다리를 올려놓고 있었다.

찰스가 응접실로 들어와서 의사가 티코의 치료를 마치고 내가 오기를 기다리고 있다고 했다. 나는 괜찮으니 집으로 돌아가라고 의사에게 전해달라고 말했다.

"티코에게 그랬던 것처럼 수면제를 줄 걸세."

"그래요, 그게 제가 가장 바라지 않는 것입니다. 그는 그런 약을 줄 때, 티코의 뇌진탕을 충분히 고려해서 준 것이겠지요?"

"그거야 의사가 왔을 때, 자네가 직접 여섯 번이나 그에게 말했던 거야." 잠깐 사이를 두었다가 말했다. "자네가 오기를 기다리고 있다네."

"저는 진심으로 말하고 있는 겁니다, 찰스. 생각하니 싫어요. 여기 그냥 앉아서 생각할 게 있습니다. 그러니 부탁이에요, 의사에게 잘 가라고 하고 당신은 주무십시오."

"아니, 그럴 수는 없네."

"물론 그럴 수 있습니다. 또 실제로 그렇게 해야만 합니다. 아직 감각이 남아 있을 때……." 나는 입을 다물었다. '쇠사슬로 맞던 감각이 아직 살아 있을 때'라는 생각을 했지만 입 밖에는 낼 수 없었다.

"사리에 닿는 것 같지 않군."

"그렇습니다. 이번 사건 전체가 사리에 맞질 않습니다. 그게 문제죠. 그러니까 제가 생각을 좀 하게 해 주세요. 올라가십시오."

전에도 느꼈던 것이지만, 몸이 상하면 머리가 맑아져 날카로워지고, 한참동안 직관적 감각이 매우 또렷해지는 때가 있다. 그런 조짐이 있으면 반드시 이용을 해야만 한다. 헛되이 해서는 안 될 시간인 것이다.

"티코의 살갗을 보았나?" 찰스가 말했다.

"수도 없이요." 내가 불성실한 말투로 말했다.

"자네 몸도 같은 상태인가?"

"보지 않았습니다."

"자넨 정말이지 화가 치밀게 하는 사람이로군."

"그렇습니다, 어서 주무세요."

찰스가 물러가자 나는 앉아서 내가 그렇게나 애써서 머리에서 털어내려했던 그 무시무시한 장면을 의식적으로 몸과 머리 양쪽으로 가능한 한 생생하게 상기해 냈다.

너무 지독해, 티코가 말했었다.

너무 지독하다.

어째서?

다음 날 아침 6시에 드레싱 가운을 입은 찰스가 그로서는 가장 무표정한 얼굴로 내려왔다.

"아직도 거기에 있었군."

"그렇습니다."

"커피?"

"차로 하겠어요." 내가 말했다.

찰스가 차를 끓여서 김이 오르는 해군 스타일의 커다란 잔 두 개를 들고 왔다. 내 것을 소파 옆 테이블에 놓고 팔걸이의자에 앉았다. 무표정한 눈을 끊임없이 내게로 향하고 있었다.

"왜 그래?" 찰스가 말했다.

나는 이마를 문질렀다. "당신이 나를 볼 때" 내가 주저하면서 말했다. "평소를 의미합니다. 지금이 아니에요. 나를 볼 때 거기에 뭐가 보이나요?"

"그거야 자네도 알 텐데."

"공포심, 자기불신, 수치심, 무력감, 무능력 같은 느낌이 확연히 나타나 있습니까?"

"물론, 나타나 있지 않아." 질문을 재미있어하는 듯, 혀가 탈 듯한 차를 마시더니 아까보다 진지한 어조로 말했다. "자네는, 그런 감정은 절대로 밖으로 드러내지 않네."

"누구든지 드러내지 않습니다. 인간은 모두 외면과 내면이 있으며, 그것들이 심하게 다른 경우가 있습니다."

"그건 단순히 일반적인 소견인가?"

"아뇨." 내가 잔을 들어올려 김을 훅 불어냈다. "저 자신에게 저는 의심과 공포, 아둔함의 덩어리입니다. 그리고 다른 사람에게는…… 어쨌든 어제 저녁, 티코와 제 몸에 일어난 일은 우리에 대한 타인의 견해가 원인이었던 것입니다." 머뭇머뭇 차를 음미했다. 찰스가 끓인 차는 언제나 혀가 마비될 정도로 진하다. "이 조사 일을 시작한 이래로 우리는 행운의 연속이었습니다. 그러니까 우리가 한 일은 비교적 쉬웠다는 얘기입니다. 우리는 언제나 사건을 해결해낸다는 평판을 얻었고, 그것은 실제보다 과대평가되었던 것이지요."

"그거야 물론 그렇지." 찰스가 냉랭한 어조로 말했다. "자네들 두 사람이 머리가 나쁘고 게을렀기 때문이야."

"제가 무슨 말을 하려는지 의미를 아시는군요."

"그래, 알아. 어제 아침에 톰 앨러스턴이 이리로 전화해서 에프섬의 임원을 수배하기 위해서라고 했지만, 내 느낌으로는 자네에 대한 그의 생각을 전하려던 게 주된 목적이었던 것 같았어. 요점만 추려서 얘기하면, 자네가 아직껏 기수였더라면 대단히 애석했을 것이라는 것이지."

"기수였더라면 멋졌을 텐데." 나는 한숨 섞인 투로 말했다.

"그러니까 어제 누군가가, 자네와 티코가 또다시 성공할 것을 저지하기 위해 습격을 했다는 것인가?"

"그렇지는 않습니다."

밤새도록 생각한 것을 다 얘기했을 때는 찰스의 차가 완전히 식어 있었다.

말을 마치자 찰스는 오랫동안 꼼짝도 않고 앉아서 늘 그렇듯 감정을 억누른 표정으로 단지 나를 바라보고 있었다.

얼마 있지 않아서 찰스가 말했다. "말을 듣고 보니 어제 저녁나절은…… 너무했던 것 같군."

"뭐, 그런 거죠."

다시 침묵이 이어졌다. 조금 있다가, "그럼 다음은 뭐지?"

"생각 중입니다." 주저하면서 말했다. "오늘 당신이 한두 가지 일을 해주실 수 있을지 어떨지, 저는…… 저……."

"되고말고. 어떤 일인가?"

"오늘은 당신이 런던에 가는 날입니다. 목요일이죠. 죄송합니다만 롤스 말고 저 랜드로버를 운전해서 제 차하고 바꿔다 주시겠습니까?"

"그러겠네." 그다지 달갑지 않은 것 같았다.

"충전기가 있습니다, 슈트케이스 안에요."

"물론 가겠어."

"그 전에 옥스퍼드에서 사진을 찾아다 주시겠습니까? 니콜라스 애시의 사진입니다."

"시드!"

나는 끄덕였다. "그를 찾아냈습니다. 그리고 제 차에 니콜라스 애시의 새로운 주소가 적힌 편지가 있습니다. 전과 똑같은 의뢰장이지요."

찰스는 니콜라스 애시의 아둔함에 질렸다는 듯 고개를 좌우로 흔들고 있었다. "다른 건?"

"두 가지입니다. 송구합니다만 하나는 런던에서의 일인데 간단합니다. 하지만 다른 하나는…… 턴브리지 웰스에 가주시겠습니까?"

이유를 설명하자 오후의 중역회의에 불참을 하더라도 가겠다고 했다.

"그리고 당신의 카메라를 빌려주시지 않겠습니까? 제 것은 차에 있어서요……. 그리고 깨끗한 셔츠도?"

"그 순서대로인가?"

"부탁입니다."

앞으로 2000년 동안은 움직이고 싶지 않았지만, 조금 있다가 천천히 소파에서 일어나 티코의 모습을 살피러 찰스의 카메라를 들고 2층으로 올라갔다.

티코는 마취제의 효과가 떨어져서 옆으로 누운 채 흐리멍덩하고 멍한 눈으로 허공을 바라보고 있었다. 사진을 찍고 싶다고 하자 그런 상태에서도 화를 내며 힘없이 반대했다.

"그만해 줘."

"바의 여자친구를 생각하고 있나?"

나는 담요와 시트를 벗기고 몸의 앞과 뒤가 보이는 부분의 상처를 찍었다. 보이지 않는 상처는 찍을 도리가 없었다. 이불을 덮어주었다.

"미안해." 내가 말했다.

대답하지 않았다. 나는 내가 사과한 것이 지금 같은 상태에서 쉬는데 방해를 한 것에 대해선지, 아니면 좀더 근본적으로 그의 인생을 내 인생으로 끌어들여 이런 가혹한 결과가 된 것에 대해서인지를 생각했다. 신디케이트에 관한 일은 피곤한 돈벌이인 것 같다고 그가 말했는데, 그 말이 옳았던 것이다.

카메라를 들고 층계참으로 나와서 찰스에게 건넸다. "내일 아침까지 인화를 해 달라고 부탁해 주세요. 경찰과 관계된 일이라고 하면 됩니다."

"하지만 자넨 경찰에는 알리지 않겠다고……?" 찰스가 물었다.

"그렇습니다. 하지만 애초부터 경찰과 관계된 일이라고 굳게 생각했다면, 인화지를 보고 경찰로 달려가는 일은 하지 않겠지요."

"자넨 깨달은 것이 없는 모양이군."

새 셔츠를 건네면서 찰스가 말했다.

"자네 자신에 대한 자네의 견해는 틀렸고, 토마스 앨러스턴의 견해가 옳은 것 같아."

루이스에게 전화를 걸어서 오늘은 만날 수 없게 되었다고 전했다. 급한 일이 생겼다고 상투적인 핑계를 대자, 루이스가 그 핑계에 어울리는 투로 응답했다.

"그렇다면 그리 신경 쓰지 않아도 돼요."

"신경 쓰고 있어, 진심이야. 1주일 뒤는 어때? 1주일 뒤로. 며칠

동안 뭘 할 거지?"

"며칠?"

"그리고 밤에도."

상당히 명랑한 어조가 되었다. "논문 자료를 수집할 거예요."

"주제는?"

"구름과 장미와 별과, 세상 밖으로 해방된 여성의 인생에 있어서의 그 변화와 빈도."

"아, 루이스, 내가……저어…… 있는 힘껏 도와주지."

루이스가 웃으며 전화를 끊었다. 나는 내 방으로 가서 먼지투성이에 주름과 땀 얼룩이 져 있는 셔츠를 벗었다. 거울에 비친 내 모습을 힐끗 보았지만 기뻐할 만한 것은 아니었다. 나는 찰스의 부드러운 면 셔츠를 입고 침대에 누웠다. 티코처럼 모로 누워서, 티코와 같은 고통을 맛보면서 어느 사이엔가 잠이 들었다.

저녁나절에 아래층으로 내려와서 이전과 같이 소파에 앉아서 찰스가 돌아오기를 기다리고 있는데 먼저 온 것은 제니였다.

들어와서 나를 보더니 다짜고짜로 화를 냈다. 다음 순간, 다시 바라보며 말했다. "아유, 또인 모양이네."

나는 단지 "안녕"이라고만 했다.

"이번엔 어디야? 또 갈비뼈인가?"

"별것 아냐."

"당신에 대해 난 지나칠 정도로 많이 알아." 소파 맞은편 끝, 내 발의 반대쪽에 앉았다. "여기서 뭘 하고 있는 거지?"

"당신 아버지를 기다리고 있어."

우울한 표정으로 나를 보고 있었다.

"옥스퍼드의 그 아파트를 팔 생각이야."

"그래?"

"이제 싫어졌어. 루이스 맥키니스는 이사를 했고, 니키가 생각나기도 하고……."

잠깐 사이를 두었다가 내가 말했다.

"나를 보고 니키를 떠올린 건가?"

움찔 놀라면서 제니가 말했다. "물론, 그렇지 않아." 이번엔 훨씬 느린 말투로, "하지만 그는……." 말이 끊어졌다.

"그를 봤어. 사흘 전에 브리스톨에서. 나하고 다소 닮았더군."

제니는 망연자실해서 아무 말도 못하고 있었다.

"당신은 그걸 몰랐나?"

고개를 저었다.

"당신은 원래 생활로 돌아가고 싶어하는 거야. 처음 우리가 지냈던 생활로."

"그렇지 않아." 그러나 말투가 그렇다는 것을 인정하고 있었다. 애시를 찾는 일에 착수하기 위해 에인스포드에 왔던 그날 밤, 제니는 직접은 아니지만 내게 그걸 알렸던 것이다.

"어디서 지낼 생각이지?"

"그런 걸 당신이 상관할 이유가 없잖아?"

나는 앞으로도 어느 정도는 계속 마음을 쓸 테지만 그것은 제니가 아니라 나의 문제다.

"어떻게 그를 찾아냈지?"

"그는 멍청이야."

그 말이 마음에 들지 않았다. 적의가, 본능적인 호의가 어느 쪽으로 향해 있는가를 나타냈다.

"다른 여자와 살고 있더군."

제니가 벌떡 일어났고, 나는 그제서야 몸 얘기를 하는 건 곤란하다는 것을 떠올렸다.

"나를 괴롭히기 위해서 그런 말을 하는 거야?"

"그가 재판에 회부되고, 형무소에 가기 전에 그를 잊게 하려고 생각해서 말한 거야. 그러지 않으면 당신은 무척이나 슬프게 될 거야."

"당신이 미워."

"그건 증오가 아니야. 자존심에 상처를 받은 것이지."

"무슨 실례의 말을!"

"제니, 분명히 말해. 난 당신을 위해서라면 웬만한 일은 해. 오랫동안 당신을 사랑했었고, 진정으로 당신을 걱정하고 있어. 당신이 잠에서 깨어나 그의 정체를 확인하지 않는 한은, 애시를 찾아내 당신 대신 사기죄로 유죄를 받게 하더라도 아무런 도움이 되지 않아. 나는 그에 대한 당신의 분노를 불러일으키고 싶어. 당신을 위해서."

"그런 일은 있을 수 없어." 불을 쏟아내는 듯한 말투로 말했다.

"가 줘."

"뭐라고 했어?"

"가 달라고. 피곤해."

제니가 화를 낸다기보다는 망설이는 모습으로 삐죽이 서 있는 곳으로 찰스가 돌아왔다.

"안녕." 그 자리의 분위기에 눈살을 찌푸리면서 찰스가 말했다. "왔구나, 제니."

오랫동안의 습관으로 제니가 곁으로 가서 볼에 키스를 했다.

"네 친구 애시를 찾아낸 것을 시드가 말하더냐?"

"무척 기다리는 것 같더군요."

찰스는 커다란 갈색 봉투를 들고 있었다. 봉투를 열어서 내용물을 꺼내 내게 건넸다. 매우 잘 나온 애시의 사진 3장과 새로운 의뢰장이었다.

제니가 바들바들 떠는 발걸음으로 두 발짝 앞으로 나와서 맨 위의 사진을 내려다보고 있었다.

"여자의 이름은 엘리자베스 모어." 내가 천천히 말했다. "그의 본명은 노리스 애보트. 여자는 네드라고 부르더군."

내가 세 번째로 찍은 그 사진은, 두 사람이 끌어안고 웃으면서 눈을 마주보고 있는, 행복해 뵈는 표정을 또렷하게 나타내주고 있다.

내가 말없이 제니에게 기부의뢰장을 건넸다. 편지를 펼쳐서 아래의 서명을 보더니 얼굴에서 핏기가 사라졌다. 나는 불쌍한 생각이 들었지만 그걸 입 밖에 내면 싫어할 게 틀림없다.

제니가 꿀꺽 침을 삼키고는 편지를 아버지에게 건넸다.

"알았어요." 조금 지나서 말했다. "괜찮아요. 경찰에 넘겨요."

제니는 다시 소파에 앉았으나 감정적으로 힘이 빠졌는지 등을 동글게 구부리고 있었다. 내 쪽으로 눈을 향했다.

"고맙다는 소릴 듣고 싶어?"

나는 고개를 저었다.

"이제 곧 감사 인사를 하게 되겠네."

"그럴 필요 없어."

눈을 분노로 빛내면서 제니가 말했다. "당신은 또 그러고 있어."

"뭘?"

"내게 자책감을 갖게 하는 거지. 나는 가끔 당신에게 꽤 심한 말을 하곤 해. 당신이 내게 가책을 느끼게 하기 때문에 나는 당신에게 복수를 하는 거야."

"무엇에 대한 자책이지?"

"당신과 헤어진 것, 우리의 결혼생활이 원만하지 않았던 것."

"하지만 그건 전혀 당신 때문이 아니야."

"그래, 당신 탓이야. 당신의 자기 위주의 사고방식, 고집불통, 이기기 위한 결의. 이기기 위해서라면 당신은 무슨 일이든지 해. 당신은 언제나 이기지 않으면 개운치가 않지. 너무나도 엄격해. 스스로에 대해 엄격하다고. 자신에 대해서 냉혹하지. 난 그걸 참을 수가 없었던 거야. 누구라도 참지 못해. 여자는 위로를 찾아서 자신에게로 오는 남자를 필요로 해. 네가 필요하다, 살려줘, 위로해줘, 키스로 괴로운 일을 씻어내 다오, 그렇게. 하지만 당신은…… 당신은 그걸 하지 못해. 당신은 언제나 벽을 쌓고, 지금과 마찬가지로 말없이 자신의 트러블에 대처를 하지. 그리고 아무데도 아프지 않다고 말하는 것도 싫어. 나는 지겨울 정도로 봐왔으니까. 당신은 자기 목이 기울어진 것을 감추지 못해. 이번엔 무척이나 심하다는 걸 나는 대번에 알 수 있어. 하지만 당신은 절대로 말하지 않을걸? 그렇지? '제니, 안아 줘. 도와 줘. 난 울고 싶어' 그렇게 말야."

말을 끊었다. 그 뒤로 이어진 침묵 속에서 희미하게 손을 움직여 슬픈 몸짓을 했다.

"알겠어? 당신은 말하지 못해, 그렇지?"

기나긴 침묵 뒤에 내가 말했다. "말하지 못해."

"어쨌든 내게는 좀더 자제와 자율에 느슨한 남편이 필요해. 감정을 나타내기를 두려워하지 않는 사람, 스스로를 속박하지 않는 사람, 좀더 약한 사람이. 나는, 당신이 스스로를 위해 만들어낸 지옥 같은 인생 속에선 살 수 없어. 난 때로는 연약함을 있는 그대로 드러내는 사람이 좋아, 매우 평범한 사람이."

소파에서 일어나 몸을 숙이고 나의 이마에 키스를 했다.

"그걸 알게 되는데 나는 많은 시간이 걸렸어. 그리고 그것을 말하는 데에도. 하지만 이렇게 말로 한 것이 기뻐." 아버지 쪽으로 방향을 돌렸다. "나는 니키는 잊었어요. 앞으론 조사를 방해하는 그런 행동은 하지 않겠다고 미스터 퀘일에게 말하세요. 이제 아파트로 돌아가겠어요. 굉장히 기분이 좋아졌거든요."

제니는 아버지와 함께 문까지 가더니 멈춰 서서 돌아보았다.

"안녕, 시드."

"안녕." 나는 '제니, 안아 줘. 도와 줘. 난 울고 싶어'라고 말하고 싶었다. 하지만 말할 수 없었다.

19

다음 날, 찰스가 롤스를 운전해서 런던에 가 주었다. 나는 아직도 상당히 녹초가 된 상태이니 월요일까지는 쉬어야 한다고 찰스가 했다.

"아닙니다."

"하지만 이건 자네조차도 기가 꺾일 만한 일이고…… 자네는 대단히 불안감을 안고 있네."

불안, 공포는 내가 트레버 딘스게이트에 대해 느끼고 있는 것이며, 내가 다른 어려운 문제를 안고 있다고 해서 그가 기다려 줄 리는 없다.

지금 런던으로 향하고 있는 목적에 대해 불안, 공포라는 표현은 너무 강하다. 그렇다고 해서 마음이 내키지 않는다고 하는 건 너무 약하다. 그건 아마도 혐오감이라는 표현이 맞으리라.

"오늘 끝내는 게 나아요." 내가 말했다.

찰스는 반대하지 않았다. 내 생각이 옳다는 것을 안다. 그렇지 않으면 나의 청을 받아들여 차를 운전해줄 마음이 내키지 않았을 테니까.

찰스는 포트맨 스퀘어의 기수클럽 입구에 나를 내려주고는 주차장에 차를 넣고 걸어서 돌아왔다. 나는 1층에서 기다렸다가 둘이서 엘리베이터로 올라갔다. 찰스는 금융가의 차림새인데 나는 바지에 깨끗한 셔츠 차림으로 넥타이나 윗옷도 없다. 여전히 더웠다. 지난 1주일 내내 더위의 연속이어서 나 이외의 사람들은 모두가 햇볕에 그을려 건강해 보였다.

엘리베이터 안에 거울이 있었다. 그곳에 비친 내 얼굴은 회색의 기운을 띠었고, 눈이 움푹 꺼졌으며, 머리칼이 나는 경계에서 이마에 걸쳐 찢어진 상처가 낫는 중이어서 붉은 줄이 되어 있고, 턱 옆에 시커멓게 멍이 들었다. 그런 점들을 제외하면 내가 느끼는 것보다 평온하고 상처도 적으며, 정상에 가까운 상태로 보여서 안도했다. 정신을 집중하면 그런 겉모습을 유지할 수가 있을 터였다.

우리는 곧장 토마스 앨러스턴 경이 기다리고 있는 사무실로 갔다. 격식에 따라 악수를 하고 인사를 나누었다.

토마스 경이 내게 말했다. "자네 장인이 어제 전화로 자네가 내게 말하고 싶어하는 어떤 우려할 만한 일이 있다고 했네. 그 내용에 관해서는 말하려 하지 않더군."

"그렇습니다. 전화로는 말할 수 없는 일입니다."

"그럼 앉게나. 찰스…… 시드." 의자를 권하고 자신은 커다란 책상의 가장자리에 걸터앉았다. "무척 중요한 일이라고 찰스가 말했다네. 그래서 요청에 따라 내가 여기에 있는 걸세. 어서 말해 보게나."

"신디케이트에 관한 일입니다." 내가 찰스에게 했던 얘기를 하기 시작했는데, 몇 분쯤 지나자 토마스 경이 제지했다.

"어떤가, 시드. 이것은 여기서 단지 자네와 나 사이에 정리될 일이 아니야, 그렇지 않은가? 그러니 다른 사람도 불러서 자네의 이야기를 듣게 해야 할 것 같군."

나는 부르고 싶지 않았지만 그가 수뇌부 전원을 불렀다. 사무국장,

관리부장, 이사들의 비서, 마주 등록을 다루는 면허담당 부장, 징벌 조치를 취급하는 규약부장들이 불려왔다. 모두 방으로 들어와서 나란히 앉았다. 지난 나흘 동안 두 차례, 조사 결과를 듣기 위해 훌륭한 교육을 받던 진지한 얼굴을 내 쪽으로 향하고 있었다.

그들이 지금 내 이야기에 귀를 기울여 주는 것은 화요일 때문이라고 나는 생각했다. 이 방에서, 이 사람들을 상대로 이야기를 한다는, 평소라면 내가 도저히 가질 수 없는 권위를 트레버 딘스게이트가 부여해 주었던 것이다.

내가 말했다.

"저는 과거 자주 기승 의뢰를 받았던 프라이어리 경으로부터 그가 대표자로 되어 있는 4개의 신디케이트에 관해 조사해 달라는 의뢰를 받았습니다. 말은 모두 그의 옷 색깔로 달립니다만, 그는 자기의 말 성적에 불만을 품고 있었습니다. 말들의 승률이 요요처럼 올라갔다 내려갔다 했고, 그에 따른 성적을 보이고 있었으므로 당연한 일이랄 수 있습니다. 프라이어리 경은 뒤에서 뭔가 나쁜 일이 행해지고 있으며, 자신은 표면적인 대표자로 이용당하고 있다고 여기고, 그것이 마음에 들지 않았던 것입니다."

나는 잠깐 사이를 두었다. 다음 이야기가 납 같은 무게를 가지고 모두에게 충격을 줄 것임을 알았으므로 일부러 평범하고 밝은 어조로 설명했던 것이다.

"같은 날에, 같은 켐프턴에서 웨인라이트 중령이, 같은 4개의 신디케이트에 대한 조사를 제게 의뢰했습니다. 분명히 말해서 그 4개의 신디케이트의 말이 완전히 조작되어 있으므로, 좀더 일찍 공적인 불상사가 일어나지 않은 것이 이상할 정도입니다."

모두의 품위 있는 얼굴에 놀라는 기색이 떠올랐다. 시드 하레이는 웨인라이트 중령이 신디케이트 조사를 의뢰해도 당연시되는 사람은 아니다. 그 같은 조사야말로 보안부 본연의 업무인 것이다.

"루카스 웨인라이트는 그 4개의 신디케이트는 모두 에디 키스가 심사를 해서 적격이라고 판정했다고 했으며, 그 점에 뭔가 탐탁지 않은 의미가 있는지 여부를 조사해 달라고 했습니다."

나는 의식적으로 과장된 표현을 삼갔으나, 일동은 상당한 충격을 받은 것 같았다. 경마계가 악당이나 깡패를 끌어들여서 일이 시끄러워지는 것은 새삼스런 일은 아니지만, 본부 내부의 부패나 독직은 있었던 것일까? 절대로 없다.

"나는 그들 신디케이트에 관한 사항을 알아내기 위해 여기에 와서 에디 키스가 알지 못하도록 그의 파일을 보았습니다. 루카스의 사무실에서 메모를 했습니다만, 그 당시 그가 6개월 전에 나하고 똑같은 목적으로 파견했던 한 사내에 관해 내게 말했습니다. 그 사람, 메이슨은 습격을 당해 부츠로 채이고 머리를 심하게 다친 채로 턴브리지 웰스 거리에 팽개쳐져 있었습니다. 그는 식물인간이 되었고, 더구나 눈이 멀게 되었다고 했습니다. 루카스는 또한 문제의 신디케이트를 조직하고 조작하는 것은 턴브리지 웰스에 살고 있는 피터 라미리스라는 사람이라고 가르쳐 주었습니다."

모두들 눈살을 찌푸리고 깊이 생각하고 있었다.

"그런 직후에 나는…… 음…… 1주일 동안 다른 곳에 가 있었고, 그때 메모를 분실하는 바람에 이리로 와서 다시 적어가야만 했는데, 에디 키스의 파일을 본 것이 그에게 알려져 그가 당신에게 불만을 호소했습니다. 기억하고 계시리라고 생각합니다만, 토마스 경?"

"맞네. 나는 신경 쓸 것 없다고 그에게 말했지."

주위의 몇 사람인가가 미소를 지었고, 일동의 긴장이 풀렸다. 나는 몸이 쪼그라드는 듯한 피로감에 휩싸이고 있었다.

"얘기를 계속하게나, 시드." 토마스 경이 말했다.

계속하라고 했나? 몸에 힘이 없고, 떨리고, 통증이 심해지고 있는 것이 유감천만이었다. 시작한 이상 계속해야만 한다. 계속해라. 이야기하는 거야.

"화요일에 나하고 여기에 있었던 티코 번스." 모두들 끄덕였다. "티코와 나는 피터 라미리스를 만나러 턴브리지 웰스에 갔었습니다. 때마침 그는 집에 없었습니다. 그의 아내와 어린 아들이 있었습니다만, 아내가 말에서 떨어진 참이었으므로 티코가 그 소년을 데리고 부인을 따라 병원에 갔고, 뒤에는 사람 없는 집에 나 혼자 남겨졌습니다. 거기서…… 음…… 둘러보았습니다."

찌를 듯한 표정을 짓고 있었으나 아무도 입 밖으로는 내지 않았다.

"나는 에디와의 직접적인 연결고리를 나타내는 것을 찾아다녔습니다만 집안 전체가 이상하리만큼 정돈되어 있어서, 마치 세무서 직원의 수색을 기다리는 듯한 인상이었습니다."

모두 미소를 지었다.

"루카스는 애초의 조사 의뢰는 어디까지나 비공식적인 것이어서 보수는 지불할 수 없을지도 모르지만, 그 대신에 내가 필요할 경우에는 협력을 하겠다고 했습니다. 때문에 트레버 딘스게이트 건으로 도움을 요청해 루카스가 실행해 주었습니다."

"어떤 형태로, 시드?"

"헨리 슬레이스에게 편지를 써서 그리너나 징갈이 죽거든 반드시 기수클럽에 보고하게 하고, 내게 연락해 달라, 철저한 부검을 원한다고 요청했습니다."

모두가 끄덕였다. 그 일을 떠올린 것이다.

"그 뒤에 피터 라미리스가 저를 쫓고 있음을 알았습니다. 그는 사람의 머리를 차서 눈을 멀게 한 채로 턴브리지 웰스의 거리에 내팽개칠 수 있을 만한 건장한 사내 둘을 데리고 있었습니다."

모두들 진지한 표정이었다.

"그때 나는 그들을 따돌린 다음, 그 뒤 1주일을 아무도 거처를 모르도록 자동차로 여기저기 돌아다녔습니다. 그 동안에 나는 주로 그리너와 심장 판막 등등에 관해 이것저것 공부를 했습니다만, 그 밖에 피터 라미리스의 신디케이트에 관련한 특별한 일을 하기 위해 일부러 스코틀랜드에서 그 두 명의 건장한 사내가 불려왔다는 소식을 들었습니다. 나아가 액수만 맞는다면 악당의 편의를 봐줄 사람이 보안부 상층에 있다는 소문이 있음을 알았습니다."

모두들 또다시 충격을 받았다.

"누구한테서 들었나, 시드?" 토마스 경이 물었다.

"어떤 신뢰할 만한 인물입니다." 그들은 나하고 달라서 잭시 같은 면허정지 중인 기수를 신뢰할 만한 사람이라고 여기지 않을 게 분명하다고 생각하면서 대답했다.

"계속하게나."

"사실상 신디케이트에 관한 조사는 거의 진전되어 있지 않았습니다만, 피터 라미리스는 진전되어 있다고 생각한 모양입니다. 그저께, 그와 두 명의 부하가 티코와 내게 올가미를 씌웠습니다."

토마스 경이 생각하고 있었다. "그것은 캐스퍼 부부를 만나기 위해 자네가 루카스와 함께 뉴마켓에 가기로 되어 있던 날로 알고 있는데. 자네가 트레버 딘스게이트에 관해 우리에게 말해 주었던 다음 날이야."

"그렇습니다. 우리는 뉴마켓에 갔습니다. 그래서 나는 이곳 가까이의 누구나 볼 수 있는 장소에 하루종일 차를 세워 두는 엄청난 실수를 저질렀던 것입니다. 우리가 돌아오자 그 건장한 두 사내가 차 옆에서 기다리고 있었습니다. 그래서……음…… 티코와 나는 납치를 당했고, 끌려간 곳은 턴브리지 웰스의 피터 라미리스의 집이었습니다."

토마스 경이 눈살을 찌푸렸다. 다른 사람들은 상당히 흉악한 사건이었다고 추측할 수 있는 사건의 감정을 억누른 보고를, 있을 수 없는 일은 아니라며 이해가 간다는 평온한 표정으로 듣고 있었다.

이렇게까지 조용하게 주의를 집중하는 청중은 결코 흔치 않다고 나는 생각했다.

"티코와 나는 그들에게 상당히 거친 취급을 받았습니다만, 피터 라미리스의 어린 아들이 우연히 문을 열어주었으므로 탈출할 수가 있어 턴브리지 웰스 거리에 팽개쳐지지 않았고, 우리는 옥스퍼드 근처의 제 장인 집을 더듬어 찾아갔습니다."

모두 찰스를 바라보았고, 찰스는 고개를 끄덕였다.

나는 크게 숨을 들이마셨다. "그 시점에서 나는……음…… 모든 일을 거꾸로 보기 시작했던 것입니다."

"무슨 뜻인가, 시드?"

"그때까지 나는 그 두 스코틀랜드인은 문제의 신디케이트에 관한 우리의 조사를 방해하기 위해 온 것이라고 여겼었습니다."

모두가 끄덕였다. 물론, 그렇다.

"그러나 혹시 그 정반대라고 가정한다면…… 가령, 나를 올가미로 끌어들이기 위해 신디케이트에 관한 단서를 제공했던 것이라고 한다면? 처음부터 올가미를 씌우는 것 자체가 애초의 목적이었다고 한다면?"

침묵이 이어졌다.

가장 곤란한 부분에 접어들었는데 지구력, 의지력이 다해가고 있었다. 찰스가 내 옆에 미동도 않고 앉아서 기운을 북돋아주려 한다는 것을 알 수 있었다.

몸이 잘게 떨리는 것을 느꼈다. 나는 냉정하고도 평탄한 어조로, 말하고 싶지는 않지만 말하지 않을 수 없는 사실을 말했다.

"나는 적이 누군지 알았습니다. 즉, 피터 라미리스입니다. 또한 폭행을 당하는 까닭도 알았습니다. 즉, 신디케이트입니다. 메이슨이란 사람에 관한 이야기로 그런 일을 당할 가능성을 알게 되었습니다. 지금부터 일어날 일의 배경 설명을 들었던 것입니다. 내가 납득할 게 분명한 배경을."

모두가 완전히 침묵에 빠져 이해하기 어려운 표정을 짓고 있었다.

"누군가가 아무런 전조도 없이 습격을 해왔다면, 나는 그 상대와 이유를 조사해 밝혀내지 않으면 만족하지 못합니다. 그래서 생각했습니다. '누군가가 내게 가혹한 일을 가하고 싶지만, 자신의 정체와 이유가 알려지는 것은 절대로 피하길 원한다고 가정한다면' 이라고요. 허위의 상대와 이유를 알게 되면 나는 그것을 믿고 그 이상은 추구하지 않을 테니까요."

한두 사람이 희미하게 끄덕였다.

"나는 한동안 그 상대와 이유를 믿었습니다. 그러나 막상 습격을 당하고 보니 모든 것이 너무나도 크게 상식의 틀을 벗어나 있었습니다. 그리고 폭도 하나가 했던 어떤 말로 인해 그들에게 돈을 지불하는 것은 피터 라미리스가 아니며, 누군가 다른 사람임을 알았습니다."

침묵.

"그래서 제독의 집에 도착한 뒤로 나는 생각하기 시작했는데, 가령 폭행 그 자체가 목적이며, 더구나 조처를 취한 것이 피터 라미리스가 아니라고 한다면, 대체 누구일까 생각해 보았습니다. 일단 그렇게 생각하니, 있을 수 있는 '누구'는 단 한 사람밖엔 없었습니다. 내가 밟게 될 순서를 보여 주었던 사람입니다."

모두의 얼굴이 굳어졌다.

"우리를 올가미에 넣었던 것은 루카스 자신이었습니다."

모두가 일제히 알아들을 수 없는 이의를 소리 높여 떠들어대기 시작했다. 곤혹스러운 나머지 의자 위에서 우물쭈물 몸을 움직이고, 되는 대로 헛소리를 지껄여대는 가련하리만큼 아둔한 사내를 보지 않으려고 나를 외면하고 있었다.

"잠깐 기다리게, 시드." 토마스 경이 말했다. "우리는 자네를 무척 존경하고 있네." 다른 사람들은 그런 지대한 존경은 이미 과거의 것이 되었다는 듯한 표정을 짓고 있었다. "……하지만 그런 말은 하는 게 아니야."

"솔직히 말해서" 내가 천천히 말했다. "나는 완전히 손을 떼고, 아무 말도 하고 싶지 않았습니다. 여러분께서 듣고 싶지 않다면 더 이상은 말하지 않겠습니다." 나는 의지력이 다해서 손가락 끝으로 이마를 문질렀다. 찰스가 나를 부축하려 해서 도중에 마음을 바꿨다.

토마스 경은 찰스를 보았다가 다음에는 나를 보고는 거기서 본 어떤 것으로 안정을 회복하고, 불신을 이해하기 괴로운 표정으로 바꾸었다.

"좋아." 차분한 어조로 말했다. "얘기를 들어보세."

다른 사람들은 듣고 싶지는 않지만, 대표이사가 들을 생각이라면 그래도 괜찮겠다는 표정을 지었다.

나는 깊은 피로감만 느낄뿐, 아무런 만족감도 없는 채로 이야기를 했다. "먼저 까닭을 이해하기 위해서는 지난 몇 달 동안에 일어난 일들을 살펴볼 필요가 있습니다. 즉, 티코와 내가…… 해 왔던 일입니다. 토마스 경, 당신이 말씀하셨다시피 우리는 성공을 거듭해 왔습니다. 행운이었지요. 비교적 용이한 문제를 만나서…… 그 대부분을 해결했습니다. 지평선상에 우리의 자취가 나타나자마자 악당들이 우리를 저지하려 들게끔 되었으니까요."

아직도 불신감이 모두의 표정에 희미하게 남아 있었지만, 적어도 너무 성공하면 보복을 초래하게 된다는 것은 이해할 수 있는 모양이었다. 불안정하게 몸을 움직이던 소리가 차츰 사라졌다.

"우리는 일단 거기에 대처할 준비는 되어 있었습니다. 때로는 그것이 유익할 경우도 있었습니다. 핵심에 속속 근접하고 있음을 우리에게 알려 주었으니까요. 하지만 통상 우리가 받은 보복은 기묘한 마스크를 쓴 고용깡패 하나나 둘이 때리고 겁을 주면서 손을 떼라고 경고하는 것이 고작이었습니다. 그런 충고는." 빈정대는 투로 덧붙였다.

"단 한 번도 받아들인 적이 없습니다."

모두가, 비록 곁눈으로라도 다시 내 쪽을 쳐다보기 시작했다.

"그러는 동안에 사람들은 우리를 기수로 생각지 않게 되었고, 티코와 내가 하는 일은 처음에 모두가 생각했던 그런 놀이가 아니란 것을 깨닫기 시작했습니다. 그러던 차에 우리가, 말하자면 기수클럽의 인가를 받는 형국이 되자 진짜 거물 악당들은 즉각 우리를 영속적인 위협의 대상으로 보게 되었습니다."

"그 증거는 있나, 시드?" 토마스 경이 물었다.

증거…… 트레버 딘스게이트를 이리로 데리고 와서 모두의 눈앞에서 그 협박 문구를 말하게 하는 것 이외에 증거라고 할 만한 것은 없다. "이번 일이 있기 전까지는 협박을 받았을 뿐입니다."

잠깐 사이를 두었다. 아무도 말을 하지 않아서 이야기를 계속했다.

"나의 경험에 비추어." 희미하게 흥미를 느끼면서 내가 말했다. "과거에 나의 승리로 이득을 얻은 사람들이 화를 내고 범인을 밀고할 것이므로, 우리를 실제로 죽여서 문제를 해결하는 것은 주저하고 있는 듯합니다."

그런 과장된 어법에 다들 눈살을 찌푸리는 가운데 언뜻 미소를 보이는 자가 몇몇 있었다.

"어쨌거나 그런 살인 행위는 그로 인해 예방하려 했던 조사를 시작하게 만듭니다."

모두들 이렇게 말하는 편이 마음에 드는 것 같았다.

"그래서 차선책은 철저하게 막는 조치를 강구하는 것입니다. 티코와 내가 완전하게 겁에 질려서 조사 대신에 머리빗 장사를 할 마음이 생길 만한 조치입니다. 영원히 아무것도 조사할 마음이 일어나지 않을 그런 상태로, 우리를 몰아치는 것입니다."

돌연, 모두는 내가 말하는 것을 이해한 듯한 표정이 되었다. 처음에 보였던 주의를 집중한 청취 자세로 돌아갔다. 나는 다시 루카스의 이름을 내밀어도 이제 괜찮으리라고 여기고, 그의 이름을 내놓았지만 아까 같은 격렬한 반응은 전혀 없었다.

"잠깐 상상해 보시기 바랍니다. 가령 보안부에 매수할 수 있는 사람이 있다고 치고, 그것이 보안부장 당사자라고 한다면 당신은, 가령 당신이 루카스라고 한다면, 완전하게 자기 것이기만 했던 영역 안에서 프리랜서 조사원이 좋은 성적을 올리고 있는 것을 보고 기껍게 생각하겠습니까? 가령 당신이 그런 사람일 경우, 시드 하레이가 이곳 기수클럽 본부에서 대표이사에게 칭찬을 듣고, 경마계의 어느 분야에서나 자유로이 활동하는 것을 허락받았다고 한다면 과연 기쁠까요?"

모두 눈을 동그랗게 떴다.

"아마도 당신은 시드 하레이가 절대로 알아서는 안 될 어떤 일을, 언젠가 그가 알아채지 않을까 두려워하지 않을까요? 그 시점에서 당신은 위험을 완전하게 배제할 결심을 하지 않겠습니까? 예를 들면, 가시에 찔리기 전에 가시풀에 제초제를 뿌리는."

찰스가 헛기침을 했다. "선제공격." 주저하는 어조로 말했다. "되역 중령은 그 쪽을 좋아하는지도 모르겠군요."

모두 그가 제독이었던 사실을 떠올리고 뭔가 생각하고 있었다.

"루카스는 한 인간에 지나지 않습니다. 보안부장이라는 직함은 대단하게 들립니다만, 보안부 자체는 그리 큰 조직이 아닙니다. 그렇지요? 전국에 풀타임 직원은 30명 정도밖엔 없지 않습니까?"

모두가 끄덕였다.

"그다지 많은 액수의 급료를 받는다고도 생각지 않습니다. 때로 악당에게서 뇌물을 받은 악덕 경관 얘기를 듣습니다. 어쨌든…… 루카스는, 예를 들면 뭐랄까, 중령, 1,000파운드로 나의 하찮은 트러블을 어떻게든 없애주지 않겠느냐고 말하기 어렵지 않은 사람들과 끊임없이 접촉하고 있다는 것입니다."

모두가 충격을 받았다.

"아시는 바와 같이, 있을 수 없는 일은 아닙니다." 내가 부드럽게 말했다. "매수란 매우 융성한 한 산업인 것입니다. 경마계의 부정을 단속하는 최고책임자가 부정에 눈을 감는 것을 여러분이 바라지 않는 것은 잘 압니다만, 그런 행위는 적극적인 악행이라기보다는 배신행위라는 점을 중시해야만 한다고 봅니다."

그가 티코와 내게 했던 짓은 적극적이고 사악하기 그지없는 행위였지만 굳이 그 점을 강조할 마음은 없었다.

"내가 말하는 것은, 부도덕한 행위가 일상사로 행해지고 있는 사회일반이라는 넓은 견지에서 생각하면, 루카스의 부정은 대단한 문제가 아니란 것입니다."

모두 의아한 표정을 짓고 있었으나, 고개를 흔들어 부정을 당하는 것보다는 나았다. 루카스를 소악당으로 여기도록 그들을 설득할 수가 있다면, 그들로서는 루카스가 실제로 나쁜 짓을 한 것을 그만큼 인정하기 쉬워진다.

"억지(抑止)조치라는 개념에서 출발하면, 모든 것이 안쪽에서 보이게 됩니다." 말을 끊었다. 내적인 피로가 계속 쌓여가고 있다. 1주일만 잤으면 좋을 것 같았다.

"계속하게나, 시드."

"어쨌거나" 나는 한숨을 쉬었다. "루카스가 자신이 관련된 문제를 내게 지시하는 위험을 무릅쓴 것은, 자신이 컨트롤할 수 있는 분야가 필요했기 때문입니다. 프라이어리 경이 문제의 신디케이트 조사를 내게 의뢰했다는 사실을 들었을 때 그는 엄청난 충격을 받았음에 틀림없으며, 그 전부터 나를 제거할 것을 은연중에 생각했다 하더라도 그 시점에서 확실하게 방법을 결정했다고 생각합니다."

한두 사람이 분명하게 고개를 끄덕였다.

"루카스는 피상적인 것을 조금 파들어 간다 해도 내가 그의 정체에 다다를 가능성은 전혀 없다고 확신한 것이 틀림없으며, 사실상 그랬습니다만, 나의 주의를 에디 키스라는 특정 인물에게로 향하게 함으로써 발견될 위험도를 한층 낮추었던 것입니다. 내게 신디케이트와 에디의 검은 연결고리를 조사하게 한 것은 무척이나 안전했습니다. 에디는 전혀 무관하기 때문이지요. 내가 영원히 조사를 계속해도, 아무것도 발견하지 못했을 것입니다." 잠깐 사이를 두었다.

"조사할 시간이 별로 주어지지 않았던 모양입니다. 우리 두 사람을 붙잡는데 당초의 계획보다 훨씬 많은 시일이 걸린 것 같습니다."

우리를 붙잡는다…… 나를 붙잡는다. 그들은 나 하나라도 납치를 했겠지만, 그들에게는 둘을 함께 하는 편이 훨씬 상황이 좋았다…… 내게는 엄청나게 나쁜 상황이었고.

"훨씬 시일이 걸렸다고? 그건 무슨 뜻이지?" 토마스 경이 물었다.

생각을 정리해라. 얘기를 계속해.

"루카스의 관점에서 보면 나는 대단히 더뎠습니다. 나는 그리너에만 매달리느라 의뢰를 받은 지 1주일이 지나서도 신디케이트의 조사에는 전혀 손을 대지 않았던 것입니다. 그러자 그가 직접 피터 라미리스라는 이름과 메이슨 건을 가르쳐 주었으므로 나는 서둘러 턴브리지 웰스에 가기로 되어 있었습니다만, 또다시 1주일 동안 전혀 다른 곳으로 갔습니다. 그동안에 루카스는 티코에게 4차례나 전화를 걸어서 내가 있는 곳을 물었습니다."

아까와 똑같이 모두가 묵묵히 듣고 있었다.

"돌아왔을 때, 나는 메모를 분실했으므로 루카스의 사무실에서 다시 필요 사항을 적었고, 티코와 둘이서 다음 날, 즉 토요일에 갈 예정이라고 그에게 말했습니다. 만약 그 말대로 했더라면…… 그러니까…… 억지조치……는 그때 취해졌겠지만, 실제로는 루카스와 얘기했던 금요일 오후에 우리는 갔었고, 피터 라미리스는 집에 없었습니다."

사람들은 목이 마르지 않은 것일까 생각했다. 커피는 나오지 않나? 나는 입이 바짝 탔고 온몸이 쑤셨다.

"그 금요일 아침에 헨리 슬레이스 앞으로 편지를 보내도록 루카스에게 부탁했던 것입니다. 그때 그에게 부탁했습니다. 실제로는 애원했습니다. 그리너와 관련해서 내 이름은 절대로 알리지 말아달라, 노출되면 내가 살해당할 위험이 있기 때문이라구요."

일동은 눈살을 찌푸리고 설명을 기다리고 있었다.

"즉…… 트레버 딘스게이트가 그런 의미의 말로, 그 말들의 조사를 중지하라고 제게 경고했던 것입니다."

토마스 경이 휙 눈썹을 치켜올렸고, 올린 눈썹을 찌푸렸다.

"그게, 자네가 전에 언급했던 협박이었나?"

"그렇습니다. 그리고 당신이 체스터의 임원 전용실에서 우리를 소개했을 때……그러니까…… 그는 협박을 반복했습니다."

"놀랍군!"

"나는, 내가 관계되어 있음이 트레버 딘스게이트에게 알려지지 않도록, 그리너의 조사를 기수클럽이 하기를 바랐던 것입니다."

"자네는 그의 협박을 진지하게 받아들였군."

토마스 경이 뭔가 생각하면서 말했다.

나는 생침을 삼켰다. "진지한 협박이었습니다."

"그랬군." 토마스 경이 말했지만 이해한 것 같지 않았다. "계속해 주게."

"나는 협박 얘기는 루카스에게 하지 않았습니다. 단지 그리너와 나의 연관성이 알려지는 행동은 하지 말아달라고 간청했을 따름입니다. 그러나 며칠 지나지 않아서, 그는 그리너가 죽으면 알고 싶어 하는 것은 사실 기수클럽이 아니라 나라고, 헨리 슬레이스에게 알렸습니다. 그 당시는 그가 부주의했거나 깜박 잊은 것으로 여겼습니다만, 지금은 의도적으로 했다고 생각합니다. 어떤 방법이 되었든 간에 내가 죽는 일은 그에게는 일종의 보너스였던 셈이지요."

모두가 의심쩍은 표정을 짓고 있었다. 의혹의 여지는 얼마든지 있다.

"그러다가 피터 라미리스 혹은 루카스가 내가 장인의 집에 있음을 찾아내 월요일에 피터 라미리스와 두 스코틀랜드인이 장인의 집에서부터 어떤 말 쇼의 회장까지 뒤를 따라와서, 거기서 납치를 시도했으나 실패했습니다. 그 뒤 나는 8일 동안 그들의 눈을 피해 다녔는데 그들은 무척이나 초조했던 것 같습니다."

일동이 주의를 집중하고 이야기를 계속하기를 기다리고 있었다.

"그러는 동안에 나는 피터 라미리스가 조교사며 기수를 모조리 매수해서 4개뿐만이 아니라 20여 개의 신디케이트를 조작하고 있음을 알았습니다. 나아가 보안부 상층부에 매수할 수 있는 인물이 있으며 부정한 일을 눈감아 준다는 것을 알았는데 그것은 죄송한 말씀입니다만 에디 키스가 틀림없다고 생각했습니다."

"그래" 토마스 경이 말했다. "그 점은 이해할 수 있군."

"그거야 어쨌든, 화요일에 티코와 내가 여기에 왔으므로 루카스는 마침내 나의 거처를 알게 되었던 것입니다. 그는 수요일에 함께 뉴마켓으로 가도 되겠느냐고 했고, 에어컨이 달린 4천cc의 매우 값비싼 메르세데스에 우리를 태우고 갔습니다. 평소 같으면 그는 즉각 다음 일로 넘어가지 않으면 기다리지 못하는 사람입니다만, 뉴마켓에선 아무 것도 하지 않으면서 몇 시간이나 허비했습니다. 지금 생각하면 그는 올가미를 준비하고, 이번에야말로 차질 없도록 덫이 설치될 것을 기다리고 있었던 것입니다. 그 뒤 그는 스코틀랜드인들이 기다리고 있는 곳까지 우리를 데려갔고, 우리는 그 길로 올가미에 걸렸습니다. 두 스코틀랜드인은 그 때문에 고용된 특별한 임무, 즉 티코와 나의 행동을 억지하는 일을 수행했습니다. 그때 나는, 그 중 하나가 이것으로 명령받은 일은 끝났으니 서둘러 북으로 돌아가겠다, 남쪽에 너무 오래 있었다고 피터 라미리스에게 말하는 것을 들었습니다."

토마스 경은 적이 긴장하고 있는 것 같았다.

"그뿐인가, 시드?"

"아닙니다, 메이슨 건이 있습니다."

옆에서 찰스가 몸을 움직여 다리를 바꿔 포갰다.

"나는 어제 턴브리지 웰스로 가서 메이슨 건에 대해 알아봐 달라고 장인께 부탁했습니다."

찰스가 이 세상에 그보다 더 없을 무게 있는 어조로 말했다. "시드가 메이슨이 실재하는지 여부를 조사해 달라고 내게 부탁했소. 나는 턴브리지 웰스의 경찰들을 만났소. 모두가 무척 협조적이었지. 메이슨, 혹은 다른 이름의 인물도 발에 채어 빈사 상태의 중상을 입고 맹인이 된 채로 거리에 팽개쳐진 사람은 전혀 없다고 했소이다."

"루카스는 메이슨 건에 관해 무척이나 자세하게 설명해 주었습니다. 대단히 설득력이 있는 어조로요. 물론, 나는 믿었습니다. 그러나 여러분 가운데 그런 중상을 입은 메이슨이란 사람에 관해 들으신 적이 있습니까?"

모두가 냉엄한 표정으로 묵묵히 고개를 저었다. 나는 내가 메이슨에 대해 의혹을 품게 된 것은 '인사' 파일 캐비닛 속에 그의 파일이 없었기 때문이라는 말은 하지 않았다. 비록 선의의 목적을 위해서였다 하더라도 그들은 불법 침입을 좋아하지 않을 게 분명하니까.

모두의 얼굴에 꽤 어두운 표정이 떠올라 있었는데, 동시에 질문하고 싶은 것이 있는 것 같았다. 토마스 경이 모두의 의혹을 끄집어냈다.

"자네의 역발상에는 단 한 가지 분명한 결함이 있네, 시드. 그것은 그 억지조치가 자네를 억지하지 않았다는 점이야."

잠깐 사이를 두었다가 내가 말했다. "억지하지 않았다고는 나는 생각지 않습니다. 가령, 이와 같은 일이 다시 일어날 가능성이 있다고 우리가 생각한다면, 티코나 나나 지금의 작업을 계속하지는 못합니다."

"정확히 말해서 어떤 일을 말하는 것이지, 시드?"

나는 대답하지 않았다. 찰스가 너무나도 아무렇지도 않은 태도로 나를 힐끗 보는 것을 느꼈다. 조금 있다가 찰스가 조용히 일어나서 방을 걸어가 티코의 사진이 들어 있는 봉투를 토마스 경에게 건넸다.

"쇠사슬이었습니다." 내가 당연한 일인 것처럼 말했다.

침묵 속에서 사진이 차례로 다음 사람으로 건네져 갔다. 나는 그들이 어떻게 생각하는지를 특별히 보려고도 않고, 그들이 할 것으로 미리 짐작하고 있는 질문을 하지 않고 지나가기만을 기다리고 있었다. 그것을 토마스 경이 단적으로 꺼냈다. "자네도 당했나?"

나는 씁쓸하게 끄덕였다.

"그럼 셔츠를 벗어주지 않겠나, 시드?"

"그런 건 아무래도 상관없지 않을까요? 나는 폭행이나 상해로 고소할 생각은 전혀 없습니다. 경찰이나 법정도 전혀 관계가 없습니다. 아시는 바와 같이 나는 한 번 재판을 경험했고, 절대로 다시는 그런 경험을 할 생각이 없습니다. 이번엔 법석을 떨어서는 안 됩니다. 필요한 것은 무엇이 행해지고 있는지 내가 아는 바를 루카스에게 알리고, 당신이 그렇게 해야 한다고 생각한다면 그를 사임하게 하는 것뿐입니다. 그것 이외에 어떤 조치를 취하더라도 이익이 될 것은 전혀 없습니다. 공공연한 불상사로 만들어선 안 됩니다. 경마계 전체에 해를 초래하게 됩니다."

"그건 그래. 하지만……."

"피터 라미리스 문제가 있습니다. 이번에야말로 에디 키스가 신디케이트를 둘러싼 부정을 바로잡아 줄지도 모릅니다. 라미리스가 루카스를 매수했다는 소릴 들으면 그는 점점 깊이 빠져들게 됩니다. 때문에 그는 아무 말도 하지 않을 게 분명합니다. 게다가 티코와 내 얘기를 스스로 말하지는 않을 것 같습니다."

다만 나에게서 강타를 당한 고통은 말할지도 모르겠다고 빈정거리는 기분으로 생각했다.

"글래스고에서 온 두 사람은 어떻게 하지?" 토마스 경이 말했다. "그들을 이대로 내버려 둘 텐가?"

"나를 피해자로서 법정에 세우기보다는 그러는 편을 희망합니다."

나는 짧게 미소를 지었다. "나는 왼손에 관한 그 재판으로 인해 그것을 다시 경험할 생각이 전혀 없어졌다고 받아들여 주시면 됩니다."

사람들의 얼굴과 방 안 전체의 분위기에 행실 바른 안도감이 떠올랐다.

"그러나" 토마스 경이 말했다. "보안부장의 사임은 가볍게 다룰 수 없는 문제야. 우리는 자네가 한 말이 정당한지 여부를 우리 스스로가 판단해야만 하지. 미스터 번스의 사진만으로는 불충분해. 그러니 미안하지만…… 셔츠를 벗어 주었으면 하네."

완전히 자기 마음대로군. 나는 벗고 싶지 않았다. 또한 모두가 불쾌해 할 표정을 생각하면 그들도 보고 싶지 않았다. 나는 모든 것이 싫어졌다. 우리 두 사람의 몸에 일어난 일을 원망했다. 증오했다. 포트맨 스퀘어에 온 것을 후회했다.

"시드" 토마스 경이 진지한 어조로 말했다. "꼭 벗어주어야만 하겠어."

내가 단추를 풀고 일어서자 셔츠가 흘러내렸다. 내 몸에서 분홍색 부분은 플라스틱 팔뚝뿐, 그 밖의 부분은 검정과 진한 빨강의 줄기가 어지럽게 뒤섞여 얼룩져 있다. 때마침 모든 곳이 멍으로 반점이 되어 있어서 보기에는 내가 느끼는 것보다 훨씬 심하게 비칠 것이었다. 오싹해하는 모습들이 보였다. 오늘은 최악으로 보일 터였다. 내가 끝내 오늘 포트맨 스퀘어로 가야 한다고 주장했던 것은 바로 그 때문이다. 상해의 상태를 그들에게 보이고 싶지는 않았지만 그들이 보이라고 주장하고, 보이지 않을 수 없을 것임을 알았으며, 보여야만 한다면 오늘의 상태가 가장 설득력이 있었다. 끝끝내 적에게 패배를 안기고자 할 때면 인간의 생각은 교활하게 작용하는 법이다.

앞으로 1주일만 지나면 흉터의 대부분은 없어질 것이고, 끝까지 남을 만한 흉이 한 줄기 남을지 어떨지는 모른다. 그것은 모두 피부의 신경을 가혹하게 자극했던 것뿐이며, 일시적인 것이다. 흉터는 남지 않는다. 끝까지 남을 흉터가 없을 것이므로 그 스코틀랜드인들은 비록 재판에 회부되더라도 가벼운 죄로 끝날 것을 알고 있는 것이다. 누구에게나 보이는 한 팔의 경우, 형은 4년이었다. 표면적인 상처로 며칠쯤 불쾌했을 경우는 현행 형량으로는 기껏해야 3개월이리라. 강도 상해로 형이 긴 경우, 형기를 연장시키는 것은 훔친 죄이지 상해가 아니다.

"뒤를 보여 주게." 토마스 경이 말했다.

나는 뒤를 향했다가 곧 돌아섰다. 아무도 한 마디도 하지 않았다. 찰스는 태연했다. 토마스 경이 일어나서 내게로 오더니 더욱 자세하게 살폈다. 얼마 있다가 의자에서 내 셔츠를 집어 올려 입을 동안 들고 있어 주었다.

나는 감사하다고 말하고 단추를 채웠다. 옷자락을 아무렇게나 바지 속으로 밀어 넣었다. 자리에 앉았다.

토마스 경이 내선전화를 들고 비서에게 지시를 내릴 때까지 꽤 긴 시간이 지난 것처럼 느껴졌다.

"웨인라이트 중령에게 이리로 오라고 해."

설혹 관리자들이 아직껏 다소의 의혹을 품고 있었다 하더라도 루카스 자신이 그것을 불식시켰다. 아무런 의심도 하지 않고 물을 끼얹은 듯 고요한 방 안으로 힘찬 발걸음으로 들어왔으나, 내가 거기에 앉아 있는 것을 보는 순간, 마치 뇌가 근육에게 지시를 중단하기라도 한 것처럼 움찔해 꼼짝도 하지 않았다.

얼굴에서 핏기가 가셨고, 살아 있는 것이라고는 망연자실한 얼굴의 회갈색 눈뿐이었다. 체스터의 임원 전용실에서의 나는 트레버 딘스게이트의 눈에 그것과 똑같이 비쳤음에 틀림없다. 지금 이 순간, 루카스는 다리가 카펫에 닿아 있음을 느끼지 못할 게 분명하다고 나는 생각했다.

"루카스" 의자를 가리키며 토마스 경이 말했다. "앉게."

루카스는 내가 거기 있는 것이 믿어지지가 않는지, 빤히 바라보고 있으면 없어지기라도 할 것처럼 여전히 나를 뚫어져라 하고 쏘아보며 더듬더듬 자리에 앉았다.

토마스 경이 헛기침을 했다. "루카스, 여기 있는 시드 하레이에게서 어떤 종류의 사건에 관해 많은 얘기를 들었는데, 그에 대한 설명을 듣고 싶군."

루카스는 제대로 듣고 있지 않았다. 그가 내게 말했다.

"네가 이런 곳에 있을 리가 없어!"

"어째서?" 내가 말했다.

모두가 루카스의 대답을 기다리고 있었으나 그는 대답하지 않았다.

얼마 안 있어 토마스 경이 말했다. "시드가 중대한 고발을 해왔어. 내가 그 내용을 설명할 테니 루카스, 자네는 생각대로 대답하면 돼."

그는 특별히 강조하지도 틀리지도 않고, 내가 말한 것을 빠짐 없이 말했다. 재판관 같은 두뇌의 작용으로, 감정을 빼고 개연성을 진술했다. 루카스는 듣고 있는 것 같았으나, 그러는 동안 내내 나를 바라보고 있었다.

"지금까지 말한 게 전부야." 마지막으로 토마스 경이 말했다. "시드가 한 말이 사실인지를 자네가 부정하는지, 아니면 인정할 것인지를 모두가 기다리고 있어."

루카스가 내게서 눈을 떼고 멍하니 방 안을 둘러보았다.

"물론 모든 것은 엉터리입니다."

"계속하게." 토마스 경이 말했다.

"모두 그가 날조해 낸 것입니다." 열심히 머리를 굴려대고 있었다. 평소의 시원시원한 태도가 어느 정도 돌아왔다. "나는 신디케이트를 조사해 달라고 그에게 말한 적이 없습니다. 에디를 의심하고 있다고 그에게 말한 적도 없습니다. 가공의 메이슨이란 인물에 관해 그에게 얘기한 적이 없습니다. 모든 것은 그의 조작입니다."

"무엇 때문에?" 내가 말했다.

"내가 알 턱이 없지."

"내가 신디케이트에 관한 사항을 옮겨 적기 위해 두 차례 이리로 왔던 것은 날조가 아니야. 내가 그 파일들을 보았다고 해서 에디가 불만을 호소했던 것은 내가 조작한 것이 아니지. 내 아파트에 있는 티코에게 당신이 네 차례 전화를 걸어왔던 것은 내가 꾸며낸 사실이 아니야. 당신이 주차장에서 우리를 차에서 내려준 것은 허위가 아니지. 설득한다면……음…… 말할지도 모르는 피터 라미리스란 자는, 내가 아무렇게나 꾸며낸 인물이 아니야. 게다가 마음만 먹으면 나는 그들 두 스코틀랜드인도 찾아낼 수가 있어."

"어떻게?" 루카스가 말했다.

마크에게 물어보면 되지. 그토록 오랫동안 있었으니까 소년은 아버지의 친구들에 대해 여러 가지를 알 게 분명하다. 매우 영리한 마크 소년.

"그 스코틀랜드인들도 내가 꾸며낸 거라고 왜 말하지 않지?"

그는 나를 쏘아보고 있었다.

"그 밖에 나는." 천천히 말했다. "그 배후에 있는 진짜 이유도 조사할 수 있어. 독직의 소문을 뿌리까지 밝혀내 보겠어. 피터 라미리스 말고도 당신을 메르세데스에 탈 수 있을 만한 신분으로 만든 사람들을 조사해 낼 수가 있지."

루카스 웨인라이트는 잠자코 있었다. 나는 내가 말한 것 모두를 해낼 수 있을지 어떨지 몰랐지만, 내가 해내지 못하리라고 단정하지 못할 게 분명하다. 내가 해내지 못하리라고 믿고 있다면, 나를 배제할 필요를 느끼지 않았을 테니까. 지금 내가 끌어내려 하는 것은 내가 아니라 그의 판단이었다.

"그런 일을 당해도 개의치 않겠나, 루카스?" 토마스 경이 말했다.

루카스는 내 쪽을 보는 채 대답하지 않았다.

"다른 한 가지 생각인데, 당신이 사임하면 그것으로 모든 것에 종지부가 찍히게 된다고 나는 생각해."

루카스는 이번엔 대표이사 쪽을 바라보았다.

토마스 경이 끄덕였다. "그것뿐이야, 루카스. 지금 이 자리에서 자네 손으로 사표를 써. 그걸 받아들이면 그 이상 아무것도 절차를 밟을 필요는 없다고 나는 생각하는데?"

이보다 더 가벼운 처분은 없겠지만, 지금 이 순간을 루카스는 상당히 가혹하게 느꼈을 게 분명하다. 얼굴이 굳어지고 창백해지더니 입 주위가 경련을 일으키고 있었다.

토마스 경이 책상 서랍에서 종이를 한 장 꺼내고, 자기 주머니에서 금 볼펜을 뺐다.

"여기 앉아, 루카스."

토마스 경이 일어나 책상 옆에 앉으라고 손으로 가리켰다.

웨인라이트 중령이 겁에 질린 발걸음으로 걸어가 몸을 떨면서 그가 지시한 자리에 앉았다. 내가 마지막에 말했던 짧은 문장을 썼다.

'나는 기수클럽 보안부장직을 사임합니다. 루카스 웨인라이트'

웨인라이트는 모두의 냉혹한 얼굴을 둘러보았다. 그를 신뢰하고, 날마다 그와 함께 일을 해왔던 절친한 사람들이다. 그는 사무실에 들어온 이후로 자기변호나 자비를 간청하는 말을 한 마디도 하지 않았다. 그런 파멸적인 변화를 눈앞에서 보고 모두는 매우 기묘한 감정을 가졌을 게 틀림없다고 나는 생각했다.

웨인라이트가, 서리가 내릴 것처럼 두 가지 요소가 뒤섞인 한 사내가 일어나서 출구 쪽으로 걸어갔다. 내 옆에서 멈춰 서더니, 이해하기 어려운 듯한 멍청한 눈길로 나를 보았다.

"네 녀석을 저지하려면 어떤 수단을 써야 하지?"

나는 대답하지 않았다.

그 저지 수단은 나의 무릎 위에 아무렇지도 않게 놓여 있다. 강력한 네 개의 손가락과 엄지손가락, 그리고 자립이다.

20

찰스가 운전해서 우리는 에인스포드로 돌아왔다.

"아무래도 지겨울 정도로 법정에 나가게 될 것 같군." 찰스가 말했다. "니콜라스 애시와 트레버 딘스게이트 건으로."

"단순한 증인의 경우는 그리 대단하지 않습니다."

"지금까지 상당한 경험이 있기 때문이로군."

"그렇죠."

"앞으로 루카스 웨인라이트는 어떻게 될까?"

"모르겠습니다."

찰스가 힐끗 나를 보았다. "만족감은 전혀 없는 겐가?"

"만족감요?" 나는 깜짝 놀랐다.

"적을 쓰러뜨린 것에."

"예에? 그 얘기입니까? 당신들의 해전에선 적이 물에 빠지면 어떻게 하나요? 만족감에 즐거워합니까? 바닷속으로 밀어넣어요?"

"아니, 포로로 삼지."

조금 지나서 내가 말했다.

"앞으로의 그의 인생은 죄수 같은 생활일 겁니다."

찰스가 가만히 미소짓고 있었다. 10분쯤 차를 달린 뒤에 그가 말했다. "그렇다면, 그를 용서해 주겠다는 것인가?"

"그런 어려운 질문은 하지 말아 주십시오."

원수를 사랑하라. 용서한다. 잊는다. 나는 그 정도로 훌륭한 크리스천이 아니라고 생각했다. 어떻게든 루카스라는 개인을 미워하지 않을 수는 있다. 그렇지만 용서할 수는 없다. 절대로 용서치 않으리라.

에인스포드 저택에 당도하자 2층 자기 거실로 쟁반을 들고 올라가려던 미세스 클로스가 티코는 기분이 좋아져서 식당에 있다고 알려 주었다. 내가 들어가자 테이블에 앉아서 차가 담긴 두꺼운 잔을 바라보고 있었다.

"안녕." 내가 말했다.

"안녕."

티코의 경우에는 쓸데없는 치장 따위는 불필요하다. 나는 포트의 차를 잔에 따르고 그와 마주 앉았다.

"정말이지 너무했어, 그렇지?" 티코가 말했다.

"그래."

"난 정신이 나갔었어."

"음."

"당신은 그렇지 않았어. 때문에 아무렇게나 대답하는 거야."

둘 다 한동안 말없이 앉아 있었다. 무기력함이 눈에 확연하게 나타나 있었지만 더 이상 뇌진탕의 영향은 전혀 없다.

"놈들은 그럴 작정으로 당신 머리에 손을 대지 않았던 걸까?"

"모르겠어."

"그럴지도 모르겠군."

나는 고개를 끄덕였다. 둘이서 홀짝홀짝 차를 마시고 있었다.

"오늘 사람들이 뭐라고 그랬어? 그 대단하신 분들이 말야?"

"얘기를 듣더군. 루카스가 사임했어. 1권의 끝이야."

"우리는 그렇게는 할 수 없겠지."

"그래."

신중하게 고쳐 앉았다.

"우리는 어떻게 할 거야?"

"상황을 봐야지."

"나는 안되겠어……." 도중에 말을 끊었다. 피로와 부상, 기운이 없었다.

"그래…… 나도 못하겠어."

"시드…… 나는…… 이제 싫어졌어."

"그럼 어떻게 할 건데?"

"유도를 가르쳐야지."

나도 주식, 상품 상장, 보험, 자본이득으로 생계를 이을 수는 있을 거라고 생각했다. 어느 정도의 생활은…… 하지만 시시한 삶이 된다.

둘이서 기가 꺾이고, 기력을 상실하고, 자기연민을 느끼면서 어두운 기분으로 차를 마셨다. 그가 하지 않게 되면 나는 일을 계속할 수가 없다. 그가 있기 때문에 보람이 있는 일인 것처럼 여겨졌다. 그의 자연스러움, 붙임성, 쾌활함, 나는 그런 것들이 내 주위에 없어서는 안 된다. 여러 가지 면에서 나는 그가 없으면 제 기능을 할 수가 없다. 그를 고려할 필요가 없다면 나는 능력을 발휘할 마음이 내키지 않는다.

얼마 뒤에 내가 말했다. "따분하군."

"어째서? 웸블리의 아가씨가 있고, 아프지 않아도 되며, 애송이들을 상대하고 있으면서?"

나는 이마를 문질렀다. 상처가 가려웠다.

"어쨌거나 간에" 그가 말했다. "지난 주에 그만둘 마음이 생겼던 것은 당신 쪽이었어."

"어쨌든…… 나는 싫어……." 도중에 말을 끊었다.

"부서져라 당하는 것이?" 그가 말했다.

나는 이마에서 손을 내리고 그의 눈을 보았다. 갑자기 말투에 나타났던 것과 똑같은 것이 눈에 떠올라 있었다. 지금의 말이 지닌 두 가지의 의미를 아는 표정이었다. 빈정거림을 즐기는 듯한 반짝임이었다. 속속 생기가 되살아나고 있다.

"그래." 나는 쓰게 웃었다. "쥐어터지는 것은 싫어. 전부터 그랬지."

"그렇다면 새끼들, 빌어나 먹으라는 건가?"

나는 끄덕였다. "빌어먹으라지."

"알았어."

그대로 식당에 앉아 있었으나, 방금 주고받은 말로 기분이 훨씬 좋아졌다.

사흘 뒤인 월요일 저녁에 우리는 런던으로 돌아갔다. 진지하게 받아들이지 않는 나의 공포심을 고려해서 티코가 아파트로 함께 와 주었다.

이상하게 더웠던 날씨가 정상으로 돌아와 있었다. 즉, 온난전선에 의한 비가 주룩주룩 내리고 있었다. 노면은 더위에 바짝 마른 타이어의 기름기로 미끌미끌했고, 런던 서부의 집 앞 정원에는 장미가 비에 고개를 숙이고 있다. 더비까지는 2주일…… 병이 치료되면, 아마도 트라이 나이트로는 출전을 하겠지. 균에 감염된 것 이외엔 건강했다.

아파트는 인기척이 없고 조용했다.

"내 말대로지?" 침실에 슈트케이스를 던지면서 티코가 말했다. "찬장 속을 뒤져볼까?"

"온 김에."

눈썹을 바짝 치켜올리고 샅샅이 살피기 시작했다.

"거미밖엔 없어. 파리는 거미가 몽땅 잡아먹어 주었군."

둘이서 내려가서 바깥에 세워 둔 차를 타고 그를 집까지 데려다 주었다.

"금요일에," 내가 말했다. "2, 3일 비울 거야."

"엥, 그래? 수상쩍은 주말이로군?"

"그건 몰라, 돌아와서 전화할게."

"이제부턴 얌전하고 숙부드러운 악당들뿐일 거야, 그렇지?"

"거물은 다시 돌아와." 내가 말했다.

그가 빙긋 웃으며 손을 흔들고 들어갔다. 나는 여기저기 불빛이 들어오기 시작하는 저녁 어스름 속으로 차를 달렸다. 아파트로 돌아와서는 차를 남의 눈에 띄지 않는 곳에 두기 위해 아파트 뒤에 빌려놓은 자물쇠 달린 차고 쪽으로 돌아갔다.

셔터의 자물쇠를 열고 밀어 올렸다. 불을 켜고 차를 넣은 다음, 차에서 내려서 차 문을 잠갔다. 열쇠를 호주머니에 넣었다.

"시드 하레이." 목소리가 들렸다.

목소리. 그의 목소리다.

트레버 딘스게이트.

나는 잠근 문을 향해 미동도 않고 서 있었다.

"시드 하레이."

이렇게 되리란 것을 나는 알고 있었던 것이라고 생각했다. 그가 말했던 것처럼 언젠가, 어딘가에서. 그는 진지하게 협박했다. 믿으리라고 굳게 생각하고 있었다. 나는 믿고 있었다.

아, 신이시여. 너무나도 이르다. 어떤 경우에든 생각했던 것보다 너무 이른 것이다. 내가 공포를 느끼고 있음을 그에게 알려서는 안 된다. 절대로 알게 해서는 안 된다. 신이시여…… 용기를 주옵소서.

천천히 그를 향해 방향을 돌렸다.

그가 한 발짝 차고 안으로, 불빛 안으로 들어왔다. 그의 뒤에서 거뭇한 은회색 시트처럼 안개비가 내리고 있다.

사냥총을 들고 총부리를 내게로 향하고 있었다.

나의 왼쪽과 등 뒤는 벽돌 벽이고, 오른쪽으로 내 차가 있다. 아파트 뒤, 차고 근처에 많은 사람이 있는 일은 거의 없다. 누가 온다 하더라도 빗속에서 어슬렁댈 사람은 없다.

"너를 기다리고 있었다."

언제나처럼 매우 가느다란 줄무늬 옷을 입고 있다. 늘 그렇듯이 위압감을 풍기고 있다.

눈과 총부리를 정확히 내게로 향한 채, 재빨리 왼손을 위로 뻗어서 셔터의 아래를 잡았다. 휙 잡아당겨 지면 가까이까지 내려서 자신과 나를 가렸다. 하얀 커프스 밑으로 보이는 청결하고 잘 손질된 두 손으로 다시 총을 겨누었다.

"며칠이나 널 기다리고 있었다. 지난 목요일부터."

나는 잠자코 있었다.

"지난 주 목요일 날 내 집으로 경관이 둘 왔었다. 조지 캐스퍼가 전화를 걸었던 것이다. 기수클럽이 내게 소정의 절차를 밟을 것이라고 말해 왔다. 도박사 면허를 박탈할 게 분명하다고 내 변호사가 말했다. 경마계에서 쫓겨날 것이고, 형무소에 갈 가능성이 크다고 했다. 지난 주 목요일부터 나는 널 기다리고 있었다."

지난번과 마찬가지로 뒷골목에서 기어올라온 자 특유의 으름장을 놓는 목소리, 그 자체가 공포를 느끼게 한다.

"경찰이 그 연구소에 갔다. 동생은 그 직장을 잃게 되겠지, 출세의 길도. 고생 끝에 얻은 직장이다."

"같이 울면 되겠군." 내가 말했다. "너희들 두 사람은 도박을 했고, 졌다. 안된 일이다."

그가 눈을 가늘게 뜨고, 몸을 굳어지게 한 반응으로 총신이 1, 2인치 움직였다.

"나는 하겠다고 했던 말을 지키기 위해 여기 왔다."

도박을 했다…… 졌다…… 나도 마찬가지다.

"이 아파트 근처에 차를 세우고 기다리고 있었다. 언젠가, 머지않아 네 놈이 돌아올 것을 알고 있었다. 반드시 돌아온다. 기다리면 된다. 지난 주 목요일 이후로 너를 기다리느라 시간의 대부분을 허비했다. 그런데 오늘 밤, 돌아왔다…… 그 친구하고. 하지만 나는 너하고 단 둘이서만 있고 싶었다…… 계속 기다렸다. 그랬더니 이렇게 돌아왔다. 언젠가는 돌아올 것을 알고 있었던 것이다."

나는 묵묵히 있었다.

"나는 약속을 실행하기 위해 여기에 왔다. 네 놈의 손을 날려버리기 위해서." 숨을 한 번 쉬었다. "제발 그만두라고 어째서 애원하지 않는 거냐? 어째서 하지 말아 달라고 무릎을 꿇고 애원하지 않지?"

나는 대답하지 않았다. 미동도 하지 않았다.

한 차례 웃었으나, 꺼림칙한 웃음이었다. "그것은 널 저지하는 데 도움이 되지 않았더군, 그 협박은? 오래 지속되질 않았어. 나는 효과가 있을 거라고 생각했었지. 누구라도 양손을 잃을 위험을 무릅쓸 리는 없다고 생각했다. 단지 나를 파멸시키기 위한 그런 하찮은 것 때문에. 넌 머저리다."

나도 대체로 동감이었다. 속으로 떨고 있으면서 그가 알게 될 것을 두려워하고 있었다.

"넌, 얼굴 근육 한 줄기도 움직이지 않는구나, 그렇지?"

그는 나를 가지고 놀고 있다고 생각했다. 내가 두려움과 싸우고 있다는 것을 알고 있음이 틀림없다. 지금 같은 경우에 죽을 만큼 겁에 질리지 않을 자는 없다. 괴롭히고 있는 것이다…… 애원하게 만들 속셈이다…… 나는 하지 않겠다…… 절대로 하지 않는다.

"나는 내가 했던 말을 실행하기 위해 여기에 왔다. 며칠이나 근처 차 안에 앉아서 생각했다. 두 손이 없는 네 놈을 생각했지…… 뭉툭하게 잘린 끝밖에 없다…… 플라스틱 의수가 달린 끝자락밖엔 없지."

될 대로 되라고 생각했다.

"오늘은 나에 대해 생각하기 시작했다. 시드 하레이의 오른손을 날려 버리면 나는 어떻게 될까?" 눈초리의 날카로움이 더했다. "네 녀석에게 복수를 한 만족감이 얻어지겠지. 네 놈을 반쪽이 아니라 완전히 손을 없앤 만족감을. 복수할 수가 있다…… 잔혹하고 즐거운 복수가. 그것 이외에 난 무엇을 얻게 될까? 아마도 10년형을 받게 되겠지. 가혹한 행동을 하면 상해죄라도 무기가 될 수 있다. 양손…… 거기에 해당할지도 모른다. 내가 오늘 앉아서 생각한 것은 그것이었다. 그리고 너의 남은 손을 날려보냈을 경우의, 형무소 안의 나에 대한 세상의 눈길에 대해 생각했다. 공교롭게도 너의 손이다. 너를 죽이는 편이 낫다. 그렇게 생각했다."

나도 죽는 편이 나을지도 모르겠다고 몽롱한 머리로 생각했다.

"오늘 저녁 네가 돌아와 10분쯤 있다가 다시 나갔을 때, 나는 그때 네 놈을 놓아줄 만큼의 지혜가 없었음을 원통해하면서 1년 또 1년을 형무소 안에서 썩어가는 내 처지를 생각했다. 네게 복수를 했다는 희열만으로는 그렇게 여러 해를 형무소에 들어가 있을 가치가 없다고 생각했지. 살려둔 채로 복수를 하든지 죽여서 보복을 하는 두 가지밖엔 없다. 때문에 네가 돌아오기 직전에 그런 건 그만두고 네 놈을 무릎꿇려 제발 하지 말아 달라고 애원하게 하는데 그치기로 했다. 그렇게 해도 복수한 것이 된다. 넌 죽을 때까지 날 기억하게 되겠지. 나는 네 놈을 납작 엎드려 설설 기게 한 것을 사람들에게 떠벌리고 다니겠어. 그들을 웃길 수가 있거든."

놀라웠다.

"나는 네가 어떤 인간이었는지 잊고 있었다. 너에게 쓸 신경 따위는 없다. 그러나 너를 쏠 생각은 없다. 아까도 말했다시피 그런 수지가 맞지 않는 짓은 하지 않는다."

별안간 뒤로 돌아서 몸을 숙이고 셔터 아래로 한 손을 넣었다. 힘을 주어 밀어 올려 열었다.

밖에선 은빛 작은 물고기떼처럼, 따뜻한 안개비가 여전히 어둠 속에서 내리고 있었다. 부드러운 바람이 잔잔하게 차고 안으로 들어왔다.

그는 한동안 그 자리에 서서 총을 든 채로 생각하고 있었다. 그리고는 과거의 그 여물 오두막에서 내게서 빼앗아간 것을 돌려주었다.

"이 세상에 뭔가 없는 것이냐?" 그가 쓰디쓰게 말했다. "네 놈이 두려워할 만한 것은?"

영웅이 없는 시대의 영웅 시드 하레이

딕 프랜시스의 작품은 유일한 예외를 제외하면 같은 주인공이 다시 등장하는 일이 거의 없다. 경마라는 특수한 세계를 제재로 하지만 주인공은 매번 다른 인물인 것이다.

그 유일한 예외가 바로 《대박》과 《채찍을 쥔 오른손》에 연이어 등장하는 시드 하레이이다. 왜 시드는 이 두 작품에 연달아 등장하게 되었는가? 아니, 왜 재등장하지 않으면 안 되었나?

딕 프랜시스의 소설이 영국 모험소설이라는 큰 흐름에 속해 있다는 것은 잘 알려진 사실이다. 경마계의 갖가지 사건과 인물을 그린 딕 프랜시스의 작품에는 늘 남자의 용기라든지 긍지, 그리고 의지가 강한 사나이들이 세계가 그려진다.

이를테면 《대박》을 살펴보자.

낙마사고로 기수에서 은퇴한 래드너 탐정의 조사원 시드 하레이, 그는 과거의 영광을 그림자처럼 끌고 다니면서 죽은 것처럼 살고 있는 남자로 등장한다. 그러한 그가 되살아나는 계기가 되는 것은 어느 사건에 휘말리고 나서부터이다. 그렇다고 시드 하레이가 완전무결한 영웅은 아니다. 굴욕을 맛보고, 공포로 몸이 얼어붙는 적도 있다. 그러나 클라이맥스 장면의 고문을 당하면서도 끝까지 자아를 고집하는 그의 완고함을 보노라면, 그가 독자와 같은 인간이면서도 상당히 다른 차이점을 지니고 있음을 깨닫게 된다.

《여왕폐하의 기수》를 읽으면 이러한 주인공상은 아무래도 작가 자신의 투영인 것처럼도 생각되지만, 자신에게 엄격하며 명예를 존중하고 굴욕을 떨치려는 시드 하레이의 모습이야말로 영국 모험소설이 죽 그려오던 영웅의 모습임을 알게 된다.

만약 거기서 끝났더라면 딕 프랜시스는 그저 행복한 작가로서 기억되는 데에 그치고 말았으리라.

《대박》은 1965년 작품이다. 딕 프랜시스는 1962년 《유력 우승마》로 데뷔한 작가인데 1966년 《비월(飛越)》 이후 1년에 1작품이라는 페이스로 꾸준히 작품을 발표해왔다. 그리고 잭 히긴스를 비롯한 많은 영국 모험소설 작가가 악전고투하던 70년대를 그도 또한 맞이하게 된다. 그 시기에 대부분의 모험소설이 벽에 부딪치고 있었던 것은, 적의 존재가 애매해지면서 싸움 자체가 불명확해졌기 때문이다. 심지어는 영웅조차도 스스로 회의와 망설임을 갖게 되었다. 그러한 시대에 '싸우는 남자'를 활동적으로 묘사하는 모험소설은 쉽게 쓸 수 있는 소재가 못 되었다. 당연히 딕 프랜시스도 예외가 아니었다. 《흥분》의 다니엘 록, 《대박》의 시드 하레이처럼, 모험소설의 영웅이 될 자격을 가진 남자이면 일수록 사나이들이 자신감을 잃어가던 70년대에는 좀처럼 나설 자리를 찾기 어려웠다. 그리하여 스토리에 더 집착하게 되고, 구성에 훨씬 신경을 쓰면서 다른 모험소설 작가들과 마찬가지로 딕 프랜시스도 70년대의 함정 속으로 떨어지게 되었던 것이다.

여기서 끝났으면 불행한 작가로 기억되었을 따름이었으리라. 그러나 딕 프랜시스는 다시 한번 돌아온다. 그것이 이 시리즈 제18작인 《채찍을 쥔 오른손》이다.

헤어진 아내 제니는 시드 하레이를 '돌처럼 단단한 고집쟁이'라고 하면서 '감정을 드러내길 두려워하지 않는 사람, 때로는 약한 면도 활짝 드러내는 남자를 원한다'고 그를 질책한다.

그러나 그가 감정을 밖으로 드러내지 않기로 하고 있는 것은 자기 속에 있는 의심, 공포, 지혜, 그러한 자신의 약함에 스스로 지지 않으려는 몸부림이나 다를 바 없다. 다시 말해 강하기 때문에 단단한 것이 아니라, 스스로의 약함을 잘 알기 때문에 그 감정에 휘둘리지 않으려고 스스로를 엄격하게 통제하고 있을 따름인 것이다.

《채찍을 쥔 오른손》이 뛰어난 작품인 것은 그러한 시드 하레이의 성격 자체가 핵처럼 작용하면서 남자들의 공포심이라는 테마를 전면에 끌어내기 때문일 것이다.

총구가 그의 오른쪽 팔목을 누르면서 협박당하는 장면.

'머리가 멍해지면서 온몸이 땀투성이가 되었다. 남들이 뭐라고 하든 공포라는 것을 그는 충분히 알고 있었다. 그것은 말 그 자체며 레이스, 낙마, 또는 일반적인 육체적 고통에 대한 두려움이 아니다. 그것이 아니라 굴욕, 소외, 무력감, 실패…… 그러한 모든 것들에 대한 공포이다.'

그는 이미 왼팔을 잃은 상태였다. 시드 하레이의 공포는 여기에 더 이상 오른팔마저 잃을 수 없다는 절실한 감정에서 가중되는 공포이다. 그리고 마침내 굴복한다. 《채찍을 쥔 오른손》은 이 굴욕의 구덩이에서 그가 어떻게 기어 올라오는가 하는 모습을 그리고 있는 이야기이다.

70년대의 모험소설이 잃어버리고 있던 영웅의 육체를, 딕 프랜시스는 공포라는 입구로 들어가 그려 보이는 셈이다. 대자연이나 흉악한 조직과 다투던 시대를 지나면서 적을 잃어버렸지만, 모험소설에는 자아 속에 숨어 있는 스스로의 약한 면을 극복하는 중요한 싸움이 남아 있음을 스토리 전개와 더불어 탁월하게 그려낸 작품이다.

그럼 왜 이 기념할 만한 싸움의 부활에 다름 아닌 시드 하레이를 선택한 것일까?

그것은 아마도 딕 프랜시스가 그린 주인공 가운데 시드 하레이가 가장 '공포심'에 가까운 위치에 있었기 때문은 아닐까? 위기에서도 의지가 강한 긍지에 찬 남자는 달리 많이 있다. 그러나 '공포심'이라고 하는 측면에서 본다면 그야말로 압도적인 최단거리에 위치한다. 따라서 다니엘 록을 주인공으로 하기보다는 시드 편이 훨씬 자연스러울 수밖에 없는 것이다.

이리하여 프랜시스는 '자신이 영원히 대응할 수 없으며 견딜 수 없는 것, 그것은 바로 자기멸시이다'는 말과 더불어 부활하게 된다.

《채찍을 쥔 오른손》은 1979년 작품이지만, 육체를 테마로 한 80년대 영웅소설의 위대한 서막이기도 했다. 딕 프랜시스는 이 작품으로 단순히 행복한 작가도 아니며 그렇다고 불행한 작가도 아닌, 주목받는 실력 있는 작가로 거듭날 수 있었다.